U0534135

本书出版得到"北京大学创建世界一流大学计划"资助

北京大学外国语学院
北京大学欧美文学研究中心 主办

欧美文学论丛

第十辑
成长小说研究

主编　韩加明

人民文学出版社

图书在版编目（CIP）数据

欧美文学论丛．第十辑，成长小说研究/韩加明主编．—北京：人民文学出版社，2015
ISBN 978-7-02-011112-1

Ⅰ.①欧… Ⅱ.①韩… Ⅲ.①欧洲文学—文学研究—文集②文学研究—美洲—文集③小说研究—欧洲—文集④小说研究—美洲—文集 Ⅳ.①I106-53

中国版本图书馆 CIP 数据核字(2015)第 203858 号

责任编辑　欧阳韬
装帧设计　马诗音
责任印制　王景林

出版发行　人民文学出版社
社　　址　北京市朝内大街 166 号
邮政编码　100705
网　　址　http://www.rw-cn.com

印　　刷　三河市鑫金马印装有限公司
经　　销　全国新华书店等

字　　数　350 千字
开　　本　880 毫米×1230 毫米　1/32
印　　张　12.625　插页 2
印　　数　1—2000
版　　次　2016 年 5 月北京第 1 版
印　　次　2016 年 5 月第 1 次印刷

书　　号　978-7-02-011112-1
定　　价　33.00 元

如有印装质量问题，请与本社图书销售中心调换。电话:01065233595

前　　言

北京大学的欧美文学研究发轫于"五四"时代，经历了不同的历史发展时期，形成了优秀的传统和鲜明的特色，素以基础深厚、学风严谨、敬业求实著称。解放后经过1952年全国院系调整，教学和科研力量得到空前的充实与加强，集中了冯至、朱光潜、曹靖华、罗大冈、田德望、吴达元、杨周翰、李赋宁、赵萝蕤等一大批著名学者。改革开放以来，北大的欧美文学研究得到长足的发展，涌现出了一批成绩卓著的学人，并已形成梯队。目前北京大学的欧美文学研究人员积极参与学术交流，与国际同行直接对话，承担着国际合作和多项科研课题，是我国欧美文学研究的一支重要力量。

为弘扬北大优秀的学术传统，促进文学研究深入发展，北京大学欧美文学研究中心和北京大学外国语学院决定联合主办"欧美文学论丛"。论丛每辑围绕一个主题展开讨论，组稿和编辑工作由欧美文学研究中心具体负责。作者以北大欧美文学研究人员为主，也有校外专家学者加盟。我们希望这套论丛能展示多元文化语境下欧美文学研究的独特视角和优秀成果，拓宽和深化当代欧美文学研究。本辑是论丛的第十辑，主题是"成长小说研究"。

"成长小说"是"Bildungsroman"的中文译名，但是这个译名的确立经历了一个相当长的过程，在此有必要略加探讨。最先将"Bildungsroman"介绍到中国的冯至先生在1943年撰写的《〈威廉·麦斯特的学习时代〉中文译本序言》中把"Bildungsroman"译为"修养小说"。他写道：

> 德国有一大部分长篇小说，尤其是从十七世纪到十九世纪这三百年内的代表作品，在文学史上有一个特殊的名称：修养小说或发展小说(Entwicklungsroman)。它们不像许多英国的和法国的小说那样，描绘出一幅广大的社会图像，或是纯粹的故事的叙述，而多半是表达一个人在内心的发展与外界的遭遇中间所演化出来的历史。这里所说的修养，自然是这个字广泛的意义即是个人和社会的关系，外边的社会怎样阻碍了或助长了个人的发展。在社会里偶然与必然、命运与规律织成错综的网，个人在这里边有时把握住自己生活的计划，运转自如，有时却完全变成被动的，失却自主。经过无数不能避免的奋斗、反抗、诱惑、服从、迷途……最后回顾过去的生命，有的是完成了，有的却只是无数破裂的片段。——作者尽量把他自己在生活中的体验与观察写在这类的小说里，读者从这里边所能得到的，一部分是作者的自传，一部分是作者的人生哲学。在德国，从十七世纪的葛利梅豪生(Grimmelshausen)到十九世纪末叶，几乎每个第一流的小说家都写过一部或两部这类的长篇小说，其中，歌德的《威廉·麦斯特》是最突出的一个榜样。[①]

这段话可以说是对"Bildungsroman"的经典定义。"修养小说"这个译名重点强调人格修养完善升华，与中国传统文化正人君子修身养性比较接近，注重个人的主观能动性。解放后在相当长时期的通用译名是"教育小说"。冯至先生在1958年出版的《德国文学简史》中提到维兰的《阿伽堂》："这故事叙述了18世纪的社会条件下德国青年的造就与发展，可称是启蒙运动的教育小说；维兰认为最主要的要在道德上得到改善，个人的幸福必须与全社

[①] 《〈威廉·麦斯特的学习时代〉中文译本序言》，载冯至著《歌德论述》，南京正中书局，1948年，第8页。人民文学出版社1988年出版的《威廉·麦斯特的学习时代》的《译本序》略有改动。

会结合,其中有乌托邦的思想。"①他又指出:歌德所著《威廉·麦斯特的学习时代》"是德国文学史上第一部最杰出的教育小说。"②这表明,冯至先生放弃了在1943年用的"修养小说",而改用"教育小说"。余匡复著《德国文学史》在谈到维兰德时提到"德国教育小说"。③ 在谈歌德小说时写道:"这部《威廉·迈斯特》属于德国文学中的所谓发展小说,其实也就是教育小说",④言语中表现出对"发展小说"的不屑。在《德国文学简史》中他写道,在一定程度上,《阿迦通》属于德国的"发展小说"。⑤《迈斯特》是德国文学史一部有名的发展小说(教育小说)。⑥ 这表明余匡复认为"教育小说"和"发展小说"为同义词,可以互换。不过这里两处都用"发展小说","教育小说"则出现在括号中作为补充解释,这种变化似乎表明他从早期对"发展小说"有些不屑变为以"发展小说"为正统。

在2006年出版的五卷本《德国文学史》第二卷中,范大灿写道:"有人把《阿迦通的故事》算作'发展小说'(Entwicklungsroman)或曰'成长小说'(Bildungsroman)。……《阿迦通的故事》具有明显的自传色彩,不仅小说所描写的事件大都与维兰德自己的实际经历有关,就是小说的主题也是维兰德毕生想解决的问题,那就是:一个将真善美当作生活最高目标的理想主义者如何才能经受得住与自己的理想完全不同的现实的打击。"⑦这是中国学者第一次在正式出版的德国文学史中把这两个德语词列出来,第一次

---

① 虽然《德国文学简史》署名五人合著,前半部为冯至先生所著,收入《冯至文集》,引文见《冯至文集》第七卷第259页。"维兰"现通译"维兰德",《阿迦堂》通译《阿迦通》。
② 同上,第310页。
③ 余匡复著《德国文学史》,上海外语教育出版社,1991年,第120页。
④ 同上,第138页。
⑤ 余匡复著《德国文学简史》,上海外语教育出版社,2006年,第42—43页。
⑥ 同上,第69页。
⑦ 范大灿著《德国文学史》第二卷,译林出版社,2006年,第185—186页。

把 Bildungsroman 译为"成长小说"。谷裕在 2007 年出版的《现代市民史诗——十九世纪德语小说研究》》中把 Bildungsroman 译为"成长发展小说",把两个译名合二为一,表明她接受两者本质上是同义词。她在 2005 年开始的国家社科基金项目名称为"德语成长发展小说研究",而最终成果在 2013 年出版时题目改为《德语修养小说研究》,并在第一部分"理论探讨"开宗明义地指出:"'修养(Bildung)'与'启蒙'和'文化'两个概念相伴相生,18 世纪后三十年开始在德国知识阶层中流行,直至今天仍然是德国思想文化领域的一个核心概念。'修养'具有三重含义:对人格的'塑造(Formung)',对人的'教育(Erziehung)'以及人全面有机的'发展(Entwicklung)'。"①她还特别强调,与 Erziehung 和 Entwicklung 两个德语词相联系的"教育小说"和"发展小说"两个词是与 Bildungsroman 有区别的。通过对这个过程的回顾,我们可以看到,Bildungsroman 这个词在我国德语文学研究界走过了从"修养小说"到"教育小说"、"发展小说"、"成长小说"以及"成长发展小说"再回到"修养小说"的循环过程。

"教育小说"重点在于强调外界对个体的"教导培育",与社会主义制度建立后注重用无产阶级世界观教育人的原则是一致的。这或许就是冯至先生在 1958 年出版的《德国文学简史》和 1980 年代初为《中国大百科全书(外国文学卷)》撰写歌德词条中用"教育小说"的原因。"教育小说"在相当长的时间里成为 Bildungsroman 的标准译法可能也与英语的影响有关。英语直接借用了德语词,对此的定义是:"a novel concerning the early emotional or spiritual development or education of its hero",翻译成中文就是"关于主人公早期情感或精神发展或教育的小说"。英美学者谈到 Bildungsroman 时,常常界定为不同类型的小说,如 Novel of education(教育小说)、

---

① 谷裕著《德语修养小说研究》,北京大学出版社,2013 年,第 1 页。

novel of self-development，Novel of initiation，Growing-up novel，Coming-of-age novel(都可以翻译为"成长小说"),Novel of youth,Novel of adolescence(可译为"青春小说")等。在法语中,常用的译法有:roman d'initiation,或roman de formation,还有roman d'éducation,也是"成长小说"或"教育小说"的意思。西班牙语有两种说法:novela de aprendizaje 和 novela de iniciación。aprendizaje 是学习的意思,iniciación 是开始、启蒙的意思,它们的使用频率差不多。俄语使用的是意译,роман воспитания 或者 воспитательный роман,直译过来是"教育小说"。① 也就是说主要西方语种对 Bildungsroman 这个词的翻译以"教育小说"为主,涉及到主人公的成长、启蒙、学习等。

我国改革开放以后,特别是1990年代以来,随着西方个人主义思想的影响,对于教育的强调有些弱化,但是又与传统文化的修身养性有区别,于是"成长小说"这个比较中性,既关注自然生长,也包含教育培养的词成为最广泛接受的译名。"Bildungsroman"这个词在20世纪中国的接受过程显示了翻译中的政治。冯至先生的中国传统文化学养深厚,所以他在1943年最先将 Bildungsroman 译为"修养小说"。解放后受到新的意识形态的影响,冯至先生在新著中用了"教育小说"。上世纪八九十年代以后,随着社会发展和西方影响加强,板起面孔的"教育小说"逐渐被放弃,"成长小说"则被广泛接受,并成为学科方向的名字。教育、修养、成长、发展这四层意思可以说都包括在"成长"这个概念中。在中文语境中,"教育小说"和"发展小说"曾经是较为普遍的译法,最近二十来年被"成长小说"取代,似乎也与词性有关。"教育"和"发展"都可以作为及物动词使用,如"教育学生"、"发展经济"等,而"成长"则没有这个问题。查北大图书馆的书目,以"修养小说"为书名的

---

① 感谢陈松岩老师、周莽老师和许彤老师对俄语、法语和西班牙语中 Bildungsroman 译法的说明。

只有谷裕的新著《德语修养小说研究》,而以成长小说为书名的则有一批,如樊国宾著《主体的生成——五十年成长小说研究》,芮渝萍著《美国成长小说研究》等。可见"成长小说"已经成为被广泛接受的译名。

虽然有些学者认为 Bildungsroman 是德语文学中特殊的小说样式,大多数西方批评家把 Bildungsroman 看作是欧美国家文学中流行的一种小说形式,英、法、美等国在 19 世纪和 20 世纪都出现许多著名的成长小说,如奥斯丁的《傲慢与偏见》、司汤达的《红与黑》、巴尔扎克的《幻灭》、勃朗特的《简·爱》、狄更斯的《远大前程》、马克·吐温的《哈克·贝利·芬》、哈代的《无名的裘德》、乔伊斯的《一位青年艺术家的肖像》、塞林格的《麦田守望者》等。普希金的《叶普盖尼·奥涅金》虽然是诗体,也有批评家从主题上分析把它看作成长小说。其他如罗曼·罗兰的《约翰·克里斯朵夫》、高尔基的《童年》或《我的大学》、奥斯特洛夫斯基的《钢铁是怎样炼成的》等也是不同类型的成长小说。早期经典欧美成长小说从新兴资产阶级观点表现了主人公的正面成长过程,重在理想人格塑造;19 世纪中期及以后的成长小说往往表现主人公成长幻灭的过程;20 世纪早期随着十月革命的胜利,苏联文学中的无产阶级英雄人物成为成长小说主人公的新典型;而第二次世界大战之后英美则出现了表现青少年堕落的或从儿童角度观察成人世界的反成长小说。不同历史时期有不同特点;不同国家也有不同特点,但都没有脱离欧美成长小说的原型或传统。

经典成长小说是 18 世纪才开始出现的,但是 18 世纪之前也有叙事文学作品涉及成长主题。谷裕的《德语修养小说研究》就是从中世纪开始探讨的。鉴于本辑的文章论及从中世纪到 21 世纪初的欧美小说,为了展示成长小说的发展历史,所有文章按照所探讨小说出现时间先后为序排列,并大致分成四个单元。第一个单元研究早期欧洲小说传统,有三篇文章。第一篇是周莽副教授撰写的《珀西瓦尔的蜕变——"成长小说"视角下的〈珀西瓦尔或圣杯故事〉》。12世纪法国作家克雷蒂安·德·特鲁瓦创作的《珀西瓦尔或圣杯故事》讲述主人公的成长经历。珀西瓦尔由母亲在隐居中抚养长大,从母亲口中得到对骑士道的零散教导,因片面理解而有种种乖张之举。他来到亚瑟王宫廷受到嘲笑,而后不断蜕变成熟,成为受人尊敬的骑士。作者安排了两个相逆的进程——骑士道受到质疑,骑士的天命向宗教靠拢——珀西瓦尔的蜕变服务于作者的某种回归宗教的热忱,这也可以说是克雷蒂安的一种蜕变。中世纪传奇过后,西班牙流浪汉小说是文艺复兴时期最具有代表性的叙事文学作品。许彤老师的《"我是我讲述的故事"——从"成长"视角看西班牙流浪汉小说》探讨了《安达卢西亚姑娘在罗马》《小癞子》和《骗子外传》三部创作于16到17世纪初的名著。文章从"成长"的角度分析流浪汉小说叙述视角、叙述者和叙事空间的特征,研究叙述者"我"的功能与意义,探讨"穷人"自传性主体的产生和建构。中世纪传奇和西班牙流浪汉小说是现代小说的两大源头,18世纪英国小说家菲尔丁深受其影响。对外经济贸易大学胡振明副教授的论文研究菲尔丁的代表作《汤姆·琼斯》,论证小说通过不完美的主人公形象来揭示人性的复杂,阐明个人的道德理解。在这个过程中,主人公被赋予了鲜明的人物特点,在某种意义上塑造了具有个人主体性的虚构人物,而菲尔丁的明确道德意图又让小说最终完成以道德归位为体现的社会公共性建构过程。根据哈贝马斯的公共领域理论,《汤姆·琼斯》这部成长小说因为个人主体性与社会公共性的互为建构过程而成为文学公共领域建构的范例。

欧洲大陆国家成长小说主要描写男性主人公的成长历程。但是在英国小说发展史上,从18世纪中期开始却出现了一批具有重要意义的女小说家,她们描写的人物也主要是女性主人公。论丛第二个单元的四篇文章研究英国女性成长小说。刘意青教授在1980年代就曾经认真研读过海伍德的《白希·少了思》，这次她重读小说，从一个年长的当代女性学者角度对这部描写女性成长的早期小说做出了语重心长、发人深思的解读。她先从文类角度进行分析，然后集中探讨主人公白希身上的毛病，最后通过解读小说中的男性权威和指导者形象揭示了小说蕴涵的复杂性别意识悖论。社科院外文所黄梅研究员近几年一直在撰写奥斯丁小说研究专著，她慷慨地同意把研究《傲慢与偏见》的文章在本论丛发表。她的学术散文笔调生动幽默，与奥斯丁的文体或伊丽莎白的说话风格很相似，读来是一种难得的享受。论文敏锐地指出虽然对《傲慢与偏见》这部小说的研究汗牛充栋，车载斗量，但很少有人充分注意书中叙述者和女主人公的观察视角共同经历了某种挪移，而这种视角挪移与小说主旨即主人公的自我修正心路历程存在密切联系。

　　苏耕欣教授的论文《一个叛逆者在传统价值"呵护"下的成长历程》以文化批评与文本细读紧密结合的方法对《简·爱》女主人公的成长经历进行了独到分析。他对批评家往往忽略的次要人物圣约翰·瑞弗斯牧师的作用给予新颖的解读，认为正是在与他的关系中简·爱获得了对爱情的新认识，并最终决定回到罗切斯特身边。《简·爱》这部小说在维护传统价值的缝隙中，仍清晰无误地传送着进步思想。对外经贸大学王淑芳副教授的文章是其博士论文的一部分，论述《米德尔马契》的小说女主人公多萝西娅的成长。多萝西娅追求伟大，渴望过一种对社会有贡献的生活，把知识视为实现其目标的工具，把婚姻作为提升自己及实现追求目标的手段。这导致了她第一次婚姻的悲剧，其道德方面的成长就此开始。而她的第二次婚姻解决了对知识的追求问题，并开启了她个性自我的成长，最终使她完成了自己的人格整合。

　　从19世纪末期开始，欧洲小说发展出现明显的变化。论丛第三个单元的四篇文章研究欧洲现代小说。北京语言大学牟玉涵博士的论文研究哈代的名著《无名的裘德》。小说讲述的是主人公从少年到成年的奋斗轨迹，可以看作是典型的英国维多利亚时期成长小说；但其主人公融入社会的努力以失败而告终，也可以看作是成长小说的变体或戏仿。淑和艾拉白拉虽然代表了裘德成长路上灵与肉的斗争，但二人对裘德的成长具有同等的摧毁性力量。裘德对意义的追寻以失败收场，没有终点的成长可谓另一种形式的成长。马剑副教授的论文指出，歌德是对赫尔曼·黑塞影响最深刻、引起他思考最多的德国作家，尤其是歌德的成长小说《威廉·迈斯特的学习时代》更是被黑塞推崇备至。论文透过黑塞对《威廉·迈斯特的学习时代》的评论文字，并结合他本人的文学创作以及其他相关文献资料，探讨歌德的这部成长小说对黑塞的影响，以此窥探成长小说、特别是成长小说中蕴含的思想内容在德国不同的历史文化时期的发展和传承。

朱晓洁博士的论文研究马塞尔·帕尼奥尔的经典系列小说《童年回忆录》四部曲。小说讲述了主人公从出生到中学毕业的成长故事，一直被法国教育部指定为中小学生必读书。《童年回忆录》的迷人之处在于有情有趣，饱含了作者对故人旧事的一腔脉脉温情。然而，这些一直为人津津乐道的优点往往让人忽视了小说的教育意图。论文从人物塑造、结构布局、叙述者、语言文字和风格等小说技巧入手，分别就大自然、家庭教育、学校教育和爱情四个主题，描述了小主人公的成长轨迹和心理变化，剖析了一个少年在传统的家庭和学校教育模式下的继承和背叛。韩加明教授的论文则探讨了约翰·韦恩在1962年发表的《打死父亲》对传统小说叙事的继承与创新。在叙述手法方面韦恩采用现代主义推崇的多视角叙述，在表现父子关系问题上放弃了违抗父命是大逆不道的传统观点，张扬父子对抗的主题，在处理引导者问题时塑造了蒂姆与珀西两个相互对立的形象。黑人音乐家珀西的刻画尽管比较抽象,却在实质上对传统的白人至上主义做了修正。

论丛第四个单元研究现当代美洲小说,包括七篇文章,四篇研究美国小说,两篇研究巴西小说,一篇研究加拿大小说,其中有两篇文章分别涉及与中国小说的比较或用中国视角研究外国小说。罗静研究约瑟芬·约翰逊的文章是她正在撰写的博士论文的一部分。她认为,《现在是十一月》这部无产阶级成长小说描写了20世纪二三十年代一个农民的女儿通过艰难的生活经历观察到不公平的社会经济制度对家庭带来的痛苦和悲剧,从天真无知的状态渐渐获得革命意识的成长过程。它突破传统的成长小说的个人主义倾向,突出集体主义特点。与三十年代主流的以男性为中心的无产阶级成长小说相比,《现在是十一月》在表现主人公阶级意识形成的同时也突出性别意识的成长,同等重视阶级压迫和性别压迫,并将它们视作相互交织、不可分割的势力。林庆新副教授的文章首先提出经典成长小说反映了前期资本主义的现实,而现代成长小说则反映了中后期资本主义或后工业社会的现实。文章比较分析美国作家泽西·柯辛斯基的《彩绘鸟》、埃利·威瑟尔的《夜》和中国作家余华的《在细雨中呼喊》这几部现代成长小说——抑或是"反成长小说"——的叙事模式,揭示了其背后蕴涵的丰富文化意义,也为本辑论丛增加了不多见的比较文学视角。

安徽大学余凝冰博士的文章首先阐述英美成长小说的标志性特征及其与美国梦的成长小说的关系,然后用事件的重复来论证《马丁·德赛勒》中的循环叙事与美国梦成长小说的关联。文章聚焦于小说主人公的性格特征,阐明国家的意识形态在人物成长过程中的建构性,在最后分析小说中的"大宇宙城"的空间形式,说明美国梦的意识形态对主人公成长的戕害,并探讨造成其失败的实质原因。刘建华教授探讨当代美国作家萨尔兹曼的小说《夜不能寐》中主人公约翰修女约五十年的成长经历。在以修道刻苦而闻名于世的卡迈尔修道院里,约翰修女在修道和创作上都取得了骄人的成绩。与大家一样,她也以为这是她刻苦修炼的结果,直到她被发现得了颞叶型癫痫,了解到她与上帝的见面机会以及她的创作灵感都来自癫痫所产生的幻觉,从而使她的诚信和信仰面临前所未有的巨大考验。文章围绕正心诚意、调整视角、重视实践等话题,探讨萨尔兹曼在描写当代人精神成长方面的思想和艺术成就。

闵雪飞副教授的文章研究巴西女作家克拉丽丝·李斯佩克朵的《一场学习或欢愉之书》,认为这是一部具有明显"女性成长小说"特征的作品。文章通过分析主人公洛丽的心理成长过程,在"存在"与"女性书写"之间建立联系,解释身/心、善/恶、阴/阳等二元对立元素在文本中的消解过程,揭示克拉丽丝在文本中建构宇宙的实质,并通过对戏仿的分析,探寻这部小说的艺术形成过程。张慧玲博士的文章分析巴西作家柯艾略广受全球读者欢迎的流行小说《牧羊少年奇幻之旅》。她认为,作为中国人,当我们细细品读其中的某些字句时,时而会有熟悉之感,似乎里面所反映的不纯粹是西方的人生哲学,而且也包含古老东方的某些人生智慧。因此,文章从中西比较的角度入手,分析《牧羊少年奇幻之旅》中的道家思想,以阐明主人公的寻宝之旅,亦是他的求道之旅、证心之旅。丁林棚副教授研究的《少年派的奇幻漂流》是加拿大作家扬·马特尔的一部独特的后现代主义的生态成长小说。文章从成长小说的界定出发,结合生态自我的概念,从生态哲学、后现代叙事等角度探讨《漂流》不同于传统成长小说的特征及其作为生态成长小说的艺术审美特征和叙事主题,揭示小说所包含的生态成长主旨,即个体成长除了在精神、情感上实现内在成熟和社会的外在成熟,同样要在与自然生态环境和其他生命形式的广泛联系中实现自我的完善。

本论丛所收文章皆为首次发表,研究涉及的小说从中世纪到

21世纪初,在某种意义上可以构成一部欧美成长小说发展史。18篇文章涵盖从传统社会历史批评到文化研究、女性批评、叙事学、比较文学和当代生态批评等不同的批评视角,参与撰稿的既有已经退休的长者,也有刚获得博士学位或正在撰写博士论文的新秀,写作风格既有严谨细致的考据,鞭辟入里的分析,也有生动活泼的美文,发人深省的思辨,展示了欧美成长小说研究的生机和活力。近年来国内学界不仅出现了多种欧美成长小说研究著作,也出版了多部关于中国成长小说研究的专著。目前我国正处在全面建成小康社会的关键时刻,各阶层都意识到公民的社会道德建设及青少年成长教育的重要性。本论丛的文章展示了欧美作家在社会发展的各个阶段如何通过文学来探讨类似的问题,相信对我国读者具有一定的积极作用和参考价值。《成长小说研究》从最初设想到组稿修改的过程中刘意青教授和欧美文学研究中心主任申丹教授提供了大量帮助,编者深表感谢。希望本论丛的出版能引起更多学者对成长小说的兴趣,进一步推动相关的研究深入开展。对于论丛文章存在的缺陷和不足,欢迎广大读者批评指正。

编者
2014年9月

目　录

前言……………………………………………（1）

珀西瓦尔的蜕变
　　——"成长小说"视角下的《珀西瓦尔或圣杯故事》 ……周　荇（1）
"我是我讲述的故事"
　　——从"成长"视角看西班牙流浪汉小说 …………许　彤（24）
成长小说与文学公共领域的建构：
　　以《汤姆·琼斯》为例 ……………………胡振明（50）
伊莱扎·海伍德和英国十八世纪女性成长小说
　　——读《白希·少了思》………………………刘意青（67）
《傲慢与偏见》：视角挪移与自我"修订" ……黄　梅（92）
一个叛逆者在传统价值"呵护"下的成长历程
　　——评《简·爱》对于个人选择的辩护和美化 …………苏耕欣（127）
论理想主义者多萝西娅的成长 ……………王淑芳（146）
没有终点的成长：论裘德对意义的追寻 ………牟玉涵（162）
一个世纪的思想与文化传承
　　——赫尔曼·黑塞眼中的
　　《威廉·迈斯特的学习时代》……………………马　剑（192）

温情脉脉下的继承和背叛
　　——马塞尔·帕尼奥尔《童年回忆录》中的教育主题 …… 朱晓洁（211）
《打死父亲》的继承与创新 ………………………… 韩加明（229）
一部美国无产阶级女性成长小说
　　——读《现在是十一月》 ………………………… 罗　静（249）
比较视野中的反成长小说
　　——以《彩绘鸟》《夜》和《在细雨中呼喊》为例 ………… 林庆新（267）
《马丁·德赛勒》的成长主题与美国梦的
　　意识形态 ………………………………………… 余凝冰（286）
修炼的境界
　　——读萨尔兹曼的《夜不能寐》 ………………… 刘建华（300）
如何学会欢愉？
　　——解读《一场学习或欢愉之书》……………… 闵雪飞（327）
追梦·求道·证心
　　——《牧羊少年奇幻之旅》中的道家思想解析 ……… 张慧玲（344）
《少年派的奇幻漂流》：生态成长小说解读 …… 丁林棚（358）

珀西瓦尔的蜕变

——"成长小说"视角下的《珀西瓦尔或圣杯故事》

周 莽

中文译德文"bildungsroman"为"成长小说",法文译法颇多,常用有 roman de formation(培养),roman d'apprentissage(学习),另外还有 roman de la jeunesse(青春),d'adolescence(少年),d'éducation(教育),d'initiation(引导)。法文"formation"似更能体现德文"bildung"的养成、成型之意。"成长小说"以歌德《威廉·迈斯特的学习时代》为典范,主人公在情感与事业的历练之后,认识自我,取得人格的自主,并发现自己的信仰与使命。人生是有待学习的艺术,主人公学习融入社会,发挥潜力,实现自我超越与解放。有论者认为真正的"bildungsroman"属于一时一地,即"浪漫主义"时期的德国,根植于德国唯心主义对人性普世的理解[1]。的确,广义的"成长小说"指称的对象显得庞杂,拉伯雷的《巨人传》,卢梭的《新爱洛伊斯》,斯汤达的《红与黑》,福楼拜的《情感教育》,罗曼·罗兰的《约翰·克里斯朵夫》都能纳入其中。12 世纪克雷蒂安·德·特鲁瓦的骑士传奇《珀西瓦尔或圣杯故事》则轻易被人与"成长小说"拉近,虽然珀西瓦尔与威廉·迈斯特有着天壤之

---

[1] Antoine Berman: "Bildung et Bildungsroman", in *Le Temps de la réflexion*, vol. 4, (Paris: Gallimard, 1983), pp. 152 – 153.

别。但另一方面,浪漫派对民族根源和骑士传奇的趣味对中世纪作品的确有重新发现之功,浪漫派与中世纪研究的兴起有着密切关联,他们引中世纪骑士传奇为先声。"成长小说"主人公的游历与冒险,隐含着对神圣使命的追寻,这与骑士们之追寻圣杯具有可比性[1]。这层关联还体现在"浪漫"(romantique)与"传奇"(roman)的词根关系中[2]。克雷蒂安的《珀西瓦尔或圣杯故事》是中世纪法国文学的重要作品,是圣杯文学的开端之作,其影响延续到瓦格纳的歌剧《帕西法尔》,艾略特的《荒原》,于连·格拉克的《渔王》,艾里克·侯麦的电影《珀西瓦尔》。我们不妨从"成长小说"的角度进行阅读。

克雷蒂安的作品未能完篇,分为珀西瓦尔(Perceval)和加文(Gauvain)两条脉络,与珀西瓦尔有关的主要在前半部分。在开篇语之后,故事讲述大地回春,荒林的寡居女主的儿子偶遇亚瑟王宫廷新册封的骑士,知道世间有骑士存在。他的发现让母亲伤心,因为骑士道使她失去丈夫和两个儿子,她刻意向幼子隐瞒骑士道的存在,意在保全他。母亲同意儿子去亚瑟的宫廷,但她却因悲伤而死。儿子在看到她晕倒时置之不顾,踏上征途。亚瑟王宫廷此时正遭"红骑士"困扰,他却被寡妇的儿子用标枪侥幸杀死,危机得以化解。随后,年轻人在忠勇之士戈尔纳芒(Gornement)处学艺,

---

[1] Denyse Delcourt: *L'Ethique du changement dans le roman français du XIIe siècle* [12世纪法国骑士传奇中变化的伦理] (Genève: Droz, 1990), pp. 5 – 6.

[2] 法文"roman"兼指"小说"与"传奇"(英文"romance"),词源来自罗马公民(romanus),罗马行省的居民以此区别于不开化的蛮族,副词形式"romanice"表示"以罗马人的方式",在法国北部和南部的居民的通俗拉丁语中成为"romanz"。当官方的书面拉丁语与俗语差别日益加大,就需要把拉丁文翻译成"romanz",是当地居民的日常语言,即我们所说的罗曼语,俗语文学也称"romanz",古法语名词仍有主格和宾格之分,romanz(主)/romant(宾)与 romanz(主)/roman(宾)两种形式并存,"romant"存留至 17 世纪,这也解释了"romantique"的"t"的来源。在现今法文中存留宾格"roman",而英文"romance"来自主格的"romanz"。

很短的时间里就学艺成功,次日册封为骑士。年轻人来到布朗什弗洛尔(Blancheflor)的城堡"安然归来"(Beaurepaire)①,与她度过贞洁的一夜,替她解除了追求者克拉玛迪厄(Clamadeu)的围困。归途中,他遇到河流,渔夫为他指路去一座城堡。他发现渔夫正是那里的国王,不知为何却比他先到达。年轻人接受了佩剑的馈赠,随后看到一些奇异之物:一只银切肉盘,一支滴血的矛,神奇的烛台和一个发光的盘子(graal)。年轻人记得老师的忠告,不应该多嘴多舌提冒失的问题,但他事后知道,他其实应该问这盘子是什么,它是给谁用的。城堡在他离开后消失,他从后来遇到的三位批评者(为死去情人哭泣的女子、骑骡子的丑怪女子和隐修者)口中得知自己为何未能开口提问,以及盘子的秘密。而他在离开渔王城堡后一下子领悟到自己的名字就是珀西瓦尔。他之所以不能提问,是因为他弃母亲不顾的过错。他的失败将带来新的不幸。隐修者告诉他,盘子里装着圣餐面饼,渔王的受伤残疾的父亲以此为食,而渔王的父亲和隐修者都是珀西瓦尔的舅舅。克雷蒂安讲述的珀西瓦尔的故事有几个重要的地理坐标,从荒林始,经历"安然归来"城堡,渔王城堡,回到荒林中的隐修所,我们将以此为脉络来略作分析。

《圣杯故事》的译法也值得做些说明。"圣"字非作品原有,原作中"conte del graal"中的"graal"并非杯,在那一时代仅指作为食具的盆或盘,或源自中世纪拉丁文"gradalis"②。13世纪罗伯特·德·博隆(Robert de Boron)在《散文体的珀西瓦尔》中认定"graal"

---

① Repaire 在古法语中可泛指一个地点,也有避难所、栖息地的意思,Beaurepaire 是美丽的地方。但它还指回归,那么就是平安归来的意思。

② 马里奥·罗克(Mario Roques)在吕西安·弗莱的《珀西瓦尔》现代法语译本《序》中提到 Du Cange: *Glossorium mediae et infimae latinitatis*[中世纪拉丁文词汇],(Niort: L. Favre, 1883—1887)中找到同根词: gradala, gradalis, gradalus, grasala, grasaletus, grassale, grassaletas, grassellus, grazale, grazaletus。吕西安译本:Lucien Foulet: *Perceval le Gallois ou le conte du Graal*, (Paris: Stock, 1978)。

是亚利马太人约瑟盛了耶稣之血的"圣杯",即耶稣最后晚餐的圣餐杯。《圣经》伪经《尼苛德摩福音》中记载这位在耶稣受难后提供墓穴给他的约瑟后来被彼拉多投入狱中,被人遗忘却多年未死。亚利马太人约瑟是圣杯第一代持有者,这是在博隆作品中首次出现。在佚名的《珀西瓦尔第一续作》(作者曾被认为是沃西耶·德·德南)中,滴血的矛成为百夫长朗基努斯终结耶稣生命的圣矛。这些说法被后来的续作者沿用,形成"圣杯"的传统,我们尊重这种延续性,使用《圣杯故事》的译法。

一、从"荒林"到亚瑟王宫廷,走入文明世界

"Qui petit seme petit quialt,/Et qui auques recoillir vialt, / An tel leu sa semance espande/ Que fruit a cent dobles li rande,/Car an terre qui rien ne vaut/Bone semance i seche et faut" (vv. 1 – 6) [撒种少的人收获少,想确保好收成的人则应该播种到能给他带来百倍收获的土地上。因为在无用的土地上,好的种子也会干死],克雷蒂安在卷首语一开始这样说[1],他随后将自己比作播种者,将此传奇比作种子,认为它一定有好的收成,因为它是献给弗兰德斯伯爵菲利普的,伯爵的品德超过了亚历山大大帝。这一段明显是从福音书里化出的,《马太福音》第13章[2]是撒种的比喻:"有一个撒种的出去撒种。撒的时候,有落在路旁的,飞鸟来吃尽了;有落在土浅石头地上的,土既不深,发苗最快,日头出来一晒,因为没有根,就枯干了;有落在荆棘里的,荆棘长起来,把它挤住了;又有落在好土里的,就结实,有一百倍的,有六十倍的,有三十倍的。有耳可听

---

[1] 本文所依据的校勘本为"七星文库"《克雷蒂安·德·特鲁瓦全集》。Chrétien de Troyes: *Œvres complètes*, (Paris: Gallimard, 1994)。其中 *Perceval ou le Conte du Graal*, Daniel Poirion 校勘, pp. 683 – 911.

[2] 依据中国基督教协会印发"神"版《新旧约全书》,南京,1994。

得,就应当听。"《路加福音》第 8 章有相同的内容。耶稣以此比喻自己的布道,真正听进去,在心底生根发芽的才能得到收成,得进天国。这同样是一个有关教育的比喻,可以理解为学生的接受。与此类似,《马太福音》第 7 章谈识别假先知,用果子来识别树的好坏,"凡好树都结好果子;唯独坏树结坏果子。好树不能结坏果子,坏树不能结好果子。凡不结好果子的树,就砍下来丢在火里。所以,凭着他们的果子就可以认出他们来……"这个比喻则可以理解为对老师的评价。虽然从表面看,克雷蒂安意在奉承菲利普和传播他在后文中提到的慷慨乐施的慈善精神,但如果从"成长"的视角来看珀西瓦尔的历程,卷首语这几句话实在有提纲挈领的作用。

故事开始时,珀西瓦尔处于无名的状态,他只是"荒林寡妇女主的儿子"("li fix a la veve dame/De la gaste forest soutainne",vv. 74-75),他在骑马嬉戏时偶遇五名从亚瑟王宫廷刚受到册封的骑士。骑士铠甲与装备碰撞发出很大声音,让年轻人(li vaslez, v. 111)以为是恶魔降临,而等他目眩于铠甲与头盔的光芒,又以为是天使,乃至上帝。当骑士走近他,他问:"你是上帝吗?"("Este vos Dex?",v.174)。他与骑士的对答表现出他对骑士道的全然无知("Ne set mie totes les lois",v.236),在询问骑士锁子甲的功用后,竟然问:"你生来就这样的吗?"("Fustes vos ensi nez?",v.282)。在得知头盔、铠甲、佩剑、长矛这些骑士武器是亚瑟王册封("Li roi Artus qui m'adoba",v.290)之后,年轻人便热切想成为骑士,打听到亚瑟此时正在卡莱尔(文中作 Carduel,v.336)。与骑士的对话是珀西瓦尔骑士道教育的第一步,他认识了骑士装备,并清楚了自己的去向。这段对话具有幽默感,珀西瓦尔除了暴露出无知,还表现得有些痴愚。他只顾着打听自己想知道的事情,全不顾对方询问他五位骑士和三位女子的去向,在满足了好奇心之后,才告诉对方那些耕种的农民可以提供信息。他表现得像个孩童,却不是真正的智力发育迟缓,后文我们看到他只花了极短的时间就完成了骑士的习艺。他的无知来自于与世隔绝的生活,文中对"荒林"的定语"soutainne?"(与外界隔绝的)可以说明这一点。寡妇选择逃避到这一地点正是为了让儿子远离骑士道。她的丈夫因为骑士道而伤残(两腿之间受伤"par mi les janbes navrez",v.436);珀西瓦尔的两个兄长同一天被加封骑士,却在归家(repeire,v.471)路上遇难。两人都手持武器,长子更死相可怖,双眼被乌鸦啄食。他们的父亲悲伤而死,母亲只有珀西瓦尔作为慰藉。

  珀西瓦尔的可笑笨拙还有另一个解释。骑士说"威尔士人天生比吃草的牲畜还愚鲁"("Galois sont tuit par nature/Plus fol que beste an pasture",vv.243-244),而后文中当珀西瓦尔醒悟到自己的名字是"威尔士人珀西瓦尔"("Percevax li Galois a non",v.3575),此时"威尔士人"似已成为愚鲁的代名词。菲利普·梅纳尔在《武功歌和亚瑟王骑士传奇中头脑简单者的喜剧主题》一文中提到愚鲁常与童年联系在一起,"enfes"(孩子)常常是"nice"(单纯、笨拙)和"fol"(愚鲁)的同义语①。这类喜剧主题恰能否定菲利普·阿里耶斯的中世纪社会中没有童年意识的论断。阿里耶斯在《旧制度时代的儿童与家庭生活》②中认为儿童被当作小一号的成人看待,没有一个幼童与成年之间的独立的发展阶段。儿童被认为无知,缺少智性,没有一种明显的儿童的身份认同。没有对教育,以及现代人对儿童身体、精神和性问题的关注。阿里耶斯认为当时人们并非不关心这些,而是根本意识不到这些问题的存在。他的论断过于简化了。在讲述加文的冒险的那一部分中,我们看

---

① Philippe Ménard:"Le Thème comique du nice dans la chanson de geste et le roman arthurien",*in De Chrétien de Troyes au Tristan en prose. Etudes sur les romans de la Table ronde*[从克雷蒂安.德.特鲁瓦到散文体特里斯坦:关于圆桌的骑士传奇的研究],(Genève:Droz,1999),pp.35-47.

② Philippe Ariès:*L'Enfant et la vie familiale sousl'Ancien Régime*,(Paris:Seuil,1974).

到对一位少女的描写,"窄袖女"请求加文佩戴她的信物参加骑士比武,她的父亲说"她还是孩子,笨拙愚鲁的东西"("Enfes est, nice chose et fole",v.5358),让加文不要计较她的蠢话(folie,v.5374)。但加文接受了女孩之请,认为她尽是纯真之言("Trop bone enfance dite",v.5377),"enfance"即"孩子话",多数情况下等于"蠢话",但同样是"纯真之言"。

这种孩子似的头脑简单造成的喜剧性似与珀西瓦尔这个人物有关联。在故事开始他与骑士的对答中,骑士说:"你太傻了。"("tu es trop soz",v.200)。除了"fol","sot","nice"这个词也用在珀西瓦尔身上,这个词更多指"头脑简单"。文中另一处具有喜剧性的段落是珀西瓦尔到达亚瑟王宫廷,宫廷正遭遇危机,王权受到挑战,"红骑士"夺走国王的金杯,杯中酒浇在了王后奎尼薇的身上,她生气回了房间。珀西瓦尔在路上曾与"红骑士"对话,艳羡他的装备,希望亚瑟能给他同样的东西。他骑马径直走进骑士宴集的大厅,在亚瑟的要求下仍不肯下马,请求亚瑟让他成为骑士,并执意要求亚瑟给他与夺走金杯的"红骑士"同样的装具。骑士凯(法文 Keu)受到冒犯,讥讽让他自己去取。凯受到亚瑟责备,亚瑟说这少年(vaslet)虽然有点傻乎乎("fos et nices"v.1012),却可能是世家子弟。珀西瓦尔在宫廷的人看来是个野蛮的少年("vaslet salvage"v.975)。"salvage"一词可指传说中的野人,也指文明之外的化外之民,至今现代法语"sauvage"还有离群索居者的意思,这正与珀西瓦尔荒林少年的身份相称。"vaslet"(主格 vaslez)可指称年轻人,少年,孩子,不局限于现代法语"valet"的"侍从"的意思。在前往亚瑟宫廷途中遭到珀西瓦尔冒犯的"帐篷女"对他的情人说遇到一个威尔士小子("vaslet galois",v.792),他的特质同样是愚鲁(sot)。

用现代心理学来看待珀西瓦尔孩童样的天真和迟迟不结束的童年,多从他母亲占有型的养育来入手。但纯真(Innocent),从词根上看即无害。基督教义中有对孩童状态的充分肯定。

《马太福音》第18章,门徒问耶稣天国里谁最大?耶稣叫一小孩子来,说:"我实在告诉你们:你们若不回转,变成小孩子的样式,断不得进天国。所以,凡自己谦卑像这小孩子的,他在天国里就是最大的。凡为我的名接待一个像这小孩子的,就是接待我。凡使这信我的一个小子跌倒的,倒不如把大磨石拴在这人的颈项上,沉在深海里。"《路加福音》第18章,有人抱婴孩来见耶稣,门徒责备,耶稣说了同样的话:"让小孩子到我这里来,不要禁止他们,因为在神国的,正是这样的人。我实在告诉你们:凡要承受神国的,若不像小孩子,断不能进去。"孩子即谦卑者,这与骑士道的荣耀是相逆的。东正教中有"圣愚"的传统,因对上帝的信仰和爱而变得愚鲁。或许这正好解释了为何珀西瓦尔会有神圣的使命。在他走出亚瑟宫廷去向"红骑士"挑战时,与一美丽女子互相致意,这位六年多未笑过的女子("Et la pucele n'avoit ris / Passez avoit anz plus de sis",vv.1045-1046)对他笑,并预言未来没有比他更优秀的骑士。而宫廷的弄臣过去经常说这女子要见到骑士道最高位者才会笑。弄臣通常是畸形的侏儒,常言人所不敢言,通常称为"fol"(v.2866),现代法语为"fou",英文为"fool",在我们的文本中用了"sot"(v.1054)。凯骑士大怒,他给了女子一耳光,并把侏儒踢到壁炉火里。

文中说威尔士人天性(par nature)愚鲁,与"nature"相对的词是"norreture",相当于"文化"(culture)。它的现代法语形式为"nourriture","教育"和"哺育"是较古老的意思①。有趣的是 education(教育)的词源"educere"原意为"抽出,吸出;吸乳"。教育与吸乳的共同点或许就是让潜在的东西发挥出来。另外,迪·康热认为"adouber"(册封骑士)一词来自拉丁文"adoptare",有抚养与

---

① 克雷蒂安在后文提到珀西瓦尔的堂姐,她说珀西瓦尔的母亲曾将两人一同养育很长时间:"Norrie avoectoi grant termine"(v.3599)。

教育的意思①。当然这说法是有争议的,更有可能来自日耳曼语"dubban"(拍打),指加封骑士时在颈上一击(colee)。13世纪的菲利普·德·纳瓦尔的《论人的四个年纪》②采用四分法:0 – 20,21 – 40,41 – 60,60 以上。他谈到孩子最早认识和喜爱的是哺育他的母亲或乳母,其次是抱他,夸奖他的人,然后是教养他,爱他的人。"Norrir"兼具"喂养"和"教育"的意思。他认为十六岁才识是非,主张严厉教育,因为孩子最容易学坏,习惯成自然(lors usages torne presque a nature)。信仰教育排在首位。有趣的是他认为富儿不可以穷养,慷慨是美德,贫则让人吝啬。少年性属火,是最危险的年纪,易说话不计后果,这与我们所考察的文本倒能印证。耳濡目染对儿童的影响也可见于亚里士多德《政治学》和《伦理学》,奥古斯丁的《忏悔录》③。

珀西瓦尔的问题很大程度是因为他是在封闭环境中由母亲单独教导成人的,并且刻意避开了骑士道的影响。他表现出的愚鲁是因为不完备的骑士教育,如他母亲所说人不懂得未曾学习过的东西("an ne set ce qu'an n'a apris",v. 524)。母亲给了他骑士道的粗浅知识(vv. 527 – 598),应扶助女士,少女的亲吻是莫大恩惠,对女子不可逾越("sorplus",v. 548),却可以接受信物,结交伙伴时

---

① Jean Flori:"Sémantique et société médiévale:le verbe adouber et son évolution au XII esiècle"[中世纪语义研究与社会:动词 adouber 及其在12世纪的演变], in *Annales. Histoire*, *Sciences sociales*, 31ᵉ Année, No. 5(1976), pp. 915 – 940.

② *Les Quatres ages de l'homme*, *traité moral de Philippe de Navarre*, éd. Marcel de Fréville,(Paris:Firmen Didot,1888).

③ Phyllis Gaffney:"The Ages of Man in Old French Verse Epic and Romance", in *The Modern Language Review*, vol. 85, No. 3(1990), pp. 570 – 582. 星球与年龄对应, 0 – 4月亮,5 – 14 水星,15 – 22 金星,23 – 41 太阳,42 – 56 火星,57 – 68 木星,之后是土星。月亮,潮湿,不定,弱小。金星则代表激情,符合纳瓦尔对年轻人描述。古代和中世纪人们关于人的生长发育的认识可参见 Leah Tether:"Perceval's Puerile Perceptions:The First Scene of the Conte du Graal as an Index of Medieval Concepts of Human Development Theory", in *Neophilologus*, No. 94, 2010, pp. 225 – 239.

了解对方名字(即身份),尊重教堂神圣之地,要进行朝拜。此后的历程可以理解为"试—错"(essai - erreur)的学习过程。在实践方面,珀西瓦尔的经验是一系列的误解。有意思的是错误(erreur)与骑士的游历(errance)在法语中有着相同的拉丁词源"errare"(漫游,走错路,弄错,误解),派生词"hérésie"(异端)最初的意思就是"弄错"[①]。辞别母亲的第二天,他遇到了闪光的帐篷,误以为是教堂,因为母亲说教堂是最美的。他进去朝拜,却发现"帐篷女"独自躺在床上,女子因闯入者感到畏惧,珀西瓦尔却按照自己曲解的母亲的教导亲吻了女子,拿走了她的指环,自取食物吃饱离去。女子的情人回来有了误会,对女子造成很大损害。

前文提到珀西瓦尔在亚瑟王宫廷闹的笑话,却伴随着他的首次成功和蜕变。珀西瓦尔独自挑战"红骑士",索要他的装备,在受伤后侥幸用标枪杀死了敌手。此时,他的武器仍是威尔士人的标枪,对抗的却是装备着头盔和锁子甲,手持长矛的骑士。此前荒林中与他对答的骑士告诉他盔甲的作用是抵挡箭矢和标枪,而今标枪却从眼睛部位将骑士杀死。如同昆虫的蜕变,他在宫廷侍从约内的帮助下换上了"红骑士"的装束,套上马刺,换了骑士的战马,学习使用马镫,拿起骑士的武器。但他蜕变的并不彻底,铠甲下面仍然是他母亲为他缝的威尔士人的衣服。换装在珀西瓦尔的成长道路上具有象征含义。珀西瓦尔很快经历又一次蜕变,到达亚瑟王宫廷和杀死"红骑士"的当天,他来到小领主戈尔纳芒的城堡。他的身份是"vavasseur",在封建等级中是附庸的附庸,在骑士文学中多为中年人,忠勇之士,是能够提供建议的人[②]。戈尔纳芒一眼看出珀西瓦尔的愚鲁("le vit sot", v.1365),询问之下知道了他骑士知识的欠缺,他成为珀西瓦尔的老师。珀西瓦尔的进境神

---

① Alain Rey(主编):*Dictionnaire historique de la langue française*[法语历史词典], 3vol., (Paris:Le Robert,1992).
② 后文中克拉马迪厄的老师("mestre Clamadeu", v.2397)也是这样一位中年人。

速,立刻学会马术与盾牌、长矛的配合,文中称这来自于天性("Car il li venoit de Nature",v.1480)。接下来有一套解释,如果是天性(nature)在教人学习,那么心(cuer)就专注,学习就容易,只要天性和心就能水到渠成。第二天,即珀西瓦尔离开母亲的第三天,在老师说服下,他抛弃了母亲缝制的衣服(v.1622),换上了骑士的衬衣、底裤、袜子和长袍,老师替他穿戴马刺,配剑,完成册封骑士的仪式。老师传授他骑士道的一些准则,在战斗中制服对方,不要杀死。另外,老师告诫他不要多言,言多必失,要信仰上帝。戈尔纳芒的教导不够详尽,因为珀西瓦尔突然挂念起昏倒的母亲,想立刻回家去。老师的告诫针对着珀西瓦尔此前的幼稚多言。在戈尔纳芒口中,骑士道是最尊崇的团体:"La plus haute ordre avoec l'espee / que Dex a fete etcomandee,/c'est l'ordre de chevalerie"(vv. 1635-1637,上帝创造与统领的最高的佩剑的团体就是骑士道)。骑士的地位俨然在教会之上,这或许也是某种偏差,历史上"圣殿骑士团"(Templiers)遭教会反击很大程度上就是因为这个原因。

除了服饰上的变化,在称呼上也能体现珀西瓦尔在骑士道上的进步。从母亲口中"亲爱的儿子"(Biau fils)过渡到了骑士之间的平等称呼"Biau sire"(大人)、"frere"(弟兄)。老师告诉他今后不要再像从前那样说母亲教导我如何如何,会被人当成蠢话(vv. 1675-1684)。"母亲告诉我",这的确是他的口头语:"ma mere le m'aprist"(v.683),"ma merem'anseigna"(v.1541)。珀西瓦尔的威尔士人服饰变成骑士的衣着,标枪变成长矛,披挂着骑士的装备和佩剑,骑士道的规矩对应着之前野蛮人的没有章法,他已经完成了蜕变,服从了新的权威,他作为新骑士出发了("Li noviax chevaliers s'an part",v.1699)。在后来的行文中,他不再是"vaslet",而被称作"chevalier"。但这蜕变只是外在的,他还要经历一系列的脱胎换骨。

二、"安然归来"城堡与布朗什弗洛尔:爱的教育

离开戈尔纳芒的当天,珀西瓦尔从密林中穿越,到达海边一片荒芜的土地("terre gaste", v. 1709)上的一座城堡,这是遭遇围城的"安然归来"。珀西瓦尔遵循了老师慎言的教诲,但仍然显得可笑,城堡女主布朗什弗洛尔等着客人说点什么,直到她发现如果自己不首先发言,他是一句话也不会说的。珀西瓦尔表现得迟钝,他没有主动询问能否帮忙,他安然入睡,直到前来求助的少女的泪水打湿他的脸。他终于醒来发问,得知卡拉马迪厄因占有布朗什弗洛尔不成而加以围困。珀西瓦尔决意要帮忙保卫城堡和布朗什弗洛尔,两人相拥入眠,度过了贞洁的一夜。次日,即离开母亲后第四天,珀西瓦尔出战卡拉马迪厄的总管昂干盖隆,将其打败。昂干盖隆求饶,珀西瓦尔最初不肯;昂干盖隆提醒他骑士道的规矩,不应杀死求饶的对手,并解释说饶恕对手可以将其遣派到领主或恩主那里当囚徒,以此扩大自己的声名。珀西瓦尔将他派往了亚瑟王宫廷。当夜大风吹来物资船,解除了城内人的忧患;卡拉马迪厄看围困不成,派信使约珀西瓦尔次日正午决战。决战如期进行,卡拉马迪厄在斗剑中失败,被遣往亚瑟王宫廷。时值圣灵降临节,亚瑟王宫廷全体集会,珀西瓦尔遣来的囚徒引起震动,珀西瓦尔的口信是要替遭凯骑士冒犯的女子雪耻。

这一阶段,珀西瓦尔的进步主要是骑士道方面的,实践饶恕的准则(don de la vie),证明自己的骑士价值。他对布朗什弗洛尔的有礼,比之对"帐篷女"的冒犯,也是天壤之别。他答应了布朗什弗洛尔会回来成为"安然归来"城堡的主人,这名字或许正是珀西瓦尔的结局,可惜这部未完成的作品没有交代。珀西瓦尔盘桓一阵子之后重踏归途,如果母亲还活着,他会带她同来(v.2930)。珀西瓦尔真正在情感上飞跃是他在经历了渔王城堡之后,在雪地上

看到鹰隼抓伤一只掉队的大雁的脖子,大雁流下三滴血散落在雪地上("trois gotes de sanc", v.4187),形成的图案让想起他的爱人布朗什弗洛尔脸上的红晕,珀西瓦尔陷入了冥思。有论者以此推测,雪地上的血迹对应着布朗什弗洛尔失去处女之身时所流的血,珀西瓦尔可能与布朗什弗洛尔做了母亲所禁止的"逾越之事"(Sorplus),在中世纪传奇中这个词是男女之事的代称。但是布朗什弗洛尔(Blancheflor)的名字意为"白花",即象征纯洁的百合,她在"安然归来"中等待珀西瓦尔似是合理的。

阿尔贝·波菲莱在《关于圣杯》①一文中谈到十二世纪的一位布道者说:"Nullus strenuus milet nisi amet: amor facit strenuitatem militiae"(骑士如果不恋爱就不勇武,是爱情造就勇武)。我们在勒夸·德拉玛什的《中世纪法国的讲道》一书中②查到此文来自稿本法国国家图书馆 Ms. lat. 2316, f152,谈到的是对上帝的爱。先于克雷蒂安写作的瓦斯(Wace)在《布鲁特传奇》③中早已提到:"Ne ja chevalier n'ieüst / De quel parage qu'il fust / Ja peüst, en tote sa vie, / Avoir bele dame a amie / Se il n'eüst avant esté/ De chevalerie prové. / Li chevalier miax en valoient, / Et en estor miax en faisoient; / Et les dames plus le servoient / Et plus castement en vivoient" (vv. 10791 - 10796)[如果没有先证明自己的骑士价值,不管骑士来自怎样的世系,他一辈子也不会有美丽女子当他的情人。骑士越有价值,在战斗中表现越出色,就有更多女子看重他,越能为他保守贞节]。克雷蒂安在文中遵循了这样规则,直到珀西瓦尔两次获胜,解除围困,证明自己的骑士价值,才使用了"他美丽的爱人布

---

① Albert Pauphilet: "Au sujet du Graal"[关于圣杯], in *Romania*, 66 (1940), pp. 289 - 322, 481 - 504.
② Albert Lecoy de la Marche: *La Chaire française au Moyen Age*, (Paris: Didier, 1868), p.361.
③ *Roman de Brut par Wace, poète du XIIe siècle*[12世纪诗人瓦斯的布鲁特传奇], Antoine Le Roux de Lincy(校勘), vol.2, (Rouen: Edouard Frère, 1838).

朗什弗洛尔"(Blancheflor s'amie la bele, v. 2914),提到女子的名字,之前只在对话中用过中性的称呼"Amie chiere"(亲爱的朋友),陈述中用"pucele"(少女)。12世纪,南方骑士抒情诗的"纯洁爱情"(fin'amor)传到了北方,反映在骑士传奇中,表现为一系列爱情准则,19世纪的研究者加斯东·帕里斯将其总结为"典雅爱情"(amour courtois)。克雷蒂安文中珀西瓦尔与布朗什弗洛尔一起在床上,嘴相接,臂相拥("boche a boche, braz a braz", v. 2068),却度过贞洁的一夜,便是符合"典雅爱情"的。我们可以视此为珀西瓦尔的爱的教育。

三、渔王的城堡,失败的考验

珀西瓦尔告别布朗什弗洛尔,当天便到达一处无法越过的急流,却看到有两人乘船在水中钓鱼,珀西瓦尔被告知这条河无法渡过,没有渡船、浅滩和桥梁。渔人告诉他可以翻过悬崖到达自己居住的深谷去借宿。珀西瓦尔初以为渔人戏弄,但眼前突然出现山谷和城堡的塔尖。等他到达城堡,又发生神奇之事,刚才钓鱼的城堡主人已经在那里迎接他,他头发花白,伤残不能站立。珀西瓦尔获赠一柄佩剑,并被告知此剑是早已注定属于他的("ceste epee vos fu jugiee et destinee"vv. 3167 – 3168)。在与渔王交谈间,发生了更加神奇的事情。有年轻男子持滴血的矛走过大厅,矛上的血滴到男子手上,珀西瓦尔记得老师慎言的忠告,他不敢贸然询问。接着两个年轻人持烛台走过,后面是一年轻女子持着闪光的盘(圣杯),她身后有另一女子捧着银制的切肉盘。盘子(graal)是纯金的,走在队列最前面。同滴血的矛一样,队列从珀西瓦尔眼前经过,走进另一个房间。珀西瓦尔仍牢记着老师的忠告,不敢问这盘子是给谁用的。席间,神奇的盘子再次经过,珀西瓦尔仍不敢发问。每上一道菜,盘子就经过一次,但珀西瓦尔想等告辞的时候再加询问。次日,他醒来时城堡空无一人,他穿戴起来出去找人,发现马已备好,等他走出城堡,不等他通过吊桥,桥已升起。

在他第二次看到盘子经过时:"Et li valez les vit passer / Et n'osa mie demander / Del graalcui l'en en servoit, / Que toz jors el cuer avoit / La parole au prodome sage"(vv. 3243 - 3247)[他看着他们走过,不敢询问盘是给谁用的,因为心中始终记得明智长者的话]。此处的"sage"(明智),与"sot"(愚鲁)对立,但克雷蒂安告诉我们:"Que ausi se puet an trop taire / Com trop parler, a la foiee"(vv. 3250 - 3251)[就像说得太多一样,人们也可能过分地缄默]。智者的教导过于简单,珀西瓦尔不懂得分寸有度(mesure)。

后文给了珀西瓦尔的沉默更多解释。他遇到女子抱着情人的尸体哭泣,她说自他来的方向二十五里内没有地方借宿,猜出他来自渔王那里("chiés le riche Roi Pescheor", v. 3495),这也是"渔王"的称呼第一次在文中出现。但她得知珀西瓦尔面对神奇之事却不发一问,女子便问他名字,此时克雷蒂安在前文中始终未交待姓名的年轻人突然明悟到自己的名字是"威尔士人珀西瓦尔"("Percevax li Galois", v. 3575),女子告诉他今后他应该被称为"不幸的珀西瓦尔"("Percevax li cheitis", v. 3582),因为他的提问可以让伤残的(maheigniez)渔王康复,并治宰他的土地,带来莫大好处。他失败的原因来自他的罪过,母亲因他离去而悲伤死去:"Por le péchié, ce saches tu, De ta meret'est avenu, Qu'ele est morte de duel de toi"(vv. 3593 - 3595)[你要知道,罪过是来自于你母亲,因为她是因为你悲伤而死]。女子是他的堂姐,受到他母亲的养育,所以了解这些。那么,珀西瓦尔的名字到底是什么意思呢?字面上看Percer和val的结合,似乎只是开辟或穿过山谷的意思,珀西瓦尔发现了渔王城堡的山谷。在东北部的稿本传统中,r与l可互换,Perceval等同于Perlesvaus,在后世以Perlesvaus命名的传奇中,他

15

的名字被解释为"失落山谷"①。

这一节留下很多疑问。"Et cil qui son non ne savoit / Devine et dit que il avoit / Percevax li Galois a non / Et ne set s'il dit voir ou non, / Et il dit voir, si ne le sot" (vv. 3571 – 3577) [他之前一直不知自己的名字, 如今突然悟到并说自己的名字是威尔士人珀西瓦尔, 他不知说的是否是真的, 虽然他在不知道的情况下说出的是真相]。为何他会一直不知道自己的名字? 在母亲对他的告诫中就有: "Ja an chemin ne an hostel / N'aiez longuement compagnon / Que vos ne demandiez son non; / Le non sachiez a la parsome, / Car par le non conuist an l'ome" (vv. 558 – 562) [行路与居停中不要与人长期相处而不问名姓。要去弄清他的名字, 因为大家是以名来了解人的]。母亲教导他与正直的人为伍。以名识人, 名即是实。有论者以为, 迟迟不显露骑士的名字, 这是留下悬念的写作手法, 此处珀西瓦尔的名字被公布, 意味着他的人格的发展完善, 悟到自己的使命②。骑士道是他的宿命, 而渔王城堡的失败让他认清自我③。

珀西瓦尔的堂姐告诉他, 他获赠的佩剑大有来历, 是瘸子铁匠所铸, 从来没有沾过鲜血, 不可在战斗中信任它, 断裂之后只有它的制作者能修补它。离开堂姐之后, 珀西瓦尔再遇"帐篷女", 她受到情人"傲慢"骑士的苛待, 情人因为误解她在帐篷中的遭遇而异常嫉妒。珀西瓦尔战胜"傲慢"骑士, 后者不再苛待女友, 他被遣往亚瑟王宫廷, 亚瑟决定让整个宫廷出发去寻找珀西瓦尔。如

---

① Annie Combes: "From Quest to Quest: Perceval and Galahad in the Prose《Lancelot》", in *Arthuriana*, Vol. 12, No. 3 (2002), pp. 7 – 30.
② 参见 Jean Frappier: *Autour du Graal* [关于圣杯], (Genève: Droz, 1972) 和同作者的 Chretien de Troyes et le mythe de Graal. Etudes sur Perceval ou le Conte du Graal, (Paris: SEDES, 1977)。
③ Reto R. Bezzola: *Le Sens de l'aventure et de l'amour (Chrétien de Troyes)* [冒险与爱情的意义], (Paris: H. Champion, 1998), pp. 47 – 61。

同佩剑要修补,珀西瓦尔弥补了对"帐篷女"的过失。

珀西瓦尔的明悟还有别的解释。母亲向他介绍自己有显赫的家族,对父系却语焉不详。父亲的残疾与渔王的残疾有着相似性,我们从后文中的隐修者口中得知金盘是给渔王的父亲送圣饼的,而后者应该也有残疾,因为他困在一个房间里多年不能出来。列维－斯特劳斯曾研究北美印第安人关于谜语的传说与乱伦关系,他将珀西瓦尔的故事归结为"颠倒的俄狄浦斯"[①]。在传说中,谜语与乱伦有关联。乱伦是"不会有答案的谜题",对应着"未曾有问题的答案"。在各元素的关联中,贞节的冬天对应设谜者的"只答不问",如渔王,淫荡的夏天对应设谜者的"只问不答",如斯芬克斯。纯洁与放荡,冬与夏,来源于初民季节神话。贞节,对应无知,不知怎样问。淫荡者,行为失当者,却知晓答案。而揭开谜语的结果是破除禁制,让荒芜的土地复苏。珀斯瓦尔提问,可以恢复秩序,让渔王的父亲康复。荒林、荒原可能源自凯尔特人的季节神话,夏天被放逐,永恒冬天来临,而驱除冬天,会让大地回春。故事开始时,母亲提到乌特王朝与亚瑟王朝的更替,亚瑟王朝处于失道、失序的状态,珀西瓦尔的使命或许正是恢复秩序。克雷蒂安的作品未完成,这些只能成为推测,珀西瓦尔的故事只是父系不明的少年赢得声名[②]。骑士传奇中没有母亲太多角色,常局限于生育功能,被边缘化[③]。但母系中的甥舅关系却显得很重要,比如亚瑟

[①] 见克劳德·莱维-斯特劳斯:《结构人类学》第二卷,俞宣孟等译,上海译文出版社,1999,第24-27页。

[②] Donald Maddox:"Rexque futurus: the anterior order in Le Conte du graal", in *The Arthurian Romances of Chrétien de Troyes: Once and Future fictions*, (Cambridge: Cambridge UP,1991), pp.82-118.

[③] Peggy Mc Cracken:"Mothers in the Graal Quest: Desire, Pleasure, and Conception", in *Arthuriana*, Vol.8, No.1(1990), pp.35-48. 关于父亲的角色见 Irit Ruth Kleiman:"X marks the Spot: the Place of the Father in Chrétien de Troyes's *Conte du Graal*", in *The Modern Language Review*, vol.103, No.4, (Modern Humanities Research Association,2008), pp.969-982.

王与加文,马克王与特里斯坦,或许是古威尔士的母系社会的遗迹①。后文中,我们得知渔王是珀西瓦尔的表兄,而享用金盘者是他的舅舅,或许珀西瓦尔的缄默后有一个兄妹乱伦的故事。前文中,堂姐告诉他"罪过是来自于你的母亲"。而珀西瓦尔两位兄长在同一天死去,手中拿着武器,长子眼睛被乌鸦啄食,也提示着俄狄浦斯两个儿子兄弟相残的故事。

波菲莱在《关于圣杯》②一文中对渔王城堡提供了民俗学的解释。法国民间故事中有"鬼城"的传说,水手在一个海湾抛锚,在离开时锚收不回,一个人潜水去捞,发现矛卡在一个教堂的窗户,教堂里很多衣着华丽的人,里面的光照亮海底。圣坛前一个神父正在找人帮他做弥撒。回返之后,这个渔民把所见讲给村里的神父,神父告诉他那是伊斯大教堂,如果他答应帮助做弥撒,就会让整个伊斯的人复活。另一个故事讲女子去海边汲水,面前出现一座大门。她走进去,发现在一个街道灯火通明的城市,柜台上有华丽的布料,她一边走着,商人们一边请她买些什么,但女子没有带钱。一个商人告诉她,哪怕她买下微不足道的东西,也会让整个城市复活。话音刚落,城市就消失了,女子发现自己独自在海滩上。波菲莱认为这是死亡之城,很少的东西便可以让它复活,但偏偏办不到。同样,珀西瓦尔只要通过提问就能让渔王的父亲康复,但他偏偏没有问。这只是一则神奇故事,作用是为了引出后来对珀西瓦尔过错的责难,是一种写作技法罢了。不管怎样,渔王城堡是一次失败的经历,具有教育的功能。

---

① William A. Nitze: "The Sister's Son and the Conte del Graal", in *Modern Philology*, Vol. 9, No. 3 (1912), pp. 291–322.

② Albert Pauphilet: "Au sujet du Graal", in *Romania*, 66 (1940), pp. 289–322, 481–504.

四、从亚瑟王宫廷到隐修者的荒林

与亚瑟王宫廷的相遇是珀西瓦尔在骑士道上的顶点,整个亚瑟宫廷前来寻找他。他在雪地上对着大雁血迹的冥想,或许不仅是思念布朗什弗洛尔那么简单,也许正是他在渔王城堡的失败经历后对自我命运的思考。他的沉思被行为乖张的("destreez", v. 4221)萨格尔摩和言语刻薄的凯骑士打断,两人被打落马下,凯骑士之前对不会笑的少女的冒犯也得到惩罚。两人的失败象征着对两人特质的否定,而之后加文骑士成功将珀西瓦尔引入亚瑟的营地,加文代表着骑士道的典范,或许这象征着珀西瓦尔在骑士道上的成就。亚瑟王宫廷回到南威尔士的卡利恩(文中 Carlion),但正在这个节点上,有一名骑着褐色骡子的丑怪女子到来,她向其他人行礼,唯独错过珀西瓦尔,珀西瓦尔的地位一下子又跌到谷底。丑女从骡上居高临下对他进行斥责,命运女神后头秃,前头有头发,机不可失,失不再来。张口去询问谁在使用金盘,矛为何滴血,渔王的父亲就能康复,恢复他的土地。而珀西瓦尔的过失会造成可怕的后果,女士们失去丈夫,土地荒芜,少女没有人保护,成为孤儿,众多骑士将会丧命,所有的苦难都是因为珀西瓦尔。然后,丑女履行信使之职,宣告艾斯克莱尔山(Montesclere)上有少女遭围困,等着骑士们解救。骑士们各自踏上冒险之旅,珀西瓦尔发誓不懈地寻找冒险,直到知晓金盘供谁使用,为何矛会滴血。

之后的文字转入加文骑士的故事,直到 v. 6213,又回到珀西瓦尔,时间已过去五年。他追寻骑士道,却忘记了上帝("Deu ne li sovient mais", v. 6219),不再去教堂礼拜。在一个纪念耶稣受难的神圣星期五,一些为罪过做补赎的女士惊异于珀西瓦尔竟全身披挂,陪同的五名骑士之一指责珀西瓦尔在受难日不应该披挂武器。他们的指责让珀西瓦尔悔悟,他决意去找他们所说的虔诚隐修者。在隐修者的礼拜堂,珀西瓦尔回归宗教,做了忏悔,他告诉隐修者,五年来忘记了对上帝的信仰。他忘记上帝的原因是他在渔王城堡的失败经历。隐修者立刻问他名字,他告诉珀西瓦尔,造成他的不幸的是他不了解的罪过,他的母亲因他而悲伤死去,这罪过使他无法对神奇的矛与盘提问。隐修士告诉珀西瓦尔,他是他母亲的兄弟,而渔王是珀西瓦尔另一个舅舅的儿子。金盘是神圣之物,它仅盛着一片圣餐饼,渔王之父待在房间里以此为食已经十五年。到此,珀西瓦尔关于金盘的疑问似已有解答。隐修士对他的补赎罪过的要求无非悔罪、教堂礼拜、谦卑和保护妇孺,核心为主持正义。克雷蒂安未完成的作品中,关于珀西瓦尔的部分到神圣星期五之后的复活节为止。后面关于加文的部分中,我们知道他承担寻找血矛的任务。隐修地的地理位置也具有回归意义,这是一片荒芜之地("desert", v. 6239),但与故事开始的荒林(gaste forest)不同,"desert"提示着最早的基督教修道者隐修的荒漠,具有更多宗教内涵。此前母亲(vv. 567 – 598)与戈尔纳芒(vv. 1663 – 1670)的宗教教育是初步的,珀西瓦尔是在远离宗教的环境成长,临行时母亲告诉他最重要的是去教堂礼拜,而他竟然问教堂是什么("Mere, fet il, que est iglise", v. 573)。在隐修士这里,珀西瓦尔的宗教教育得以最终完成,隐修士传授给他一段祈祷文,内中列举上帝所有的名字,是最有效的祈祷文,只能在最危险的情况下说出。上帝之名的祈祷文是至高无上的,它应该代表着珀西瓦尔精神上的境界。

结　语

克雷蒂安的故事的未完成状态让很多问题没有答案。他提到金盘是神圣的("Tant sainte chose est li Graax", v. 6425),也提到里面仅盛着一片圣餐饼("une seule oiste", v. 6422),但此时的金盘尚不是圣杯。由于他描述的场景过于神秘,激发后世无数想象,造就了长久的圣杯传统。后世的解释五花八门,盘与矛成为亚利马太人约瑟盛了耶稣之血的圣餐杯与朗基努斯终结耶稣生命的圣矛,或凯尔特传统的丰饶之角与召唤复仇的火矛。有人联想到所罗门王的铜海:旧约《列王纪》上,第7章记载所罗门王召巧匠户兰建黎巴嫩林宫,户兰铸铜柱、铜海、铜座、铜盆等,其中铜海"样式是圆的,高五肘,径十肘,围三十肘。在海边之下,周围有野瓜的样式,每肘十瓜,共有两行,是铸海时铸上的。有十二只铜牛驮海:三只向西,三只向南,三只向东;海在牛上,牛尾都向内。海厚一掌,边如杯边,又如百合花,可容二千罢特"。这样的庞然大物,非杯可比,克雷蒂安故事里的一个女子又怎能举起呢。有人从比利牛斯山区持盘马利亚的壁画,将圣杯联系到拉佩尔什伯爵家族①。珀西瓦尔寡妇的儿子的身份,父亲生殖器官的伤残,让后人联想到埃及的奥西里斯和伊西斯的神话,伊西斯复活丈夫奥西里斯,但生殖器被鱼吃掉,只复活一个晚上,伊西斯生出荷鲁斯向赛特复仇。关于渔王城堡的矛与金盘的队列,也有人用东正教的仪式和纯洁派的传播来加以解释②。

"成长小说"的角度让我们专注于珀西瓦尔在骑士道与灵性上的进步。在这个人物身上,成长是个显著特征,甚至他的进步有些速度惊人。离开母亲的第一日为旅程;第二日,遇"帐篷女",到亚瑟宫廷,杀死"红骑士",到达戈尔纳芒城堡;第三日,到达布朗什弗洛尔的城堡;第四日,打败昂干盖隆;第五日,打败卡拉玛迪厄,解除围困。显然不能从现实主义去理解,中世纪的审美是更加

---

① Joseph Goering: *The Virgin and the Graal. Origins of a Legend*, (New Haven: Yale UP, 2005).
② 参见 Eugène Anitchkof: "Le saint graal et les rites eucharistiques"[圣杯与圣体仪式], in *Romania*, 55(1929), pp. 174 – 194 及反驳文章; Myrrha Lot - Borodine: "Autour du Saint Graal, à propos de travaux récents"[有关圣杯,最近的研究], in *Romania*, 57(1931), pp. 47 – 205。

看重象征与意喻的。骑士战胜敌人,一方面证明骑士的价值,另一方象征着对自我的超越,比如战胜"傲慢骑士"可以理解为战胜自己的傲慢,战胜凯和萨格尔摩,即战胜他们所代表的缺点。珀西瓦尔从一个愚鲁的少年,变成理智的骑士,获得爱情,完成了从童年到成人的历程,进而达到精神上更高层次,认识自己,认识上帝。

从地理上看,珀西瓦尔的历程也有着深层寓意。他的起点是荒林,而布朗什弗洛尔的城堡处于荒芜土地,城堡的名字叫"安然归来",或许意味着这是他最后的归宿。回归是一个重要主题,珀西瓦尔的两个兄长在回归路上丧命,珀西瓦尔的命运应不同,在他回归宗教之后,或许他将如侏儒预言的,成为最有价值的骑士,并回到爱人身边。宗教的回归也体现出地点的相似,隐修者的居所也处在荒芜地。另一种回归表现为回归亚瑟宫廷。在骑士传奇中,骑士向森林中去寻求冒险,而功德圆满后,他们回到宫廷。森林是个人的孤独的世界,而宫廷则代表着社会,骑士道似乎也要追寻个体与社会之间的平衡。珀西瓦尔故事中,不是他回到宫廷,而是宫廷去寻找他,这对应着他作为骑士的价值,也可以解释为社会的承认。

克雷蒂安讲述的珀西瓦尔的历程似乎逐渐强调宗教价值。在整体结构上,珀西瓦尔与加文的故事两个脉络构成对比,珀西瓦尔在精神道路上不断上升,骑士楷模加文却似乎日益遭遇困境。由于作品没有完成,我们也无法得出确切结论。但作品对世俗的骑士道是有质疑的。天真的珀西瓦尔认为骑士们比上帝及所有天使都美("Il sont plus bel, si com ge cuit, / Que Dex ne que si enge tuit", vv. 393 – 394)。而戈尔纳芒也说骑士道是上帝缔造的最高的团体,俨然超越了教会。珀西瓦尔的失败便具有特别的含义,面对神圣事物,骑士道的教导显示出局限。代表骑士道最高境界的亚瑟宫廷似乎也不断面临危机与挑战。雪地上的大雁血迹对应着布朗什弗洛尔的爱情,滴血的矛或许真的对应着受难的上帝之爱。

在渔王城堡的失败之后,珀西瓦尔悟到自己的名字,这仍属于骑士道意义的,标志着他在失败之后有所成熟。而忘记上帝信仰五年后,他与赎罪者的相遇,让他有了宗教的觉悟。罪是宗教主题,也是珀西瓦尔故事的主题,罪人(pécheur)同渔人(pêcheur)何其相似。让女士成为寡妇,少女成为孤儿的,正是骑士的争斗。克雷蒂安将一个有孩子般天真的人选为主人公,这或许有深意。珀西瓦尔最初可能仅仅代表着教育上的偏差。随着他接受骑士道,发生了思想上的变化,他不再像孩子多嘴多舌,却在面对最大的考验时失败。当他向隐修士忏悔后,他重又成为上帝的孩子。

"我是我讲述的故事"

——从"成长"视角看西班牙流浪汉小说

许 彤

16—17世纪,伊比利亚哈布斯堡家族坐拥欧洲半壁山河、美洲泰半疆土,俨然轩轩甚得,如日中天,赫赫不可一世。然而,这个日不落王朝根本不是什么河海清晏、人物康阜的升平世界。王室丰取刻予,教会贪赇无艺,社会矛盾积沙成塔,民怨之声蜩螗沸羹。加之连年征战徒耗民脂,国库匮乏虚空,国运盛极而衰,国是风雨飘摇。绝对主义制度(el absolutismo)江河日下,危如累卵,道尽途穷。风雨欲来之际,西班牙文学没有躲进小楼成一统,更不甘于困坐象牙塔吟唱风花雪月。相反,借助鲜活而锐利的文字,文学以其敏感与良知准确记录了彼时社会的光怪陆离,生动描摹了流浪汉和流浪女[1]等各色边缘人群的生存困境,准确表述了新兴价值取向的艰难萌发。新的内容要求新的形式,新的形式源于新的内容。西班牙流浪汉小说(la novela picaresca)[2]

---

[1] 流浪汉和流浪女(los pícaros y las pícaras):原指"卑鄙、下流、无耻、狡猾的人",后引申为"西班牙产生的一种文学样式的主人公,出身卑贱,生活窘困,机灵狡猾,诡计多端"。资料来源:西班牙皇家语言学院在线辞典(www.rae.es)。

[2] 其他常见中文译法有"流浪汉叙事文"(艾布拉姆斯:《文学术语词典》,吴松江等译,北京大学出版社,2009,第381页)、"流浪汉体小说"(盛力:《译序》,《西班牙流浪汉小说选》,昆仑出版社,2000,第1页)等。

由是而生,"而且硕果累累,丰收了一个世纪"[①]。值得注意的是,尽管当时欧洲饱受流浪和乞讨问题困扰,其他国家也不乏类似题材的文学作品,但插科打诨、粗鄙庸俗之作颇多。只有西班牙流浪汉小说完成了艺术蜕变,将自身提纯为严肃文学[②],并最终发展成为贯穿文艺复兴时期的文学样式,更被后世研究者视为现代小说的先驱。

西班牙流浪汉小说的主体部分往往采用自白/自叙手法,以人物叙述者视角讲述主人公自己的故事,并生发或隐含针对主人公经历的道德评判。本论文将成长小说(la novela de iniciación)研究作为切入点,选取《安达卢西亚姑娘在罗马》(*La Lozana andaluza*,1528)、《小癞子》(*Lazarillo de Tormes*,1554)、《骗子外传》(*Historia de la vida del Buscón*,1626)三部存在中文译本的作品,分析流浪汉小说的叙事特征,阐释叙述者"我"的功能,探讨流浪汉小说中富含的成长小说因子。在成长小说研究视角下,西班牙流浪汉小说不仅在"反英雄"主人公的自述中构建了虚构文学的自由/自主的主体,更通过叙事主体的产生与建构暴露了绝对主义制度价值观的困境,模糊宣示了新兴阶层理想人格塑造的基本指向。

一、两个文学术语的基本问题

1554年,在伊比利亚哈布斯堡王朝的费利佩二世(Felipe II,1556—1598)治下,有四位书商在四座不同城市各自刊印了《小癞子》[③]。这本小说不过寥寥数十页,它没有作者署名,相关销售业

[①] 吴建恒:《译本序》,克维多:《骗子外传》,吴建恒译,重庆出版社,1990,第11页。

[②] J. Bregante: *Diccionario ESPASA literatura española*, Pozuelo de Alarcón (Madrid): Espasa Calpe, 2003, p. 743.

[③] 全名《托尔梅斯河的小拉撒路,他的身世和遭遇》(*La vida de Lazarillo de Tormes, y de sus fortunas yadversidades*,1554)。杨绛先生翻译的全(下接第26页)

绩的记载也莫衷一是[①]。书里没有记载什么圣徒行传、骑士事迹，而是以主人公自述的形式记述了底层小人物的辛酸和挣扎。然而，《小癞子》在题材和体裁上都进行了大胆创新，使得"这部薄薄的小书注定会彻底改变欧洲小说艺术，而且毋庸置疑，西方人所谓的现代小说由此而生"[②]。换言之，《小癞子》为叙事文学开辟了妙趣横生的全新创作道路[③]，它标志着西班牙流浪汉小说的正式诞生，并成为"西班牙对世界文学的一大贡献"[④]。

二百四十多年之后，歌德的《威廉·迈斯特的学习时代》问世。小说再现了"一个为艺术而奋发向上的市民之子的成长史"[⑤]，将威廉·迈斯特的个人成长经历与社会变迁结合在一起，探讨新时代"新人"的人格塑造，"为德意志民族发展寻找一条理想道路"[⑥]。《威廉·迈斯特》被喻为"时代最伟大的倾向"[⑦]和现代德意志小说诗艺的发端[⑧]，它确立了古典成长小说的范式[⑨]，促使成长

（上接第25页）名是《托美思河上的小拉撒路，他的身世和遭遇》，她把书名意译为《小癞子》，（杨绛：《介绍〈小癞子〉》，《杨绛作品集》（第三卷），中国社会科学出版社，1994，第213页）。盛力先生认为小说是成年拉撒路讲述的人生经历，在翻译书名时去掉了"小"字，译为《托尔梅斯河的拉撒路》（译序第2页）。《小癞子》这个译名最为中文读者熟悉，本论文沿用此书名，但谈到主人公时称他为拉撒路。

① C. Alvar, J.-C. Mainer, R. Navarro: *Breve historia de la literatura española*, Madrid: Alianza Editorial, 2005, p. 297. B. C. Aribau: "Discurso preliminar", en Aribau, B. C.: *Biblioteca de autores españoles*, Madrid: M. Rivadeneyra Editor, 1876, p. XXI.
② A. Zamora Vicente: *Qué es la novela picaresca*, Argentina: Editorial Columba, 1962, p.7.
③ Aribau: p. XXI
④ 陈众议：《西班牙文学——黄金世纪研究》，译林出版社，2007，第129页。
⑤ 狄尔泰：《体验与诗》，胡其鼎译，三联书店，2003，第214页。
⑥ 谷裕：《德语修养小说研究》，北京大学出版社，2013，第134页。
⑦ 施勒格尔：《雅典娜神殿　断片集》，李伯杰译，三联书店，1996，第87页。
⑧ 狄尔泰：第267页。
⑨ 谷裕：第133页。

小说成为德国文学的传统样式①,对后世创作产生了深远影响。

作为文学术语,成长小说和西班牙流浪汉小说都属于作品先导、概念后行的文学样式②,是后世评论家从具体作品中提炼总结出来的。在创作手法上二者之间也存在着一定的传承关系。成长小说的雏形之一是德语巴洛克小说《痴儿西木传》(1669)③,作品中显然有不少对西班牙流浪汉小说的借鉴④。巴赫金也指出成长小说和流浪汉小说在主人公构建、情节类型、结构布局等方面有类似之处⑤,主要表现为:以主人公形象塑造为叙事核心;以主人公的人生经历为叙事线索展现社会风貌;基本遵循按照事件发生时间前后顺序展开叙事,等等。这些若隐若现的链条为当代读者提供了一种有趣的可能性——重温西班牙流浪汉小说,体味"成长"视角带来的全新阅读体验。

西班牙流浪汉小说的定义

据考证⑥,在1525年的一份文献中已经出现了"pícaro"一词,当时指的是"厨房打杂儿",之后才有了"不老实、不正派、下流"的含义,直到19世纪中叶西班牙流浪汉小说才发展成为正式的文学批评术语⑦。1876年出版的《西班牙作家文库》(*Biblioteca de au-*

---

① 杨武能:"逃避庸俗——代译序",见歌德:《威廉·迈斯特的学习时代》,杨武能译,译林出版社,2002,http://www.yilin.com/book.aspx? id=1278
② K. Meyer-Minnemann:"EL género de la novela picaresca", en K. Meyer–Minnemann, S. Schlickers:*LA Novela picaresca. Concepto genérico y evolución del género* (*Siglos XVI Y XVII*),Madrid:Iberoamericana,2008,p.17.
③ Bildungsroman:in *Encyclopaedia Britannica*,2014. Retrieved from http://www.britannica.com/EBchecked/topic/65244/bildungsroman
④ 谷裕:第84页。
⑤ 巴赫金:"教育小说及其现实主义中的意义",晓河译,《巴赫金全集》(第三卷),白春仁、晓河译,河北教育出版社,1998,第215-217、227-234页。
⑥ Bregante:p.743.
⑦ Meyer-Minnemann,p.17.

tores españoles,1876)①明确了西班牙流浪汉小说的定义、范畴及特征。《大英百科全书》②指出西班牙流浪汉小说是现代小说的一种早期形态,多采用第一人称叙事,主人公是反英雄,具有现实性、写实性和讽刺性特征。国内研究者③也普遍认为流浪汉小说植根于社会现实,具有强烈的西班牙属性和特性,是现实主义文学的先驱。

鉴于作品面貌不一,各具特色,为了系统地阐释西班牙流浪汉小说的复杂性、创新性和影响力,流浪汉小说概念的建构应该成为"拥有自身辩证逻辑的动态过程"④。为此,本论文认为西班牙流浪汉小说的基本特征是:

1. 产生于16世纪、盛行于17世纪,是源自西班牙的一种叙事文学样式。

2. 多采用第一人称人物叙述者视角讲述主人公经历的一系列事件⑤,自白或自辩诉求明显。

3. 作品以主人公的流浪经历串联事件,按照时间先后顺序在展开⑥中铺陈人物和事件。小说篇幅可以随着主人公经历任意延展。

4. 语言质朴简洁、生动自然,风格幽默诙谐、嬉笑怒骂,不排斥

---

① Aribau:p. VII – XXVIII.
② picaresque novel; in *Encyclopaedia Britannica*,2014. Retrieved from http://www.britannica.com/EBchecked/topic/459267/picaresque – novel
③ 参见沈石岩《西班牙文学史》(北京大学出版社,2006)、陈众议《西班牙文学——黄金世纪研究》、杨绛《介绍〈小癞子〉》、吴建恒《骗子外传·译本序》、盛力《西班牙流浪汉小说选·译序》、李德恩《流浪汉小说:〈小癞子〉与〈古斯曼·德阿尔法拉切〉》,《外国文学》,2004年第2期。
④ F. Lázaro Carreter:Para una revisión del concepto《novela picaresca》,1970, http://www.cervantesvirtual.com/nd/ark:/59851/bmc5x2w3
⑤ 米克·巴尔认为所谓事件是由行为者所引起或经历的从一种状况到另一种状况的转变,事件因此被界定为过程。(巴尔:《叙述学:叙事理论导论》,谭君强译,中国社会科学出版社,1995,第13、42页)。
⑥ 由于事件本身是在一定的时间内并以一定的秩序出现的,米克·巴尔使用展开(development)这一概念表示事件在叙事中显示出一种发展的较长时期。展开可以以历史顺序表现无限多的材料,并从一连串事件中逐步建构叙事的整体意义(第41-43页)。

夸张、搞笑、自嘲、调侃等艺术手法。

5. 确立了小说关注现实的基本出发点，是现实主义的先导。作品往往直面各种社会问题，蕴涵道德批评和价值评价。

6. 曾一度风行欧洲，在欧洲主要语言中都有模仿作品。它的潜在影响在19乃至20世纪诸多叙事作品中依然有迹可循。

西班牙流浪汉小说的代表作品

《安达卢西亚姑娘在罗马》（下文简称为《洛莎娜》）[①]是从中世纪叙事文学到流浪汉小说的过渡作品。由于成书较早，《洛莎娜》沿用了当时比较成熟的对话体小说模式，整部小说由一个个小故事串联而成，从整体样貌上看还是流浪汉小说式的[②]。此外，主人公洛莎娜的自述在作品中篇幅长、比重大，具有第一人称人物叙事者的主体视角特质，与流浪汉小说的主人公叙事视角相当接近。

《小癞子》是西班牙流浪汉小说的开山之作，它确立了今天所谓流浪汉小说的基本样式。作品讲述了主人公拉撒路的半生经历，文风质朴，人物形象真实生动。

《流浪汉古斯曼·德·阿尔法拉切的一生》(*Vida y hechos del pícaro Guzmán de Alfarache*, 1599, 1604)是西班牙流浪汉小说黄金时代的重要作品。小说主人公是个私生子，因投亲不成而流落街头，饱尝世态炎凉，渐渐滑向罪恶深渊，几度身陷囹圄，最终幡然醒悟。

《骗子外传》(*La vida del Buscón*, 1626)[③]是西班牙黄金世纪大

---

① 小说原名《安达卢西亚洛莎娜的肖像》(*Retrato de La Lozana andaluza*, 1528)。洛莎娜是西班牙语单词"lozana"的音译，意思是"繁盛的，水灵的"，形容主人公是个"丰腴美人"。

② P. S. Brakhage: *The Theology of《La lozana andaluza》*, Maryland: Scripta Humanisti, 1986, p.6.

③ 小说全名《流浪汉的典型，狡诈鬼的镜子，骗子堂巴勃罗斯的生平事迹》(*Historia de la vida del Buscón: llamado Don Pablos, ejemplo de vagabundos y espejo de tacaños*, 1626)。

家克维多(Francisco de Quevedo,1580—1645)的早期作品,是晚期西班牙流浪汉小说代表作。主人公巴勃罗斯一心向上爬,却不断堕落,沦为罪犯。作品文笔诙谐,语言生动,"不只是流浪汉们的镜子,也是当时整个西班牙社会的镜子"[1]。

此外,有部分西班牙流浪汉小说是以女性为主人公的,代表作有《流浪妇胡斯蒂娜》(Libro de entretenimiento de la pícara Justina,1605)、《虔婆之女或奇思异想的埃莱娜》(La hija de Celestina,1612),等等。中文读者对西班牙流浪汉小说也并非全然陌生。《安达卢西亚姑娘在罗马》[2]《小癞子》[3]《骗子外传》[4]均有中文译本,还出版过流浪汉小说选集[5]。

成长小说的基本定义

文学术语"成长小说"(Bildungsroman)[6]是在德语叙事文学范

---

[1] 吴建恒:《译本序》第20页。

[2] 德里加多:《安达卢西亚姑娘在罗马》,李德明译,重庆出版社,2001。

[3] 《小癞子》的常见译本有三个:杨绛(平明出版社,1953);盛力(昆仑出版社,2000;收录在《西班牙流浪汉小说选》中)和朱景冬(人民日报出版社,2001)。

[4] 克维多:《骗子外传》,吴建恒译,重庆出版社,1990。

[5] 人民文学版《西班牙流浪汉小说选》(克维多等:《西班牙流浪汉小说选》,杨绛、吴建恒等译,人民文学出版社,1997),收录了《小癞子》《骗子外传》《林孔内特和科尔塔迪略》和《鼎鼎大名的洗盘子姑娘》。昆仑版《西班牙流浪汉小说选》(克维多等:《西班牙流浪汉小说选》,盛力、吴建恒、余小虎等译,昆仑出版社,2000),收录了《托尔美斯河的拉撒路》《骗子外传》和《瘸腿魔鬼》。

[6] 其他常见中文译法还有"教育小说"(狄尔泰:《体验与诗》,胡其鼎译,北京:三联书店,2003。巴赫金:"教育小说及其在现实主义中的意义",《巴赫金全集》(第三卷),第215—273页)、"修养小说"(杨武能:"逃避庸俗——代译序",http://www.yilin.com;谷裕:《德语修养小说研究》)、"主人公成长小说"(艾布拉姆斯:《文学术语词典》,吴松江主译,北京大学出版社,2009)、"塑造小说"(谷裕:"试论诺瓦利斯小说的宗教特征",《外国文学评论》,2001年第2期,第119—125页)等。谷裕教授在《德语修养小说研究》中专门探讨了"Bildungsroman"的中文翻译问题(第1—2页)。

畴内形成的。"Bildungsroman"源于德语"Bildung"一词,意指对人格的塑造、对人的教育和人的全面有机发展[1],"是一个集人文思想、道德哲学、教育培养为一身的综合概念"[2]。19世纪,经过布朗肯堡、摩根施坦、狄尔泰的归纳和提炼[3],逐渐发展成为通用文学术语。20世纪以来,随着叙事学、心理学和人类学的发展,巴赫金[4]、马科斯[5]等人提出了新的概念诠释与术语辨析,进一步明晰了成长小说的界域。

成长小说是基于"主要人物形象的构建原则"[6]划分的现代小说类型,属于"小说体裁中存在的一种特殊变体"[7]。它是"一部分为若干典型阶段的发展史"[8],"把生活作为一个发展过程加以表现"[9],在"人的成长历程"[10]中塑造"成长着的人物形象"[11]。

成长小说往往"以一个人的成长经历为线索"[12],从主人公的童年生活起笔,按照时间前后顺序讲述"主人公从童年、少年、青年到成年的成长过程"[13],展现主人公心智发展与性格形成过程[14],呈

---

[1] 谷裕:第1页。
[2] 谷裕:第1页。
[3] 谷裕:第18—33页。
[4] 巴赫金:第215—273页。
[5] M. Marcus:"What Is an Initiation Story?", *The Journal of Aesthetics and Art Criticism*, Vol. 19, No. 2(1960):221 - 228.
[6] 巴赫金:第215页。
[7] 巴赫金:第227页。
[8] 狄尔泰:第214页。
[9] 狄尔泰:第214页。
[10] Bildungsroman, in *Encyclopaedia Britannica*, 2014. Retrieved from http://www.britannica.com/EBchecked/topic/65244/bildungsroman.
[11] 巴赫金:第227页。
[12] 谷裕:第39页。
[13] 来源:《德语文学史实用辞典》。转引自:谷裕:第39页。
[14] 艾布拉姆斯:第386—387页。

现"内在天性展露与外在环境相互作用的结果"[1],诠释主人公为何、如何持有特定的道德观念、具有特定的心理意识[2],并"在多种多样的生活经验之下渐趋成熟,找到自身,明确他在世上的任务"[3]。成长小说的主人公是一个"动态的统一体"[4],他们"生活和命运的全部因素,都可能是变数"[5],"人的性格本身,它的变化和成长"[6]也具有了"情节意义"[7]。因此,成长小说既可以"洞察一个生命过程的内部"[8],也可以"自觉地、富有艺术地表现了一个生命过程的普遍人性"[9]。而且在具有"人在历史中成长这种成分"[10]的作品中,人的成长不仅能够与人生命运的生成融合在一起[11],还可以"与世界一同生长"[12],甚至"不得不成为前所未有的新型的人"[13]。

由于"人在历史中成长"[14],成长小说中往往存在一纵一横两个相互交织的维度。主人公的成长(人格塑造、自我认知和自我发展)构成了小说的纵向维度,为作品"提供了个体思考与反思的深度"[15]。在横向维度上,成长小说是一副时代全景图[16],主人公置身

---

[1] 谷裕:第39页。
[2] Bildungsroman, in *Encyclopaedia Britannica*, 2014. Retrieved from http://www.britannica.com/EBchecked/topic/65244/bildungsroman.
[3] 狄尔泰:第323页。
[4] 巴赫金:第230页。
[5] 巴赫金:第229页。
[6] 巴赫金:第230页。
[7] 巴赫金:第230页。
[8] 狄尔泰:第240页。
[9] 狄尔泰:第240页。
[10] 巴赫金:第233页。
[11] 巴赫金:第231页。
[12] 巴赫金:第232页。
[13] 巴赫金:第233页。
[14] 巴赫金:第233页。
[15] 谷裕:第43页。
[16] 谷裕:第43页。

其中不断"获得对外部世界的印象,为反思提供质料"①。在成长小说的语境中,纵向维度和横向维度交织在一起,形成了由个体人格塑造到普遍人性养成的升华,实现了个人成长史与社会发展史的融合。

二、西班牙流浪汉小说的叙事特征

《小癞子》的作者在序言开宗明义地宣告:"有些非常的事迹,也许人家从没有见到听到,应该广为宣扬,不让它埋没。"②这段声明处处透着得意。当然,作者确实有理由洋洋自得。因为"自《小癞子》而始事实上产生了一种新的艺术态度。《小癞子》的结构与外在形式都是前所未有的,但最重要的创新在于它所传递的内容。"③

底层生活:"新奇"的故事

流浪汉和流浪女是穷人的缩影。西班牙流浪汉小说标志着一个新的叙事的出现——穷人的故事成为严肃文学的书写对象。

中世纪的卡斯蒂利亚语叙事文学多为史传④或寓言。15世纪末至17世纪,骑士小说(la novela caballesca)、流浪汉小说、牧歌体小说(los libros de pastores)、摩尔小说(la novela morisca)、拜占庭小说(la novela bizantina)纷至沓来,争奇斗艳,各领风骚。西班牙流浪汉小说打破了叙事文学的主题藩篱,不再围绕历史、宗教和爱

---

① 谷裕:第43页。
② 除特别注明外,本论文使用杨绛的《小癞子》译本(佚名:《小癞子》,杨绛译,人民文学出版社,1962,第1页)。原文来源:Anónimo: *Lazarillo de Tormes*. Madrid: Cátedra, 2006, p.3。
③ A. Zamora Vicente: p.7.
④ Alvar, Mainer, Navarro: p.206.

情编织故事,而是从底层视角将赤裸裸的底层生活和盘托出,将穷人和穷人的世界毫不掩饰地呈现在读者面前。诚然,穷人并不是在西班牙流浪汉小说中第一次步入文学殿堂的。早在15世纪末,对话体小说《塞莱斯蒂娜》(*La Celestina*,1499)生动再现了仆从、淫媒、妓女、混混儿生存的底层世界,成功塑造了虔婆塞莱斯蒂娜这个典型文学形象。可是整部作品的重心依然是上层社会青年男女的爱情悲喜剧[1],对于底层生活和底层人物的描摹是片段式的、功能式的。

西班牙流浪汉小说则完全不同,作品的全部焦点都集聚在主人公身上。穷人成为了西班牙流浪汉小说独一无二的叙事主体,穷人和穷人的生活都成为被文学书写的对象。叙事主体的变化带来了叙事视角的变化,它讲述了新的故事——穷人的求生史、冒险史和奋斗史,并赋予了作品一个崭新的视角——穷人眼中的世界。"穷人"主人公和"穷人"故事进入文学世界有着深刻的历史背景。文艺复兴引发了对人性的高度关注,不断"引导个人以一切形式和在一切条件下对自己做最热诚的和最彻底的研究"[2],激发了"对人类日常生活的描写的兴趣"[3],使读者第一次"在文学里看到一种真正的世态描写"[4]。就此而言,西班牙流浪汉小说是带有典型文艺复兴特质的叙事文学样式,它丰富了叙事文学的内涵,拓展了文学的现实主义维度,无疑是文学史上的重要创新。

---

[1] 作品原名《卡利斯托和梅利贝娅的悲喜剧》(*Tragicomedia de Calisto y Melibea*,1499)。塞莱斯蒂娜系小说中的一个配角,但由于形象刻画真实生动,角色的名字渐渐取代了原名成为该小说的通用书名。
[2] 布克哈特:《意大利文艺复兴时期的文化》,何新译,商务印书馆,1992,第302页。
[3] 布克哈特:第302页。
[4] 布克哈特:第344页。

穷人：主人公的标签

贫穷是流浪汉小说主人公引人注目的外部标签，也是当时伊比利亚哈布斯堡王朝社会财富高度集中的直接表现。

贫穷首先是物质意义上的。流浪汉小说的主人公最大的敌人无疑是饥饿、冻馁和匮乏：

> 我们的肚子经常空空如也，因为从人家手里弄来吃的可是件费劲的事儿。（……）我们几乎靠吸空气过日子，而且过得很舒服。（……）我们把太阳看成我们的死敌，因为它把我们衣服上的补丁、针脚和破洞暴露无遗。（……）我们全身每一件东西原来不是另一件东西，并且没有一番历史可说的。①

即便能找到个伺候人的差事，也未必躲得过忍饥受饿，挨打遭罪，说不定还会饿成"瘦得像锥子似的"②。在《小癞子》中，主人公拉撒路曾给一位教士当过佣人，没成想这位东家是"天下的卑鄙小器，他一人都占全了"③。他自己吃得"一点不省俭"④，对待拉撒路却刻薄到家，每四天给他一个洋葱当口粮，还把家里所有吃的全"亲手锁在箱子里"⑤，弄得"整宅房子里看不见一样可吃的东西"⑥。拉撒路"饿得瘦弱不堪，站都站不直"⑦，只好想歪招邪辙填肚子，却不幸败露，被教士打得"头开脑裂，人事不知"⑧。

---

① 除特别注明外，本论文使用吴建恒的《骗子外传》译本，第83、85页。
② 克维多：第13页。
③ 佚名：第23页。
④ 佚名：第23页。
⑤ 佚名：第23页。
⑥ 佚名：第24页。
⑦ 佚名：第25页。
⑧ 佚名：第38页。

贫穷也是道德意义上的。哪怕只求混个"仍旧挨饿,已没有性命之忧"①,也少不了四处奔波,挨苦受累。流浪汉小说的主人公似乎根本不讲礼义廉耻,为了利益可以毫不犹豫地出卖自己、出卖别人,坑蒙拐骗偷无所不用其极。在《安达卢西亚姑娘在罗马》中,主人公洛莎娜觉得"如果两手空空,还不如死了好呢"②,所以"在罗马干什么都甭提良心"③。她只要瞅一眼就立刻能知道这个男人"他有什么家底,有多少身家,能给她什么好处,她能榨出多少油水"④,绝对"不放过从哪个男人身上捞好处的机会"⑤。洛莎娜为了赚钱"什么事都干得出来"⑥,她"恨不得把男人的五脏六腑都掏出来"⑦,而且"她也真做得到"⑧。

贫穷更是社会地位意义上的。哪怕"打定主意学好样,走上我自己安排的正路"⑨,多半儿也会"景况越来越糟了"⑩,只能自己安慰自己"我感到换个地方,我的命运也许会好一点儿"⑪。在《骗子外传》中,主人公巴勃罗斯家世寒薄("那个人的妈是个巫婆,爹是个贼,叔叔是刽子手"⑫),但早早就下定了决心"要爬更高的山,得到更好的地位"⑬。他曾打算装阔骗婚,巴结一门好亲事赚笔嫁妆钱,还能改换门庭。可惜事与愿违,巴勃罗斯碰到了旧主人,被撞

---

① 佚名:第40页。
② F. Delicado: *La Lozana andaluza*. Madrid: Castalia, 1969, p. 46. (本论文使用西文原版,译文参考了李德明的《安达卢西亚姑娘在罗马》中译本)。
③ Delicado: p. 134.
④ Delicado: p. 46.
⑤ Delicado: p. 114.
⑥ Delicado: p. 115.
⑦ Delicado: p. 115.
⑧ Delicado: p. 115.
⑨ 克维多:第4页。
⑩ 克维多:第154页。
⑪ 克维多:第153页。
⑫ 克维多:第125页。
⑬ 克维多:第47页。

破了身份,自己黄粱梦碎,还被打得断了腿破了相,之前弄来的钱也被同伙拐走了。

在流浪汉小说中,主人公哪怕用尽肮脏手段还是搏不出个好前程,反而越奋斗越失败,越挣扎越堕落,直至深陷泥潭不可自拔。贫困如影随形,无处无有,无时不在,仿佛一双看不见的手在翻云覆雨之间倾轧了人的尊严与梦想。

自述:文本说服力的建构

流浪汉小说多采用自述模式,使用第一人称人物叙述者视角讲述主人公的自身经历,呈现主人公眼中的人间百态。这是一种典型的同源故事虚构叙事模式[1]。在同源故事虚构叙事视角下,主人公具有人物和叙述者的双重身份。他们是小说虚构的一个人物,是虚构文本建构的结果。他们也是虚构文本的建构者,主人公"作为叙述者的语言行为与他的故事中的任务的语言行为以及他个人作为故事人物的语言行为,在虚构范围内,具有同样的严肃性"[2]。在同源故事虚构叙事中,叙述者"我"模糊了虚构的边界,有效地"缩减虚构和现实之间的距离,清除它们之间的界限"[3],制造了强烈的代入感,使读者不由自主对主人公产生认同,自然而然地"相信世界就是小说讲的那个样子"[4]。当洛莎娜说出"我将得到安息,看到新世界"[5]时,同源故事叙述者的代入效果让读者对洛莎娜的疲惫与幻灭感同身受。在《小癞子》中,自述的感染力让读者与拉撒路一同醒悟"我无依无靠,得心尖眼快,想法照顾自

---

[1] 热奈特:《热奈特论文集》,史忠义译,天津:百花文艺出版社,2000,第142页。
[2] 热奈特:第111页。
[3] M. Vargas Llosa: *Cartas a un joven novelista*, Barcelona: Planeta, 1997, p.36.
[4] Vargas Llosa: p.36.
[5] Delicado: p.245.

己"①;一同感叹瞎子"虽然虐待我,却也教我许多有用的本领"②;一同担心主人"准是越换越不行"③,生怕"再找个主人更不如他,那我只有死路一条了"④;一同哀叹"自己没造化"⑤,不由得"把我自己和我自己的苦命千遍万遍的咒骂"⑥;一同庆幸自己有贵人照拂,娶到了圣·萨瓦铎区大神父的女佣,"那程子很富裕,运道好极了"⑦……

借助同源故事虚构叙事所产生的效果,西班牙流浪汉小说被赋予了一种不可抵抗的说服力⑧,让读者身临其境⑨,仿佛分享了主人公的悲苦哀愁。卑贱之人以卑贱之口讲卑贱之事,没有绚丽的传奇,只有刺骨的真实。

通过西班牙流浪汉小说叙事特征分析,我们发现在流浪汉小说的语境下,同源故事虚构叙事结构的运用使主人公成为文本建构的核心。主人公叙事视角的使用源于文本说服力建构的需要,同时,自述也最大限度地提升了虚构现实的可信度,增强了文本的感染力。在建构文本的过程中,第一人称主人公叙述者也完成了蜕变,成为一个全新的文学典型形象。"穷人"主人公出现了,他们是"反英雄"的主人公,开拓了崭新的叙事文学界域。在西班牙流浪汉小说中,"穷人"主人公的塑造与社会现实的呈现融为一体,"穷人"的故事赤裸裸地登场了。西班牙流浪汉小说的上述叙事特征也为使用成长小说研究的视角进行流浪汉小说文本解读提供了可能性与可行性。

---

① 佚名:第8页。
② 佚名:第23页。
③ 佚名:第28页。
④ 佚名:第23页。
⑤ 佚名:第44页。
⑥ 佚名:第48页。
⑦ 佚名:第82页。
⑧ Vargas Llosa:p.34.
⑨ Vargas Llosa:p.36.

三、流浪汉小说的成长小说诠释视角

在成长小说的范畴内,所谓"成长"有着多种含义。它可以是对外部世界懵懂无知的天真少年获取人生知识的过程,也可以是一个人重要的自我发现过程——认识自我身份,发现自我价值,调整自我与社会的关系①。因此,身份建构、人格塑造和自我发展构成了成长小说的基本要素,它们也成为我们重新阅读西班牙流浪汉小说的切入点。

"我"的名字,"我"的身份

西班牙流浪汉小说都是从主人公自报家门开始的。例如:《洛莎娜》第一回开篇先介绍主人公洛莎娜的来历:"洛莎娜是塞内卡的同乡,科尔多瓦人……"②在《小癞子》中,主人公拉撒路坚持要先奉告"我名叫托美思河的癞子,我爹托马斯·贡萨勒斯、我妈安东娜·贝瑞斯,都是萨拉曼加省泰加瑞斯镇上人"③,然后才开始说自己的故事,所以小说第一章干脆叫作"癞子自述身世,他父母是谁"④。《骗子外传》第一章名为"话说他是谁、在哪里出生"⑤,主人公姓氏名谁、爹娘是谁、排行第几、家里什么营生……被交代得一清二楚。可是流浪汉小说的主人公又有什么值得夸耀的身世呢?他们的爹娘都不是什么体面人,贪杯好赌,小偷小摸,卖淫拉纤,密医巫术,坑蒙拐骗,狡猾腥鲶。这么一本正经地自报家门着实好笑。但是,成长小说的文本中蕴涵的主人公身份认知与自我

---

① Marcus: p. 222.
② Delicado: p. 37.
③ 佚名:第4页。
④ 佚名:第4页。
⑤ F. de Quevedo: *La vida del Buscón*. Barcelona: Planeta, 1989, p. 11.

建构因素。如果从这个角度出发考察西班牙流浪汉小说,主人公自报家门的行为具有多重喻意和功能。

从叙事层面上看,流浪汉小说主人公的自报家门是出于建构叙事说服力的需要。由于流浪汉小说是同源故事虚构叙事,必须在文本中保障自述的合法性,并使其具有足够的说服力。为此,西班牙流浪汉小说需要通过自报家门、以自称自名的方式赋予主人公某种合法身份,给予第一人称人物叙述者来自文本的认可,使主人公能够获取必要的说服力,从而完成从虚构角色到虚构文本叙事者的转化。胡安·卡洛斯·罗德里格斯(Juan Carlos Rodríguez)教授指出"名字问题的实质是身份问题"[1]。名字是一个人身份的外在标识。在绝对主义国家制度下,贵族的家名有血统作为保证("贵族有家系"[2]),教士的身份有教廷给予的证明("修士或修女出家后改用法名"[3])。名字清清楚楚,身份就明明白白,身份所代表的社会地位自然也清清楚楚,明明白白,容不得半点儿质疑。流浪汉小说的主人公来自底层,没有社会地位自然也就没有什么身份。没有身份当然不足为信。没有身份的人讲出的故事更不可为信。为了具有说服力,流浪汉小说的主人公只能靠自报家门宣告"我"是谁,希望通过说出自己的名字建构自己的身份。因此,自报家门是人物身份建构的艰难努力,也是亮明身份的诉求的产物。

流浪汉小说的主人公在自报家门时还会公告自己父母的名字和出生地。这是一个有趣的"置换"。西班牙流浪汉小说往往是个自述故事,内容是主人公的生活。"讲述自己的生活必须从头开始"[4],因为不原原本本从头讲起就显得不那么真实可信。可是何谓"从头讲起"?16—17世纪的伊比利亚哈布斯堡王朝依然视血

---

[1] J. C. Rodríguez: *La literatura del pobre*, Granada: Comares, 2001, p. 30.
[2] Rodríguez: p. 30.
[3] Rodríguez: p. 30.
[4] Rodríguez: p. 176.

统为身份的标识和保障。流浪汉小说的主人公把"血统"等同于"源头"①。于是"从头讲起"变成了"从血统说起"②,更进一步庸俗化成要从"谁生谁养?哪儿生哪儿养?"开始,否则就无法保障故事的说服力。

在西班牙流浪汉小说的语境下,自报家门彻底沦为了主人公装腔作势的戏仿行为。它构成了三重意义上的讽刺:自报家门的作法是对贵族和教士的戏仿;文本又隐含了对主人公这一戏仿行为的讥讽;而自报家门行为本身则潜藏了对封建血统身份论的嘲笑。所以表面上看,文本在讽刺流浪汉小说的主人公东施效颦,笑话他们不知廉耻,自曝家丑,把卑贱当光荣显摆。但流浪汉小说的主人公也用自己一本正经的态度,间接回击了对他们的嘲笑,表露了卑贱之人对社会主流价值观的某种拒绝态度③。在文本的夹缝中,西班牙流浪汉小说发出了微弱的呼唤,呼唤一个不以血统断定身份、评判人高低贵贱的世界,呼唤只要"凭我的智慧和清白"④就能过上好日子的时代。

受到成长小说研究的启发,在自我认知与身份建构的诠释视角下,西班牙流浪汉小说超越了对底层生活的猎奇。这是因为流浪汉小说的主人公首先说出的是自己的名字,从而隐晦地表明他们的身份基于自己的名字——基于他们自己。这是文本中的角色身份建构,也透过文本反映了在绝对主义统治下出现了新的社会身份认同。新的故事由此开始,新的人物由此而生。

"我"的贫穷,"我"的所有

成长小说的主人公在漫游中结识新的人、接触新的事物、看到

---

① Rodríguez: p. 177.
② Rodríguez: p. 176.
③ Rodríguez: p. 177.
④ Delicado: p. 39.

新的世界。这使得他们有机会"不断丰富和修正对自己及周围世界的认识"[1],从而促进自我塑造,实现完善人格的目标。通过主人公的成长历程,作品的横向社会史维度与纵向成长史维度彼此交错,展现了个体成长与社会环境之间的复杂联系,并在二者的相互作用中拷问个体心灵,挖掘现实深度,提炼普遍人性。受到成长小说中横纵双重维度解读的启发,可以发现在西班牙流浪汉小说同样存在成长小说式的横向社会史维度。西班牙流浪汉小说以主人公的人生轨迹为轴,通过第一人称叙事者的线索人物功能,用主人公的行动(流浪)像串铜钱儿[2]或糖葫芦[3]似的,将各色人等、世间百态衔接在一起,从底层视角描绘了彼时社会的龌龊堕落,肮脏麻木,构成了小说的现实主义层面。

那么在流浪汉小说中存在体现主人公成长的纵向维度吗?巴赫金提出流浪汉小说(他称之为"漫游小说"[4])没有人格塑造和养成的过程。他认为在流浪汉小说的语境下主人公是"静态的统一"[5],他们"仅仅勾勒出了轮廓,全然是静态的,就像他周围的世界是静止的一样"[6],只能"纯粹从空间角度,从静态角度来看待五彩缤纷的世界"[7],而且"即使人的地位发生了剧烈的变化,他本人在这种情况下依然故我"[8]。例如在《骗子外传》中,读者在小说第一章就被作者告知主人公巴勃罗斯为人自私虚荣,贪婪狡诈,偷奸耍滑,好逸恶劳。随着情节的展开,虽然主人公被"事件改变着他的命运,改变着他的生活状况和社会地位"[9],但他的性格从故事

---

[1] 谷裕:第1页。
[2] 杨绛:第201页。
[3] 盛力:第4页。
[4] 巴赫金:第215页。
[5] 巴赫金:第230页。
[6] 巴赫金:第217页。
[7] 巴赫金:第216页。
[8] 巴赫金:第217页。
[9] 巴赫金:第229页。

开头就被定型了,似乎任何外在因素都不能影响巴勃罗斯的心灵,他在小说结尾甚至厚颜无耻地说自己才不会"因为我受过教训变得聪明起来"[1]。可见西班牙流浪汉小说的着力点是塑造典型人物的典型性格,对人格养成关注有限,但文本中埋藏着另一种意义上的纵向维度——"穷人"主人公的人格塑造。

作为变动时代的文学写照,西班牙流浪汉小说创造了文学史上第一个"穷人"主人公。他们有自由民身份,不是贵族的附庸,可以自由迁徙,能够相对自主地"选择"谋生方式。例如,为了"要想成个贵人"[2],《骗子外传》的主人公巴勃罗斯"专门去接近大户人家和显要人物的孩子"[3],还自愿留下来服侍富家公子,靠给他当跟班儿捞到去大学上课的机会。在《小癞子》中,拉撒路说自己伺候过一位神父。他靠给这位主家卖水总算混上了温饱,还攒下了几个钱能让自己"打扮得整整齐齐"[4]。拉撒路"一看自己穿得像样"[5]就不愿再干卖水的行当了。他辞了差事去伺候一位公差,跟着新东家"吃上衙门饭"[6]。由此可见,充当仆从是西班牙流浪汉小说主人公惯常诉诸的谋生方式,但与中世纪意义上的仆役不同,他们对主人没有人身依附和财产依附关系。他们是被雇佣的,靠出卖智力和劳力糊口,真正在乎的是怎么能从主人那里捞到好处。巴勃罗斯和女管家合谋"在办伙食的事情上做手脚"[7],简直"像吸血鬼似的吸他们的血"[8],私吞下来的钱数额之巨令人咋舌。拉撒路伺候的公差遇到了袭击,他忙不迭地先逃命跑了,"从此就

---

[1] 克维多:第153页。
[2] 克维多:第10页。
[3] 克维多:第5页。
[4] 佚名:第78页。
[5] 佚名:第78页。
[6] 佚名:第79页。
[7] 克维多:第36页。
[8] 克维多:第37页。

和东家散伙了"①。

　　西班牙流浪汉小说的主人公对自己的处境也有着非常清醒的认识。他们明白自己是穷人,什么都没有,要想有吃有穿,就得学会"谋生活命的法门"②。《安达卢西亚姑娘在罗马》的主人公洛莎娜无依无靠逃到罗马。她清楚自己要想活命只有卖身一条路可走,她更知道要是搞不懂在罗马讨生活的路数,靠卖身挣活路也是死路一条。于是洛莎娜先弄清楚了在罗马"每样东西是什么,每条街叫什么名字"③,然后打听明白了"这里的人是怎么弄到好东西的、靠我自个儿用什么法子才能过得倍儿有面子"④。一番折腾之后在罗马城"没有谁比洛莎娜夫人更能干,钱挣得更多"⑤,洛莎娜成了嫖客口中"罗马这地界儿过得最好的女人"⑥。在《骗子外传》中,主人公巴勃罗斯炫耀他不到一个月已经"学会了所有这些偷窃蒙骗的法子"⑦。他青出于蓝,骗术高超,赌技精湛,混得风生水起,后来更"学会了黑社会行当,不多久就成了流氓头儿"⑧。

　　如果说成长小说通过纵横两个维度的交织展现了人格养成的不同侧面,西班牙流浪汉小说利用表层横向维度与潜在纵向维度的交互作用揭示了"穷人"主人公生成的社会因素与历史必然。西班牙流浪汉小说脱胎于伊比利亚哈布斯堡王朝绝对主义国家统治的现实。佩里·安德森认为西欧绝对主义制度是"经过了重新部署的封建统治机器"⑨,是"向资本主义过渡时代的封建贵族的

---

① 佚名:第79页。
② 佚名:第9页。
③ Delicado:p.61.
④ Delicado:p.10.
⑤ Delicado:p.114.
⑥ Delicado:p.114.
⑦ 克维多:第103页。
⑧ 克维多(1990):第153页。
⑨ 安德森:《绝对主义国家的系谱》,刘北成、龚晓庄译,上海人民出版社,2001,第6页。

统治"①。他还指出绝对主义"所统治的社会结构是在国际范围内的封建生产方式和资本主义生产方式的复杂组合"②,但它"直至灭亡之时仍保留着其封建根基"③。在伊比利亚半岛内部,"文艺复兴正是巩固绝对主义的第一个时期"④,整个社会都承受着这个混杂的君主集权制带来的种种冲击。一方面随着商品生产和交换的发展,随着文艺复兴在欧洲达到高潮,中世纪遗存的社会结构出现了裂痕,以工场手工业主和商人为主体的新兴阶层积累了一定财富,打算借卖官鬻爵之路改换门庭。另一方面,贵族依然居于社会金字塔的顶层,"统治地位是与绝对主义制度历史相始终的"⑤。平民百姓却没有从重商主义发展中获得太多好处,相反他们还因为通货膨胀加剧而生计日渐艰难。许多人不得不背井离乡,希望能到别处碰碰运气挣碗饱饭。

西班牙流浪汉小说的主人公就是绝对主义统治风云变幻的文学镜像。他们来自社会底层,身无长物,只能"自由"地给自己找活路。他们还要证明自己是有用的,因为只有能为他人所用才能获得被"使用"的机会,才有可能挣到钱填饱肚子。为此,《洛莎娜》开篇不惜笔墨例数主人公的各种才艺技能,夸奖她"聪慧伶俐,一点儿也不比她的同乡帝师塞内卡差"⑥,还称赞她人精明,有心机,深谙人情世故⑦。《小癞子》特意强调拉撒路从瞎子那里学会了助理弥撒,还凭这个本事当上了马奎达城一位教士的仆人。在《骗子外传》中,主人公巴勃罗斯"享有机灵鬼和淘气包的名

---

① 安德森:第26页。
② 安德森:第458页。
③ 安德森:第78页。
④ 安德森:第39页。
⑤ 安德森:第5页。
⑥ Delicado:p.37.
⑦ Delicado:p.46.

声"①,他特别会讨东家少爷朋友们的喜欢。东家堂迭戈不但夸他"大有长进,上得阵了"②,更纵容他肆意胡闹,捉弄别人。他们还必须展示自己的能力,亦如洛莎娜所言"我懂得多,但如果我不让别人知道我有见识,那可一点儿用也没有"③。这是因为他们的"机灵"、"见识"和"聪明"是他们拥有的唯一财产,是他们安身立命的本钱。因此,"贫穷"不仅是角色的外部标签,它还是一个隐喻,是西班牙流浪汉小说"穷人"主人公的身份标志,更是穷人唯一的拥有。的确,他们的人是自由的,不依附于任何贵族或财产关系,但除此之外他们一无所有(各种意义上的一无所有),所以他们只好靠"自由"出卖劳力、出卖头脑、出卖身体、出卖人生换取一日三餐。

在成长小说诠释视角的启发下,通过分析西班牙流浪汉小说的一横一纵两个叙事维度,"穷人"主人公的生动形象跃然纸上。这不仅在文学典型形象塑造上具有开拓意义,更揭示了在绝对主义统治下混杂的生产关系和社会结构创造了"新人"。他们贫穷,贫穷到一无所有;他们自由,自由到只能自由地出卖一无所有的自己。西班牙流浪汉小说以文学特有的敏感和力透纸背的写实笔法再现了历史变迁对人的影响和塑造。

结　语

从《小癞子》到《威廉·迈斯特的学习时代》,时光流淌了近两个半世纪。成长小说萌发在启蒙时代,是"德语文学中一种特殊小说类型"④,其主题是"主人公思想和性格的发展"⑤,开拓了叙事文

---

① 克维多:第43、44页。
② 克维多:第36页。
③ Delicado:p.45—46.
④ 谷裕:第18页。
⑤ 艾布拉姆斯:第386—387页。

学的内省维度。流浪汉小说产生于文艺复兴时期,作品以底层人物之口讲述穷人的生活,拓展了叙事文学的内容界域。它们是出现在不同历史时期、不同社会背景下的叙事作品,叙事讥讽、表现手法、词风文韵上的差别显而易见,凡此种种,不足赘述。然而就其本质而言,成长小说与西班牙流浪汉小说都是关于"人的小说"。它们都沿着人的生命轨迹,以人的活动为动线串联情节,通过主人公的视角呈现人间万物。归根到底,成长小说和西班牙流浪汉小说讲述的都是人的生活。在"引导个人以一切形式和在一切条件下对自己做最热诚的和最彻底的研究"①方面,文艺复兴与启蒙运动一脉相承,西班牙流浪汉小说和成长小说薪火相传。这就是我们能够使用成长小说研究的视角分析解读西班牙流浪汉小说的内在原因与根本出发点。

在西班牙流浪汉小说叙事分析的基础上,在成长小说诠释视角的启发下,我们发现流浪汉小说的核心元素在于"人"——"穷人"主人公的塑造以及"穷人"故事的呈现。西班牙流浪汉小说的主人公是地地道道的穷人,是叙事作品常见的英雄主人公阴暗的对立面。他们没有高贵血统,傲人家世,有的只是无边无际的贫穷。他们没有丰功伟绩,神奇经历,有的只是苦苦挣扎求生的辛酸。他们不甘心,他们想往上爬,结果却往往是竹篮打水一场空。洛莎娜一天天变老,身体越来越差,挣的钱也渐渐开始少了。她决定隐姓埋名,隐退他乡,她说"我希望能上天堂。天堂有三扇门,我将从那扇向我开着的门进去"②,但结局如何不言自明。在《小癞子》中,主人公在小说结尾处终于交上了好运。圣·萨瓦锋区大神父觉得拉撒路"能干,又规规矩矩"③,让他替自己卖酒,还帮拉撒路成了家。不过拉撒路娶的是大神父的女仆兼情妇,那个女人"养

---

① 布克哈特:第302页。
② Delicado:p.45—46.
③ 佚名:第80页。

过三次孩子,三次情形都不同"①。拉撒路自然听到不少闲言碎语,但他思忖再三,还是选择让自己"在家里就过得很安静"②。他声称"世界上我最爱的是我老婆,自己还在其次呢"③,因为"我靠了她,才蒙上帝赏赐许多恩典,都是我受之有愧的"④。《骗子外传》的主人公巴勃罗斯厄运连连,长期作恶让他变成了逃犯。他打算去西印度碰运气,可他也心知肚明,自己在新世界也不会有什么好光景的,"因为谁只换换地方不改变他的生活习惯,那他的景况是决不会改善的"⑤。总而言之,在西班牙流浪汉小说的语境下,主人公似乎都会落得无路可走的下场。原因也不难解释,除去个人因素外,绝对主义统治不会给予穷人上升的渠道,不会允许社会发生良性流动。他们根本无法立足,也无处立足。

狄尔泰指出,成长小说是"在我们当时的精神朝内在文化发展的方向中产生"⑥,作品"布局包含着一种道德判断"⑦,而且文本"给予的不多不少正是道德世界的整个形式"⑧。这对于西班牙流浪汉小说的解读和分析也颇有借鉴之处。在西班牙流浪汉小说的语境下,除了走投无路之外,"穷人"主人公的塑造也带有文艺复兴气质,既负载着绝对主义对人的禁锢,更浅浅勾勒出理想人格的模糊轮廓。西班牙流浪汉小说强调主人公是自由的,他们可以自己支配自己,而且他们非常在乎自己的自由。例如,洛莎娜认真了解罗马妓女的赚钱门道,细心记下值得自己学习的地方,只是为了自己有自由身,不受制于人⑨。他们还渴望改变命运,厌恶血统门

---

① 佚名:第81页。
② 佚名:第82页。
③ 佚名:第82页。
④ 佚名:第82页。
⑤ 克维多:第154页。
⑥ 狄尔泰:第323页。
⑦ 狄尔泰:第270页。
⑧ 狄尔泰:第270页。
⑨ Delicado:p. 46.

第,但又摆脱不了底层出身的束缚,总幻想有朝一日能到个什么地方,"那儿谁都不认识我——这是我最感欣慰的事——我在那儿得依靠自己的聪明才智来一试身手"[1]。他们更为自己的小小成功雀跃,希望能够有新的评价体系承认一个人的努力。因此,拉撒路在讲述自己故事的时候再三声明:"您叫我详述身世,我以为不要半中间说起,最好从头叙述,这样可以把我的生平自始至终地讲一遍。而且也可以叫那些得天独厚袭大产业的人瞧瞧,他们何德何能,无非得天独厚罢了;再瞧瞧那些没造化的人,靠自己智勇,历尽风波,安抵港口,相形之下,成就大得多呢!"[2]在"穷人"主人公眼中,有什么能和靠自身努力奋斗成功相提并论呢? 可惜,绝对主义制度不会允许穷人的奋斗和成功,西班牙流浪汉小说没有也不可能赋予"穷人"主人公做梦的权利和空间。文本揭示了残酷的事实,因为"讲述生活和讲述传奇真的完全不同"[3]。

---

[1] 克维多:第79页。
[2] 佚名:第2—3页。
[3] Rodríguez:p.176.

49

成长小说与文学公共领域的建构：
以《汤姆·琼斯》为例[*]

胡振明

《汤姆·琼斯》是一部经典的成长小说。菲尔丁通过不完美的主人公形象揭示了人性的复杂，并阐明个人的道德理解。在他的笔下，主人公汤姆·琼斯被赋予了鲜明的人物特点，同时代及后世评论家们认为从某种意义上来说，菲尔丁塑造了一位具有个人主体性的虚构人物。菲尔丁萦绕在怀的明确道德意图又让小说最终完成以道德归位为体现的社会公共性建构过程。根据哈贝马斯的公共领域理论，《汤姆·琼斯》这部成长小说因为个人主体性与社会公共性的互为建构过程而可被视为文学公共领域建构的范例。

一、成长小说与文学公共领域

英国小说兴起于 18 世纪。作为新生文类的小说，其自身发展经历借鉴、模仿他者，直至自成体系，独门一派的过程。成长发展，

---

[*] 本论文为国家社会科学基金青年项目"18 世纪英国小说与文学公共领域的建构研究"（批准号 12CWW022）阶段性研究成果，亦为"对外经济贸易大学学术创新团队资助项目"，"对外经济贸易大学'211 工程'三期建设项目"。

不仅是此时期小说创作手法演变的真实写照,而且也被内化为个人诉求与时代变迁的文本融合,进而塑就了集众多早期小说特点为一体的"成长小说"。对巴赫金而言,成长小说所塑造的人物形象是主人公品性发展与时间的动态统一,"时间进入人的内部,进入人物形象本身,极大地改变了人物命运及生活中一切因素所具有的意义。"①他认为,主人公本身及其性格成为一种变数,并具备情节拓展能力,从而丰富了故事冲突,使小说情节从根本上得到再认识、再构建,进而成为人的成长小说。巴赫金的观点意味着"成长在这里是变化着的生活条件和事件、活动和工作等的总和之结果。这里形成着人的命运,与这个命运一起也创造着人自身,形成他的性格。人生命运的生成与本人的成长融合在一起。"②在他看来,亨利·菲尔丁所写的《汤姆·琼斯》就是一个典型的范例。

《汤姆·琼斯》的确是经典的成长小说。这部被塞缪尔·柯勒律治称之为"迄今为止结构最为完美的作品"③之一的小说可均分为三大部分,各成单元。第一部分是汤姆·琼斯及其他人物的乡村生活;第二部分是主人公从家乡到伦敦之行;第三部分是琼斯的伦敦遭遇及最终大团圆。这三大部分既是故事时间与空间的切换,又是主人公个人品性得以成长的过程,也是他的一次学徒经历,在现实生活中逐步了解社会互动以及施仁布德过程的复杂。④在这个学徒经历中,故事中正反两派人物都以各自独特的方式影响主人公的品性成长,既有以卜利非为代表的恶者有意利用琼斯的弱点加以陷害,又有沃尔华绥与索菲娅为代表的善者一心帮助

---

① 巴赫金:"教育小说及其在现实主义历史中的意义",见《小说理论》,白春仁、晓河译,河北教育出版社,1998年,第230页。
② 同上,第231页。
③ 伊恩·瓦特:《小说的兴起》,高原、董红钧译,三联书店,1992年,第310页。
④ William Ray, *Story & History: Narrative Authority and Social Identity in the Eighteenth - Century French and English Novel*, (Oxford: Basil Blackwell, 1990), p. 220.

他正视自己的缺陷,正反两种社会力量与意识形成合力塑造了主人公的艺术形象。在这部共计18卷的长篇巨作中,个人的成长是一种变量,是因时因地而做的即时选择,呈现出人性的复杂性。也正是因为菲尔丁力图以此方式揭示自己所认为的真正道德,虽然不完美的主角琼斯是众多读者所喜爱的人物,该作品却成为当时颇受争议的成长小说。赞赏者认为菲尔丁的确将人性阐释到位,而反对者则认为选择如此行为失检的主角实在是诲淫诲盗,为人所不堪。

这部小说所引发的争议围绕着如何对待琼斯这位不完美的主人公而展开,双方各执一词。这种对具体一部作品的对立看法不仅体现在以菲尔丁与塞缪尔·理查逊两派代表作者性情之中,又是两种文化的体现,[①]同时成为哈贝马斯所提出的文学公共领域的一个例证。文学作品历来都是与争议相随,但在18世纪,此番争议具有更加特殊的社会意义。

如伊恩·瓦特在《小说的兴起》中所言,小说之所以成为新兴文类是因为"形式现实主义"的叙述策略"用所涉及的人物个性、时间、地点的特殊性这样一些故事细节来使读者得到满足"。[②] 这意味着小说的创作特点具有个体特殊性。一方面小说是作者的个人创作,以塑造具有个人主体特殊性的故事人物为要旨,是个人主体性思考的结果,因此也就具有私人性;另一方面,具有个体私人性特点的作品一旦出版,它便成为供公众消费的商品,并因为被广泛的读者阅读而具备公共性。公共性的获得是以私人性的让度为前提的。出版的文学作品能够影响他人的理解与评判,在侵入他人私人主体性理解的同时,它本身成为一种具有公众影响力的意识,并与众多他者一道共同建构社会共识,即公共性。一部优秀的

[①] Michael McKeon, *The Origins of the English Novel* 1600—1740 (Baltimore: Johns Hopkins University Press, 2002), p. 382.
[②] 瓦特:《小说的兴起》,第27页。

文学作品往往引发积极的公众讨论,塑就对社会发展产生积极作用的公众舆论,而这个过程正是哈贝马斯所认为的文学公共领域的形成过程。他在其成名作《公共领域的结构转型》有如下详细阐述:"如果说,一边的私人性与另一边的公共性相互依赖,私人个体的主体性和公共性一开始就密切相关,那么同样,它们在'虚构'文学中也是联系在一起的。一方面,满腔热情的读者重温文学作品中所表现出来的私人关系;他们根据实际经验来充实虚构的私人空间,并且用虚构的私人空间来检验实际经验。另一方面,最初靠文学传达的私人空间,亦即具有文学表现能力的主体性事实上已经变成了拥有广泛读者的文学;同时,组成公众的私人就所读内容一同展开讨论,把它带进共同推动向前的启蒙过程当中。"[1]

在哈贝马斯看来,18世纪公共领域的结构转型就是当时的人们组成了以文学讨论为主的公共领域,通过相关讨论对自身源自私人领域的主体性有了清楚的认识,从而促进原有的封建代表型公共领域向资产阶级公共领域转型。虽然这只是哈贝马斯的一家之言,然而,他所论及的私人个体主体性与社会公共性之间互为建构过程的确也是以《汤姆·琼斯》为代表的早期成长小说得以成型的过程。

如瓦特所言,18世纪英国小说兴起的文化背景就是"一种用个人经验取代集体传统,成为现实最权威仲裁者的趋势日益增长"。[2] 这种趋势所导致的后果就是小说这个新文类中的故事人物具有与众不同的主体性,与性格鲜明的他者构成叙述文本世界。《汤姆·琼斯》这部小说出场人物众多,从乡绅贵族到贩夫走卒,每个人物可被视为某类人的代表,但又具有明确的个人特征。作为主人公的琼斯,他的经历可被视为个人成长历程,也可被理解

---

[1] 哈贝马斯:《公共领域的结构转型》,曹卫东等译,学林出版社,1999年,第54页。
[2] 瓦特:《小说的兴起》,第7页。

成其独特主体性形成的过程。正因为如此,后世的毛姆盛赞菲尔丁对琼斯的人物刻画,认为他"塑造了英国小说中第一位真正的人"[1],第一位具有真实生活质感的小说人物。同时,早期成长小说的一个鲜明特点就是通过故事人物个人经历劝诫读者积极向善的道德关怀,个人主体性是以社会公共性为旨归的。迈克尔·麦基恩认为,公共领域在大多情况下指的是一种由参与者顺从社会权威的个人体验及其对自身主体性意识互为建构的虚拟"空间":"一方面,当时的人们越发倾向于认为个人行为与社会制度具有明确的公共或私人特点;另一方面,他们努力承认在特定场合中,个人行为与社会制度如何具备看似已被其自身特点排除在外的私人或公共功效。"[2]《汤姆·琼斯》中的情节安排既有揭示世间万象荒谬可鄙的一面,又有世事真挚感人的一面,这些戏剧冲突是在个人主体性与社会公共性,即个人行为与社会制度之间,以颇受争议的主人公个人行为得到校正,成为社会制度表率的大团圆方式得以解决。善恶有报是早期成长小说的特点,也是18世纪文学公共领域建构的一个动因,因为当时的人们关注《帕梅拉》《汤姆·琼斯》这类具有道德启发意义与示范作用的文学作品,臧否评断是他们建构公共舆论的方式。应该看到,"虽然菲尔丁名义上否定了现实世界的美德有报,但他实际上是赞成,并且希望好人在现实世界得到好的报偿,而且总是给他的小说人物以这样的报偿。"[3]这个事实本身说明菲尔丁在创作《汤姆·琼斯》这部成长小说过程中,力图找到一个既为自己对人物及人性的理解正名,又能将读者阅读期待与社会需求,即个人主体性与社会公共性有机结合的方式。因此,在细读《汤姆·琼斯》时,

---

[1] W. Somerset Maugham, *The World's Ten Greatest Novels* (New York: Fawcett Publications, Inc., 1956), p.77.

[2] Michael McKeon, *The Secret History of Domesticity* (Baltimore: Johns Hopkins University Press, 2005), p.48.

[3] 韩加明:《菲尔丁研究》,北京大学出版社,2010年,第255页。

我们能够看到这部成长小说有效地参与了文学公共领域建构的过程。

二、成长小说中的个人主体性

康德在其著名的时代檄文《何为启蒙?》中这样写道:"启蒙就是人们摆脱自己招致的不成熟状态……因此,启蒙的格言就是,要有勇气去运用你自己的理解能力!"[①]英国哲学家的约翰·洛克、大卫·休谟分别在《人类理解论》与《人性论》《人类理解研究》中阐述如此重要的观点,即一切理解源自个人对自身经验的理解,而不是上天的预设。在瓦特看来,18 世纪哲学家们对个人经验与理解能力价值的重视为小说兴起奠定了基础,小说成为"最充分地反映了这种个人主义的、富有革新性的重定方向的文学形式。"[②]不难理解,小说充分而真实地记录个人经验,尊重个人视角与价值体系,从而彰显了人物个人主体性的意义。

《汤姆·琼斯》这部成长小说之所以具有极强的故事性与可读性就在于作者所塑造人物都具有鲜明特点。然而小说中的众多人物性格特点并不是菲尔丁随意点派,杂乱无序,而是围绕着"人性"这个核心次第展开的。菲尔丁在小说的开篇就明确自己身为作家的职责,即描写人性:"同样,学识渊博的读者也不会不知道,'人性',尽管只有一个名称,其中却包含着千变万化的丰富内容。一位作家,要想把人性这个博大渊深的题目写尽,比一位厨师把世界上各种肉类和蔬菜都做成菜要困难得多。"(上,4)[③]菲尔丁承认人性的复杂与千变万化,这是他从事小说创作的一个起因。

[①] Kant, *Political Writing*, trans. H. B. Nisbet (Cambridge: Cambridge University Press, 1991), p.54.
[②] 瓦特:《小说的兴起》,第 6 页。
[③] 亨利·菲尔丁:《汤姆·琼斯》,上下册,黄乔生译,译林出版社,2004 年(本文所引译文均以册及页码标示)。

众所周知,菲尔丁是因为不满当时风行一时的《帕梅拉》所可能带来的不良影响而转向小说创作的。理查逊笔下年方十六的卑微侍女帕梅拉集新兴中产阶级的虔诚勤勉与大家闺秀的端庄贤淑为一体,成为美德楷模,俨然为上帝差遣下凡,匡正社会伦常的使者。读者把《帕梅拉》一书通篇读完,会有这样的感觉,即这位小女仆自始至终都是身居道德高地,个人性格及其对外界的认识没有什么变化。汤姆·琼斯则不同。他最初是被势利小人认定"这孩子来到世上就是为了上绞刑架的"(上,97)私生子;随后是"表现出女人们特别喜欢的那种殷勤和豪爽品格"(上,117)的翩翩少年,进而是被逐出家门的流浪汉,最终成为家境殷实,生活幸福,泽及乡邻的绅士楷模。小说中这些个人境遇的变化实际上对应着主人公的性格发展。身为私生子被仅以财富、地位为标尺的势利小人所鄙视,乡村少年的淘气与顽皮被他人添油加醋地说成莫大罪愆。不谙世事,缺乏自制的琼斯长大成人,虽然品性纯良但总在男女关系方面有失检点,正值青春年少的他不是"自觉的自我塑造者,甚至没有多少自我意识",[①]是一个随性随意之人。等到被逐出家门,在一路毫无明确目的的流浪经历中,没有沃尔华绥如慈父般的庇护,恋人索菲娅真挚情感关爱,琼斯所经历的事情让自己成熟。他在劝慰饱经各种磨难,对世人悲观绝望的山中人时,说出一番颇有见地的话:"'我的好先生,对于妓院里产生的爱情,赌桌上产生、培养起来的友谊,您能期望得到什么好结果呢?'"(上,477)。这已说明琼斯的个人认识与性格的成长。等到他最终彻底悔改,并与心上人索菲娅成婚,他"改正了不良习惯,并且反省过去那些愚蠢的行为,学会了在他这样生机勃勃的人身上极少见的谨慎和稳重"(下,488)。由此,我们可以清晰地看到琼斯自童年至少年,及青年(当然,我们可以合情合理地预想到他的老年)的性

---

① 黄梅,《推敲"自我":小说在18世纪的英国》,三联书店,2003年,第228页。

格发展过程,这个完整的成长过程的确是人性复杂多变的脚注之一。

以描写人性为己任的菲尔丁自然明白,"如果只是将人性简化为对某种理想道德观的全然遵从,那么这种人性展现是不完全的。"①他很明确地指出:"我很怀疑尘世间的凡人是否曾达到那样尽善尽美的境地,也怀疑世上是否存在过坏到绝顶的怪物。"(下,4—5)因此,菲尔丁这部成长小说"使读者沉浸在一种共通的真实之中,同时使他们对交织相错的社会系统有所了解。"②读者通过这部小说接触文本所建构的社会广阔画面的同时,也得以了解人性的多重性,了解到生活在现实之中的人总是善恶杂糅。如亚历山大·蒲伯所言,凡人皆有错。承认这个事实,并在作品中得以体现,这实际上是塑造一个更为贴近真实生活的虚构人物。无疑,琼斯与帕梅拉相比,前者更具有生活气息,更能有效地影响读者,因为读者能在这个虚构人物的成长过程中找到自己的影子,从而产生某种亲切感。

故事人物的不完美既是现实的体现,也是其个人成长的需要,同时也是推动故事前进的戏剧冲突。沃尔华绥生重病,自料不久将辞世时,他在病榻前对琼斯这样说:"我的孩子,我深深知道,你的天性十分善良,你慷慨大方,光明磊落,如果这三种品质,再加上稳健谨慎和笃信宗教,你一定会得到幸福的。因为前三种品质虽然能使你享受幸福,但唯有后两者才能叫你的幸福持久下去。"(上,228)的确,本性善良的琼斯也正是因行为有失谨慎而为人诟病,他的成长也是围绕着对这个积习的校正而展开的。少年时期单纯善良的琼斯不免被年长的猎场看守人黑乔治利用,小小年纪

---

① Wolfgang Iser, *The Implied Reader: Patterns of Communication in Prose Fiction from Bunyan to Beckett* (Baltimore: Johns Hopkins University Press, 1974), p.51.

② John Richetti, *The English Novel in History* 1700—1780 (London and New York: Routledge, 1999), p.136.

犯了三宗所谓"盗窃罪",与卜利非少爷的"优良品质"(上,97)形成天壤之别。他打鸟时和黑乔治一起闯入魏斯顿的猎场。面对沃尔华绥的严厉责问和斯威康的狠毒鞭笞,琼斯坚称就他自己一人,因为他已经向黑乔治允诺要承担责任以免后者受到被解雇的惩罚。尽管他小小年纪就如此侠义会令读者感叹,但也的确需要承认,这种无原则、缺乏谨慎约束的善良某种意义上让恶得以滋长。等到他长大成人后,少年时期的缺点如今更具争议性与颠覆性。琼斯在男女关系方面总是有失检点,先后与莫莉、沃特尔太太、贝拉斯顿夫人有染,而同时他内心又深爱着纯洁善良的索菲娅,这的确让读者难以理解与接受。瓦特认为,"菲尔丁的总体主题之一,是性在人类生活中的合适地位……清楚说明了这个任性的青年内心冲突的倾向,表现出汤姆在精神上还不成熟,还不具有自我抑制的能力……它还和情节的作用联系在一起。"①值得注意的是,菲尔丁本人没有在小说中为琼斯做公开的辩护,而是让读者在细读琼斯这些荒唐行为的发生场景中相信这更多出于一种源自此年龄段的青年本能,而不是深谋远虑的算计与安排。源自本能的失检不仅让琼斯人生发生逆转,被逐出"天堂府",而且让小说情节更加复杂,增添了更多不确定因素。一场有着人生成长寓意的旅途走下来,身陷囹圄的琼斯最终彻底明白自己咎由自取:"我看命运不把我逼疯了是决不肯罢休的。可是我为什么要这样埋怨命运呢?我的一切灾难都是我自己找来的,所有降临在我身上的这些可怕的灾祸都是我自己的愚蠢、堕落行为找来的。"(下,419)小说所呈现的就是这种伴随着时间与空间的切换,个人心性的成熟与成长。

在成长小说中,我们往往是通过主人公言行,及其产生的后果来判断他是否成熟与变化,然而真正洞悉成长本质的是主人公在

---

① 瓦特:《小说的兴起》,第320—321页。

各时期与情境中所做的个人选择,成长的意义也在于这种具备自我意识的选择,因为这是个人积习使然,也是当时情境所致,更是为未来做铺垫。我们可以从琼斯为索菲娅所做的选择中窥视他成长的动因。琼斯与索菲娅可谓青梅竹马,两小无猜,他对女性始终怀有爱护之情。他曾送给索菲娅一只小鸟,但被嫉恨心切的卜利非放飞。索菲娅大声喊叫。琼斯不顾危险爬树抓鸟,结果树枝折断,落入水中。在这戏剧性一幕中,做坏事的卜利非振振有词为自己辩护,博得夸赞;而做好事的琼斯浑身湿透,站在一边还差点挨揍。从两者对比中,我们不难看出琼斯是出于近似本能的天性做选择。长大成人的琼斯明白索菲娅芳心所属,决定与情人莫莉一刀两断。等到他下定决心来见莫莉时,他"一看到情人,心醉神迷,不由自主,好像中了魔法,立即把索菲娅忘得一干二净,因而也就忘了来见莫莉的主要目的了"(上,211)。甚至在与索菲娅感情日炙时,他刚刚还在为两人的爱情嗟叹不已,一转眼就又犯荒唐错误,与莫莉躲到丛林密处去了。琼斯在当前的情欲之欢与未来幸福之间做出错误的选择,这当然辜负了索菲娅的情谊,但这可以被视为原本就缺乏谨慎约束的天性放纵本能之举。在菲尔丁看来,谨慎对于道德实践意义重大,"再怎么善良的人,也不能缺少小心谨慎这一条。它过去和现在都是道德的保护者,没有它,道德就毫无安全保障……多么善良的人也不能忽视审慎之道。道德,如果不用端庄谨慎来装扮,就显示不出它本身的美来"(上,119)。菲尔丁对琼斯身上不受谨慎美德驾驭的天性毫不护短,其目的就是要告诉读者这将造成更加令人扼腕痛惜的后果。而琼斯真正摆脱天性本能支配的体现是在历经种种磨难后,索菲娅被自己的父亲接走,很可能被强迫嫁给卜利非时,他收到有钱貌美的寡妇亨特太太的求爱信。虽然对无望与索菲娅结合的他来说,这实在是不错的天意安排,也不免有些心动,但"这种道德荣誉的托词没有坚持多久,就被他的天性压倒了。天性的声音在他心里喊道:这种友谊其实是对爱情的背叛"(下,318)。琼斯最终在审慎考虑之后,而不是出于本能,为心上人索菲娅选择放弃这桩看似不错的命运安排。应该看到,"汤姆的美德获得过程是自我完善,而非自我否定的过程;是本性的完善或提升,而非否定。"[①]因此,琼斯所做的一系列选择与小说人物内在善良天性有着一致性。如果将其置于具体语境中加以分析,他的选择一方面符合人物性格及当时情势发展规律,合乎情理;另一方面通过选择动因的对比可以看到他个人不同阶段的认识变化。读者相信能够接受这样的观点,即这些选择是故事人物的个人自由自主决定;如果这位虚构人物被赋予真正的独立生命,他也会在现实中如此行事,而这也是我们所能理解的虚构与真实人物的成长过程。

毋庸讳言,早期成长小说的目的就是让读者从阅读中得到道德教益。但在力图实现这个既定目标时,作家们要做这样的选择,是让自己笔下的人物成为帕梅拉式的道德楷模,还是使之成为琼斯这样的"非英雄性质的主人公"?[②] 这个选择事关让故事人物成为某种天意神谕的传声筒,还是如真实人物那样具有自己个人主体性,做出符合人物性格逻辑的选择,从而具有成长变化的可能。从当时人们喜爱《汤姆·琼斯》一书,以及完美楷模帕梅拉在随后小说中越发难见道德盟友的事实来看,读者更愿意亲近的是一位具有成长经历的虚构人物。

三、成长小说中的社会公共性

菲尔丁在《汤姆·琼斯》卷首献辞中阐明了自己的说教意图:"我在此郑重宣誓,我将真诚地在书中竭力阐扬美德和善举。"他

[①] Frederick G. Ribble, "Aristotle and the 'Prudence' Theme of *Tom Jones*," *Eighteenth-Century Studies*, 15(1981), p.46.

[②] Walter Allen, *The English Novel* (Harmondsworth: Penguin Books, 1986), p.61.

的道德关怀并非孤例。瓦特指出,18世纪主要出版物为宗教书籍,此时期文学的最主要趋向就是"纯文学与宗教训诲之间的妥协"。① 当时的文学家们积极参与道德建构,因为对他们来说,"以虚构文学思考、应对当代社会问题和思想问题乃至介入政治时事是从文的正路。"② 文人们一方面通过《帕梅拉》《汤姆·琼斯》这类具体作品,另一方面通过各类道德期刊引导公众对以道德为核心的社会问题的关注。在哈贝马斯看来,由此形成的公众舆论是文学公共领域建构的基础,而后者的成型在于"文学讨论中作为人的私人是否会就其主体性的经验达成共识;或者说,政治讨论中作为物主的私人是否会就其私人领域的管理达成共识"③。也就是说,确立个人主体性的目的就是为社会公共性达成共识,从而影响或引导其他参与公众舆论建构的人们个人主体性成型过程。具体到《汤姆·琼斯》这部成长小说,主人公个人主体性确立是以谨慎为约束的道德归位过程,是以成为社会公共性共识的代表,即道德表率为目的。

汤姆·琼斯的成长过程充满各种戏剧性冲突,人生之旅一路走过来的种种坎坷恰好说明在文本世界或现实生活中,以道德为核心的社会公共性其实也会因人性复杂的事实而出现多种变体。因此,与其说琼斯在成长过程中寻求品性的完善,不如说他是在分别以沃尔华绥、卜利非、索菲娅为代表的道德变体中进行选择。这三种类型可以被概括为传统道德、现实道德和理想道德,它们共同影响了琼斯的成长过程。

作为小说的核心人物之一,沃尔华绥无疑被赋予了非常重要的社会象征意义,并在小说中成为社会权威的化身:"这位先生完全可以被称为造物和命运的宠儿;堂堂的外表、健康的体格、卓越

---

① 瓦特:《小说的兴起》,第49页。
② 黄梅:《推敲"自我"》,第5页。
③ 哈贝马斯:《公共领域的结构转型》,第59页。

的见识和一副仁慈的心肠,而命运则安排了他做了本郡最大田庄之一的继承人。"(上,6)传统道德强调的是社会地位与个人品德的匹配。在众多传奇故事中,位高权重者往往是善的化身与代表。哈贝马斯认为,虚构文学中的这种安排实际上是代表型公共领域的一种体现。在"所有权"与"公共性"合为一体的时代,[①]物质层面的占有程度与以道德为体现的社会公共性等比等配。然而,随着社会的发展,普通劳动者勤勉得以致富,财富的所有权发生变化。借助经济独立而获得个人主体性的资产阶级如今挑战代表型公共领域理念,促使它随之转型。小说这个新文类本身就是在这个文化背景中诞生的。事实上,菲尔丁是用夸张的语言反讽这位传统道德代表,或代表型公共领域人物:太阳"的辉煌荣耀,在人间,只有沃尔华绥先生这样充满了仁爱之心的人才能和它相比",他"默默思考着怎样上体天意,对自己的同类广行善事"(上,13)。然而,这位有意肩负起替上帝代行公义职责之人却并不具备相关能力。他不能明辨是非,身边的坏人都成功地欺骗了他,而他所做的自认为公正的判决后来证明都是错误的。更具讽刺意味的是,虽然他屡次告诫琼斯克服鲁莽,学会谨慎,但他本人同样缺乏那种"必须从实践中才能领悟的谨慎能力。"[②]我们不妨把菲尔丁的这种角色设定理解为他对传统僵化道德的批评。菲尔丁"相信道德决不是根据公众舆论而对本能进行压抑的结果,道德本身乃是一种向善或仁爱的自然倾向[③]。"因此,在抨击理查逊为强调道德正义而忽视人性本能所造成的种种谬误之后,他在《汤姆·琼斯》中继续指出这种忽视个人主体性,无视人性复杂所造成的后果。依据个人道德信念,从个人单向度意愿出发,忽视个体差异来理解世

[①] 哈贝马斯:《公共领域的结构转型》,第6页。
[②] Glenn W. Hatfield, "The Serpent and the Dove: Fielding's Irony and the Prudence Theme of *Tom Jones*", *Modern Philology*, 65(1967), p.23.
[③] 瓦特:《小说的兴起》,第325页。

界或推行道德理念注定会失败的。沃尔华绥所代表的这种传统道德并没有有效指导琼斯成长,并让他获得个人幸福。

传统道德可被视为古风遗传,但以卜利非为代表的现实道德则完全是丛林生存原则。在《汤姆·琼斯》中出场的众多反面人物中,卜利非无疑是集大成者。丛林生存原则首先是具有高超的伪装性。在人们眼里,卜利非打小"气质非凡……行事稳重,很懂得分寸,而且极为虔诚笃信……人见人爱"(上,97)。善于伪装的卜利非左右逢源,八面玲珑,完全具备当今现实生活中某些所谓成功人士的一切潜质。在任何时候,甚至在恶意放走索菲娅喜欢的小鸟,有意伤害他人的情况下,他都能用高言大义为自己做令人感佩的辩护。丛林生存原则第二要务便是明确的目的性。卜利非的父亲是位"聪明人","为了得到生活中的种种方便和舒适,宁愿跟一个母夜叉结婚,也不愿娶一个如花似玉的美人过清贫的生活"(上,38);在他看来,"女人是应该受到嫌弃的……他把女人看作一种家畜……当他和沃尔华绥先生的田产房屋缔结婚约时,不管搭配上一只猫还是一位白丽洁小姐,都是一样的"(上,81)。他的儿子在这方面更胜一筹,不仅可以无视爱情,而且可以无视亲情。对财富的渴望及将之攫取的野心让卜利非甚至要致自己亲哥哥琼斯于死地。最后,丛林生存原则体现在极强的适应性方面。事情真相大白后,"一开始,卜利非阴沉着脸,一言不发,心里掂量着是不是应该把一切都抵赖掉,可是后来发现证据确凿,毫无抵赖的余地,就只好坦白交代了。于是,他就用最激烈的态度,阿谀谄媚,痛哭流涕地央求他哥哥的宽恕,他甚至五体投地,吻琼斯的脚。一句话,这会儿他的卑躬屈膝的态度正像他以前的穷凶极恶一样超乎寻常"(下,473)。得到琼斯的宽恕后,他在别处安身,并希望迎娶一位极富有的寡妇,以期东山再起。不难看出,卜利非身上有着以财富地位为目标的昂扬进取心,并努力使之实现。而与他相对的琼斯,则更多的是随性随意。两相对比,我们能够看出卜利非其实更具备个人主体性,为自己认定的幸福苦心孤诣。以丛林生存原则为本源的现实道德的确让琼斯处处碰壁,在失去传统道德有效庇护下,琼斯不得不寻找理想道德,在人生旅途中实现了自己的成长。

小说中的索菲娅不仅是琼斯的挚爱,更是他的道德以及精神层面的导师。索菲娅以极大的勇气与真挚引导琼斯完善自己的道德。她身上体现出的善良、纯洁,以及智慧、通达让自己成为一种新的理想道德代表,不仅抵制以卜利非为代表的现实道德,而且匡扶日益失效的,以沃尔华绥为代表的传统道德。如其源自希腊语的名字一样,索菲娅是智慧的化身,不仅是小说中最早识破卜利非真实面目的人,而且她并不拘泥于教条,善于灵活变通。眼看着自己父亲与姑姑逼她嫁给卜利非,她设计出逃。菲尔丁颇为赞许地写道:"索菲娅这是生平第一次干做假行骗的事,应该说干得相当成功。说实在的,我常常这样想,假如世上诚实的人想要捣鬼,或者认为值得去捣一次鬼的话,那些不择手段欺诈行骗的坏人未必能对付得了。"(上,350)与沃尔华绥处处被动相对的是,索菲娅不仅能使自己的善良不受恶人伤害,而且还能将其战胜,为琼斯的道德成长提供了有益的借鉴。在费拉玛勋爵试图对索菲娅用强时,索菲娅拼死反抗,"这场搏斗的结果只是他揪乱了索菲娅的手绢,并且用粗野的嘴唇对她那白嫩可爱的脖颈实施了强暴"(下,286)。当利欲熏心的姑姑游说索菲娅嫁给这位勋爵时,她这样说道:"'我简直羞于说出口。他把我搂在怀里,推倒在睡椅上,把手伸进我胸口,用嘴在我前胸上使劲地亲,现在我的左边胸脯上还有伤痕呢。'"(下,389)不难看出,索菲娅并非没有"诡计",只是这些计谋是出于美善利益的考虑,"有时候还从邪恶那里借鉴狡黠"。[①] 当然,索菲娅最为难得的是用理智驾驭自己的情感。虽然自己真

[①] Glenn W. Hatfield, "The Serpent and the Dove: Fielding's Irony and the Prudence of *Tom Jones*", *Modern Philology*, 65(1967), p.24.

心爱琼斯,但当她发现琼斯所犯错误时,并没有迁就,而是用谨慎来束缚自己的个人情感。可以说,索菲娅在个人自主性与社会公共性之间找到了一个理想平衡点。这位有主见的小姐追求个人幸福的劲头不亚于卜利非为追求财富带来的幸福所做的努力,但她又是一个和沃尔华绥、琼斯心性相通的人,勇于追求个人幸福的过程中实际上是在彰显道德的伟力。最关键的是,她为处于成长状态中的琼斯提供了一个可资借鉴的榜样。琼斯也的确是在她的指导下最终成为一个堪称楷模的绅士。因此,把索菲娅视为理想道德的代表并不为过。

哈贝马斯认为,在文学公共领域的建构过程中,"私人不仅想作为人就其主体性达成共识,而且想作为物主确立他们共同关心的公共权力。"这意味着,作为参与公共舆论成型的私人在确保个人主体性基础上力图获得社会公共性共识,其终极目的则是通过明确个人主体性来强化自身拥有财富的物主地位,以此参与公共权力的建构。"成熟的资产阶级公共领域永远都是建立在组成公众的私人所具有的双重角色,即作为物主和人的虚构统一性基础之上。"①《汤姆·琼斯》这部成长小说也是以此为目的。随着琼斯认识到自己的过错,逐渐学会谨慎稳重,他成为新道德表率,而沃尔华绥的资产足以让这位曾经的私生子真正完成公共权力的复位,个人主体性与社会公共性融合,财富与品德融合。得到索菲娅引领的琼斯成为新的理想道德代表,进而取代了沃尔华绥传统道德代表的位置,这恐怕也是菲尔丁内心的真实想法。

菲尔丁相信"个体性格乃是各自稳定不变的素质与行为的一种特殊的结合,而不是他自己过去经历的产物"。② 因此他有意塑造琼斯这位贴近真实生活的人物,让读者了解故事情节发展中琼

---

① 哈贝马斯:《公共领域的结构转型》,第 59 页。
② 瓦特:《小说的兴起》,第 317—318 页。

斯所做的,能够体现个人性格的选择。这无疑会给读者带来更强烈的戏剧震撼,从而对人性的复杂有更真切的理解,达到道德说教的目的:"再没有比在这种人身上看到的缺陷更能起到提高人们道德水准的作用了,因为那些缺陷会造成一种震惊和惧怕感,比起邪恶头顶的坏蛋所犯的过失,它对我们的心灵更能发生作用。"(下,5)尽管《汤姆·琼斯》在当时遭到颇多物议,但它成功地将一个青春年少,本性纯良的乡村少年的成长过程呈现在我们面前。如今,它又因为其对人性复杂刻画所确立的个人主体性,借助明确道德归位而彰显的社会公共性而成为文学公共领域建构过程的一个出色样例。

伊莱扎·海伍德和英国十八世纪女性成长小说

——读《白希·少了思》

刘意青

成长小说作为现代小说重要的亚文类,一直是中外学界研讨的热门话题,歌德的《威廉·迈斯特的学习时代》、狄更斯的《远大前程》、康拉德的《吉姆爷》,甚至斯丹达尔描述于连如何堕落为杀人犯的《红与黑》和戈尔丁反乌托邦的小说《蝇王》都得到了与成长小说相关联的解读和评论。然而迄今为止,对女性成长,特别是18世纪女性成长小说的研讨仍旧相对冷落。20世纪70年代伊莱恩·肖瓦尔特发表了专著《她们自己的文学》,来发掘女性自己的文学传统,以恢复女性小说家在文学史中的合法地位。但即便这部具有划时代意义的作品也只讨论从勃朗特到莱辛的英国女小说家,没有囊括现代小说在英国第一次繁荣时段的18世纪众多可称作"小说之母"的女性作家。① 这实为女性主义批评的一大憾事。事实上,除了奥斯丁以外,这些女作家和她们的女性成长小说直到20世纪女性主义批评盛行后才得到些许关注,远远次于维多利亚

---

① 伊莱恩·肖瓦尔特:《她们自己的文学 英国女小说家:从勃朗特到莱辛》,韩敏中译,浙江大学出版社,2012。关于小说之母的提法和讨论可参阅 Dale Spender, *Mothers of the Novel*: 100 *Good Women Writers before Austen* (London: Pandora, 1986) 和 Jane Spencer, *The Rise of the Woman Novelist* (Oxford: Basil Blackwell, 1986)。

时期和之后的女作家,如乔治·艾略特和弗吉尼亚·伍尔夫所获得的重视。尤其是伊莱扎·海伍德夫人,这个特别多产,并兼有涂鸦女人恶名和女笛福美名的早期女作家,因为写了相当数量的通俗读物,而比其他女作家更难获得正名。她在很长一段时间被排斥在严肃作家行列之外,直到上个世纪末她最出色的一本小说《白希·少了思》才被纳入美国芝加哥大学这类学校英语系的课程中,也才算是终于"入了典"。

伊莱扎·海伍德(Eliza Haywood,1693？—1756)曾做演员,经历如笛福那样坎坷。她被认为超多产,[①]一生共发表了七十多部作品,除小说、戏剧,还有诗歌、政论文章、行为指南和译作。她经营过出版,还办了可与艾狄生、斯蒂尔的刊物《旁观者》媲美的女性刊物《女旁观者》(1744—1746),像男作家一样用自己的笔养活自己和孩子。因各种原因,她还匿名发表了不少作品,到目前为止她的创作生涯也还有许多不为人知。应该说,她是个勇敢、独立的早期知识女性,是与理查逊和菲尔丁同期的一位重要的英国小说家,为英国图书市场与小说的兴起和繁荣,特别是为女性写手成为文人和作家,做出了重要贡献。

海伍德的创作可分三个阶段。第一阶段(1720—1730)她曾被公认为"浪漫爱情小说写手"(writer of romance novels and amatory fiction)。此阶段的小说常以"堕落的女人"为目标,但作者并不完全谴责她们,而是给予她们理解并赋予她们正面的形象。接下来的十年里,她大多写被男人禁锢和折磨的女人的命运。比如《不幸的孤儿;或疯人院里的爱情》(*The Distress'd Orphan; or Love in a*

---

① 原文是:"prolific even by the standards of a prolific age"(意思是:以当时那样多产的时代标准来看,她也绝对是多产的)。见 Christine Blouch, *Eighteenth-Century Anglo-American Women Novelists: A Reference Guide*, eds. Doreen Saar and Mary Anne Schofield (New York: Macmillan,1996), intro7.

Madhouse,1726)的女主人公被阴谋夺取她财产的监护人关进了疯人院,最后被情人营救出来。而后期(1740—1756),她的小说大多与她此期发表的行为指南作品相呼应,强调婚姻是男女关系最佳、最稳定的选择,其代表作就是《白希·少了思》(The History of Miss Betsy Thoughtless)。[1] 这是一部多条情节、结构缜密、思想成熟的作品,常被冠之以英国第一部女性成长小说。海伍德通过白希的经历展示了女人婚恋的各种坎坷,以及造成这些困难和不幸的社会、家庭和个人的原因,着力宣传为保障婚姻幸福和家庭稳定女人应有的规范言行。

海伍德和她的作品的接受史也是文坛的趣闻。随着城市和商品经济的迅速发展,18世纪书籍市场繁荣起来,通俗文类,如游记、日志、行为指南、浪漫故事等充斥市场。它们不要求类似撰写悲剧或诗歌所需要的高深学问和技巧,因此给女人写作开了方便之门。但是,当海伍德这样的女作家出现并畅销的时候,保守的文人,尤其是世纪上半叶垄断文坛的新古典主义男作家们感到十分不爽。于是像斯威夫特、蒲柏、霍拉斯·沃波尔就发表了对海伍德的贬损意见。蒲柏在《群愚史诗》第二卷中对海伍德的讽刺和嘲笑,就几乎定格了后来约两个世纪对她的不良印象。实际上,蒲柏并没有做文学批评,而是从政治上攻击她,并隐射她剽窃。[2] 然而,真正造成海伍德长期以来无声无息的还是男性文学史家们对女性作家的轻视,以及他们对婚恋小说这类通俗文学的偏见。但是,经过20世纪中期以来女性主义批评的关注与发掘,80年代海

---

[1] 白希·少了思这个名字是黄梅在《推敲自我:小说在18世纪的英国》(三联书店,2003)中的译法。这是对Thoughtless这一姓氏的意译,符合海伍德用名字隐射人物性格和特点的设计。如果按读音翻译,则可译成"索特勒斯"之类。

[2] Alexander Pope, *The Dunciad*, ed. James Sutherland (London & New York: Routledge, 1993). 关于海伍德的内容在Book II, 149—158行。

伍德已成为"政治因素影响文学史的一个案例"①,得到女性主义学者的高度评价。她的小说被认为在文体上有创新,甚至胜过伯尼的平铺直叙。而且,类似理查逊通过《克拉丽莎》把勾引小说改造成伟大的悲剧小说,她的《白希·少了思》也超出了一般浪漫婚恋小说,在英国开创了女性成长小说先河,因此功不可没。

一、文类问题:延伸了的成长小说

1751年海伍德发表了小说《白希·少了思》。故事相当复杂,主要写漂亮而富有的年轻姑娘白希因任性、虚荣和轻率,违反了社会期待女人应持有的规范言行,结果错过了理想配偶特鲁沃斯(Trueworth,意为"有真价值"),嫁给了道貌岸然、追求钱财、婚后粗暴、霸道的伪君子蒙登(Munden,从mundane造出来的字,意为"世俗的""庸俗的")。经历了不幸婚姻的洗礼,白希变得成熟,在她和特鲁沃斯双方配偶都去世后,有情人终结良缘。不过,除去白希的成长故事,作者在这本小说里还写了五、六个不同背景和年龄段的女性的遭遇,十分全面地展示了当时英国社会中不同阶层和背景的女性的生活状态、婚恋和家庭关系,以及程式化并礼仪化了的寻偶交际中的行为准则、求偶标准和多种陷阱。在小说里,通过白希的女监护人特拉斯蒂夫人(Trusty,意为"可信赖的""可靠的"),海伍德着力宣传了婚恋行为指南中告诫女人(也包括男人)的得当言行及不同情况下的正确应对。因此,小说《白希·少了思》被评论界公认为作者同期写的行为指南的艺术再现。有趣的是,小说中海伍德的主要道德声音,身为成功的女性"过来人"的

---

① Paula R. Backscheider,"Eliza Haywood"in H. C. G. Matthew and Brian Harrison, eds. *Oxford Dictionary of National Biography*, Vol. 26 (London: Oxford University Press,2004),p. 100,原文是:海伍德现在被看作"a case study in the politics of literary history"。

特拉斯蒂夫人却很有些实用主义。她为了促成和维持白希与蒙登的婚姻,在姑娘婚前和婚后做了不少相互矛盾并抹稀泥的劝告。她代表了当时社会的权威意见,即配偶不理想时,所谓的模范女人/妻子最要紧的就是忍让,要把丈夫哄好,维持住婚姻和家庭的稳定局面。

众所周知,18世纪社会把女人局限在家庭里,婚恋和家庭是她们的全部生活,①因此这时期英国的女性成长小说只有婚恋过程中的成长可写。这就不同于写男人成长的小说,也不同于之后维多利亚时期到20世纪这类小说可以选择描述女人们在受教育和从业中的成长。既然是婚恋中的成长,那么检验其成长与否的标志就是看她们能否学会规范自己的言行,以得到理想的丈夫和幸福的婚姻。如此一来,幸福婚姻的结局自然也就成为此阶段女性成长小说的定式。然而,上面已说了,白希的故事并没有一步到位地以嫁给理想的男人,从此就幸福一辈子(happy ever after)的套路结束。在小说中海伍德让白希迟迟觉悟,错过了好男人特鲁沃斯,然后用了小说最后一卷约占全书四分之一的篇幅,描写她嫁给蒙登后不幸的家庭生活。直到蒙登病故,小说才以有情人终成眷属落幕。由于这样的安排,白希的成长故事就包括了一次失败婚姻的教训和婚后的各种问题,也就进一步强化了女孩子虚荣和轻率的严重后果。而且,这种谋篇显然比一次就获得幸福的小说少了些浪漫,却更真实地反映了18世纪大多数婚恋的现实。结果,《白希·少了思》也因改变了一般婚恋小说的套路,而多了婚后家庭生活的一大看点,为18世纪女性成长小说添加了新意。

然而,有学者却因此对这部小说的文类提出异议,如波拉·拜克西德就指出:"《白希·少了思》是一部婚姻小说,而非更通俗的求偶小说,它前瞻了19世纪的家庭小说(domesticnovel),比如夏洛

---

① 这里主要指的是乡村士绅、贵族和中产阶级家庭的妇女,不包括仆女、妓女等。

蒂·勃朗特的《简·爱》。"①学界的确有把恋爱/求偶与婚后家庭生活全部统称为"家庭小说"的提法,②学者完全可以从不同角度对同一部小说进行分析,但不宜做非此即彼的选择。拜克西德为了强调《白希·少了思》最后一卷写了家庭问题的这一前瞻性,而不顾占据小说四分之三篇幅的女主人公的求偶经历和成长,这似乎有些偏颇。我认为《白希·少了思》仍旧是一部以求偶为主的女性成长小说,但它延伸了婚恋求偶过程去包括了一次失败婚姻所牵涉的家庭生活。黄梅在她的专著《推敲自我》里也把这部小说定位为成长小说,她指出:白希"是个仰慕虚荣、贪图享乐,然而心地单纯的女孩子。她一心要充分享受被多人追求的快乐,导致后来遇人不淑,尝尽苦头,最后幡然醒悟,进行了必要的自我改造,最终成为合格的情感主义女主人公。……对平民女子白希的描述构成了英国现实生活场景中的'成长小说'"。③

其实,在《白希·少了思》之前,理查逊发表的两部帕米拉小说就没有停止在勾引/求偶和完婚上。《帕米拉》④(第二部)把《帕米拉》的故事一直延伸到帕米拉嫁给了 B 先生之后遇到的各种考验,比如怎样处理家庭关系、夫妻关系和孩子的教育问题。但帕米拉的故事总体上不是成长小说,因为在类似"勾引小说"的《帕米拉》里,帕米拉没有成长的必要。她是个道德楷模,十分完美,坚决抵制了主人的不轨企图。即便在类似《白希·少了思》延伸至婚后生活的《帕米拉》(第二部)里,成为了贵妇人的帕米拉先是无条

---

① 来源同 70 页注①,英文是: *Betsy Thoughtless* is a novel of marriage, rather than the more popular novel of courtship and thus foreshadows the type of domestic novel that would culminate in the 19th century such as Charlotte Brontë's *Jane Eyre*.
② 如弗林特(Christopher Flint)的著作 *Family Fictions: Narrative and Domestic Relations in Britain*,1688—1798(Stanford: Stanford University Press,1998)就选择了从婚恋和家庭伦理方面来讨论《白希·少了思》,而不是把它当作成长小说。可见其中第 5 章,206—248 页。
③ 见黄梅:《推敲自我:小说在 18 世纪的英国》,三联书店,2003,394 页。
④ 《帕米拉》,又译《帕美拉》或《帕梅拉》。

件地接受了丈夫给她定下的许多婚后遵循的条款规定,以此约束自己来相夫教子,并用美德感化了夫家众多亲戚。她还理智地处理了丈夫婚后出轨的恶行,甚至参照洛克的教育理论来抚养孩子。显然,《帕米拉》(第二部)的目的是描写女人面对各种家庭生活问题和矛盾时该怎么处理。但不同于《白希·少了思》,B 先生虽有男权思想和贵族少爷的浪荡,却并非蒙登那样卑劣的恶棍。而且不同于白希和蒙登勉强结婚,帕米拉爱丈夫,他们的婚姻有爱情的基础。何况,帕米拉实际上占据了道德制高点,没有成长的需要,有的只是她如何贤惠地改造丈夫和身边所有的人。在这个意义上,《帕米拉》(第二部)倒更像拜克西德说的家庭问题小说,而且是一部女方永远不犯错误的家庭小说。

有趣的是,在《白希·少了思》类似《帕米拉》(第二部)的揭示家庭问题的部分,即小说最后的一卷里,海伍德显示了两重性。她一方面通过特拉斯蒂夫人宣传了被社会接受的女人在家庭中的规范言行,但在故事情节处理上她又显得比理查逊这样的男作家开放得多。[1] 首先来看海伍德通过监护人特拉斯蒂夫人宣传的规范言行是什么。在特鲁沃斯与哈丽特结婚后,白希除了蒙登已没有更好选择。当时另一个监护人古德曼(Goodman,意为"好人")已去世,白希的两个兄长托马斯和弗朗西斯一致认为必须赶快把白希嫁出去,以免她再惹麻烦或造出丑闻。他们就联合了特拉斯蒂夫人,以后者为主来说服白希嫁给蒙登。特拉斯蒂听了两个兄长报告的白希在之前伦敦婚恋场上犯的种种错误,觉得只有马上结

---

[1] 白希这种对婚姻的开放态度与海伍德本人曾结过婚,后与书商威廉·哈奇特(William Hatchett)公开同居近 20 年的经历有关。类似一百多年之后乔治·艾略特与刘易斯,海伍德和哈奇特互相帮扶,有共同的文学和写作爱好,曾经合作改编菲尔丁的《悲剧的悲剧》(*Tragedy of the Tragedies*, 1731)。见 Kirsten T. Saxton, ed., *The Passionate Fictions of Eliza Haywood: Essays on Her Life and Work* (Lexington: University Press of Kentucky, 2000), p.6。

婚才能保证白希不再因虚荣受害。① 他们对蒙登都没有深入了解,但哥哥们自私,怕白希影响一家人名声,而善良的特拉斯蒂夫人则以为嫁个丈夫就能解决白希的所有问题。白希爱哥哥又把特拉斯蒂当作母亲般尊敬,所以她同意嫁给蒙登,但她的勉强也流露在言语中。当特拉斯蒂规劝后问白希嫁不嫁时,她说:"好的,夫人,既然希望我结婚的人都是我永远愿意服从的人。"②可见她是被推入这桩婚姻的,也可说这是一桩变相的包办婚姻。然而结婚后,蒙登逐步露出原形。白希多次求教特拉斯蒂夫人如何处理家中各种矛盾,而此时后者虽已知道白希落入了错误的婚姻,却一味哄她把婚姻维持下去。两个哥哥也如是。③ 特拉斯蒂夫人这样劝说白希:

"我亲爱的孩子,你现在……已进入了一个局面,要靠你自己的行为来获取幸福。有些女人……认为妻子这头衔允许她们任意追求过度的浪漫激情,我想你不至于这样,你用不着我劝你提防这种问题。我担心的是,你会走向另一很危险的极端……,即持续地冷待你丈夫,这样会让最有情的丈夫也冻冷,还可能引起他的疑心。这很可怕……。因此,我请你注意,……他有权期望你以温柔回报他……。至于家中事务的问题,我希望你一定不要越过应该属于你的范围,永远不要干涉丈夫的事,高高兴兴地满足他作为丈夫的需求,同时也维持住自己的权宜,但别显得你太坚持。如果你们为了谁说了算出现争执,在小事上你不要争,要让点步,但要让他看到你让

---

① 见 Haywood, *The History of Betsy Thoughtless* (London and New York: Pandora, 1986), pp. 445–446。
② 同上,447 页。
③ 同上,456 页。

步是为了服从他,而不是你认为自己该让步。"①

　　类似的劝说在小说中有多处,它们很明显地与维系家庭和社会稳定的行为指南的宣传吻合,也是理查逊的道德楷模帕米拉婚后的做法。然而,蒙登是流氓、恶棍和伪君子,白希受到了经济盘剥、精神摧残和肉体伤害。这样的婚姻,特拉斯蒂夫人代表的道德说教都企图维护,那么18世纪女人的处境就可想而知了。

　　然而,海伍德不同于理查逊一味强调女人的服从美德,她的女主人公最后不肯在婚姻问题上继续向社会给她施加的压力低头。白希虽努力遵循特拉斯蒂夫人的教导,维系了一段时间残破的婚姻,但婚后的痛苦遭遇让她意识到她被对方的虚假面目蒙蔽了。于是,她开始反省,认识了婚前自己的无知、虚荣和轻率。面对丈夫变本加厉,在外面偷偷包养情妇并敲诈她的钱去挥霍无度时,白希反抗了。她拒绝忍受丈夫的经济盘剥、精神虐待以及责骂和暴力,毅然离开丈夫独居。丈夫死后的一段时间里她继续独居,在反省中成熟,最后再嫁,寻找到了幸福。像白希这个阶层的女性主动离家分居,在当时是少有的勇敢行为。她就此迈出了成长中最后的,也是最关键的一步,即敢于冲破社会约束,独立自主地决定像分居这样的大事。从白希这个人物和她的成长故事,读者可以瞥见海伍德对男女在社会和家庭中应享有平等的先于时代的思考。不过,尽管作者比较开放,小说整体上还是对应了行为指南,教导年轻姑娘克服虚荣和轻率,做一个社会承认和接受的好女人。

　　白希成长过程的延伸造成了上述的文类异议,但问题还不只限于是"成长小说"还是"家庭小说"。它也造成了"成长小说"可能变为"悲剧小说"的危险。如上面所说,18世纪女性成长小说几

---

① 同74页注①,457—458页。因原文有很多插入的修饰成分,所以这节翻译跳过了它们,基本采取了意译。

乎都选择在女主人公找到了如意郎君时画上句号。这实际上是由女性成长议题本身决定的,因为这类婚恋小说的女主人公成长和成熟的标志就是被优秀的男人认可并顺利地完婚。当海伍德选择了把白希的成长和成熟延伸至头婚失败时,她就面临了一个难题。那就是:即便白希婚后认识到了自己的错误,也愿意改正,但她已与恶棍蒙登终生拴在了一起。离家和分居也不等于结束了这桩不幸的婚姻。结局若如此,这部小说就不是成长小说了,它变成了一个铸成一生大错的姑娘的悲剧。比如理查逊的克拉里莎,因为太自信而犯了自以为能改造花花公子的错误,最后被奸污。她虽认识了自己的虚荣,但她的故事已变成不折不扣的悲剧。为了不让《白希·少了思》变成悲剧小说,海伍德最后只能采用"机器降神"(*deus ex machina*)的下策,让白希的丈夫蒙登和特鲁沃斯的妻子哈丽特不久都相继患病死去。这样小说才得以在悲剧性的延伸后再次回到成长小说的美满婚姻结局。这个设计虽然显得太偶然,太牵强,但它解决了这部小说会变成悲剧的文体难题。

二、人物剖析:白希的毛病有多严重?

白希的不成熟体现于虚荣、轻率和任性,而且屡教不改。小说里多次描述了白希交友不慎、以自己有众多追求者为荣,并一而再地赶赴会伤害其名声、威胁其安全的交际活动,以至于深情爱上她的特鲁沃斯不得不逐渐远离并最终放弃了对她的追求。相比之下,伯尼的女性成长小说《伊夫莱娜》的主人公就很不一样。伊夫莱娜也经历了不少尴尬,甚至是危险的境遇,但都不是她本人自作主张造成的。她有一批层次低、没教养、古怪的亲戚,他们经常让她陷入窘境。她也经常因美貌遭浪荡子骚扰。但因她自己疏忽而落到与不良的陌生人为伍只有过一次,并几乎造成了奥威尔的误会。① 相反,白希是任性而造成了这样的错误不断重复,可说成了顽疾。第一次发生在她去牛津看望二哥弗朗西斯时。因她天真爱玩,不知其中厉害,结果差点被采花的学生占便宜,幸亏弗朗西斯赶来相救。第二次是以前寄宿学校同学,已沦为妓女的芙沃德设局,把白希拖住一同去看戏,被剧场里的纨绔子误认为是妓女。结果她受到恶徒调戏,奋力抵抗。当恶徒发现她的确是良家女之后,才放过她。第三次是被她引以为荣的追求者之一,一个想骗她财产的冒牌贵族弗莱德里克"爵士"以重病为由,把她骗到住所想要施暴,幸好特鲁沃斯在附近,听见动响跑来营救。其实弗莱德里克的假身份漏洞不少,早有周围人提醒白希,但她的虚荣和单纯使她不肯断绝来往。当然,白希富有同情心,也给了骗子钻空子的机会。这三次白希因任性遇险的经历,从小说第一卷开始一直延续到第三卷特鲁沃斯已开始与哈丽特交往,说明白希真是旧习难改,不长记性。第四次在婚后,虽然是丈夫为主造成的险境,但白希自己也脱不掉责任。婚后蒙登一心巴结贵族老爷,不惜让妻子投怀送抱。白希本可以找个借口,不出面陪客,但因对方是贵族,并天真地以为有丈夫在场便无大害,她就赴了鸿门宴。席间贵族老爷找了个借口支开了蒙登,然后企图强奸白希。无助的白希意识到犯了大错,拼命挣扎,最后靠自己力量脱险。② 虽然第四次错误发生在婚后,但根本原因还是白希的虚荣心作祟。她明知那"老爷"心怀不轨,却自以为有能力把控局面。自信是一种骄傲,也与虚荣相连。这个插曲让读者联想到理查逊写的克拉里莎,她也自信能驾驭花花公子拉夫雷斯。但她没有白希能逃脱的运气,她遭到了奸污。

基督教社会认为人类从夏娃开始就有虚荣,它是夏娃之所以

---

① Fanny Burney, *Evelina* (Oxford: Oxford University Press, 1968), Letter XXI, pp. 231-238.
② *The History of Betsy Thoughtless*, pp. 45-55, 208-212, 388-394, 500-513.

会被蛇引诱的原由,也是18世纪行为指南和女性成长小说重点关注的内容。我想海伍德塑造白希时绝对受到了这一基督教思想的驾驭,因此她竭力揭示虚荣对女孩子的致命伤害。小说一开篇叙述者就亮明了作者的这一看法,他说:"我一直这样认为,女人很少被爱情坑害,她们更多是毁在虚荣上",①之后叙述者又多次阐述虚荣的危害。但海伍德在《白希·少了思》里并没有简单化地扣帽子或说教,而是以她本人的丰富阅历和对社会的彻底了解,实事求是地塑造了一个多方位的,基本上可爱的白希,并且给读者提供了对白希虚荣和轻率的多种理解的可能。一般来说,英国婚恋小说里的女孩子如果虚荣,主要就表现在希望吸引许多追求者,如《傲慢与偏见》里班奈特的四女儿莉迪亚就以得到众多军官的青睐而快活、得意。而要吸引追求者,女孩子首先必须漂亮。但为了真正得到好男人的青睐,她们还必须有端正的行为举止。然而,整个社会的定式思维绝对是男女双方择偶的指导思想,也就是说婚恋场上女方的言行表现和男方对女方的印象都不同程度地受到了社会固定标准的限制。而英国18、19世纪公认的女人的规范言行标准又是长期西方男权社会定格的,并通过家庭教育、社会舆论和宗教影响逐渐内化为女性接受了的身份标识。于是逐渐地,由男权社会定格的男人眼里的合适伴侣就最终化为了女性镜像里的自我,被女性毫不质疑地认同和接受。

但是在海伍德笔下,虚荣、轻率和任性的白希并不那么单一,作者赋予了她多维度和多层面的丰富性。小说不但展现了白希这些毛病的背景原因,而且有意识或无意识地为白希的毛病开脱,显示了作者自己的女性立场和她与当时社会相左的一些看法。

其一,小说告诉我们白希的任性源自她有钱和经济上的独立。她父亲留给了她与二哥同样多的一笔钱财,因此她不像身份不明,

---

① 同上,Vol.1,Chapter 1,p.3。

寄人篱下的伊夫莱娜那么乖，那么谨小慎微。女性主义批评倾向把男人的权力称作"菲勒克力量"(phallic power)，女人有了钱也就有了"菲勒克力量"，从理论上讲就可以像男人那样行事。有钱和有富裕家庭背景的白希因此也就有了自己做主或"任性"的资本。但是18世纪社会强加给女人扮演的角色使有钱的白希也不能真享有男人的自由，她因不成熟而做事不恰当时，就同其他女人一样会招来各种麻烦和指责。比如，她去牛津看二哥时，结识了一个被男人抛下的怀孕待产的洗衣妇。白希十分同情她，不但双倍付工钱，施舍她衣物，还伙同好友梅波尔做了她新生女婴的教母。洗衣妇死后，孩子被留给了教区，十分可怜。于是，白希和梅波尔收养了婴儿，把她交给一个善良、健康的农妇照料，并定期资助孩子。① 在这样的社会条件下，她和梅波尔私下救济孤儿的不俗的善行不但不被理解，而且给了破坏她与特鲁沃斯婚姻的弗洛拉一个利用社会定式思维进行挑拨和污蔑的机会。特鲁沃斯从没想过一个刚入社会的待嫁姑娘会收养弃婴，因此很容易就上了圈套，以为白希曾出轨，有了私生子。白希用钱的力量行男人之举，结果成了误会她的特鲁沃斯断绝与她来往的决定因素。通过这类描写，作者不仅让我们看到了18世纪英国男女不平等的社会现实，而且对白希所谓的做事轻率，缺少思考也有了一些谅解。

其二，叙述者在小说里多次明白地提到白希希望男人们像众星捧月一样追求她，并指出这是虚荣的表现。比如第一卷第四章开始不久，叙述者就用了一整段文字分析她的虚荣：

"确实，虽然她十分天真，绝对没有有意做邪恶之事，但她太不顾及别人对她的观感，总是做许多真正的犯人都会顾忌而不敢做的事。被极度的虚荣搅动，加上年轻人对快乐的自

---

① 同77页注②，Vol. II, Chapter XII, pp. 219–221。

然喜好,她尽兴惯纵自己,而不考虑后果。"①

那么,白希为什么会这么虚荣和轻率呢？下意识或无意识中,海伍德道出了白希轻浮行为的一些内里原由。海伍德多次写道白希并没有一眼钟情地爱上特鲁沃斯,用套话说就是没擦出火花,没特殊感觉,否则她就不会把特鲁沃斯当作多个追求者之一。这里我们可以再次同《伊夫莱娜》做个比较。伊夫莱娜出身低微,急于找个有财力的好男人依靠,一眼就看中了奥维尔,从仰慕很快变成了爱情。而白希不同,她没有经济或身份困扰,不急于结婚,是社会和家庭按照惯常做法,一到了所谓的成年年龄就把她推入了伦敦情场。再者,她活泼,自由惯了,家庭条件也使她见过了不少出身好,有钱有势的男人。用白话说,她见多了就少了感觉,加上缺乏择偶的紧迫感,所以舞会、看戏等交际对她来说更是一个寻求快活和关注的机会。等她明白过来好男人不多,需要珍惜的道理时,为时已晚。小说显示了她的成长不仅是克服虚荣、轻率和莽撞等道德上的不足,而且还有个情感幼稚的 EQ 问题。尚无结婚要求是求偶过程里的一大障碍。而情感成熟则不能靠哥哥们和监护人说教,也不大可能在短期中解决问题。她需要一个较长的情感成熟过程。这样来看白希问题的复杂性,我们就可以较好地理解为什么海伍德要延伸她的婚恋成长过程,让她在失败的婚姻中逐步成长为渴望和珍惜爱情的妇人。另外,在描述伊夫莱娜和奥威尔的交往时,伯尼通过伊夫莱娜的书信写了些她内心的感受,如爱慕和担心等矛盾心情。深入描写内心活动是书信体小说的优势。而海伍德这部第三人称全知叙述的成长小说则更多停留在行动和事件的表述上。因此特鲁沃斯对白希追求的整个过程,直到他失望和死心,我们都没看到白希有特别喜爱他的心理活动。

---

① 同 77 页注②,P31 – 32。

在她眼里,特鲁沃斯言行举止和学识德行的确比其他男人大胜一筹。但在没有产生爱情的前提下,白希期望有多个追求者,多看看,多些选择,似乎也不能完全归罪于虚荣和轻浮。况且,特鲁沃斯也非奥威尔那样完美,更比不上理查逊的道德模范葛兰底森爵士,他还同弗洛拉有过染。男主人公有瑕疵说明海伍德比理查逊和伯尼现实多了。特鲁沃斯的世俗性把他降到了只比众多追求者略胜一筹的地位,这多少解释了为什么一开始他对白希没有那么大的魅力。

其三,既然白希和特鲁沃斯的关系在开始一段时间里更多是男方的单相思,女方对男方的关注就更多的是靠二哥的大力推荐和身边人对特鲁沃斯的一致表扬来推进。从这里可以看出英国18世纪成为礼仪并格式化了的男女择偶交往的形式局限性。比如男方一定要每天机械地按时拜访女方。虽无深入了解和长期交往的基础,男方也必须按典雅爱情(courtly love)①的方式说些爱慕女方的话,甚至引些诗文来讨好追求的对象等等。男方一天没拜访,女方尽管并非真正有意于他,也要担心是否失去了一个追求者。特鲁沃斯决定放弃白希之后,就停止了造访,于是白希就多次嘀咕怎么不见他上门请安了。这些礼仪和格式本身就像游戏,本身就有轻浮特点:过程热闹非凡,却缺乏交往深度。这也是造成白希像个蝴蝶一样飞来飞去而没有目标的重要原因之一。

其四,白希不断遇见危险和别有用心的男人的确跟她活泼,没经验,对好坏男人的区别不敏感有关,因此小说就把发生这种危险的原因通通归结于她的轻率和少思。但从另一方面,她的险恶经历也证实了伦敦当时这种求偶择婚的舞会等交际场所鱼龙混杂。这些活动对初入社交场所的女孩子来说真是陷阱重重,尤其是活泼、漂亮的女孩子。女孩子漂亮、活泼并非邪恶,因此不该把社会

---

① 有时也译为"宫廷爱情",或"骑士爱情"。但到18世纪,这个词已失去之前两、三个世纪的内涵,剩下的只是男子对女方的绅士派头和举止。

的险恶也怪罪到她们身上。

就这样,不谙世事又自作主张的白希直到经历了多个不如特鲁沃斯的追求者,其中还有冒牌骗子和试图非礼的纨绔子时,她才意识到这些求偶游戏的危险。通过多方比较,她发现自己产生了对特鲁沃斯的爱慕,并感谢他不顾危险从冒牌贵族弗莱德里克手里营救了她,但为时已晚。特鲁沃斯与哈丽特结婚后,在哥哥们和特拉斯蒂夫人一再敦促下白希只好退而选择剩下的追求者蒙登。然而,大家都没想到装出斯文表象的蒙登却是个恶棍,不仅白希,老道的特拉斯蒂夫人和白希的两个哥哥也都被他蒙蔽了。所以,海伍德在白希的经历中实际上揭露了18世纪这种择偶的礼仪交往的肤浅和局限,在责备白希虚荣和轻浮的同时,作者也展示了这类问题的家庭和社会原因。

为了进一步讨论白希这个人物,我们还可以把她和汤姆·琼斯做个对比。海伍德与理查逊和菲尔丁基本在同一时代创作,她的《白希·少了思》比菲尔丁的《汤姆·琼斯》(1749)晚发表两年。对比两部作品,我们会发现白希这个人物以及她的遭遇有许多地方可与汤姆对照。当然,汤姆在故事结束前一直是弃儿身份,没地位、没钱,这与白希不同。另外,性别不同也造成他们成长的场所和经历有别。然而,汤姆和白希都是漂亮、热情、善良、正直、充满活力并富有同情心的青年人。汤姆为了救济黑乔治,偷偷卖掉了奥维资赠给他的小马。这件义举被两面三刀的伪君子卜利福歪曲利用了去告恶状,造成了奥维资对汤姆的误解和彻底失望。[1] 汤姆最后被迫离开庄园,到社会上游荡。白希和梅波尔两人决定抚养弃儿,并共同分担了抚养费也是类似汤姆济贫的善行。但谨慎的梅波尔不愿暴露身份,只出钱而不留名。于是胆大和莽撞的白希就出面以自己的名义雇了那个农妇。与卜利福相似,阴险的弗

---

[1] 《汤姆·琼斯》有多个中文译本,译名略有不同,本文译名依据亨利·菲尔丁著,张谷若译,《弃儿汤姆·琼斯史》,上海译文出版社,1993。

洛拉妒忌特鲁沃斯青睐白希,就装成好心的知情人,写了一封匿名信给特鲁沃斯,污蔑白希婚外生子,并提供了孩子寄养的地址。特鲁沃斯找到了农妇,确认了是白希托管的孩子,就相信了谗言,像奥维资一样上当受骗。白希善行的后果也类似汤姆,汤姆失去了爱他如父亲的奥维资,白希则失去了爱她的丈夫人选。之后汤姆和白希都进入了一段艰难生活:一个失去了安定生活和父亲般权威的指引,道德下滑,进了监狱;另一个失去了幸福婚姻,饱受代表家庭权威的恶棍丈夫的欺凌。不过,海伍德笔下的白希也同汤姆一样,虽莽撞、自信,常常不多思考地惹麻烦,但她从不撒谎,事后被问及时总说实话。海伍德虽同理查逊一样关注女性道德,主要写婚恋小说,但在对主人翁的设计方面她却与菲尔丁有共识,即年轻人有些轻浮或不检点并不是致命的毛病。汤姆和白希能最终走上正道,获得幸福的基础是他们具备比轻浮和不谙世事重要得多的善良和正直。也就是说,菲尔丁和海伍德都认为有这样基础条件作保障,年轻人是可以改进和成熟的。因此,在给白希设计了多个看似严重的毛病,而且几乎成为顽疾的毛病的同时,海伍德又通过展示白希的出身、背景和基本品行,替白希说了话。而通过揭示婚恋社交活动本身的轻浮、浅薄和游戏性,以及求偶情场上男人玩弄女性的种种陷阱,作者也平衡了白希这个人物,使她的形象更实在、更丰富,举止也更可信。

三、意识形态及悖论:权威、指导者和成长

海伍德中后期撰写了八部行为指南,包括《反思爱情的各种影响》(*Reflections on the Various Effects of Love*, 1726)、《近来有地位的人之间在不同场合写的情书》(*Love Letters on All Occasions Lately Passed Between Persons of Distinction*, 1730)、《赠女仆的一份礼物;或,获得爱和尊敬的保险方式》(*A Present for a Servant Maid; or, the*

Sure Means of Gaining Love and Esteem, 1743）。她还在 1744 年至 1746 年间主办了《女旁观者》杂志, 之后她写了长篇小说《白希·少了思》。弗林特指出海伍德摈弃煽情浪漫小说这一创作上的转向是因为她后悔之前的小说缺乏道德内容, 造成了对社会的不良影响。[①] 但也有可能是后期她养家负担轻了, 不必太多在意市场卖点, 于是就转向了撰写道德说教作品。大家都知道, 18 世纪上半叶是理性的时代, 上升的资产阶级通过政治、经济、宗教、文化等各种途径极力维护和稳定社会秩序, 树立权威的意识形态并规范言行。作为社会基础构成单位的百姓家庭和影响家庭稳定的婚恋, 也就比之前任何时段都受到关注。特别是随着资本主义经济繁荣、乡村瓦解、个人主义发展和伦敦等大都市的出现, 社会面临了许多新诱惑, 传统道德准则从而遭到了前所未有的挑战。在这样的大环境下, 18 世纪的小说家纷纷在自己的作品里宣传做人的道德。笛福的小说讲述清教徒的勤勉, 他们不怕困难、奋斗发家、创造财富。理查逊看到流落都市的大批女子变成小偷和妓女, 社会风气每况愈下, 就反复在作品里教导年轻姑娘保住贞洁的重要, 不要堕落。而贵族出身的菲尔丁则从人文主义的高度强调做人要真诚、善良, 乐于施善, 反对自私、虚伪和搞阴谋诡计。作为女性作家, 海伍德在后期的创作中则发表了行为指南和白希成长的故事来加入 18 世纪这个道德宣传的大潮。

然而, 不论是做哪方面的道德说教, 这些道德关怀最终都集结在对待权威和权威意识形态的态度上。实际上, 整个 18 世纪都在强调权威对社会秩序和稳定, 以及对家庭幸福和个人成长的重要性。是否尊敬、承认权威, 是否得到权威指点, 在上述提到的几位作家的小说中都成为主人公人生道路上的关键。权威在小说里一般以上帝、族长、父亲、监护人或指导人/导师（mentor）的形象出

---

① 见 Christopher Flint, Chapter5, p. 209。

现。鲁滨孙违背父亲意愿到海外去发家致富,这是笛福赞成的。但为了维护18世纪普遍尊重权威的意识形态,笛福不得不又从反面强调了权威的重要性:在小说中,他为鲁滨孙设置了不断反省自己这一"原罪"的情节。帕米拉之所以成为道德楷模,理查逊在小说里交代得很清楚,那是因为她出生并成长在朴实、虔诚的清教家庭,上帝的教导和父母的培养造就了她的美德。在B先生性骚扰帕米拉的过程中,老安德鲁斯夫妇不断警告女儿保住贞洁的重要,并要她马上放弃侍女工作回家。而在菲尔丁的小说《汤姆·琼斯》里,权威的关键作用已从故事的背后或之外走进小说的架构和人物的塑造。汤姆一直是个弃儿,因此生活在失去了父亲权威的状态中。但在奥维资(Allworthy,意为"全面有道德""全面值得尊敬")的庄园上长大时,他还是间接地得到好绅士奥维资的庇护和影响。然而,低下的身份和不确定的前途使汤姆随性行事,尤其性生活不检点。在卜利福进谗言被赶出庄园后,汤姆流落到伦敦。此时他完全失去了权威指引,在大都市里混世,跌落到人生的低谷。道德上也堕落到被贵妇人包养,最后进了监狱。不过,在真相大白后,他找到了亲舅舅(即奥维资),并认祖归宗。在获得了代表身份和地位的权威后,他的生活回归秩序,顺理成章地娶了与他相爱的索菲亚。小说结尾时,叙述者明确地告诉我们,在舅舅奥维资(权威)和妻子苏菲娅(Sophia,意为"智慧""理性")的影响下,从此汤姆改掉了所有不靠谱的毛病,成为周边乡间最受爱戴的模范乡绅。① 菲尔丁的这部小说突出了无政府状态对年轻人的危害,彰显了18世纪社会对权威和秩序的重视。

无独有偶,海伍德的《白希·少了思》也把女主人公的轻率、虚荣和多种毛病归结于从小就缺失了权威指点和管教。白希很早

---

① 菲尔丁著,张谷若译,《弃儿汤姆·琼斯史》,1437—1438页。

丧母，父亲常外出做生意，就把十岁的白希送进了寄宿学校，从此失去父母的指导。在那所寄宿学校里，白希摊上一位老朽的女教师，她的说教死板，令人生厌，而她的老化又让她无法真正教育好年轻女孩子。叙述者明确地评论说："我常常注意到，老和丑的人进行指责时，远没有年纪不那么老的人有效。"[①]就在这个老教师的眼皮下，白希成为女同学芙沃德（Forward，意为"鲁莽，大胆"）的知心朋友，并在芙沃德与男友私会时帮忙。这里海伍德首先批评了寄宿学校简单生硬的说教和失职。白希在寄宿学校里不仅没得到道德长进，而且通过芙沃德第一次"见习"了不正当男女关系。就这样，早年缺乏家庭和学校的权威教育，造成了白希长成为一个缺少教养的待嫁姑娘。

在父亲死后，白希的两个同样不成熟的兄长，一个在欧洲做所谓的"教育游"，另一个在牛津读书，都无法照顾妹妹。白希父亲死前就把她托付给了三位监护人。找监护人是欧洲托孤的惯常做法，但有时监护人不称职，甚至是阴谋篡夺财产的恶棍，就像海伍德小说《不幸的孤儿；或疯人院里的爱情》描述的那样。白希的三个监护人是伦敦的商人古德曼先生和乡村的拉尔夫爵士及夫人特拉斯蒂。白希的父亲没有选错人，三个人都是诚实、规矩的长辈，十分认真地要完成监护白希的嘱托。古德曼热情欢迎白希到伦敦住在他家，以为一方面他可以密切关注姑娘的言行，保护和指导她；另一方面，白希也到了择偶的年龄，伦敦可提供她理想的入世场所。拉尔夫和特拉斯蒂同意了这个安排，白希就开心地搬到古德曼家。殊不知，古德曼在不惑之年娶了美拉辛夫人，一个表面娴淑，却意在掏净老头子钱财的荡妇。她还带来一个女儿弗洛拉，一个卖弄风情又阴险的女孩。这母女俩背着古德曼交接风月女人，招来各式追求者，包括纨绔子和冒牌货。结果是，白希在择偶的关

---

① *The History of Betsy Thoughtless*, Vol. I, p. 2.

键阶段落入了一个"道德混沌"的无政府环境。①

在这种污染的环境里,白希虽被影响和拖累却没堕落,还真不简单。正如在此文第二节里提到的,作者描述了女主人公多次与不三不四的男女为伍,在心理和言语上还常常无意识地勾引了男人的欲望。她不止一次遭到危险,差点被强暴,但却总能拼死守住最后防线。尽管每次脱险都有相当大的偶然性,但作者从头到尾坚持白希本质善良、正直,这成为她没有堕落的保障。而且文本让读者看到,不同于品行败坏的芙沃德和弗洛拉,白希被卷入不良交往是出于头脑简单、爱热闹和虚荣,喜欢许多人围着自己,不分良莠地交朋友。但她有时也是出于同情,因为芙沃德曾经历困苦,白希就不忍拒绝她的要求。但她不顾特鲁沃斯强烈的反对,坚持陪芙沃德去看戏,也是出于好奇。她并不了解芙沃德和她离开学校分手后的情况,她想知道芙沃德怎么会忽然富裕起来,她从哪儿来的钱。白希对自己说:"我会跟她聊天,仔细听她如何回答我的话,还要仔细看她的表情,不让她发现我的怀疑。"②她非伴随芙沃德去看戏不可,还因为她不愿意听特鲁沃斯的劝诫。特鲁沃斯警告她与芙沃德一起出现在剧院这样的公共场合一定有损她名声,这让一贯自己做主的白希十分恼火。她告诉特鲁沃斯:"如果你想继续和我来往,你就不要干涉我交友,也不要自以为可以给我的行为立规矩。"③她这样不识好歹,最后就逼迫特鲁沃斯放弃了她。显然,特鲁沃斯一个人的力量改变不了包围了白希的整个无政府的混沌环境。

如前面提到的,造成混沌环境的主要原因是没有了权威掌

---

① Christopher Flint, Chapter V, pp. 214 - 215。文中 Flint 把美拉辛提供的交往环境称作像"巴别塔那样混杂"(the Babel of mixed company),并说古德曼的家"从有秩序变成了性爱的混乱场所"(transformed Goodman's house from social order into sexual chaos)。
② *The History of Betsy Thoughtless*, Vol. II, Chapter10, p. 206.
③ 同上,203 - 204 页。

控。海伍德在小说中设置了各类失职的监护人：古德曼是被坏女人架空和取代了的监护人，完全失败；拉尔夫爵士和特拉斯蒂夫人是软弱和缺席的监护人，虽十分惦记白希却经常因有自己的安排而不能照顾她。而白希的两个哥哥就是不折不扣的不成熟和不合格的监护人。他们和白希一样少年时缺少父亲的权威教导，行事常常鲁莽、自私、任性和"少了思"。长兄托马斯游历完欧洲回到伦敦就立刻租了豪宅。白希满心希望能搬到哥哥那里，摆脱她已经很不喜欢的弗洛拉母女。但托马斯带回一个情妇，要自己享乐，觉得妹妹不宜和他的情妇同住，也不愿意白希住过去干扰他私生活。二哥弗朗西斯在牛津念书，邀妹妹去探望，却大意地任其自行其便，以致白希遭到流氓学生骚扰。之后为捍卫白希名誉，莽撞的弗朗西斯进行决斗并负了伤。弗朗西斯极力举荐同学特鲁沃斯，撮合白希和这位富有、优秀的男人成婚。但由于是次子，弗朗西斯没产业，就忙于买个军队官衔，解决自身出路。所以，二哥实际上不具备监护人的条件，既无房子，也无时间和财力照顾妹妹。这样一来，白希在伦敦社交场寻找婚嫁对象时的"监护人"实质上就变成了坏女人美拉辛。这怎能不出问题？她等于长期"无家可归"，过着有如逗留在荒原里的生活。这助长了她的轻率、少思和自作主张。海伍德这种设计明显是在强调：在年轻人成长过程里，好的监护人或指导人至关重要。同菲尔丁一样，她的小说《白希·少了思》意在显示权威对个人成长以及对社会稳定和秩序的重要性。

  监护人同时也是导师或指导人（mentor），而在18世纪末到19世纪初的英国婚恋小说里，除监护人以外，女孩子的指导人的角色还常常与求婚者重叠。比如在伊夫莱娜的故事中，帅气、优秀又富有的奥威尔不知不觉与伊夫莱娜产生了爱情。他不但保护和营救伊夫莱娜于尴尬或危难中，而且帮助她成长。在奥斯丁的小说《爱玛》里，十分自以为是的富家女爱玛忙着给别人做媒，乱点鸳鸯谱，惹了不少麻烦,还自作多情地爱上一个不爱她,但拿她掩护自己秘密恋情的男青年。因为爱玛父亲在当地有身份和地位,没有人敢说她。只有她父亲的朋友,年长她一些的奈特利先生(Knightley,意为"骑士")出于爱护不断批评和点拨她。最后,她得到教训,认识到自己的问题,向因她乱做媒受到伤害的朋友道了歉,也忽然明白了她实际爱上了奈特利,两人幸福结婚。这种情人/追求者代表权威行使导师职责对18世纪英国读者并不牵强,因为在婚后家庭中,丈夫就是权威。所以,好的追求者应该在女孩子婚恋过程中就能够开始履行导师职责,施加好影响。这种追求者取代或部分担当指导人的现象,如顺利完婚则等于是在家庭中扮演丈夫角色的序曲。然而,如果不顺利,也就是说追求者得不到父母或监护人所代表的女方权威的认可,那么追求者就成了指导者的对立面。其实,这种对立是由代表嫁娶两方的指导人和追求者的地位决定的。在此意义上,追求者跨界扮演指导者可以说内含了一个悖论。

但在《白希·少了思》里,追求者特鲁沃斯跨界不成功,主要是因为白希起初没有爱上他,没有伊夫莱娜对奥威尔的那种仰慕,也没有爱玛从很早就与奈特利建立的友谊和信任。特鲁沃斯在求偶的交际场认识白希时,白希像个花蝴蝶,没有一个固定的、心仪的追求者,所以也无从谈及把他这个追求者当作指导者。尽管如此,特鲁沃斯在争取白希青睐的阶段,还是努力对她施加影响的。为改变白希的恶劣环境,他曾想说服她离开伦敦闹市,跟他去乡下。[①] 他甚至尾随她去剧院,悄悄观察她与名声不好的女伴们的表现。18世纪的剧院是各种人出没之地,去看戏的人各有目的,那是个滋养腐败和败坏道德的公众场所。白希也知道与芙沃德这类女人为伍会惹闲话,但最终她同意陪同芙沃德一行人去看戏,主

---

① *The History of Betsy Thoughtless*, Vol. II, Chapter 8, pp. 195–196.

要是不知此事的厉害。结果,小说十分戏剧性地描述了白希与名声不好的女友在剧院楼下池座引来一帮不正经的男人打情骂俏,却自以为她在观察和了解这类女人的言行和举止。她完全不知道自己观察女伴时却成为被观察者,没想到自己已变成所有观众的观看对象,损害了自己的名声,还挑起了不少坏男人的欲望。而在楼上,特鲁沃斯根本没看戏,他全神专注地盯着观察白希的举止。① 最后他十分无奈,拂袖而去。

在解读《白希·少了思》时,弗林特也就特鲁沃斯在剧院里偷看白希的情节,提出了凝视(gazing)在婚恋或女性成长小说里的重要作用。② 他指出:

"凝视"在这个文本里起了突出的作用,因为代表广大妇女的白希是个被注视的对象,……她遭遇了18世纪所有女主人公的命运。她接受的注视要不就是为了发现她生性淫荡,要不就是把她当作一个教训来度量。即便作为一个标准行为的样板,她也必须把两个角色结合好:做个有足够魅力的家庭妇女,或者做个有家庭妇女能力的迷人的女人。而把作为偷窥者(voyeur)和作为公开观看者【看到】的多方面情况集中起来,男人的判断往往是相互矛盾的。③

这也就是说,18世纪婚恋场上,男人可以出于不同目的用多种方式察看女性,除了在公开交往中观察她们的表现,还可以偷窥,如特鲁沃斯在剧院楼上偷偷观看白希的表现。反讽的是,这种偷窥不仅被追求者采用,显然指导者也这样做。在剧院里特鲁沃

---

① 这一段关于剧院中戏剧性的套中套观察的分析,可见 Christopher Flint, 第五章,第 221 - 227 页。
② Christopher Flint, pp. 225 - 227.
③ 同上,p. 226。这段话的翻译也比较灵活,有些地方采用了意译。

斯是追求者,但他同时也在努力充当白希的指导者。因此,他具备了相悖又相辅的双重身份。

结　语

　　作为18世纪现代小说兴起时代的一个女性写手和现代小说之母这个群体的一员,海伍德的复杂身份使她成为一个独特并有趣的研究对象。她常被拿来与笛福比较,两人虽性别不同,但都代表了18世纪平民出身的中产阶级作家,还都是那样多产和多才多艺。而且,在拥抱市场经济和利用书籍市场方面,她和笛福也都同样出色。她也常被提到与理查逊相像,两人都专门关注女人命运,主要创作婚恋主题的小说。虽然海伍德没有理查逊那样的经济保障,在创作初期还写了不少肤浅的赚钱作品,但后期她认真地转为撰写行为指南和女性成长小说,在题材和小说内容方面与理查逊异曲同工。不过,在意识形态上她比理查逊开放,不像理查逊那么厉害地受到清教道德约束。在道德理念上她更靠拢菲尔丁那较宽泛的人文关怀,更看重人性方面的正直、善良,在一定程度上超越了18世纪中产阶级的狭隘。所以,她的杰作《白希·少了思》既符合理查逊致力的教导年轻姑娘正确对待婚恋的主题,而在人物塑造和成长描述上却十分接近菲尔丁的标准。我们是否可以说,海伍德处于一个交叉接受影响的位置,为此她和她的作品也成为进一步研究英国18世纪现代小说兴起阶段不可或缺的组成部分,值得我们认真关注。

《傲慢与偏见》:视角挪移与自我"修订"

黄 梅

奥斯丁小说《傲慢与偏见》(1813)流光溢彩的开篇"凡是有钱的单身汉,总需要娶个太太,这是一条举世公认的真理"(I.1)[1],两百年来吸引了无数目光并被掘地三尺地反复探究。关于它开宗明义高调宣示的题材即"逐利社会中的婚姻"[2]、关于它调度种种修辞手段营造出的多层次内在矛盾和多指向反讽挖苦,分析评说可谓车载斗量,不胜计数。有少数学者还意识到"开首讽刺语句"所属的叙述声音类型[3]以及这"天神般"权威叙述者/作者"不言而喻"超然在上的立足点[4]。但很少有人充分注意书中叙述者和女主人公的观察视角共同经历了某种挪移,更不必说把这种视角挪移与

---

[1] 括号内标注的是小说引文出处,其中罗马数字表示卷数,阿拉伯数字为章数。依据的版本是 Janet Todd 主编的剑桥版即 Jane Austen, *Pride and Prejudice* (Cambridge: Cambridge University Press, 2006, ed. PatRogers)。译文参照了多种译本。

[2] Marvin Mudrick, *Jane Austen: Ironyas Defense and Discovery* (Princeton: Princeton University Press, 1952), p.107. 其中"逐利社会"一语出自英国影响很大的 R. H. Tawney 的社会学专著书名: *The Acquisitive Society* (New York: Harcourt, Brace & Company, 1920)。

[3] 参看 Susan S. Lanser, *Fiction of Authority: Women Writers and Narrative Voice* (Ithaca: Cornell University Press, 1992), 73 页。

[4] 参看 D. A. Miller, *Jane Austen, or The Secret of Style* (Princeton: Princeton University Press, 2003), 31 – 34 页。

小说主旨即主人公的自我修正心路历程联系起来深入讨论。

奥斯丁以极富特色文体讲述的女性经历被视为英国式"成长小说"的重要范例之一,①她的"恒定主题即人我关系"常常"体现为教与学"。② 作者对教育、修养的关注绝非孤悬世外突发玄想,而是现代欧洲一波漫长思想文化运动中承前启后的一环。18、19世纪德国等经历"等级社会变迁"的欧陆国家中市民阶层酝酿、推动了对修养或个体自我完善的讲求,"成长小说"随之兴盛一时。③英国的情形也大体如是。甚至更早前人文教育在文艺复兴时期商业发达的意大利发轫,也有相似的历史动因和表现。④

有评者正确地指出,追溯奥斯丁女主人公的成长经历的一个最有效方式是"跟踪她话语习惯的改变"。⑤ 不过,本文选择更多地聚焦在与文体或言说方式/习惯如影随形共生的阅世眼光上。这固然因为前人对此讨论较少,但更重要的是,风格问题更多关涉修辞技巧,而叙述者和中心人物的视角或自我"站位"则是直接指向思想境界和精神面貌的关键线索。视角调整意味着主体个人对于有关自身与他者及现实世界相互关系的再认识,也即世界观的修订与改造。

一、狙击"高富帅"与俯视姿态

书中率先登场的人是哈特福德郡朗伯恩村的班纳特太太。

---

① 参看 Brigid Lowe, "The Bildungroman", Chapter 25 of *The Cambridge History of the English Novel*, eds. RobertL. Caserio and Clement Hawes (Cambridge: Cambridge University Press, 2012)。

② Susan Morgan, *In the Meantime: Character and Perception in Austen's Fiction* (Chicago: University of Chicago Press, 1980), pp. 52 – 53.

③ 谷裕:《德语修养小说研究》,北京大学出版社,2013,13 – 17 页。

④ 参看吕大年:《人文主义者论教育》,《启真·1》,浙江大学出版社,2012,58 页。

⑤ Laura G. Mooneyhan, *Romance, Language and Education in Jane Austen's Novels* (London: Macmillan, 1988), p. x.

> 有一天,班纳特太太对她的丈夫说:"我的好老爷,尼瑟菲尔德庄园终于租出去了,你听说过没有?"
> ……
> "哦,亲爱的! 你得知道,朗太太说,租尼瑟菲尔德庄园的是个阔少爷,英格兰北部的人;他星期一那天,乘着一辆驷马轿车来看房子,看得非常中意,当场就和莫理斯先生谈妥了……"
> ……
> "噢,是单身,亲爱的,千真万确! 一位非常有钱的单身汉,每年有四五千镑的收入。真是女儿们的福气!"(I.1)

这位口无遮拦的大妈气急败坏地央求老公快马加鞭前去拜会有望成为金龟佳婿的新邻宾利先生。她的话充满生动街谈巷议和繁琐俗务操心,一锤定音地揭示了产生那"举世公认的真理"的特定群体的属性,既是对"真理"的坐实和注释,也是干扰与颠覆。一直逗引妻子持续冒傻气的班先生则使开篇全知叙述的反讽声调有了一个具体代表人物。不久后邻近美里屯镇举办了一场舞会。可到那时真正引发全面骚动的却不是众望所归的宾利,而是他朋友达西的意外登场:"达西先生身材颀长,相貌俊朗,器宇轩昂……他进来还不到五分钟,消息就传开了,说他每年有上万镑收入。"(I.3)

四千镑年收入是迈进货真价实"上层社会"的门槛。一万英镑的震撼力自然也就成倍增加。[①] 两位贵宾家产引爆的情绪冲击

[①] 有学者估算,在 1800 年英国 5 千英镑年收入大约相当美国 2010 年的 30 到 50 万美元。参看 P. M. Spacks (ed.), *Pride and Prejudice: An Annotated Edition* (Cambridge: The Belknap Press of Harvard University Press, 2010), 31 页第 10 条注释。

波表明:在美里屯小世界里钱财刻骨铭心地界定着个人在群体中的身份和尊严。对于舞会现场参与者,恰如对于直率概括出婚恋场上"高富帅"标准的21世纪初中国都市人,达西这样一个严格符合"有钱单身汉"类型要求的男青年不可避免激发了择婿热情。一时间四下议论升腾,直到达西目中无人、爱搭不理的态度给大家当头泼了一瓢冷水。

开篇的讪笑笔调在完美地延续,与之相随的是叙述者的俯看视角。不论是班家女孩和诸位芳邻在舞会前后饱受多变传言折磨、经历嗔恼惊喜,还是各家老妈彼此探营、积极运筹嫁女大业;不论是班太驱赶大女儿瑾冒雨回访宾家姐妹、使她受寒生病滞留尼瑟菲尔德庄园的锦囊妙计,还是邻居约翰·卢卡斯爵士在达西面前可劲儿鞠躬、无比恭敬而唐突地谈论宫廷舞会或贵胄家宅时的滑稽嘴脸,都活灵活现地呈现着围绕两名富有男士婚娶前景漾开的村镇百态。闹腾的笔法露骨地映现出叙述者眼角边的笑纹。

俯看众人的眼光及怡然自得的嘲笑属于叙述者,属于班先生,也属班家二小姐伊丽莎白。班先生曾不止一次当着全家人说丽琪(家人对伊丽莎白的爱称)比其他几个傻丫头机灵些,明白地表示对她的偏宠以及父女俩的立场一致和灵犀相通。不过,丽琪第一次从五姐妹中被单独凸显出来,展示的却是蒙羞的经验。

舞会上男客稀缺。伊丽莎白一度闲坐在旁,无意间听到宾利鼓动达西邀自己跳舞。达西转头朝她看了片刻,等两人目光相接才懒懒收回眼神,回答说:"她还算可以,但是没有标致到能让我动心。我可没有兴趣去抬举被别的男士冷落的姑娘。"(I.3)他用来评价偶遇女孩的"标致"(handsome)一词在小说中出现频率极高。一方面,几乎每位青年男女在他人视域中初现,都首先要遇到是否"标致"的评判;另一方面,如作者另一部小说

《理智与情感》(1811)中约翰·达什伍德关于二妹遭遇失恋、形容憔悴因而身价大跌的议论所提示,在婚姻交易中个人相貌早已明确地市场化,"标致"能够折抵不小的现金份额。对于缺少资产的待字闺中女,被人如此冷蔑地断定为不够"标致",无疑是雪上加霜。那一刻,空气几乎凝固。达西重磅冷言的杀伤力读者简直能感同身受。

这一幕及随后的段落确立了伊丽莎白的中心地位。她既是被呈现的主人公,又是叙事主导视点,叙述大多展示她的所见所闻所思所感,不知不觉将读者带进她的意识世界。我们得知,丽琪"生性活泼,爱开玩笑,遇到任何荒谬的事情都觉得开心"(I.3),因此非但没有因为遭人冷眼而气闷神伤,反而"兴高采烈"地把这插曲告诉了各位亲朋好友。她坦承"就爱开心一笑",自认是针砭"蠢事、荒唐、想入非非和朝三暮四"(I.11)的行家里手。如穆德利克所说,这姑娘荣幸地"分享着叙述者(或作者)的讥讽姿态,将自己设定为有识别力且时时对他人进行评判并划分归类的反讽旁观者"。① 经过一番分析裁断,她把自己由被(达西们)观看并酷评的客体转化为进行审视和判别的主体,而且不惮于以公开言行张扬于世。当然,并非所有人都是嘲讽对象。大姐瑾及卢家长女夏洛蒂是她的闺密。她批评姐姐过分仁善、只看他人优点,反驳夏洛蒂有关抓住机遇缔结有利婚姻的实用主义言论,说话恳切而直率,没有夸张也没有讥笑。瑾和夏洛蒂各抒己见也毫不含糊,表明了她们之间真诚平视的亲昵关系。不过多数人都无"福"进入伊姑娘的平等知己圈。高富帅少爷达西被她迅速贴上"荒谬可笑"和"傲慢"的标签,与宾利姐妹同列为可资冷眼俯看的对象。

在下一场美里屯舞会上,她不顾卢卡斯老伯扯住她的手往达

---

① Mudrick, p. 94.

西身边送的美意以及后者郑重请她赏光的荣幸,坚决表示不想跳舞,笑盈盈地丢下一句"达西先生真是文明礼貌的化身"(I.6)便翩然而去。睚眦必报的姑娘记着上次的一语之伤呢,"礼貌"云云可以说是公然的挖苦。只是达西却不明就里。像当时不少上层社会矜持男士,他于跳舞虽说技巧娴熟却不显热衷,①也就谈不上有多失望。相反他看到了对方拒绝时异样的神色和闪动的眼波,不按常规出牌的女孩子吸引了他的注意。男方的地位优势使伊丽莎白在主观想象世界之外仍然难逃被观赏的命运——她射出的小小讽刺之箭根本没有抵达目标。男女主人公彼此意图和感受的喜剧性错位,是小说第一卷中情节推进的主要动力之一。

伊丽莎白赴宾家照料病中姐姐期间还有若干类似经历。从她个人的角度看,可以自诩无暇地坚持了针对达西的拒斥和嘲笑。一晚,宾利小姐在客厅弹奏钢琴。伊丽莎白意识到达西盯着自己,一时有几分意乱。她先断然否定了得到"那位大人物垂青"的可能性,继而把原因归于自己"比其他在场的人都更令他讨厌",最终以自己"太不喜欢他了,对他是否赞赏毫不在意"作为定心丸稳住了心神。接下来一长段自由间接话语叙述亦步亦趋转述女主角的内心活动,揭示了她如何生硬地把新观感拉入旧判断:

> 宾利小姐……变换花样弹起一支欢快的苏格兰小曲……达西便走近伊丽莎白,对她说:
> "班纳特小姐,你不想趁此机会跳一段瑞乐舞吗?"
> 她笑了笑,没有回答。他见她一言不发,有些惊讶,于是又问了一次。

---

① 切斯特菲尔德勋爵(1694—1773)在著名的《教子信札》中曾诫年少的儿子跳舞只是"有时不得不顺应一下"的"很不足道的傻事";却又于后者青年时代游历欧陆时指点说:得一位最佳舞蹈教师"至关重要","舞蹈优美,才能坐立优美,行走优美,方能得世人喜爱"。见 *Letters of Lord Chesterfield to His Son* (London: J. M. Dent & Sons, 1929), pp. 13, 207。

"哦,"她说,"我刚才听到了,不过我一时没有拿定主意怎样回答。我知道,你想让我说'乐意',那样你就可以鄙薄我趣味低级,寻个开心。可我总喜欢戳破这类把戏,让某些人存心蔑视我的如意盘算落空。"(I.10)

达西重复的问话听来显然是套近乎甚至撩逗,暧昧得让人心旌摇动。① 不过伊丽莎白没有忘记那位公子哥曾在自己妹妹演奏同类乐曲之时轻蔑地说"野蛮人也都爱跳舞"(I.6),何况片刻前他们俩还在针锋相对地打嘴仗。她宁可判定这仍然是对立双方争高下的场合。于是她宣布自己压根不想跳下层民众喜爱的瑞乐舞,还咄咄逼人地挑衅说:"要是你敢,就蔑视我吧。"

还有一次,宾利小姐拉她在客厅踱步,引得达西评论了几句,宾小姐赶紧追问其详,而伊姑娘则用嬉戏口气力主不去理睬,"刹他的威风"(I.11)。后来在下一场舞会上,她猝不及防接受了达西邀请,便拿出伶牙俐齿功夫刁难自己的舞伴,还半开玩笑地质问他是否被"偏见障目",抨击他迫害民团青年军官魏肯,等等(I.18)。

伊丽莎白与宾家长姐即赫斯特太太在花园小径散步的插曲是另一个触目的例子。她们走着走着迎面遇上了达西与宾利小姐。赫太当即丢下客人去攀达西的另一条胳膊。这种不讲起码礼貌的行径让达西感到尴尬,他建议换条宽敞些的路大家一起并排走。"可是伊丽莎白根本不想跟他们在一起,她笑着回答说:'不必啦,不必啦。你们还是走那条路吧。你们三人组合搭配得真美,看起来实在妙不可言。要是再加上第四个,如画感可就破坏啦。'"(I.

---

① 布劳尔直接解读为达西在"请伊丽莎白跳舞",但用语比较含糊。见 Reuben A. Brower:"Light and Bright and Sparkling: Irony and Fiction in *Pride and Prejudice*", in Ian Watt (ed.), *Jane Austen: a Collection of Critical Essays* (Englewood Cliffs, N.J.: Prentice Hall, 1965), p.66.

10)轻轻巧巧一个"如画感",伊姑娘把自己摘出,将另外三人彻底转化为考察、观赏甚至讥嘲的对象,对抗击达西的立场定位进行了有效的"轨道维持"。"组合"(grouping)、"如画(感)"等等都是当时著名美术理论家吉尔平①讨论绘画和风景的常用术语,它们如此自自然然出现,如灵光一闪,既让伊丽莎白不着痕迹地炫了一把"文化",又占了一份不宜言传的小小口头便宜——因为,吉大师讨论"组合"时所举的画例涉及的往往不是人,而是马牛羊之类。我们很难断定话音里流淌着自得的伊丽莎白小姐对于这份额外的语言红利是否充分自觉,但却知道她绝非不屑于此等"粗俗"和刻薄。因为,后来她在柯林斯宅做客时,碰上那家人大呼小叫手忙脚乱地赶往花园门口向乘车路过的贵夫人致敬,便冷冷地甩了一句:"我还以为是猪拱进了园子呢,原来不过是凯瑟琳夫人和她女儿呀!"(II.5)

俯看滑稽世相的最精彩表演还属班纳特先生对奇葩客柯林斯的接待。柯林斯牧师是班家远亲,他以一纸超级弯弯绕的咬文嚼字信件宣告自己的到访。班先生则煞有介事地向全家宣读了那封令他乐不可支的来信。柯某登门后便喋喋开说,吹嘘自己及恩主凯瑟琳夫人,还洋洋得意介绍自己如何当面力捧凯夫人的女儿。班先生立刻夸他本事了得:"敢问你这种讨人欢心的奉承话是靠灵机一动,还是因为素有钻研而成竹在胸呢?"态度与挑逗太太出洋相别无二致。柯牧师也有不亚于班太的愚钝,美滋滋地详细解说自己阿谀讨好时的随机应变和预案设计。班先生不动声色,"不过偶尔对伊丽莎白使个眼色而已"(I.14)。使眼色是很重要的一笔,表明落在柯林斯身上的那份鄙视,融聚了叙述者、班先生及伊丽莎白高度重合的目光。

---

① William Gilpin(1724—1804),英国画家、圣公会教士、教师兼作家,主要以首创"如画(*the picturesque*)"概念知名。

柯牧师来访的主题是相亲。班家祖传房地产法定由男性继承，由于老夫妻只生得五个闺女，旁系的柯某便成为家族产业继承人。他风闻众表妹金花五朵美艳过人，遂精打细算谋划出亲上结亲的妙策。来到朗伯恩他一眼先看中最秀美的瑾姑娘；听班太宣布她名花有主，立马移师主攻二小姐。他盘桓数日，与表妹们跑了两趟美里屯，参加了尼瑟菲尔德园舞会，然后在离去前约伊丽莎白"私下谈话"，正式求婚。他郑重其事地将详细打过腹稿的说辞倾倒而出，列举提亲的理由和条件："第一"，他身为"经济条件宽裕"的牧师，自当成家为教区树立榜样；"其二"，为增进个人幸福；再者，凯夫人多次敦促他成亲（他深信那位高贵夫人的垂顾是他可以吸引异性的至关重要优越条件）。此外，作为家产继承人，他在几名表妹中觅妻可"减少她们的损失"。

这位仁兄的求婚演说与他的来信珠联璧合，可跻身英语小说中"最滑稽妙文"。[①] 他认定订婚是一种询价交易，而自己提出的条件难以抗拒，表妹们只有感恩戴德的份儿。所以他毫不犹豫地参照流行淑女操行指南书，把伊丽莎白的当场拒绝归结于欲迎还拒的"高雅女士惯技"，逼得对方不得不再三再四地表态。他也提到"感情"，不过总共才两个半句：一次是切入正题前申明要趁自己"尚未被感情冲昏头脑"赶紧陈说理由——让伊丽莎白不禁对那压根不存在的可能性（即被感情冲昏头脑）暗自发笑；另一次则是作为长篇大论的结束语：

> ……我没有什么别的要说的了，除了要用最激动的言辞表达我炽烈的爱意。对于财产，我完全不以为意……你将来应得的款项只有一千镑，利息四厘，还要在令堂过世后才会落到你的名下。因此我对财产的事将永远矢口不提。

---

① Richard Jenkys, *A Fine Brush on Ivory: an appreciation of Jane Austen* (Oxford: Oxford University Press, 2004), p.77.

(I.19)

柯牧师求亲表演背后交织着种种经济、政治、性别秩序的明规则和潜规则,既揭示了他是怎样一种人,也印证着左右人们行为的谋财逐利世道。钱在社会生活中超重压秤,这既是奥斯丁与众多前辈小说家(包括笛福、理查逊以及情感主义写手麦肯齐和女作家伯尼等等)的共同语境,也是他们笔下人物的给定生存条件。在《傲慢》一书中,不仅继承权问题被设置为推进情节的动力源,"钱"或财产考量也成为影响文体的一个主导因素,[1]使叙事充斥着形形色色的报账单:每一位未婚男女(包括故事边缘的金小姐和达西小姐等等)的家底都被追查得底朝天,班家的收入账(包括父系地产的两千镑岁入和母亲陪嫁的千镑)更是在第7章早早就被曝光。

柯牧师事先详查女方财产状况,精确到收益率的一厘一毫,乃是当时婚俗常态。他明言提及继承权是在点班家女儿的死穴,因为这个宽裕中等士绅人家的女性成员们时时在感受那悬在头顶的经济的达摩克里斯之剑。班太太的歇斯底里事出有因。伊丽莎白姐妹缺少嫁资且母系门第寒微,在婚姻市场上不具备竞争力。正因如此,她所经历的另外两场朦胧异性相悦根本走不到谈婚论嫁这一步——一表人才的魏肯满心指望娶位多金女脱贫;亲切讨喜的费兹威廉上校则坦承:作为贵族家庭的幼子(非长子),他没有继承权却有"大把花钱的积习"(II.10),考虑婚事可不敢只顾情投意合、不问钱财多寡。与他们相比,柯林斯的"过人"之处只在于他毫无心理障碍地把自己的斤斤算计宣示为慷慨大度。

尽管深谙其中风险,对于眼前那个"自鸣得意、装腔作势、心胸狭小、愚蠢透顶的家伙"(II.1),伊丽莎白实在无法容忍,即使

---

[1] 参看 Mark Schore, "Pride Unprejudiced", *Kenyon Review*, 18(Winter 1956), pp. 83-4;又,马·肖勒:《〈爱玛〉》,朱虹(编),《奥斯丁研究》,中国文联出版社,1985,265-266页。

是——或者毋宁说,尤其是——加上他的房子、马车和恩主凯夫人。她对柯林斯的评价是事后与姐姐谈心时道出的,以直接引语形式出现,口气和用词却极似叙述者对班太的概括。这又一次证明:此际主导女主人公处世态度的,是她与父亲乃至叙述者所共同持有的俯看视角和讥讽者立场。

与柯林斯求婚闹剧相交错,还发生了其他一些事,让表面波澜不惊的乡村生活暗流涌动。比如,柯牧师再次改换对象火速求亲,成功地与夏洛蒂·卢卡斯订立婚约。还有,庄园舞会之后宾利一家突然离去,令深陷情网的瑾·班纳特肝肠寸断。伊丽莎白因怜惜姐姐心生恚恨,把罪责归于达西和宾家姐妹的背后操纵。此外,伊丽莎白与英俊而殷勤的驻美里屯民团军官魏肯相识后,两人惺惺相惜,交情飞快升温,在对达西的看法上更是一拍即合。魏肯透露说自己曾饱受那位有钱有势少爷虐待。

数月后伊丽莎白应邀随卢卡斯老伯及其小女儿去探望已经嫁到肯特郡的夏洛蒂,因而与身为凯夫人外甥的达西及其表兄菲兹威廉上校不期而遇。她待后者颇为友善,对前者却丝毫没有放松警惕,一如既往地冷嘲热讽。这日傍晚,伊丽莎白独自留在牧师宅,没有随柯家恭敬万分地前去拜访凯夫人。她刚刚综合各方面信息得出明确结论:是达西的干预破坏了宾利和姐姐的恋情。她又气恼又心痛,反复览读瑾的来信,一时百感攻心、头痛不已。

不料忽然有客上门。更加令人惊愕的是,来人竟是达西。他说了几句常规客套话,迟疑地来回踱了几遭,便开门见山地说:"我努力克制,但是不成。这样下去可不行。我的感情压抑不住了。你一定得容我告诉你,我是多么仰慕你,热爱你。"(II.11)

一种扣人心弦的急切和冲动跃然纸上。有人说《傲慢》是奥斯丁小说中最富于性爱激情的一部,甚至有续作和改编为它补写了情色内容,2005年新版电影里雨中热吻的场景可算是此类生发的典型例子之一。后世人的借题发挥被安到奥斯丁笔下淑女身上不免是时代倒错,但是那种青春热度却分明是达西上述话语所暗示了的。查普曼在奥斯丁作品中辨识出"热烈的感情"[1],并非空穴来风。可以说,达西与柯林斯的根本区别之一就在于此。

不过,也许更耐人寻味的却是,达西和柯牧师,如此不同两个男人竟有根本的相似,即他们的求爱都是独白,都事先将对方的应允暗设在本人的求婚说辞中。柯某毫不怀疑自己的一二三四所向披靡。达西的"容我(allow me)"其实也不容分说。他径自滔滔不绝讲主观感受和思想斗争,说:尽管伊丽莎白亲友身份低下、家人不时丢人现眼,自己最终没能压抑住对她的喜爱,等等。与对柯林斯的处理不同,此处达西的深情倾诉没有被直接引用,而是通过女主人公的观感以第三人称综述呈现。伊丽莎白明确意识到,那位高富帅"毫不怀疑会得到满意的答复。他嘴里也说诚惶诚恐,但是他脸上流露出来的却是万无一失的神气"。求婚者们的自信揭示了男性有产者共同的优越感并无情地反衬出伊丽莎白们的弱势地位。达西虽然不会像柯某那样一个子儿一个子儿数计女方钱财,但是他对举止和风度的敏感使得班太等人缺乏文化修养的门第缺陷显得更为刺目。

然而,这场戏的主角是伊丽莎白。面对达西极端自负的表白,她的第一反应是气愤。

此前,柯林斯的婚事不止一次为作者和女主人公提供了系统辩论婚姻原则的机会。先有伊丽莎白面对经济威胁坚定拒婚。随后她又与亲友反复争论夏洛蒂的允婚。在夏洛蒂看来,"对于受过良好教育但财产不多的年轻女子来说,嫁人是唯一一条体面出路,虽然并无把握能得到幸福,这毕竟是她们可以免于贫困的最惬意的避难所",她自认不是"有浪漫情趣的人","只要求有一个舒适的家"(I.22)。她把婚姻提到"避难所"的高度,体现了对自身经

---

[1] 查普曼:《简·奥斯丁:答加洛德先生》,朱虹(编),《奥斯丁研究》,83页。

济困境的充分自觉。在那个时代里,有教养却没有独立经济来源的英国中下士绅家庭女儿可选的职业唯有当女教师或从事裁缝之类手工劳动。这些行当收入菲薄而且地位几近仆役。"就业"意味着将自己走投无路的处境广而告之,所以淑女们若非到了饿饭地步绝不愿意迈出这一步。[①] 瑾对夏洛蒂表示适度理解,然而伊丽莎白不肯退让,强调不能"随便改变原则和诚信(integrity)的含义,也别想硬让我相信,自私自利便是小心审慎……"(II.1)。三人"闺密帮"有一个夺路离去,余下的姐俩最终还是认定,"怎么都可以,没有感情结婚绝不可以"(III.19)。这句规定行为底线的话与作者本人1814年致侄女范妮·奈特信中的表态几乎一字不差地重合,也与未发表手稿残篇中一女性人物的自白形成呼应[②]——后者称:"贫困固然是大苦厄,但对于有教养且富有感情的女性它不应该也不可能是最大的灾祸。……我宁愿当学校教师……也不嫁自己不喜欢的男人。"[③]

总之,柯林斯裹乱不仅是喜剧噱头,更是女主人公人生选择的预演。由此伊丽莎白更加坚信,她对达西既已有定见,便绝不允许一万金镑绑架自己的感受和判断。于是她仅遵循起码礼貌略表感谢,随即抛出一连串质问:既然声称爱她,为什么要说这爱违背理智、以此来羞辱她?为什么要阻挠宾利和瑾相恋从而毁掉她姐姐的幸福?又凭什么专横迫害老管家的儿子魏肯、搅黄他出任牧师的安排?达西本能地起而迎战,在气急败坏的自我辩解中强悍抢白:"莫非你指望我因你家亲戚低贱而欢欣鼓舞吗?"他甚至使用

---

① 一个有趣的例子是,作家斯特恩的妹妹曾因哥哥建议她学绣花、制帽等手艺谋求自立而勃然大怒。参看 Ian C. Ross, *Laurence Sterne: A Life* (Oxford: Oxford University Press, 2001), pp.157-159.
② 参看 Stuart M. Tave, *Some Words of Jane Austen* (Chicago: University of Chicago Press, 1973), pp.134-135.
③ Janet Todd & Linda Bree (eds.), *Jane Austen: Later Manuscripts* (Cambridge: Cambridge University Press, 2008), p.83.

了"卑微(inferiority)"和"社会地位远低于我"等直白伤人的词句,不仅坐实了人们怀疑他持有的强烈门户成见,也无可躲避地暴露了受到刺激的骄傲之心。伊丽莎白也相应恶语升级,宣布"完全确认"了达西"骄狂自大,自以为是,因为自私无视别人的感情",并决然拒斥后者不可一世的求婚:"即使天下男人死绝了,我也不会嫁给你。"(II.11)

双方的唇枪舌剑以直接引语方式被逐字录述。伊丽莎白口气激烈,机关枪般的话语扫射火力极冲。率性而为的二十岁女娃显然没想给自己留下转圜的余地。不过伊丽莎白的冲动与其小妹莉迪亚不知轻重的自我放任有本质差别。她的坚决态度是以此前高密度思考讨论为基础的,也具有为自己的决定承担后果的精神准备。她明白,如果不能顺利出嫁、落到靠母亲留下的千镑资产的利息过日子,就只能勉强维持温饱(或许仅仅相当现今中国大城市低保水平),连最下等士绅人家的地位也保不住。尽管如此,她依然毫不犹豫地拒绝了唾手可得的真正豪门生活。女主人公的拒婚表达了对主宰班太太、柯林斯、魏肯、夏洛蒂、费茨威廉上校乃至约翰·达什伍德们的唯钱论逻辑的坚毅抵抗。虽然伊丽莎白所依恃的那份察人断事的聪明才智尚有待进一步的验证与考评,她在有财有势者面前敢于坚持真感受真性情,还能通过缜密的绵延复合长句[1]表达犀利的斥责与反驳,体现的不只是破釜沉舟的勇敢,也有确实不同寻常的机敏和自信。

这是最根本的伊丽莎白特色,也是她最吸引达西的地方。

在主人公们的正面冲突中,伊丽莎白对达西的狙击终于不再是自欺欺人的主观幻想。直接"交火"、力辩是非的情势让两位年轻人情绪高度激动。他们也许都没有意识到,这实际上是彼此间第一次如此坦诚、认真而平等的交流。有来有往、势均力敌的争论

---

[1] 有评论注意到她此时对"复杂语法"的掌控。参看 Douglas Bush, *Jane Austen* (London: Macmillan, 1975), p.96.

本身意味着平视和正视的关系。

翌日清早，达西郑重而客气地交给伊丽莎白一封长信，具体回应她的种种指责。头天晚上伊丽莎白也曾辗转反侧，把前因后果掂量了好几个来回。她打开来信时仍心怀"强烈偏见"(II.12)，认定自己经过排查论证得出的结论绝对翻不了盘。然而，读到达西和盘托出的魏肯劣迹、特别是他企图诱拐未成年的达西小姐的行为时，她受到了震动。伊丽莎白深知达西绝不会为指证区区魏肯拿家族体面攸关的事编谎话。

反思不可避免地启动了。伊丽莎白记起菲兹威廉上校的某些可以作为旁证的说法，又像回放录像般一一检点了自己与魏肯的交往过程，并头一次认真思量了后者言行中自相矛盾之处。初步判定了达西、魏肯关系中的是非曲直之后，她对达西有关宾利恋爱的解释也采取了更为宽容的态度——至少，很可能他确实没有看出瑾平静从容外表下的一往情深。伊丽莎白意识到自己有可能错判了达西，"越想越羞愧得无地自容……不能不觉得自己盲目、狭隘、偏激、荒唐"，甚至生出了"到此刻为止，我竟毫无自知之明"的锥心感受(II.13)。

如有的学者指出，这个突转(anagnorisis)在全书结构中极为重要："它居于伊丽莎白个人戏剧的中心，而她的自察则是小说优长所在。"[①]很显然，如果没有这一变化，就难以启动女主人公后来的视点挪动以及婚恋情节的峰回路转。也许更重要的是，它借助于女性爱情经验发动了对"自我"的省察和质疑。作为具有强烈主体意志的新型女性，伊丽莎白此际的反躬自省不仅事关她本人此后的选择和命运，在很大程度上也表达了针对由男性有产者主导的竞争文化中日渐强化的唯我意识的某种警惕和顾虑。达西求婚

---

① Robert B. Heilman, "*E pluribus unum*: Parts and Whole in the *Pride & Prejudice*", in John Halperin (ed.), *Jane Austen: Bicentenary Essays* (Cambridge: Cambridge University Press, 1975), p.126.

失败和其后的逆转是全书高潮,也是女主人公爱情故事中最重要的曲折点。

二、潘伯里的多重象征结构与演习"观看"

当年夏天,伊丽莎白随舅舅舅妈即加德纳夫妇到肯特郡旅游,顺便去该郡名邸潘伯里观光。

潘伯里正是达西家宅。对于一部以喜剧效果见长的小说,记述这段经历的三卷1章算不上最有趣,却是推进叙事、揭示主题的"最核心"①章节之一,因为这是男女主人公重新展示自身并认识对方的契机。伊丽莎白后来自嘲地告诉瑾,她对达西的爱始于她"第一次看到他在潘伯里那爿美丽地域之时"(III.17)。

是什么造成了如此的转变?莫非豪宅所象征的世家地位和万能钱财终于发挥了无坚不摧的威力?作为小说中的最关键地点,潘伯里究竟代表着什么?这是所有的读者不可避免要面对的问题。

通向答案的重要提示之一,是伊丽莎白匆匆参观大厦后的一条评论。她认为:"与罗辛斯对比,[潘伯里]少了几分富丽堂皇,多了真正的高贵典雅。"(III.2)"漂亮的现代建筑"(II.5)罗辛斯是凯瑟琳夫人的住所,因为有崇拜者柯林斯不遗余力宣传,它作为炫富符号的功能得到了充分挖掘。我们和女主人公一样,没有登堂入室前早已知晓那里"光是壁炉台就花了八百多英镑"(I.16),窗户玻璃耗资令人咋舌,还陆续见识了她家的各式车马、"华丽的厅堂,众多的仆役,豪华的宴席",等等。然而,这般"靠钱财和威势摆出来的显赫气派"(II.6)在女主人公心中唤起的却远非景仰。就现金价值而言,潘伯里未必胜过罗辛斯。而且,达西那份引起热

---

① Barbara Britton Wenner, *Prospect and Refuge in the Landscape of Jane Austen* (Aldershot: Ashgate, 2006), p.56.

议的家业必定包括一处以至多处上等房产,伊丽莎白拒婚时早已心知肚明。她有意识地将潘伯里与罗辛斯对比,说明她更重视两宅的不同。也就是说,潘伯里令伊丽莎白怦然心动的原因另在别处。

女主人公对潘伯里的印象被记述得扼要而清晰:

> 园囿很大,地形高低错落,他们从最低的地点驶入,花了相当长时间才穿过一片宽阔深邃的优美树林。
>
> ……他们缓缓向上行驶了半英里,发现自己已经置身于一高坡顶端,林地也到此为止,潘伯里大厦……位于河谷对面,……那是一座宏大美观的石头建筑,立在一片抬升的坡地上,背后倚着高高耸起的山梁,上面林木葱茏;房前是一条原本不小的溪流,此刻因涨水更显蔚然可观,全无人工痕迹。水岸既没被修得整齐呆板,也没有被装饰得矫揉造作。伊丽莎白的喜悦油然而生。她从未见过哪个地方,如此妙趣天成,或如此完好地呵护自然美景免遭庸俗趣味玷污。(III.1)

奥斯丁不是巨细无遗摹画环境或物品的自然主义写手,从来不为了景象而景象。关于潘伯里的描写有三点值得特别注意。一是对"自然"的突出:在上述不长引文中包含三个"自然(nature / natural)"。"自然"是18世纪末的关键词之一,与情感主义思潮和华兹华斯们的浪漫诗风一脉相通。华兹华斯和考柏等人歌咏山水乡村的诗句有抗拒初期城市化趋势的用意——虽然我们不必就此率然引申出"进步"或"保守"的政治定性。伊丽莎白是自然风景的热烈爱好者,游览湖区①的设想曾让她一时"欣喜若狂",甚至神

---

① 湖区为华兹华斯和柯尔律治等浪漫派诗人长期生活、写作的地方。

往地说:比起岩石和山岭,人(她用的是"man"即"男人")又算得什么?(II.4,19)她在户外生龙活虎,丝毫不被淑女规范所拘束,曾"翻过一道道围栏,跳过一个个水坑"(I.7),带着裙边的泥巴赶去探望生病的姐姐。此次外景描写笔墨虽不算多,但是后面有关潘伯里室内器物陈设的文句更简略异常,仅仅用"得体""雅致"等抽象字眼概述而已。两相对照,叙述者和女主人公对于"自然"和野趣的重视便昭然若揭。

第二个值得注意之点是对历史和传承的强调。达克沃思对此有深入讨论,他认为:"奥斯丁小说中房地产作为有序实体结构,是其他继承而来的各种结构体(structure)——如社会整体、道德准则、某套行为规范或某语言体系等——的转喻。"[①]不可否认,奥斯丁对老房子确有特殊感情。在她笔下"现代建筑"一语有贬义,被用于罗辛斯和诺桑觉寺,代表了其热衷摆阔的主人缺乏文化底蕴的庸俗面相。《理智与情感》中颟顸不肖子孙对古宅索瑟顿的改建和重装近乎野蛮破坏,曾引起女主人公范妮的怨愤与感伤。与他们相反,达西珍视历史传承。他说家庭图书馆"是好多代人努力积累的成果","在如今这个时代"(I.8)祖业继承人有守成并建设的责任。这里,"图书馆"当然也可被视为转喻。

房宅的这种象征意义是英国文学中一脉悠长传统:从夏洛特·史密斯的《古邸》(1801)到艾米莉·勃朗特的《呼啸山庄》(1849)中山上山下两处住所的对比,再到爱·摩·福斯特的《霍家老屋》(1922,又译《霍华德别墅》)中代表自然、农耕和"文化"并与现代都市和商业对峙的乡间旧居,可以说是代代相承。潘伯里是其中一个环节。不过,与呼啸山庄或霍家老屋比,潘伯里的象征意味不那么刻意,也不那么明确。达克沃斯等把这一面含义过分

[①] Alistair M. Duckworth, *The Improvement of the Estate: A Study of Jane Austen's Novels* (Baltimore: Johns Hopkins University Press, 1971), p. ix. 另参看 p. 124。

强调、放大,并进而解读为奥斯丁"保守"政治取向的体现,结论不免牵强。

但无论如何应该说,是潘伯里所具备的种种精神、文化内涵和外延,促成了伊丽莎白对其主人研判的进一步转变。隔着谷地眺望大厦的那一刻,她不由自主地萌生了"做潘伯里的女主人可能倒还真有点意思呢"的念头,这一闪念点出人与境的相互渗透。不过,该句采用的虚拟语气动词"could"和轻快的自我调侃语气又表明,聪明而强悍伊丽莎白只是对达西有了某些新感知,却没有当真后悔早先的拒绝。

第三,被很多人忽视但非常值得强调的是,这是全书中唯一系统描写视觉景象、展示空间结构的章节,而且它着意凸显了主观的视觉经验和观察方式。女主人公从入园、穿林、上山、下坡、过桥并最后进入大厦,她见识潘伯里的进路同时又是重新认识达西的过程。对视觉过程的跟踪甚至自觉强调,使我们试图分析的贯穿全书的潜在视角挪移话题浮出了水面。

叙述中提到,伊丽莎白进入大厦后,对周遭——

> 略略看了一下,就走到窗前去欣赏外面的风景。他们刚下来的那座小山,林木葱茏,远远望去更觉陡峭,山林之美尽收眼底。园林布置很巧妙。她纵观全景,河流两岸绿树丛丛,极目远眺,山谷曲折,令人心旷神怡。他们转到其他几间屋子,这些景致又有所变化,但是不论从哪个窗口望去,都是美不胜收。

女主人公对"室外"的重视和钟情被再次强调,不过,前段引文表现从山上看园林和建筑,而此时视点已转移,是从室内看外景——包括方才因"身在此山中"而不能识得的山丘形貌。有人评论说:"树林,溪流和房宅,没有刻意营造的象征意义,却无处不达西(are all Darcy)。"①观景成为"察人"的比喻,场地更移展示了主人的另一重面貌。彼时彼刻,伊姑娘又一次想:"这个地方,我本可以当它的女主人呢!"再次出现的虚拟语气助词提示着女主角思绪的回转和重复。完成时态"would have"则使读者意识到她不但把这处庄园与自己的命运做了更多勾连,也同时做了必要的切割。她的语调依旧略带自嘲,表明她对自己和达西之间的过往恩怨以及本人心态的新变化既有冷眼旁观也不乏凝眸直视。

在这个关节点,我们不妨回溯一下此前伊丽莎白识人观世与叙述者视角大多一致、但不时脱钩的微妙关系。

第一卷第 7 章讲述了瑾出门淋雨生病滞留在宾利家、伊丽莎白第二天一早步行数英里赶去照料姐姐的经过。她的出现搅动了尼瑟菲尔德庄园的气场。宾利说她"骨肉情深",他的姐姐们则在背后大肆嘲笑来客衬裙底边沾着"六吋泥巴"。特别是那位不歇气围着达西打转、忽而赞他信写得好忽而叹他家藏书天下无双忽而夸他妹妹才艺过人的宾利小姐,竟忍不住对达西说,这般冒失之举恐怕要毁了他对美眼的爱慕之心了吧。后者则不动声色地一口否认,说一番疾走反让伊丽莎白气色更佳。宾小姐便半是试探、半是嘲笑地拿"贵岳母大人"多嘴饶舌、小姨子们乱追军官以及"尊夫人"自大急躁等等开涮,达西也不失风度地接话:"为了舍下的家庭幸福,你可还有什么别的建议吗?"(I.10)这段记述,就揭示宾氏姐俩贬人利己的用意看,是承接了开篇的讥讽;就披露达西心态而言,是全知叙述者继第 6 章在"旁白"中明言"伊丽莎白全然不知自己已成达西关注对象"之后,再次进行情节铺垫。而其中达西潇洒应答的那份淡定,则令人想起他开罪伊姑娘的头一次发声。这些都展示了不曾被明言概括的达西境况和达西特征。比如:至

---

① Roger Sales, *Closer to Home: Writers and Places in England*, 1780 – 1830 (Cambridge: Harvard University Press, 1986), p.41;转引 Wenner, pp.56 – 57。

此为止他与宾家人的密切关系是任何哈特福德郡居民都远不能相比的,他在熟人中谈吐直率,甚至不乏才子加浪子的嬉戏姿态,并不像有些评论所说的那样性格孤僻、缺乏自信心和安全感①。当然,他肯拿与班家结亲开玩笑,表明他那时深信并无这种危险。当两姊妹放肆取笑班家当律师、做生意的寒门亲戚时,宾利出面为瑾姐妹辩护,达西却有几分认真地说,由于有那帮舅父姨爹,"她们和任何有地位的人攀亲的可能性就大大减少了"(I.8)。

言来语去中,不同感受、动机和意图相互交织。大体取全知视角的叙述轻盈而平顺地推进,视点在不断调整。总的说来,到第二卷第 11 章即达西求婚之前,叙述涉及宾氏姐妹、柯林斯和班太等人时,嘲讽笔调多与伊丽莎白眼光高度重合;而如果事关其他人物,情形就有所不同。总结伊丽莎白和魏肯第二次见面的那场晚会,叙述宣布"魏肯先生是当晚的开心男,几乎博得了每一位女性的青睐,伊丽莎白则是那有福女,因为魏肯最后坐到了她的身边"(I.16)。后来读者又得知伊丽莎白去参加尼瑟菲尔德庄园舞会时,"事先比平常更加仔细地打扮了一番,兴致勃勃地准备收服他[魏肯]那颗尚未完全屈从的心"(I.18)。这些段落中叙述声音欢快而戏谑,生动地表达了乐天少女随时准备演绎爱情正剧的跃跃欲试情态。而"开心/有福(happy)"之类用语内含的挖苦意味在尺度上则明显超出了女主人公当时可能具有的自省和自哂,虽不同于对班太柯牧师的苛讽,却把伊丽莎白也列入被揶和嘲弄的对象,其腔调或许接近班爸对爱女的揶揄。

至于一些有关达西的记述,更是不时逸出伊丽莎白的知觉范围并与她的判断构成某种冲突。前文提到:伊丽莎白曾表示不喜俗众热衷的瑞乐舞、还不依不饶追问达西敢不敢蔑视她,达西拿出十足骑士气度表态"没有胆量",为女孩虚张声势的挑衅收了场。

---

① 参看 Mary Waldron, *Jane Austen and the Fiction of Her Time* (Cambridge: Cambridge University Press, 1999), p.49。

紧接着,叙述口风一转,说伊丽莎白的态度"既然是温柔中透着调皮,也就很难当真惹恼什么人了。何况达西从来没有像现在这样迷她甚过其他所有女人。他确实相信,若不是她的社会关系低微贫贱,他可就真的处于危险之中了"。(I.10)此时叙述视角部分地转到了达西,直截了当地道出他的心思。如果说伊丽莎白自认为是在刹傲慢者的威风,那么在达西或其他人看来,两人的斗嘴几乎有如调情,充满着心智上平等交锋、争奇弄巧的乐趣,有如《红楼梦》中少男少女的吟诗作对。当达西略带批评口气指出宾利不该因行事草率而自夸,说他主意拿得快,改变也轻易;伊丽莎白便立刻出面为后者摆好并转而质疑:"难道达西先生认为,固执己见一意孤行,就能把最初的鲁莽轻率一笔勾销吗?"其用语的讲究(在翻译中有较多流失)、逻辑的严谨和挑刺时的敏捷,给达西也给读者留下深刻印象。两人对话常以充满半认真的相互挑战结束。当伊丽莎白说"你的缺点是对谁都厌恶";达西就笑着应答:"而你的缺陷呢,就是存心误解别人。"(I.11)达西日渐明显的特殊关注使得伊丽莎白既不能完全漠视也很难彻底中性看待。坚持拒斥态度对她来说是必要的自我防护,以免轻率落入自作多情的陷阱。另一方面,在男方占尽财产地位相貌风度优势的爱情游戏中,女方敢于对峙或抵制的姿态本身是极为诱人的,洛夫莱斯对贞女克拉丽莎[1]的痴迷就是一个例证。达西不是洛夫莱斯式的浪荡子,但这不等于在他的意识和行为中全然没有那个因素——他最初轻蔑议论伊丽莎白时确实像是婚姻市场上屡被推销骚扰的"倦怠购物者"[2]。对于达西们来说,伊丽莎白的口头攻击是炫智也是风情万种的卖乖,是玩笑也是令人兴奋的抵抗。总的来说,全知叙述在展

---

[1] 塞缪尔·理查逊名著《克拉丽莎》(1747)中的男女主人公。
[2] 语出 James Thompson, *Between Self and World: The Novels of Jane Austen* (University Park: Pennsylvania State University Press,1988),155—156页。作者指出:奥斯丁笔下阶级婚姻的过程鲜明体现了社会关系的物化,如达西对伊丽莎白的那句评判就与购买活动中品看物件或牲口的态度几乎别无二致。

示伊丽莎白缺席的场景时几乎没有针对男主人公达西的嘲噱,甚至也不一定着意挖苦宾小姐们。伴随男女主人公纠结的关系步步推进,叙述者没有固守开篇时高高在上的嘲讽立场,而是采用了悄然挪移的活动视点,不但明白无误地揭示了女主角知觉和判断的局限,也给达西尚未定型的心绪留下了朝不同方向发展的空间。

参观潘伯里的过程是伊丽莎白对达西再认识的延展和深化。管家雷诺兹太太对他赞不绝口,说他从小脾气好待人好,对妹妹对穷人对农户无不佑护,是世上"最好的地主,最好的主人"。这很出乎伊丽莎白的意料。家庭画廊中少年达西清朗的微笑,也迥然不同于她印象中那苛刻寡言的高傲男人。培根曾精辟总结说,"主人的名声出自仆人之口"。伊丽莎白的思路如出一辙:"还有什么称赞比聪明佣人的夸奖更可贵呢? 她想:作为兄长,作为地主,作为主人,该有多少人的幸福在他的荫庇之下……他有能力行多少善造多少孽呀。"(III.1)

这段内心独白表明伊丽莎白乃至小说叙述的风格转化达到了某种质变程度。此前,达西曾因偏好"四音节词"遭宾利嘲笑(I.10),因为英语中那类拗口大词多有拉丁语来源,标志着说话人的书卷气或道学气。伊丽莎白一向以言辞轻快活泼为特色,但这一番思忖却"正襟危坐"地采用理性推导,从他人和社会的角度出发,既强化思辨色彩又突出社会、道德责任,不知不觉中很大程度上采用了达西式语汇和思路。考虑到此前全知叙述者与女主人公的视角有时产生错位乖离,可以说,伊丽莎白收到达西信函后的猛醒以及参观潘伯里过程中出现的语调转轨,体现了她对叙述者眼光的逐步追赶和贴近,是她首次尝试转移视点、用他人(包括被嘲笑对象)的眼来反看自己和自己的一些判断。

潘伯里重逢中一段不能忽视的插曲是达西与加德纳先生的相识。加德纳是阶级身份离达西最远的人物之一:后者属上层士绅;

而前者尽管"在伦敦有家体面买卖"(I.7),毕竟是地位相对低下的商贾。和笛福一样,奥斯丁使用"生意/买卖"(trade)一词频率不低,也很讲究。宾利和卢卡斯家的财产均得自"生意",但是没有具体说明是什么行当,抽象的"生意"只是作为土地资产的对立物而存在。① 在当时的英国社会里由成功生意人转化而来的中小地产主卢卡斯,虽然得了爵士封号,地位也仅只能勉强和世家绅士班纳特打个平手。班太及其家族(小镇律师和普通伦敦商人)则是"粗鄙"下层中等阶级的代表。在这个意义上,舅舅是横在伊丽莎白和达西之间等级"鸿沟"的化身。

伊丽莎白不赞成以身份取人。同样是母系"寒门贱戚",加德纳夫妇和姨妈姨夫修养见识判然有别,她对前者是又敬又爱的。不过,她深知宾氏姐妹代表着通行的势利态度。宾小姐曾故意在达西面前讥笑她舅舅在伦敦"贱地街"②(I.8)开铺子,使她不由得暗自腹诽:若高贵的达某人到了那边厢,只怕是"沐浴斋戒一个月,也不足以洗净沾上的污垢"。(II.2)因此,虽然她对潘伯里萌生了好感,但是一想到其主人不会善待自家老舅,顿时觉得那地方的好要大打折扣。

然而,出乎她的意料,现实中上演的却完全是另一套戏码。

达西不仅表达了对来访者的诚挚欢迎,甚至显得与加先生颇为投缘。他的热情远逾常规礼貌,与此前伊丽莎白尖锐指摘的缺少温雅"绅士做派"(II.11)的表现判若两人,令女主人公错愕不已,也绝对超出任何美里屯人的想象。如果说《傲慢》是奥斯丁最富浪漫色彩的一部作品,那么我们有理由认为,作者正是在这一章里动用了罗曼司叙事的特权。潘伯里不仅是豪宅,至少首先不是物欲的外化或财产的象征。它也不尽然是传统社会及其道德取向

---

① 参看 Mark Kroeber, "*Pride and Prejudice* : fiction's lasting novelty", in Halperin (ed.), *Jane Austen: Bicentenary Essays*, pp.145—146。

② 该街名 Cheapside 是英国流传下来的常用商业街名,直译有"贱地界儿"之意。

现身的场所。它更接近灰姑娘童话中的宫殿,在这样一个虚构"神"地点,文化积淀、社会角色与个人眼光相遇相交,充满乐观的可能性,使女主人公乃至作者心目中的理想人际关系得以具象地呈现。伊丽莎白虽然在尝试移动视角,却没有放弃"看"者即评判者的角色。她的多重功能和由此而来的某种悖论令人炫目:新见识引发的自我否定似乎如有些读者所说表达了向达西秩序"归顺"的倾向;然而另一方面,达西的新面貌却恰恰体现了女主人公的心愿。

达克沃思曾详举文本证据论说道,达西和加先生除了钓鱼爱好以外另有更重要的契合之点——其中一个关键词便是"business(商务/事务/公务)"。[1] 书中的"business"有时包含"责任"之意。可以说,对公务或责任的重视是正面角色的共同点。达西虽不无几抹倜傥色彩,却显然自认为是负有责任的办事人(businessman),本质上难以被归为浮浪花花公子,而更接近于《爱玛》(1815)中的新型绅士奈特利先生。意识到这一点,我们就会觉得,达西和加德纳初遇即能找到共同语言,处理莉迪亚私奔事件时又密切合作,不那么奇怪。

主人公及叙述者对"business"的看重不可忽视。当年"绅士"约定俗成的标准就是不从事任何具体劳动——上层人家连家务管理都是由被雇佣者承担的。陶尼等人对"逐利社会"[2]的核心批评即是它造成了一批没有任何社会职能的食利的有钱人。奥斯丁借达西等表达对"公务/商务"的强调,几乎可以被视为陶尼的先声。反复出现的 business 一词[3]构成小说的一个母题,修正着"绅士"的定义。班太太代表了社会上以财产论定绅士的俗见,而她的

---

[1] 参看 Duckworth,129—131。
[2] 参看 92 页注②。
[3] 当然,对书中该词的使用要具体分析。第一章里称班太"唯一的要务是嫁女儿"就属嘲笑,但也说明那时婚嫁对女性来说近乎职业行为。

女儿伊丽莎白却谴责绝对不差钱的达西没有"绅士做派"。这一表态引发的"折磨"(III.16)开启了达西的转变,是主人公们婚姻得以达成的最重要促因,也是在意识形态话语场里争抢"绅士范儿"或士绅特质(gentility)定义权的发声。小说后半部里达西的言行举止体现了试图从道德和教养界定绅士的努力,与欧洲形形色色成长小说声气相通。这不仅意味着世家旧族豪门富户的天然绅士身份受到挑战,也意味着加德纳所代表的商界新人的加盟,还透露了小说人物浪漫心愿之下的社会历史潜流。

男女主人公在潘伯里初步完成了新的自我定位。伊丽莎白的视角与叙述者再一次重合,而且这重合一直维持到小说结尾。有评者惋惜小说最后章节里"双重或多重视象(vision)实际上消失",[①]还有人进而认定这体现了叙述者视野的坍缩和主观化。[②]尽管这些评说有一定道理,甚至涉及到有关小说文类的一些根本思想问题,但是具体到此书此节,叙述高度贴近女主人公的意识有其必然性,既是经营叙事悬念的必需,更是经过自我修订后女主人公对他人和事态的观察理解与叙述者趋同的有力证明。

三、嘲讽的边界

小说的首席讥讽高手班纳特先生没有直接被贴上"骄傲"标签,但作为人间喜剧的旁观者和谬言蠢行的讥笑者,居高临下是他的唯一站位——因为讥嘲总是以一种自我优越感为基础的。

班先生的主要嘲弄对象是他那位对任何智力游戏都浑然不察的憨老婆。先生年轻时以貌相人娶了亲,后来悔之已晚,失望之余以公开取笑太太自娱。读者与父亲的爱女伊丽莎白一道充分见识并分享了他揶揄老伴儿、耍笑柯林斯的机智和乐趣。不过,在奥斯

---

① Brower, p.75.
② Thompson, p.10.

丁笔下班先生没有能永久保住书房的清静和高人一等的嘲笑者地位。就在潘伯里之行似乎使伊丽莎白与达西的关系柳暗花明之际,发生了一件"出人意外且性质极其严重的事"。(III.6)

此前,老两口在驻美里屯民团调离之际轻率准许了小女儿莉迪亚随一军官太太到他们所迁往的布莱顿市做客玩耍。结果她和魏肯同时失踪了。众人起先怀疑他们私逃去苏格兰结婚,却没能找到他们的任何踪迹。再后来,有关魏肯负债累累、行为不端的信息接踵传来。朗伯恩一时乱了营,伊丽莎白被迫匆匆提前回家。时隔两百年,今天中国(甚至英国)的读者恐怕已经很难理解那桩私奔事件对于班纳特一家的恐怖含义。简单地说,在当时的社会情境下,如果不能以追补的婚姻仪式多少挽回面子,莉迪亚玩消失意味着她本人和全家人的身败名裂。班先生不得不急赴伦敦善后。他心下明白:根本不能指望魏肯那样的混世者娶两手空空的女孩;而小"作"女莉迪亚自幼娇生惯养、一无所能,一旦私奔遭弃,恐怕就只有乞讨卖身一途了——《理智与情感》中两代伊莱莎的不幸即是佐证。不仅如此。小妹的鲁莽还把全家都推到了灾难边缘。班家女儿本来就没有继承权和像样的嫁资,若再加上家庭丑闻的负资产,姐姐们通过嫁人获得人生"避难所"的机会很可能都被彻底断送。难怪加德纳夫妇刚一听说此事就"又惊又怕,长吁短叹",说"所有人"都将被殃及(III.6)。伊丽莎白则立刻想到:达西和她恐怕已永远无缘。

那段日子真是如坐针毡。班先生虽然去了伦敦,但他一无找人线索,二无办事能力,三无足以左右魏肯的财力。出门寻女不过是不得不做的姿态。母亲一味叫苦,自艾自怜,称病卧床。邻居们热衷的打探和"关怀"显然有几分幸灾乐祸。柯林斯火上浇油、写信为她家"蒙羞受辱"、诸表妹"未来福祉"均遭连累表示"慰问"(III.6)。透过伊丽莎白焦虑不安的眼睛,大姐的操劳和伤怀,家人和四邻表现所折射出的原子化生存薄凉世相,可谓触目惊心。

　　当此之际,伊丽莎白不得不正视父亲的过失,明确批评他"消极懒散,对家事不闻不问"(III.5)。几十年来班先生不曾做出努力使妻子少许改进。纯粹旁观的讥讽态度像一剂麻醉药,使他无所作为地与那些令他不快不安的事物安然共存。可是,被他观赏的滑稽对象并非玻璃罩中的展品。直到小女儿几乎原样复制了母亲的虚荣和浅薄、带来如此危机,他才被动地意识到这个结果是"自作自受"(III.6)。其他一些趾高气扬的自以为是者——比如,最刻薄挖苦班太的宾家姐妹和颐指气使的贵妇凯夫人——一直是被针砭的对象。那些富贵女享受了当时最好的教育,熟知规矩礼仪,却同样缺乏自知、教养和善意。她们不像班太尚有未来的衣食之忧,却一样毫不含糊地唯利是求。如果说凯夫人和宾小姐们被讽刺是因其明显的偏私冷酷和荒唐悖谬,那么,班纳特先生的"遭灾"似乎在揭示:自认为高明的讥讽姿态如果缺少了调节和限制,本身包含道德缺陷并可能滋生社会溃疡。

　　对于母亲,伊丽莎白则较早就有了复杂的感受。这位"妙语"连珠、时时成功献丑的乡下大妈,与约翰逊博士们笔下头发长见识短的愚蠢老女人如出一辙,隶属于风俗喜剧传统和18世纪滑稽女性刻板类型。小说叙述相当程度上认可了班先生对太太的鄙视,但同时又局部地解构着这种讪笑。作者的最大曲笔是步弗朗西丝·伯尼小说《伊芙琳娜》(1778)后尘,将女主人公设置为笑柄人物的至亲。[①] 由此,班太这个丑角的处境和特征,包括其出身、其缺乏教养的行止以及她不断抱怨的不公世道(即班家产业被限定要由男性继承)等等,都直接间接地成为女主人公的人生境遇。老妈、妹妹或亲友在社交场合出乖露丑,伊丽莎白非但不觉可笑,相反却"提心吊胆"、甚至为之"脸红不已、羞臊难当"(I.9,18),如

---

① 该书女主人公兼主要叙述人伊芙琳娜的法国外祖母是备受要弄的市民阶级颟顸老妇。

芒刺在背,觉得自己随时可能陪绑成为被讥笑对象。在绅士淑女圈里她有这方面低人一等的敏感。毕竟,奥斯丁与遭白眼的傻娘们和寒门女的关系要比约翰逊博士切近得多。所以她大概像伊丽莎白一样,很能体会班太们的缺陷并不总是提供笑料,其实有时可悲可怜,有时甚至可为之一争一辩。值得一提的是,罗·威·查普曼编辑的奥斯丁书信在1930年代问世时不少人"觉得很失望"[1],连爱·摩·福斯特这样自称"简迷"(Janeite)的名家也对其"琐屑"和不时出现的"缺乏教养、多嘴饶舌的笔触"感到困惑。[2] 也就是说,在生活中给姐姐卡珊德拉写信的奥斯丁像伊丽莎白一样,不论人生处境还是精神面貌都与班太之类"粗俗"平民妇女有千丝万缕相似之处。可以理解,伊姑娘一旦出了家门很快就意识到,过度认同父亲的视点是错误的自我定位,既是对自身真实地位的误判,也是对人我／群己关系的扭曲。

伊丽莎白对自身"准班父心态"的反省始于阅读达西揭露魏肯的长信之时。信件内容令她颇受震动,心情几经反复。最后她不得不承认,"事情可以换个角度来看",并开始为一己偏见感到"羞愧":

> 我还一向自负有眼力呢!——我还一向器重自己的能耐呢。常常看不起姐姐那种坦直厚道,常常毫无益处地或胡乱拉扯地东猜西疑,想表现自己高明……我就算是堕入了情网,也不可能比这眼瞎更厉害呀!而我犯傻不是傻在爱情,而是蠢在虚荣。某人欣赏我,我就高兴,另一人怠慢我,我就恼了……我追逐的是成见和无知,驱走的却是理智。到此刻为止,我竟一直毫无自知之明。(II.13)

---

[1] 语出威·萨·毛姆:《简·奥斯丁和〈傲慢与偏见〉》,见王丽亚(译):《为什么要读简·奥斯丁》,译林出版社,2011,86页。

[2] E. M. Forster, *Abinger Harvest* (London: Edward Arnold, 1936/40), p.156.

伊丽莎白如此检讨自己心中那份与虚荣和偏见纠结在一起的骄傲,可谓触及灵魂,与后来达西再度求婚时剖析自己"一直是个自私的人"(III.16)的严苛态度彼此呼应。她早前曾调侃地承认:"若不是他[达西]伤了**我的**傲气,我本可以原谅**他的**骄矜"(I.5),将平民女的自尊提升到与富贵男士分庭抗礼的位置上。如果说那个张扬宣言既体现了聪明和自知,也不无几分卖弄,这一次暗中反省却不含任何自得成分。此后她反复思量,尝试更进一步用他人挑剌的眼光反观,于是更加羞惭地意识到自己曾是魏肯"无聊卖弄随意献殷勤的对象"(II.18),虚荣之心被人轻而易举地掌控操弄。

不过,直到家庭危机发酵,班先生高踞于反讽神坛上的圣手形象才在伊丽莎白心目中渐渐瓦解。她从父亲玩笑的分享者、模仿者和崇拜者变身为批判性的思考者,表明女主人公的自我修订又推进了一步,即开始审慎地看待男性讥讽者的社会角色,认识到她过去为自己设置的俯看他人的视角是多么自我中心、又多么虚幻而脆弱。重新打量父亲标志着她这一轮自我教育的初步完成。

小说第三卷里伊丽莎白不时敛去讥诮、话风现出几分"班扬化"①趋向。奥斯丁曾在家信中提及,该书"太过轻松明快,光彩四射",需要更多阴影衬托(L.1813/02/04)。对此当代读者多不认真看待,但是它何尝不是一个旁证,说明小说中出现的文体调整并非艺术把握上的失误,相反体现了作者经过认真考量的自觉意图。

当然,同样不能忽视的是变化中的不变,是反讽批判和欢快戏谑的持续存在。倒数第四章里伊丽莎白和达西信步于乡间小道,以自我批评为发端开始倾诉衷肠,流连忘返,竟至林深不知处。第

---

① 语出 Mudrick, p.119 – 120。

二天,两位男友再来朗伯恩,宾利含笑询问班太:"你家附近可还有别的通幽曲径,好让丽琪再迷一次路?"调侃话说得那么温厚体贴,恰到好处地把读者带回诙谐的喜剧情境。不论前一日争相检讨,还是后一天伊姑娘故态复萌的打趣:"老老实实交代吧,你爱我是因为我唐突无礼吗",都充盈着年轻恋人满溢的欢乐。随后,当班老先生获知达西求亲并确认女儿的真实心态之后,他也恢复了开玩笑的好心情:"要是还有哪个小伙子来向玛丽、吉蒂求婚,就让他们进来。我正闲着呢。"(Ⅲ.17)

与此同时,结尾部分的一连串具体描述也旗号鲜明地呼应着开篇的反讽基调。班先生和瑾反复盘问伊丽莎白、再三警告她选择终身伴侣切不可仅仅考虑财产。与之对照,柯林斯眼中的达西是令人膜拜的青年男性版凯夫人:"福星高照之青年,特具世人企盼之一切,诸如巨额财富,显赫家世,权倾四里,广施恩泽,可谓百优齐备,令人倾慕。"(Ⅲ.16)而班太听说二女儿竟然把顶阔气而又顶傲气的达西弄到了手,则惊得回不过神来,半响才语无伦次地说:

"天哪!上帝保佑!想想吧!我的老天!达西先生!……啊!我的好宝贝丽琪!你这回可要大富大贵了!你该会有多少零花钱,多少珠宝,多少马车呀!瑾都没法比了——根本算不上数了。我多么高兴……这样一个可爱的人!那么英俊!那么魁伟!……心肝宝贝丽琪哟。在城里有住宅!什么都让人那么着迷!……一年一万镑呀!……

……很可能还更多呢!简直和王公大人一样了不得!还有特许结婚证。你必须而且一定要用特许结婚证结婚。"(Ⅲ.17)

此时此刻,前面记述的危机中班家日常生活场景——如男管家女管家出出入入,多名仆人伺候用饭,班太在小女儿下落不明之际还不知轻重地念叨着绸料和嫁衣,等等——都似一齐浮现,拱映着班太大呼小叫的惊叹。物质细节是精神世界的外在体现。班太们显然对物质享受和浮华排场以外的其他事物几乎完全丧失了关注和认知能力。她欢天喜地而又无比憨直地把达西彻底看成财富和权势的符号及步入上层社会的敲门砖。收场戏将最后的酣畅嘲笑留给了她和科林斯。

虽然伊丽莎白的婚姻在某个意义上的确可以说是超额实现了班太梦想,从而构成一种结构性反讽并凸显了女主人公的矛盾性,但是这不意味着她和母亲在精神和道德原则上的差异被彻底抹平。她检讨的是因过度自以为是造成的误判和成见,而不是敢于坚持真感受、抵制财产权势压力的初心和勇气。她的主体眼光是制"胜"的根本,也是被改造的元素。只是这改造不是取消而是添加,不是铲除而是制衡。在这个意义上,小说对讥讽姿态的修订是有度的,并非全盘否定;视点下移是灵动的,并非僵死凝固。在重新定位自我与他人关系问题上,走向成熟的伊丽莎白提供的是一种充满张力的活跃思想对话,而非明确的牛顿定理式道德律条。

恐怕让很多读者意外的是,全书最后一句话居然落在了对伦敦商贩加德纳夫妇的"感激"上:"达西夫妇和加德纳一家一直情笃谊深。达西和伊丽莎白都真心实意地爱他们。是他俩把伊丽莎白带到了德比郡,才成全了这段姻缘。小两口对他们无时不心怀最热忱的感激。"(III.19)

"感激"母题并非第一次出现。在男女主人公的关系中,最初,猝然遭逢达西求婚的伊丽莎白口称"感谢"实际却满腔愤恨;到游览潘伯里之际她第一次因为达西慷慨友善而萌生谢意并悟到"谢"与"爱"之间的内在关系。再后来她代表自己和家人为小妹私奔事件得以化解郑重向达西致谢;而达西回复她"全亏了你!是你给我上了一课"(III.16),表达的也是谢忱。克罗伯曾强调指出奥斯丁有关思考的重要意义:"'感激'是交往(transactions)的方式,相互给与并接受感谢的峰点可以构成对权威共享的自由接纳。"①的确,最能消解人际间壁垒的,肯定不是很容易沦为虚伪的谦卑姿态,而是对他人善意的敏感与顾念。"感激与敬重"是"不那么有趣"的伊丽莎白式爱情(III.4)的基石,也是编织更广泛人际关系的主要经纬线之一。

　　从表面看,小说多次从主人公角度表达了对身边诸人的不耐烦。当伊丽莎白听着自家老妈挖墙脚地说卢家姑娘丑或数落邻居们"得捞就捞""只顾自己不管别人"(II.2),当她见证着莉迪亚私奔消息如何被津津有味地传播并咀嚼,当她订婚后迫不及待地盼望着脱离朗伯恩交往圈,她心中涌动的似乎是对"社会群体"的某种敌视态度。但是应该看到,这种种感受不过构成局部中的局部——就是说,"疏离反感"仅仅是她对待社会依存关系态度的一个侧面,而真正被她所厌恶的又只是特定社群的某些特质。"对位和声(Counter-point)是奥斯丁成熟小说的特点之一。"②另一面的事实是,小说还反复强调了对友谊的异乎寻常的重视。比如,瑾发现宾利姐妹背信弃义、决定与她们切断亲密私谊,态度极其郑重其事,似乎把它当作稍逊于婚姻的"正式缔约"关系。的确,看似仅仅牵涉少数乡村女性的"友谊",实际上探讨的问题是在一个只余"现金交易"和"利己主义打算的冰水"的世界里,究竟应当如何维系或重建人际间的纽带。

　　加德纳太太与伊丽莎白的两次对谈常被中国读者忽略,却是理解作者对友谊关系周详观照的重要提示。在前一次谈话中舅妈严肃追问,体现了年长者的关切和诚恳;外甥女躲闪地开着玩笑,

---

① Kroeber, in Halperin (ed.), *Jane Austen: Bicentenary Essays*, p.150.
② Waldron, p.44.

则表明两位亲属平等相待而又深刻相知。另一场谈话发生在伊丽莎白前往柯林斯家路过伦敦之时。舅妈打听魏肯掉头猛追新近获得大笔遗产的金小姐一事。伊丽莎白没有说魏肯或金某的任何坏话,最后却表示:"谢天谢地,我明天去的地方,要见的是个一无可取的人……说到底,只有傻瓜才值得认识。""当心啦,丽琪,"她的舅妈立刻回应道,"这话里失望的味道可有点太重了。"(Ⅲ.4)说来加太的眼光可比某些后世学者毒多了。① 这位舅妈竟然多少是个成年奥斯丁,目光犀利,用语洗练。两场对话相当充分地体现了交谈的质量和友情的韵味,有智慧,有口彩,有关怀,也有真正的道德探讨。

伊丽莎白和舅妈的对话展示了一段思想光谱。两人都不赞成唯利是图,但也都认为不能轻佻地抹杀必要的财务考量。她们的思想中均有自相矛盾成分,相比而言加太更多一点务实理性更少一些冲动的激情。另一位玉成男女主人公姻缘的女士夏洛蒂,则是那态度光谱上更加侧重实际利益一端的"明智"者。然而即使她也并非全无底线的逐利之人。伊丽莎白激烈反对女友"为了世俗利益而牺牲所有的美好感情",痛感两人间再不会有"真正的信任"(Ⅰ.22-23),然而她对夏洛蒂的现实经济困境也有切肤感受。另一方面,夏洛蒂虽然选择成为柯林斯太太并兢兢业业地"经营"她的丈夫,却仍清晰认识到伊丽莎白以及她所代表的某些非物质追求对于自己未来的漫长生活相当重要,因而不介意后者的尖刻批评,放低身段修复友谊,甚至不惜为她冒犯恩主凯夫人。最终,伊丽莎白不仅在柯家做客时表现了和解姿态,也对夏洛蒂在自己与达西谈婚论嫁之时回娘家躲避凯夫人怒火"感到由衷高兴"(Ⅲ.18)。虽然不复往日的无话不谈,但是伊丽莎白最终默认了夏洛蒂的某种"友人"资格。可以说,在奥斯丁笔下,正是认可分

---

① 有些评家未能分辨出女主人公关于此事的调侃议论中的痛楚,认为这态度表明她对"世道"的接受。参看 Morgan, p. 98。

歧和差异的包容心态使辗转生成于复杂交错人际关系中的情缘得以一线牵来。夏洛蒂被小说安放在斑驳友人圈的外沿,似乎标志着女主人公与世道妥协的边界。此外,她也与魏肯夫妇等等一道给大团圆结尾抹上一些暗晦莫辨的色彩,标示着美满婚姻所象征的"幸福"的局限以及其中难以回避的阴影、矛盾和冲突。

与"感谢"话题密切交织的,还有小说结尾第三人称叙述的平视角度和直白的肯定语气,与"轻松明快、光彩四射"的俏皮开篇形成触目对比。如此收束全书,使叙述视点下移成为无可争辩的既成事实。叙述视角挪动的轨迹呼应了主人公特别是女主人公自我反省和自我再造的过程。各种程度和色彩的"感谢"乃是维系人际关系网络的基本要素之一。小说最后落笔于此,可谓余味深长。

一个叛逆者在传统价值"呵护"下的成长历程

——评《简·爱》对于个人选择的辩护和美化

苏耕欣

英国维多利亚时期的成长小说与十八世纪以及浪漫主义时期的同类作品有着显著区别。这些小说中的主人公往往经历深刻的思想成熟或改变,而奥斯丁等人笔下主人公的成长基本只限于发现自身能力与思想之不足,他们既未经历思想意识方面的重大变化,也不对主流价值提出批评性意见。几十年间成长小说发生如此变化,可能应归因于作者不同的社会态度。奥斯丁和司各特等作家对于现行秩序实无批评之意,其主人公通常无需面对剧烈的沉浮与重大的变故,其思想自然不可能经历质的飞跃。相比之下,维多利亚时代的小说主人公大多履历丰富,经济地位与社会身份变化时常跨越阶级界线。这种前所未有的复杂经历使小说主人公有机会反省自身、批评社会,其所历变化之巨往往令其前后判若二人。《简·爱》的主人公就是极为典型的例子。

一

对于《简·爱》这部小说在意识形态方面究竟是激进还是保守,文学批评界仍有争议,其混乱信号主要来自两个突出环节:小说为何以圣约翰·瑞弗斯的消息收尾而非以女主人公的幸福生活结局？简·爱回到罗彻斯特身边,到底意味着女权的胜利,还是小说对于传统思想的让步？批评家们疑问与困惑有其各自依据与原因,但以实际效果而论,我认为这部小说实际上是以一种比较安全的方式在一个较为保守的文化时期表达了为主流社会难以容忍的开明立场。

《简·爱》这部小说有一个并未引起批评界重视的关键细节：在莫顿学校教书的简决定回到罗彻斯特身边时,虽然已从圣约翰口中听得外界关于她自己的一些传闻,但对她走后桑菲尔德发生的变故一无所知,尤其是罗彻斯特的婚姻状态。这一细节表明,当简决定回到桑菲尔德时,她已经下定决心在伯莎·梅森尚存于世的情况下与罗彻斯特重归于好,而为此她显然也已作好了面对舆论压力、挑战社会常规的心理准备。换言之,简此时回去准备接受的正是她上次离开时竭力避免的社会角色,即罗彻斯特的情妇。简·爱转了一圈实际上又回到了原点。当然,有学者甚至认为,简当初之离去本身就并非出于道德考虑,而为保护其"对抗性自我"。[1] 且不论女主人公来去二程目的有何不同,这一情节安排在意识形态较为保守的维多利亚时期都是一个异乎寻常的举动,对于作家而言,是一个极具挑战意味的姿态,需要超常的勇气与意志。小说作者用一场大火将伯莎·梅森移除,[2] 只是情节安排上的权宜之计,意在挡住批评者之口、降低小说在当时的争议程度。这块挡箭牌对于简·爱的个人意志以及行为之性质并无实质性影响,也无法掩盖小说已经释放的对于传统习俗与主流价值的蔑视

---

[1] Sally Shuttleworth, "Jane Eyre: Lurid Hieroglyphics," *Bloom's Modern Critical Interpretations: Charlotte Bronte's Jane Eyre*, Updated Edition, ed. Harold Bloom (New York: Chelsea House, 2007), p.32.

[2] 当然,诚如一些批评家指出,这阁楼里的疯女人其实是简的那一个被压抑的自我。这无疑可备一说,但在情节表面,作者仍需面对维多利亚时代的保守文化。

与挑战。可以说,对于女主人公简·爱而言,重回桑菲尔德之举实际上隐含着一次意识形态飞跃。

从小说情节的发展看,简·爱与圣约翰·瑞弗斯的接触是促使她作此决定的直接原因。在人生这一站,简·爱的命运发生了根本性变化。简有个叔叔(或伯伯,我们姑且称之为叔叔)约翰·爱,曾在加勒比经营种植园,家赀巨万,死后将遗产留给侄女,使简从不名一文的孤女,成为衣食丰足的富姐(如不与瑞弗斯兄妹平分遗产,她会更加富有)。但这一阶段的收获远不止经济上的独立。简在与圣约翰·瑞弗斯的交往中,对于感情与婚姻获得了深刻认识,这段颇不平凡的经历对于她下一步如何选择也产生了关键性影响。简在拒绝圣约翰求婚以后所"听到"的罗彻斯特的呼唤是这部小说中的重要浪漫主义成分,多年来人们对此有诸多解读。毋庸赘言,简听到的当然不是罗彻斯特本人的声音,而是她自己对于爱情的渴望。[①] 而再度燃起其爱情之火并使她以一种全新的眼光看待爱情的,却是她的表兄圣约翰·瑞弗斯。圣约翰的冷漠与自私使简·爱有机会重新认识她与罗彻斯特之间其实尚存但她此前以为已无希望的感情关系。

圣约翰与罗彻斯特二人之间的主要区别在于他们对待感情的迥异态度。从世俗的眼光看,简·爱舍弃圣约翰而选择罗彻斯特有悖常理。西方批评家称,在年龄、相貌和婚史等方面,圣约翰均优于罗彻斯特,[②] 但在性情、为人以及对待感情之态度等内在品质方面令人敬而远之。圣约翰与主管慈善学校的布洛克赫斯特一样,同为小说中的宗教权威人物,但此公徒有宗教热情而无人间感情,宗教于他只是一种职业而与真实社会中的冷暖温饱了不相涉。

[①] 叙述者自己也称此声乃其心声。见夏洛蒂·勃朗特,《简·爱》,吴钧燮译,人民文学出版社,1990年,第36章,第570页。本文凡涉小说页码,均指此版;译文均系本文作者译自英文原作。

[②] Alison Case and Harry E. Shaw, *Reading the Nineteenth-Century Novel* (Malden, MA: Blackwell Publishing, 2008), p. 80.

圣约翰向简·爱所求之婚非关爱情,而仅为获得一个前去亚洲传教的帮手,他甚至只要求名义婚姻而不求其实质。圣约翰劝婚的理由听似冠冕堂皇,但他倚仗的宗教事业因无人文关怀而与济世救民的良好目的南辕北辙,甚至实为某种自私心理需求的外在表现。相较之下,罗彻斯特的感情丰富而外露,这也是他打动简·爱芳心之处。简的一生都在寻找,或是找家,或是寻爱,或是求问自我在社会中的位置。她自小失去父母,缺乏舐犊之爱,因此对新获之友谊与感情始终倍加珍惜。年少时简在舅母家受尽欺凌,进入洛沃德慈善学校后她结识了好友海伦·柏恩斯,二人的友谊对于自幼基本未尝亲情温暖的简而言弥足珍贵。后来海伦因肺疾去世,谭普尔小姐也因结婚离校,二友留下的感情"真空"使简孤寂难忍。这种情形会在很大程度上放大感情的价值,从而增强简对于爱情和友谊的渴求。这或许是她在人生下一站与年长一倍的罗彻斯特坠入情网的重要原因。罗彻斯特对于孤女阿黛儿的悉心关照与简年少时所受的冷落与欺辱对比强烈;掩藏在其冷峻外表下的善良与情义,令女主人公早在罗彻斯特对她明显表现出兴趣之前,就已对这个东家心生好感。小说对此有多番暗示。比如,在听完罗彻斯特讲述阿黛儿的身世后,简感觉似乎"生命中的空白得到填补",[1]而单身并且据说相貌出众的布朗希·英格拉姆即将来访的消息则令她暗自失望。[2] 又如,简回舅母家多日后重见罗彻斯特,竟喜不自禁说漏了嘴,称"无论你在哪里,哪里就是我的家——我唯一的家"。[3] 在花园"求婚"一节,其实也是简而非罗彻斯特首先表露感情;女主人公坦承自己在双方关系中陷入更深。简·爱对待罗彻斯特如此多情主动,与其说因为罗彻斯特有何魅力,不如说由她自身感情饥饿而致。

---

[1] 见小说第 15 章,第 194 页。
[2] 见小说第 16 章,第 212—213 页。
[3] 见小说第 22 章,第 327 页。

简·爱对罗彻斯特的第一次感情是粗浅、感性的,是懵懂状态下的情窦初开;她的第二次感情是深刻而理性的,而帮助她燃起此情的是圣约翰·瑞弗斯。简通过与表兄的接触看清了自己,尤其是自己的感情需求。简首次恋爱即遭挫折,隐藏于阁楼的疯女人伯莎·梅森令她与罗彻斯特的婚姻止于一步之遥,其感情所受之打击可想而知。婚姻危机突如其来,在极度委屈与无奈之中,简认为罗彻斯特于她并无真情。① 两人翌日长谈后,简·爱虽对罗彻斯特尚存眷念,但在尊严面前,感情显然已无足轻重。第三日晨简忍辱离去,此后一段时间她对于爱情的需求处于休眠状态。直到此时,涉世未深的年轻女主人公对于爱情的认识仍停留在较为原始与肤浅的层次,这种状态将在她人生的下一阶段发生改变。逃离桑菲尔德后,简·爱为圣约翰兄妹相救,并与其相处了一段时间。简与圣约翰二人关系的发展不仅深化了她对于爱情的理解,也对她的感情需求起到一种唤醒与"增敏"作用。这一变化的主要标志是圣约翰求婚前后简对于罗彻斯特的迥异态度。简在谋得乡村学校教职后,对自己处境心满意足,庆幸当初成功抵御温柔乡之诱,逃脱在法国别墅中为人情妇的命运。她得意地自忖道:"在马赛的愚人天堂里做个奴隶,为虚幻的幸福所陶醉,随后又为悔恨与羞耻的苦涩之泪所哽咽,还是当一名乡村女校长,在英国健康的中心地带微风习习的山间一隅过自由与诚实的生活?"②答案不言自明。然而,随着她对圣约翰深入了解,简对罗彻斯特的态度发生了微妙变化。小说的叙述显示,圣约翰冷漠、刻板,闭锁于抽象世界中,缺乏感知与欣赏现实生活中美好事物的能力。少女罗莎蒙德·奥立弗形象清纯美丽,对圣约翰颇有好感,其父也为莫顿学校捐款筹资。一日,罗莎蒙德前来询问学校的情况,其近乎完美的形象令简不禁暗自赞叹,圣约翰却对其态度漠然;他责怪罗莎蒙德晚

---

① 见小说第26章,第398页。
② 见小说第31章,第485页。

上不该出门,说话时竟将几株雪白的雏菊花踩烂在脚下,这个小动作出现在此场景异常惹目。简还发现,对于罗莎蒙德邀请他与自己父亲相谈一事,圣约翰的反应"如同机器人一般"。[①] 正是在此之后,简在夜晚梦见自己蜷缩于罗彻斯特怀中,聆听其声音,抚摸其面颊……显然,相较于圣约翰的无情与冷淡,罗彻斯特对爱情的炽烈追求令女主人公难以释怀。

圣约翰使简·爱深度认识了自己、罗彻斯特、自己对于罗彻斯特尚存的感情,以及在世间获得真情之不易。我们甚至可以说,正是与圣约翰的日常接触才使简对罗彻斯特的感情保持在一个容易复燃的水平。圣约翰对简的求婚是女主人公思想发生根本变化的触发点,此事促使简认真地预想她与圣约翰远在异乡可能经历的共同生活,二人前面漫长而无爱的机械式存在令女主人公再次临路迟回。所以,简·爱在莫顿学校听到的呼唤之声反映的是她自己对爱情与婚姻的新的、一种可能无法见容于当时社会的认识。对于此时的简而言,在感情与传统的面子或婚姻观之间,天平已经倾向感情一边。相对于将自己锁进与圣约翰有名无实的婚姻牢笼,简已经拥有足够的勇气与眼光去接受与罗彻斯特即便是没有名份的感情关系。

二

在《简·爱》这部小说里,当感情与社会规范互相抵牾时,女主人公的感情选择便成为一种叛逆性宣示。曾有人称,在奥斯丁小说里不同的男子对于年轻女主人公而言意味着不同的命运;对于简·爱而言又何尝不是如此?在罗彻斯特与圣约翰之间,简自然并非只是挑选了一个丈夫,而是在逆来顺受与奋起反抗之间选

---

① 本处所涉细节见小说第31章。

择了后者。这里所说的反抗有两个对象:一是社会习俗与规范,二是圣约翰本人。圣约翰虽然身居教职,却以高压方式逼人就范,求婚于他而言几乎成为一种强迫。此人挟教自重,称简倘若拒绝同他结婚则与违抗上帝无异。作为个人圣约翰是个专制型人物,而同时他又是社会规范与习俗等压迫性力量的代表。罗彻斯特吸引简·爱的原因之一,是他表现出来的反抗精神,在这一点上二人可谓忘年相惜。罗彻斯特是典型的"拜伦式主人公",锋芒毕露,对社会习俗视若无睹,是个我行我素的极端个人主义者。[1] 简初到桑菲尔德时发现这位东家语言犀利,令人生畏,但阁楼疯妻一事使罗彻斯特骤然从一个压迫者变为一个受害者。身陷困境的简·爱当时显然并未注意到,罗彻斯特是一个敢于挑战世俗观念、再次选择的反抗者,与她自己处于相同的社会地位,都在以微弱的力量抵抗着强大的社会规范与习俗。在离开桑菲尔德尤其是在经历圣约翰求婚风波之后,简对于罗彻斯特的处境与品质才得以看得更为清晰与深刻。伯莎·梅森的纵火事件,更将这个看似强大的昔日主人打回其真实地位与面目。[2] 反过来,简这个相貌平平的弱女子对罗彻斯特之所以有如此魅力,也在于她百折不挠的叛逆精神。罗彻斯特起初与简接触甚少,是偶尔见到其画作后二人才渐行渐近;画作透出的丰富感情与暗含挑战的想象力显然给罗彻斯特留

---

[1] 美国批评家布鲁姆认为简与罗彻斯特都是"拜伦式的主人公(英雄)",详见 Harold Bloom, Introduction, *Bloom's Modern Critical Interpretations*: *Charlotte Bronte's* Jane Eyre, Updated Edition, ed. Harold Bloom (New York: Chelsea House, 2007), pp. 4—5。
[2] 罗彻斯特所受之伤以及其后地位的改变,代表浪漫主义英雄崇拜的终结。罗彻斯特这类人物乍看盛气凌人,然而一旦离开他们赖以生存的财产与地位,其脆弱与常人无异。美国学者布朗在不少英国小说中发现这一频繁出现的男主人公受伤主题,认为这是小说对于男权人物的一种去神秘化之举。详见 Marilyn Gaull, *English Romanticism*: *The Human Context* (New York and London: W. W. Norton, 1988), p. 146, 及 Juliet Brown, *Jane Austen's Novels*: *Social Change and Literary Form* (Cambridge, M. A.: Harvard University Press, 1979), p. 12。

下了深刻印象,甚至引发了某种共鸣。[1]

前面说过,简未知伯莎·梅森已死而执意重返桑菲尔德,置二人结合的法律与社会障碍于不顾。她行前那个听似浪漫而动人的决定及其过程,其实是针对社会习俗与规范的一篇挑战檄文,只是作者将伯莎·梅森安全移除,此举的挑战意味未得突显而已。需要指出的是,简·爱的决定所代表的并非一个弱女子对于男权社会的挑战,而是个人欲望对于社会规范的冲击,罗彻斯特是她在这场对抗中的同盟军。有西方学者就指出,《简·爱》并不是一部关于女性权利的小说,其根本问题是个人主义。[2] 自20世纪70年代以来,批评界已经接受吉尔伯特等学者的观点,认为伯莎·梅森在某些方面是简·爱的另一自我,阁楼里高大的疯女人在用一种极端的方式表达弱女子简压抑在胸中的怒火。[3] 从小说内容来看,这股怒火与性别并无必然联系。实际上,简、罗彻斯特和圣约翰在性情方面也颇相类似,[4]这三人最为重要的共同点是试图伸展自我、不愿屈从于他人意志甚至一意孤行的倾向。以价值观而论,简·爱与罗彻斯特同处社会主流的对立面,圣约翰则是其代言人。对于简·爱来说,与罗彻斯特结合是她在现有条件下实现自我的唯一途径。罗彻斯特固然有种种缺点,但他视简为一个有血有肉有思想的人,这多少体现一种平等意识。相反,简对于圣约翰而言只是一个打杂的帮手,一件工具。所以,除了感情,圣约翰还让简看清了自己对于尊严的需求,而简的感情要求本身也是她渴望平等与追求自我价值的一种表达形式,因为一个无视他人感情的人

---

[1] 有关这种吸引,见 Susan Ostrov Weisser, *Craving Vacancy*: *Women and Sexual Love in the British Novel*: 1740—1880 (London: Palgrave and Mac Millan, 1997), p. 63。

[2] Shuttleworth, p. 33.

[3] Sandra M. Gilbert and Susan Gubar, *The Madwoman in the Attic*: *The Woman Writer and the Nineteenth-century Literary Imagination* (New Haven and London: Yale University Press, 1979), p. 360.

[4] Gilbert and Gubar, p. 366.

不可能平等对待他人,不可能尊重其个人需求与愿望。简在选择伴侣时实际上也在表明一种社会态度。

在简·爱的个人欲望与社会主流价值之间,夏洛蒂·勃朗特旗帜鲜明地站在女主人公一边。为故保护与美化简的独特个性,作者刻意制造她与主流社会格格不入的印象,其冲突范围甚至扩大到相貌。如同有的学者所指,小说借女主人公的普通长相(罗彻斯特同样如此)暗示简不适合成为通常意义上的"淑女"。[1] 换个角度看,作者其实是在以简的不合流相貌表达她对主流社会及其文化标准的藐视。小说世界里的那些俊男靓女,其看似光彩照人的外表下大多包藏自私与阴暗的心灵(这一点与奥斯丁小说中的情形有些类似)。简童年时代的表亲玩伴中,乔治安娜长相楚楚动人,却性格乖戾,为人刻薄。简长大以后认识的人物里,一度频繁出入桑菲尔德的布朗希·英格拉姆小姐是个风姿绰约的交际名流,但此女为人势利,对地位低下的简鄙夷不屑,却在乡绅罗彻斯特前骚首弄姿,偷媚取容。圣约翰·瑞弗斯也是金发白肤,一表人才,却为人偏执,心胸狭窄。反观女主人公,虽其貌不扬,却胸怀难得的善良与公平之心。小说隐含的逻辑是,既然主流价值的评判标准在这方面极不可靠,在他处同样值得怀疑。

对于女主人公在莫顿学校所作的婚恋选择,作者夏洛蒂·勃朗特深知其难以为社会所容,因此她以守为攻,将这一选择归因于成长过程中之所经所历,一方面以此减轻其"罪责",另一方面借此暗批社会。小说情节暗示,女主人公的坎坷命运在其性格塑造中起到了至关重要的作用,她的每一个决定几乎都与上一步或更早前的经历有着非常深刻的联系。简·爱在故事里经历了孤儿、失去舅舅的外甥女、孤儿院学生、家庭教师、富绅的未婚妻、获得遗产的表妹、罗彻斯特夫人以及母亲等多个相差甚远的角色,每次变

---

[1] Weisser, p. 59.

换地点几乎就是一次角色转换,也是她成长的一个新台阶。小说的情节架构的潜台词是:即便简·爱的某些行为在当时社会看来有所失当,也因由不幸经历造成而无可厚非。简自幼叛逆(这种精神有一部分可能来自基因,其母亲早年因在择偶问题上违背父愿而与家庭决裂),但简的叛逆行为并非无事生非,而大多出于她对于个人尊严、感情与权利的伸张与要求。早在孩童时代,舅母及表兄妹对她的长期欺压与羞辱激发了她的抵触与反抗情绪,这种对立状态之负面影响一直延续到洛沃德学校。当初布洛克赫斯特先生来到里德家安排简上学事宜时,其舅母即侮其"撒谎",这在西方基督教社会是一种很重的辱骂。年幼的简因背负这一"罪名",上学后多日惴惴不安,生怕为众生鄙视。后来布洛克赫斯特果然借故对简公开羞辱,令其罚站。简并未忍气吞声,在得知全校女孩们大多对她心怀同情后,她深受鼓舞,通过请求舅母家的药剂师洛伊德出信证明,为自己洗清了名声。众女生及好友鼎力撑腰,终使简首次感知公平与正义的存在;[①]此事也足以让她发现,权威人物并不能垄断判断对错的标准。少年时代的这一经历为简·爱以后在婚恋择偶中大胆挑战社会主流价值作了某种暗示性铺垫。

实际上,这部小说的情节勾勒出的同时还有一个贫穷孤女如何在逆境中培养出一颗公平、正义与善良之心的过程。简后来决定与瑞弗斯表兄妹平分遗产之举,一方面体现她对感情与亲情之珍视,同时也反映她的公平与正义之心。前面提到,简的叔叔约翰死后将数目不小的遗产悉数留与这个侄女,而同为此人亲戚、曾救简于穷途的瑞弗斯兄妹对于这笔遗产寄予厚望,期待以此摆脱清贫,孰料未获分文。简获知自己乃此遗产唯一继承人后,慷慨将这笔财富与兄妹三人分享。简此时不足二十,却已历尽贫困之苦,深知善待他人之重要,也较常人更怀同情之心。因自小失去双亲,简

[①] 在舅父母家,舅父在世时,她也曾获得宠爱,而舅家也有仆人待其甚善,但舅父离世过早,仆人在舅家属于绝对少数,二人不足以影响简的价值观。

幼年即寄人篱下,舅母里德夫人虽家境殷实,却恶意苛待这个外甥女,其子女还对她倍加欺辱。后来简被送入洛沃德慈善学校,掌管该校的布洛克赫斯特在衣食方面竭力克扣这些孤儿,却称此可拯救其身心。① 众孤女几乎日日生活于饥寒交迫之中,还时常面对疾病的威胁。简在成年后离开此校,但在经历桑菲尔德结婚危机后,再次身陷极度贫困。在逃离桑菲尔德途中她因将包裹遗忘于车,所携钱财用倾,被迫露宿于野,枵肠夜行,最后乞食于途。在山穷水尽、几近绝路之际,简为牧师圣约翰·瑞弗斯兄妹相救。简后来获知,他们是自己的表亲。不久前还不名一文、颠沛于途的简,对于瑞弗斯兄妹未得遗产的失望与痛苦感同身受。同时,白天而降的亲戚也令举目无亲的简喜出望外。在双方关系确认后,简欣然与之平分遗产。她如此解释道:"你们无法想象我对于兄弟姐妹情谊的渴望。我从来没有一个家,也没有兄弟姐妹。"② 简·爱在经历桑菲尔德的婚变屈辱后,新获亲情的喜悦与温暖感溢于言表;她在财富与亲情间的选择反映了此时对于感情的新认识——一种有别于她在舅母家获得的认识。在另一个层面,简·爱将遗产平分四份一事还体现一种相当进步的平等思想,③ 此举也纠正了心胸狭窄的叔叔因经济纠纷对瑞弗斯家心生忌恨而留下的不公。简通过这一善举不仅赢得了感情,也以其微薄之力实现她所理解的公平与正义。

简·爱与圣瑞弗斯兄妹平分遗产一事在小说里颇具象征意义,此举反映女主人公对于感情的寻找和对正义的追求互相契合,高度一致;获得亲情的过程也是她实施正义、进行社会纠偏的过程。简在圣约翰求婚后未获梅森离世之讯即决定回到罗彻斯特身边,驱使她毅然前往的动力,除了感情,还应是这样一种正义感。

---

① 见小说第 7 章,第 76 页。
② 见小说第 33 章,第 523 页。
③ 简并未在两家间简单平分遗产,即双方各得一万,也未因两个表姐妹为女性而有所偏心。简也是在通过自己对表亲的公平来弥补她本人在里德舅父母家所受的凌辱与欺压。

当初阁楼暗藏疯妻一事暴露后,罗彻斯特曾向简讲述其多舛之婚姻经历,但简此时自己身陷屈辱之境,无暇他顾。时过境迁,简已无衣食之忧,过往委屈也逐渐淡化,这段经历反能使她更为深切地感受罗彻斯特在婚姻中所历之不义以及维持这种畸形婚姻之不公。因此,简之重返桑菲尔德,既是为与爱人团聚的个人行为,也是针砭不公的社会评论。这一重合并非巧合,而表明,简·爱对家、亲情、爱情和自我(即人生的各组成部分)的寻找,构成并且推动着她的成长进程。在此期间她形成了一套未必与主流价值完全合拍的是非善恶观,她所获得的家、亲情、爱情以及她自身的社会角色,最终也都基本上反映了她的个人主义叛逆精神。①

三

夏洛蒂·勃朗特支持与保护女主人公的个人价值与叛逆倾向的另一重要措施是借助于基督教的传统权威。基督教是西方社会道德的重要基石,而19世纪四十年代较之维多利亚中后期宗教气氛仍然相当浓烈,上有牛津运动,下有福音派同盟(尽管二者在教条上互相对立),②宗教依然是当时除法律外规范人们行为的主要力量,在爱情婚姻等男女关系方面尤其如此。前面说过,简·爱决定返回桑菲尔德时,她所作的乃一激进的、难以为当时社会所容的选择,特别是挟教会自重的道德权威,而夏洛特·勃朗特既无法推

---

① 说"基本上",那是因为简·爱最后接受的生活方式趋于传统,而小说充满宗教色彩的结尾更成为学术界争议的焦点。

② 牛津运动(Oxford Movement)是1833年至1845年间由牛津大学的一些英国国教高派教会的教士发起的宗教运动,旨在通过复兴罗马天主教的某些教义和仪式来重振英国国教。在社会层次较低的阶级中,开始于18世纪的福音派复兴运动在19世纪的影响力也不可小视。1846年,福音派同盟(Evangelical Alliance)在英国成立,范围涉及七十九个教派,三千多教堂,其宗旨是抵抗牛津运动,维护个人层面的宗教自由。福音派最终融入了国教,成为其中的所谓低教。详见《大英百科全书》"牛津运动"词条。

翻宗教的道德权威地位,也找不到一种足以与之抗衡的替代性力量。在当时情形下,能够对抗这种权威的唯一力量只能仍然是宗教本身。作者的应对策略是在小说中加入大量宗教成分,以宗教包装女主人公,并竭力将基督教作为权威的能量与制裁力转向有利于女主人公的方向。女主人公每次作出关键决定,作者或令其祈求神明,或在情节中插入基督教意象,以示其诚。例如,简在圣约翰逼婚后所听到的唤声,与圣经中拉结因失去孩子而发出的痛苦之声十分相似,[1] 主人公也以强烈的宗教情绪对待此事。第二日晨,简醒后躲进小屋,跪地祈祷。她随后指出,她似乎将要看到一个"伟大的灵魂",[2] 随后她的"心灵充满感激地冲向他,拜倒在他的脚下"。[3] 实际上,纵观整书不难发现,小说的叙述者倾向于用宗教眼光审视自己的所经所历。早在简决定离开桑菲尔德时,她即以为自己的行为出于对上帝的服从,而罗彻斯特后来所受之伤也有显而易见的宗教象征意义:圣经里通奸者所遭的处罚正是失去一只眼睛与一条胳膊,[4] 小说在简负屈离开桑菲尔德前一章已经暗示了这一点。这部小说中最为重要的宗教暗示当推女主人公自小到大的迁徙与成长过程本身,其颠沛流离的经历与约翰·班扬笔下基督徒离开家乡到达天国的历程十分相似。[5] 这一类比关系给简·爱的成长过程增加了奥斯丁的女主人公所缺乏的精神色彩与形而上高度。

小说一方面利用基督教的权威对简的行为与选择进行合法化,另一方面相应地丑化教会的代表人物与自我标榜的道德权威,

---

[1] 《圣经·旧约》"耶利米书"第31章第15节:"耶和华如此说,在拉玛听见号啕痛哭的声音,是拉结哭她儿女,不肯受安慰,因为他们都不在了。"
[2] 原文大写,指上帝,下同。
[3] 见小说第35章,第568页。
[4] Jerome Beaty, "St. John's Way and the Wayward Reader," *Jane Eyre*, ed. Richard J. Dunn (New York and London: Norton, 2001), p.497.
[5] Gilbert and Gubar, pp.336,342.

以打击阻碍女主人公婚恋选择的主要反对力量。圣约翰·瑞弗斯是作者的首要丑化对象。这位基督教牧师是极端理性的化身,与简(以及伯莎·梅森)的性情正好相反。[①] 他不仅从传统宗教价值观出发反对简·爱的婚姻选择,还出于个人原因(当然,他为自己设计的婚姻最终仍服务于教会)试图阻吓简与罗彻斯特结合。如果伯莎·梅森如一些学者所说乃简·爱之本我,圣约翰则是个典型的超我形象;[②] 在简的世界里他是社会规范、舆论与压力的象征。圣约翰机械而肤浅地理解《圣经》以及教会的要求,将人与感情的因素完全剔出基督教,宗教的权威在他手中成为一种限制个人欲求的压迫性力量——不仅于他人,对他自己同样如此。为了传教,圣约翰压抑个人欲望,放弃他所爱的罗莎蒙德·奥立弗,反向他并不钟爱的简求婚。[③] 小说利用圣约翰这个人物暂时丑化宗教权威,借以凸显简·爱个人主义叛逆倾向之合理性与必要性。其负面形象为简提供了一次展现其反抗精神、甚至在某种意义上成为英雄的良好机会。

显然,在以宗教虔诚美化女主人公与丑化传统宗教道德价值观及其代表人物之间,夏洛蒂·勃朗特需要取得一种微妙的平衡。她对于基督教道德价值的反击严格限于个人而非宗教本身,其人物刻画也试图强调这些人物曲解了基督教的教义与精神。这部小说中除圣约翰以外,还有两个宗教色彩甚浓的人物,他们分别是洛沃德慈善学校的主管布洛克赫斯特以及简在该校的好友海伦·柏

[①] Marianne Thormalen, "The Enigma of St John Rivers," *Charlotte Bronte's Jane Eyre*, p. 124. 根据心理分析批评界所见,理性是父权社会的特点,弗洛伊德即称语言为"父亲的法律";而与之相对的母性则具有高度感性特征,因此也常被视作某种扰动的颠覆性力量,疯妇伯莎的纵火欲就是其典型表现。

[②] Sandra M. Gilbert, "'Jane Eyre' and the Secrets of Furious Lovemaking," *NOVEL: A Forum on Fiction* 31.3, Thirtieth Anniversary Issue: III (Summer, 1998), p. 368.

[③] Laurence Lerner, "Bertha and the Critics," *Nineteenth-Century Literature* 44.3 (1989), p. 294.

恩斯。布洛克赫斯特与圣约翰类似，其宗教并不以人为核心，不考虑人的感受与真实需求，反将其用作克扣和压制众女生的工具。海伦并非负面人物，但其宗教态度走向另一极端，一味强调基督教关于宽容与忍受的教导，寄希望于来世，放弃任何现世的怀疑与抗争，对于布洛克赫斯特的欺压逆来顺受。小说安排海伦英年早逝，以一种委婉的方式表明作者对其宗教观念的否定态度。与此同时，作者又悄然在女主人公的宗教热情中加入个人主义等较为开明的成分。例如，简·爱虽事无巨细几乎言必称上帝，但她坚持自己对于宗教的理解与崇拜方式。前面提到，在听到罗彻斯特呼唤后的第二天简跪地祷告，但小说特别指出，她以一种"不同于圣约翰的方式"祈祷，颇似非国教徒对于英国国教(The Anglican Church)的反叛。批评界公认，女主人公在多方面有作者本人的影子，宗教即为其一，而夏洛蒂·勃朗特在这方面颇似乃父。其父帕特里克是国教牧师，但从属于国教中的"福音派"(Evangelicals)，即卫斯里宗(Methodism)在离开英国国教后残留其中的成分，此派强调信徒个人自由；也因如此，勃朗特姐弟诸人在宗教信仰方面均有个人主义倾向。[①] 小说对圣约翰、布洛克赫斯特和海伦这三个人物的描写有双重作用：其一，在避免与宗教本身为敌的情况下，小说破解了针对女主人公的道德批评；同时，作者以此凸显女主人公更为开明与进步的宗教观。双管齐下，作者将基督教从女主人公的对立面转化为其"盟友"，成为树立并保护其自由自我的坚强盾牌。

小说颇具争议的收尾方式反映的其实也是勃朗特对于基督教既批评又利用的微妙态度。这是一部有关简·爱的成长小说，却并未以简一家的情况结束，而在末尾交代圣约翰的最终结局。小说称，圣约翰离开英国去印度传教。在那里，他虔诚而不辞辛劳地

---

① Patricia Ingham, *The Brontës* (Oxford and New York: Oxford University Press, 2006), p.59.

传播着上帝的声音。从简收到的最后一封信看,圣约翰已经听到主对他的召唤,但对此他充满快乐的预期:

> "我的主,"他说,"已经预先警告过我。他一天比一天明确地宣告,——'是的,我很快就来,'而我一刻比一刻急切地答道,'阿门,主耶稣呵,就这样你来吧!'"①

与圣约翰在前面情节中出现的情形不同,此时作者对他的形象描绘相当正面,甚至有煽情之嫌,令小说显得有些前后矛盾。有学者指出,小说不以庆祝女主人公的浪漫爱情结尾,反倒在最后突出圣约翰坚毅执着的宗教热情,让人对简最后获得的婚姻有多和谐美满产生怀疑。② 然而这一结尾方式其实并未背离作者初衷,反能有效服务于美化女主人公反抗精神这一最终目的。由于圣约翰在小说中的反衬作用已经完成,并且此时已身处异乡,孑然一身,生命即将走向终点,作者并无必要对其穷追猛打;相反,圣约翰不再具备迫害作用后,大可被用来为女主人公装点门面。简·爱对于圣约翰的牵挂体现她不计前嫌、为人宽厚的品质。小说以圣约翰来信中的圣经引语结束全书,更可彰显以第一人称出现的女主人公之宗教关切与精神追求。故事末尾对于圣约翰的"挽救式"描写确如有学者所说,是一种平衡之策,作者在此展示了两种判然不同但均有意义的生活方式。③ 同时,小说通过这一结尾方式也作出一种妥协姿态,在一定程度上抵销小说此前质疑与挑战教会的印象,有效平衡女主人公及罗彻斯特的叛逆行为,并呼应二人此时卑微而低调的生活,使他们(以及作者本人)不至于因显得过于锋芒毕露而招致非议。

---

① 见小说第 38 章,第 614 页。中间引语来自《圣经·新约》"启示录"第 22 章 20 节。
② Shuttleworth, p. 37.
③ Thormalen, p. 138.

四

《简·爱》这部小说中一些广遭诟病的矛盾源于一个作者无法摆脱的困局:为帮助简·爱个人主义叛逆倾向抵抗主流传统价值的责难与制裁,作者仍需依赖传统价值这块护身符。在传统价值主导社会道德观的维多利亚时期,夏洛蒂·勃朗特的创作选项极其有限。除了将简·爱刻画成一个虔诚信徒,作者还把女主人公抬升至一个道德制高点,[1]使她足以轻松抵御针对其婚恋选择的道德批评。前面说过,以当时的主流社会道德观来看,简·爱在莫顿学校所作的决定存在道德嫌疑。为使女主人公获得足够的社会资本来抵消甚至否定这一舆论裁决,作者设计一系列情节(尤其是她逃离桑菲尔德后的情节),将她变成普通人难望项背的道德楷模,其中,前面已经分析的平分遗产一事是最有分量的"重头戏"。除此之外,简对待贫弱学生的同情态度同样有利于小说营造其道德形象。为圣约翰兄妹收留后,简决定自食其力,开设贫困子弟学校。学生中不乏举止粗野、桀骜不驯者,但简告诫自己切"不可忘记,这些衣弊履穿的农民子弟与最为高贵的名门之后都有同样的血肉之躯",在他们的心灵中同样有着智慧、善良和优雅的种子。[2]寥寥数语,已足见其平等与善良之心。简在道德操守方面在一定程度上受当年洛伍德学校好友海伦的影响。虽然简并不认同她对于欺压者逆来顺受的处世态度,但从女主人公后来的生活轨迹看,海伦的榜样作用仍有迹可循。[3] 简童年深受舅母及其子女欺辱,但在桑菲尔德期间她获悉舅母病重,毅然前往探视,与临终的舅母达成和解,显示其胸怀之大度与待人之宽容。在小说末尾,作者更

---

[1] 有学者指出勃朗特有意提高简·爱的道德地位,见 Case and Shaw, p. 74。
[2] 见小说第 31 章,第 484 页。
[3] Case and Shaw, p. 79.

将女主人公推到本小说的道德顶峰。简回到罗彻斯特身边时,这位曾经令人敬畏三分的昔日桑菲尔德主人已失去一条胳膊,双目失明,几乎丧失生活自理能力。简·爱甘愿与罗彻斯特长相厮守,二人的婚姻除了反映感情之深外,自然也体现女主人公近乎超尘脱俗的自我牺牲精神。在道德观念深重的维多利亚时代,简·爱的选择无疑有着巨大的"加分"作用。

在生活方式上,简·爱尽管此前叛逆色彩浓烈,但最后她选择回到为社会所容许并鼓励的传统角色(即明媒正娶,而非甘当情妇),在为人妻母、相夫教子中享受幸福。她同罗彻斯特几乎隐居于弗恩亭这个与世隔绝的林中居所。无论他们曾经如何离经叛道,二人至此已被削去棱角(对于罗彻斯特而言不仅在象征意义上如此),将在这里与世无争地安度余生。从小说的描述看,这个枝繁叶茂、荫翳蔽日的狩猎屋是个伊甸园式的世外桃源。在这里,无论是男女主人公的感情还是简的自我价值均获得了滋养与生长的机会,两人好似堕落之后重获生命的亚当与夏娃。[①] 结合小说最后关于圣约翰那段充满温情的叙述看,男女主人公的这种生活状态似乎也是作者在对宗教文化示好的一种妥协姿态。

尽管如此,勃朗特并未向传统价值彻底投降,因为简与罗彻斯特夫妇二人此时的位置已经对调,他们颠倒了传统的夫妇角色。简不仅在经济上已获独立,并且还在生活上成为全家的顶梁柱。简固然仍承担着传统家庭主妇的护理作用,但罗彻斯特已经失去了主导地位,完全依赖妻子。以遵循传统之名,行叛逆传统之实,这是夏洛蒂·勃朗特的进步思想在一个保守时代的自保之策。因此,《简·爱》所发出的信号在今天看来虽然显得模棱两可,在情节与人物刻画上似乎前后脱节,虎头蛇尾,甚至自相矛盾,但这部

---

① Gilbert, p. 117.

小说的进步性值得肯定。我们必须看到,夏洛蒂·勃朗特在这部小说里力图创造一切机会——更确切地说,不放过任何机会——在小说形式所允许的范围内,加入偏离或挑战当时主流意识形态的内容,表达她对简·爱个人选择与价值观的同情与支持。看一部小说进步还是保守,不能仅仅着眼于其符合主流价值的内容,因为这是当时社会期待之中的成分,在篇幅上定然占其绝大多数,因此未必反映作者本人的真实意图;我们应该关注的是不符合或挑战主导秩序的信息是否得到有效表达。这样的信息因其与主流价值不相和谐而特别显眼,因此一旦得到释放,就会对主流意识形态产生一定程度的冲击。我不太认同伊格尔顿对于《简·爱》所作的作者出身论解释;[①]如果考虑仍然相对保守的时代背景以及小说本身的商业特性,《简·爱》能够加入如此之多冲击主流价值的成分已实属不易,夏洛蒂·勃朗特在这部小说中并未左右摇摆。写实小说在意识形态上必须反映文学市场内多数读者的喜好,即便不求左右逢源,也断不可得罪社会中任何主要派别,在关键问题上只能立场居中,甚至闪烁其词,奥斯丁和狄更斯的诸多作品均属此列。19世纪四十年代尖锐的社会矛盾(英国只是1848年少数未发生革命的欧洲国家之一)使保守势力疲于招架,为进步思想创造了难得的表达空间,也可能正是女作家面对保守的主流价值斗胆记录一个个人主义叛逆者成长历程的主要原因。

[①] 据批评家伊格尔顿称,勃朗特姐妹身处两个民族(英格兰与爱尔兰)、两个阶级夹缝(家庭教师),自感始终是局外人,因此在关键的社会与政治问题上,其立场必然是左右摇摆的。见 Terry Eagleton, *The English Novel* (Malden, MA and Oxford: Blackwell, 2005), pp.128 – 129。

论理想主义者多萝西娅的成长[*]

王淑芳

虽然乔治·爱略特并不以成长小说闻名,弗兰克·莫罗蒂却对爱略特在成长小说方面的成就给予高度评价:"唯独她[爱略特]与简·奥斯丁在小说中处理欧洲大陆成长小说中的典型问题,抛弃了司法审判式的童话故事模式,并给这种体裁带来了自然的结论。"[①]也就是说,莫罗蒂认为只有奥斯丁和爱略特写出了英国真正意义上的成长小说,此前的英国成长小说流于简单和模式化。虽然这种观点对18世纪英国成长小说不见得公平,但是他对爱略特的高度评价是没有争议的。在一般读者心目中,堪称爱略特成长小说经典的是《弗罗斯河上的磨坊》,而"19世纪最优秀的英国小说"《米德尔马契》[②]则是反映维多利亚社会的百科全书式巨著。然而,不可否认的是,这部巨著蕴含着大量的成长小说元素。乔治·列文意识到,《米德尔马契》多重叙事中占据主导地位的现实主义传统把它与成长小说联系起来。[③]布里吉特·娄厄则更指

---

[*] 对外经济贸易大学中央高校基本科研业务费专项资金资助 14YB15。Supported by " the Fundamental Research Funds for the Central Universities" in UIBE 14YB15。

① Franco Moretti, *The Way of the World: the Bildungsroman in European Culture*, trans. Albert Sbragia (London and New York: Verso, 2000), p. 214.

② Moretti, p. 216.

③ George Levine, *How to Read the Victorian Novel* (Blackwell Publishing, 2006), p. 134.

出,虽然把《米德尔马契》视为成长小说似乎有悖常理,几乎没有一本英国小说比它更自觉地思考个人成长的过程。① 的确,爱略特用大量的自由间接引语和人物对话表述对成长问题的思考,对成长问题的关注贯穿《米德尔马契》这部小说的始终。

《米德尔马契》更不乏人物的成长史,包括多萝西娅、利德盖特和弗莱德,其中多萝西娅的成长史最为引人瞩目。一方面,她是小说中最重要的人物,占据了超过三分之一的篇幅;另一方面,利德盖特和弗莱德都是基本定型的人物,对他们的塑造只是一个展开其性格特点的过程,唯有多萝西娅的性格经历了巨大的发展、变化。她在认知、道德和人格构建方面完成了巨大的飞跃,成为具有重要启迪意义的一个艺术典型。

一、多萝西娅的追求

《米德尔马契》中的罗莎蒙德和玛丽是社会芸芸众生中比较普遍的类型,多萝西娅则是一个有着独特追求的特殊女性。寻常女性关注的是如何嫁一个如意郎君,过上幸福、美满的家庭生活;多萝西娅则是一位"圣德雷莎"式人物,追求的是"史诗般的生活","她的内心自有一种动力,在它的驱使下,她向往着永无止境的完美,探求着永远没有理由厌弃的目标,让自身的不幸融化在自身意外的永生的幸福中。"②

多萝西娅在精神追求方面完全可与圣德雷莎相比:二者都鄙薄平庸的幸福,追求史诗般的生活,都期待找到一个目标能够全身心投入。"她醉心于偏激和伟大,任何事物,凡是她认为具备这些

---

① Brigid Lowe, "The Bildungsroman," *The Cambridge History of the English Novel*, eds. Robert L. Caserio and Clement Hawes (Cambridge: Cambridge University Press, 2012), p. 418.
② 乔治·爱略特:《米德尔马契》,项星耀译,人民文学出版社,1987年,序言,第1—2页。

特点的,都是她奋力追求的目标。"①正因为如此,多萝西娅才表现得与众不同:她关心的是在蒂普顿开办幼儿园和改善佃户的住房条件;而她的妹妹西莉亚关心的则是日常生活中的琐事,如穿着打扮、社交应酬等。西莉亚能够记得妈妈的首饰交给多萝西娅"正好六个月",从而在两位重要客人即将到访的当日建议"清理一下妈妈留下的首饰,把它们分了",而多萝西娅却在心无旁骛地伏案修改一份村舍设计图。

　　如果我们考虑当时维多利亚时代妇女在社会上活动有限这一事实,多萝西娅不满足于保护贫寒的教士、诵读《圣经贤女懿德录》这些常见的善举,能够真正关心普通人的生活,为提高周围人的生活质量做一点实际的工作,这正是她那颗"跳跃的心",她"巨大的精神需要"的表现。她力图改善农舍的举动是"她想通过帮助别人来使自己的生活有价值和责任这种更大、更强烈的精神追求的符号"。② 正是这种精神追求使她"不满足于对女孩子的一般教导","认为这只是鼠目寸光,靠零星食品过日子,跟一只畏首畏尾的小耗子似的。"③爱略特用有限的材料突出多萝西娅灵魂的伟大,使这个人物不仅超越了她周围米德尔马契人的精神水准,也超越了作者此前塑造的一系列出众的女性形象。正因如此,詹姆斯评论说,"多萝西娅是爱略特笔下那朵完美的理念之花,她的先驱者们是尚未完全展开的蓓蕾。"④

　　一心要发热、发光的多萝西娅踌躇满志却又不知从何做起,"无所适从的感觉像夏日的烟雾似的,一直笼罩在她的心头。""她

---

① 同147页注②,第一章,第5页。
② B. G. Hornback, "The Moral Imagination of George Eliot," *George Eliot*: "*Middlemarch*", ed. B. G. Hornback (New York & London: W. W. Norton, 1999), p. 608.
③ 《米德尔马契》,第三章,31页。
④ Henry James, "George Eliot's *Middlemarch*," *George Eliot*: "*Middlemarch*", ed. B. G. Hornback, p. 579.

能够做什么,应该做什么"①,成为她心头考虑的问题。然而,受制于当时的社会条件,她能够涉足的领域相当有限。她热心倡导的改良农舍活动并不能获得她叔父的支持,詹姆士则出于讨好她的动机要实施她的计划,连她景仰的卡苏朋牧师也对她的计划反应冷淡。多萝西娅认为,问题出在她的知识有限上,如果她有足够的知识,就能够判断她应该做什么,能做什么,从而在当时的英格兰过上有意义的、史诗一般的生活。多萝西娅致力于解决的问题,是通过学习知识使自己具有智慧,从而知道该做什么,怎样去做。在"唯一的明灯""只剩下了知识"②的情况下,多萝西娅巨大的精神追求转化为对知识的追求,从而使她的浪漫追求带上了哲理追求的色彩。

然而,多萝西娅对知识的追求并不是纯智性的,而是有着强烈的学以致用的动机。"她一直想为自己寻找一套理论,制定一些准则,使她的生活和信仰能与惊人的过去紧密结合,从而追根溯源,用远古的知识来指导她的行动。"对多萝西娅来说,知和行是统一的,不能转化为行动的知对她没有吸引力。"她的求知欲却没有脱离她那热衷于展开同情行动的主流,这从来就是她的思想和意愿驰骋的领域。她并不想把知识当作装饰品,让它与哺育她的头脑和血液分开。"③在这种情况下,正在撰写《古代神话索隐》的耄耋学者卡苏朋进入了多萝西娅的视野,成为她心目中可以提供这种指导行动的知识的饱学之士。正是在这种动机的支配下,她才会固执己见,毅然嫁给比自己年长二十七岁的书蠹卡苏朋。

---

① 《米德尔马契》,第三章,31页。
② 《米德尔马契》,第十章,103页。
③ 《米德尔马契》,第十章,103页。

二、从利他理想到真正的利他行动

满怀激情的多萝西娅毅然决然嫁给老学究卡苏朋,把后者当成实现她梦想的载体,把婚姻当成完成她在知识方面自我提高的教育机构,最终收获的不是理想的实现,而是婚姻生活的不如意和知识梦的破灭。多萝西娅经历了她人生中的第一次危机,她富于同情心的天性使她对卡苏朋产生了发自内心的同情,开始真正以他作为自己生活的中心,把自己的利他理想转化成了现实生活中的利他行动。

多萝西娅嫁给卡苏朋,最主要的原因是因为卡苏朋是知识的化身,代表了她所追求的知识。她对知识的渴望归根到底是由她发热、发光的强烈愿望决定的,她最想做的事情是为世界做一些伟大的善行,从而使自己的生活也具有意义。米尼兹把多萝西娅的这种需要解释为职业渴望[1],然而,多萝西娅所渴望的职业不同于世俗意义上的职业,她不仅仅是找点儿事干,而是要有益于社会,造福他人。如果从个人层面上讲,多萝西娅追求知与行的统一,用阿诺德的语言来说,就是希腊精神和希伯来精神的统一,是个人在智性和品行方面追求完美的体现,以服务社会的善行作为其终极目标。也就是说,利他理想是多萝西娅下嫁卡苏朋的根本动机。

多萝西娅嫁给卡苏朋的另一个动机是帮他完成巨著《古代神话索隐》,通过这个工作间接实现她造福社会的目的。卡苏朋试图找到人类历史上一切神话的起源,证明"一切神话体系或世上残存的片段神话,都是古老传统的独特反映,它的曲折表现"。在多萝西娅看来,这种对人类精神的阐释能够"使人类的全部知识和虔诚的宗教信仰得到统一",无疑将对社会产生深远的影响。所以,她

---

[1] Alan Miniz, "Middlemarch: The Romance of Vocation," *George Eliot*: "*Middlemarch*", ed. B. G. Hornback, p.644.

渴望嫁给卡苏朋,为完成这一伟大著述尽自己的力量。"要是能够参与其事,哪怕做不成一盏给人照明的灯,做个灯座也是多好啊。"[1]因为卡苏朋这盏行将照亮世界的灯由于年龄、身体等原因需要一个妻子秘书来照顾他,多萝西娅毫不犹豫地接受这一使命。

综合多萝西娅嫁给卡苏朋的两方面动机,可以看出利他理想是多萝西娅第一次婚姻的动力,虽然这种利他理想中也包含着某种程度的自利因素。多萝西娅希望通过嫁给卡苏朋从而获得对方在知识方面的指导,进而使自己具有足够的智慧能够"知道该怎么办","在这儿,在英国",现在就"过上高尚的生活。"[2]十八世纪的古典经济学家亚当·斯密在《道德情操论》中把利己作为人的本性,把基于个人利益的利己主义称为"自爱"[3]。多萝西娅的追求中有自爱的成分,然而她所追求的自我利益是自我的完善、提高,是超越原始动物性的自我达到一种更高的境界。也就是说,多萝西娅对知识的追求是一种自利行为,但绝对不是谋一己之私利妨碍他人利益的自私。从其终极目的而言,多萝西娅的追求是利他的。

然而,多萝西娅的利他理念是建立在自己一厢情愿的基础上,并不是植根于对自己和周围环境理性认知的基础上。无论是对她想在社会上行善帮助的其他人还是对她想施以援手的卡苏朋,其真实的想法多萝西娅并不了解,她所要给予的帮助是否为对方所需很值得怀疑,她也没有考虑她所准备付出的牺牲具体指涉的内容。她的利他理念来自她自己的需要,"是把自己的需要放在首位的"。[4] 因此,严格来讲,这种利他从骨子里来说还是一种自我中心,是在以自己为中心构建心目中理想的生活。它必须与严峻的

---

[1] 《米德尔马契》,第二章,18页。
[2] 《米德尔马契》,第二章,31,32页。
[3] 亚当·斯密:《道德情操论》,蒋自强译,商务印书馆,1997年,12页。
[4] Clifford J. Marks,"'Middlemarch', Obligation, and Dorothea's Duplicity," *Rocky Mountain Review of Language and Literature* 54.2(2000), p.28.

现实相碰撞,才能使多萝西娅真正对别人的痛苦和需要有切身的体会,再有针对性地提供迫切需要的帮助。只有在那时,空中楼阁式的利他理想才能够转化为脚踏实地的利他行动。多萝西娅婚后所经历的正是这样一个道德提升的过程。

多萝西娅把婚姻看作同时实现自己利我和利他理想的手段,她所经历的却是在这两方面的幻灭。多萝西娅的知识梦是维系她婚姻的支撑点,是吸引她嫁给卡苏朋的诱因。如果多萝西娅能够切实参加到卡苏朋的研究中,与他感受到同样的脉动,生活的充实会减少她对婚姻的审视和不满。遗憾的是卡苏朋由于自己在学术研究中遇到的困难及传统的女性观等原因,并不希望这个理解力很强的妻子真正参与他的工作,而是尽量疏远她,让她处于自己学术研究的外围。当多萝西娅真诚地敦促他早日动笔以便自己助他一臂之力时,他竟勃然大怒,义正词严地为自己辩护,把她视为那个对他不友善的、浅薄的世界的代表。威尔对多萝西娅解释卡苏朋的学术研究因为不懂德语无法了解德国学者在这一领域所做的研究已经落后于时代,没有任何意义。这让多萝西娅很失望。对丈夫学术研究的失望不仅仅使她间接造福社会的利他理想无从实现,也同时动摇了她通过卡苏朋的指导获得智慧的利己理想,内心里她已经开始怀疑此后的日子将暗淡无光:"她逐渐失去了希望,不再相信跟着他走,会找到任何宽广的道路。"①

使多萝西娅的婚后生活雪上加霜的是卡苏朋那颗习惯孤独的冰冷的心。他们的婚姻看起来相敬如宾,却没有真正建立起属于二人的小世界。就是在这种超我追求和作为家庭主妇的小我要求都遭到覆灭的境地中,多萝西娅完成了道德上的第一次升华。她从与丈夫的冲突中不仅仅感受到自己的愤怒和受伤,更敏锐地感受到丈夫的处境和他那颗易受伤的心。在此之前,"她对他心头的

---

① 《米德尔马契》,第二十章,238页。

烦恼一无所知,他对她也是这样。隐瞒在丈夫胸中的那些值得我们怜悯的矛盾,她是想象不到的。她也从未耐心地静听他心脏的跳动,只是觉得自己的心跳得厉害。"①多萝西娅和卡苏朋是走到一起的两个陌路人,都怀着自恋的心理希望从对方那里得到满足:多萝西娅希望藉由帮助卡苏朋而具有智慧;卡苏朋则希望有一个年轻貌美的妻子照顾晚年,聊解学术生活的岑寂。虽然多萝西娅看起来已经摆脱了"道德的愚昧状态",没有"把世界当作哺育我们的至高无上的乳房",她的利他理想依然是建立在自我满足的基础上。与卡苏朋的碰撞使她意识到,"他也同样有一个自我作中心,从那里发出的光和影,必然与她的有所不同。"②多萝西娅能够感受到他人的痛苦,并从他人的角度考虑问题,这才使她少女时代的利他理想能够转变为利他精神。

这种转变,需要她压抑自己的感受,把自己放在一个虚无的位置,以他者的需要作为自己行动的指南,无异于"精神和情感的死亡"③。多萝西娅真切地感受到幻灭的滋味:

> 她对婚后生活的义务,以前曾设想得那么伟大,如今好像跟那些家具,那一片白茫茫的自然景色一起,蜷缩成了小小的一团。她曾经指望在亲密无间中,共同攀登的明朗的高峰,如今甚至在她的想象中也难以看到了。把一位博学的长者作为心灵寄托的美好愿望开始动摇,变成了不安的挣扎,眼前出现的只是一些怵目惊心的不祥预兆。④

---

① 《米德尔马契》,第二十章,241页。
② 《米德尔马契》,第二十一章,254页。
③ Masako Hirai, *Sisters in Literature: Female Sexuality in "Antigone", "Middlemarch", "Howards End" and "Women in Love"* (London: Macmillan, 1998), p. 68.
④ 《米德尔马契》,第二十八章,325页。

就是在这种预感到"那种既能协助丈夫,又能提高自己的生活意义的日子""也许永远不会实现"的情况下,她开始寻觅新的义务,并以一种真正无我的精神去关爱她的丈夫,承担起作为妻子的义务。

这种转变,源于多萝西娅心中高尚的追求。叙述者告诉我们,"在多萝西娅心中,有一条永不停息的潜流,她的一切思想和感情迟早都会汇集到那里,而它不断向前,把她的全部意识引向最完美的真理,最公正无私的善。"①正是这种追求使她能够克制自己的"愤怒和失望",真正把关心卡苏朋当作自己的第一要务。她一改以前说话不假思索的特点,斟酌语句唯恐刺伤丈夫;在获悉丈夫生病后她咨询利德盖特,想为挽救丈夫竭尽全力,甘心忍受丈夫的乖戾;她甚至准备答应他去做自己不情愿的事情:在卡苏朋死后为完成《神话索隐大全》而埋葬自己的青春。这些都表明多萝西娅是在压抑自己,这种压抑不是对维多利亚时期女性品质的自发顺从,也不是伉俪情深的自然结果,而是多萝西娅高度宗教性天性的体现。这种天性原来有些空洞和理论化,现在却在婚姻不如意的具体语境中升华为以同情为特征的人类宗教。丈夫作为学者的失败在她心头激起的是深深的同情而不是轻视,对他人痛苦的敏感性使她在丈夫患病后对后者关心备至。她的利他理想在与严峻现实的碰撞中不再是以自我中心的个人满足,而是转化为摒弃自我、从对方角度考虑、为对方提供迫切需要的帮助的利他精神。这种精神融入了平凡琐碎的日常生活,成为多萝西娅圣德雷莎特征的一个表现。在小说后半部多萝西娅误会罗莎蒙德与拉迪斯拉夫有私情后她克制自己的痛苦再次拜访罗莎蒙德为她与丈夫的和好提供帮助,这种克制自己的痛苦帮助别人的利他精神深深打动了自我中心的罗莎蒙德。这一事件被评论家视为体现多萝西娅高尚精神

---

① 同上,第二十一章,245页。

的高潮性章节,实际上是多萝西娅利他精神在特殊场景的表现,这种利他精神源自她早期的利他理想与卡苏朋婚姻的磨难后的道德升华。也就是说,多萝西娅在婚姻痛苦中培养的利他精神是她后来能够真正帮助他人的原动力。

伴随着多萝西娅道德方面的成长而来的是她对自我的禁锢。"她甚至失去了沉思的快乐,她那充满活力、跃跃欲试的青春,遭到了精神上的禁锢,这与那阴冷、单调、狭隘的冬日景色,那蜷缩的家具,那从不打开的书,那仿佛见不得阳光的,苍白空虚的世界中那头幽灵似的鹿,是完全一致的。"①作者的笔触传神地描绘多萝西娅落寞的精神世界,这种落寞不是一种暂时的心境,而是一种心灵成长的状态:多萝西娅关闭了自己心灵的大门,不再注视自我的成长,而是把自己完全摆在附属的地位,以卡苏朋的生活作为自己的生活内容。正如威尔所言,洛伊克成为禁锢多萝西娅的监狱,从自我成长的角度看,"这无疑是活埋"②。

虽然自我压抑是成长的步骤,却是个性自我的萎缩。多萝西娅的道德成长以放弃自己的个性和追求作为代价,这使她的道德成长蒙上了一层悲剧的色彩。她的个性自我尚未成长便遭遇了压抑,亟待一个发展、成长的机会,"个性解放的伦理需要成为首要任务"③,她与拉迪斯拉夫的相遇正为她的人格整合提供了这样的机会。

三、多萝西娅自我的全面整合

经历了第一次婚姻之后的多萝西娅所需要的是个性自我的发展而不是道德方面的压抑,这种发展藉由威尔的介入才能完成。

---

① 《米德尔马契》,第二十八章,326页。
② 《米德尔马契》,第二十九章,226页。
③ Marks,29.

一方面,多萝西娅被禁锢的情感需要找到灵魂的伴侣,另一方面,诚如她所感受到的,她的确在许多方面很无知,需要一个见多识广的人来指导她,使她获得自己所追求的智慧。小说中的威尔便是适应她的种种需要的理想伴侣。

要发展个性自我,首要的问题便是了解自我。多萝西娅一直处在超我的追求中,对自己的许多需要一无所知,所以给读者的印象是一个为了人类的利益压抑自我的修女式人物。她虽然在卡苏朋病中达到了一种真正无我的状态,而且这种无我状态因其对他人痛苦的敏感性得到强化,却依然建立在对自己的需要无知的基础上。所以多萝西娅真正把自己奉献给世界之前必须拥有自知,在自知基础上的利他主义才有意义。正是在这样的语境中多萝西娅的第二次婚姻具有更重要的意义。

虽然威尔作为多萝西娅的终身伴侣一直为评论界所诟病[1],意识到自己对威尔的感情需要是多萝西娅人格发展过程中的一个飞跃。多萝西娅一贯的无我风格使她把威尔对自己的关注看作不掺杂任何个人感情的无私举动,把威尔的感情诉说看作是说话者另有崇拜对象,让威尔这位匍匐在她脚下的骑士非常光火。她只是在看到罗莎蒙德和威尔在一起动作亲密的场面后,才意识到自己内心深处的情感需求。失去威尔之后的痛苦及其后的愤怒和屈辱都是多萝西娅的嫉妒心被挑起之后的反应,是她自己的强烈情绪使她意识到自己对威尔的感情。正如叙述者所言,"她从无所顾忌地吐露的失望中,发现了自己对威尔的感情。"[2]爱略特对多萝西娅感情的处理方式迥异于她所塑造的任何一位其他女性人物,似乎有意让她成为情感方面的晚熟者,这可能是利维斯所诟病的圣德雷莎情结所造成的后果——它延滞了女主人公的自我认识过程。

---

[1] Henry James, "The Novels of George Eliot," *A Century of George Eliot Criticism*, ed. G. S. Haight (London: Methuen, 1965), p. 83.

[2] 《米德尔马契》,第八十章,922 页。

多萝西娅不仅意识到自己的感情,还意识到自己对威尔的生理需求,这在《米德尔马契》中是非常罕见的。在威尔和多萝西娅会面的场景中,爱略特总是刻意淡化他们的性意识,把他们描绘成纯真无邪的孩子。然而,在多萝西娅无眠的一夜中,"她觉得,仿佛她的心给两个幻影,两个活的人影,撕成了两半,就像一个母亲看到自己的孩子给剑劈成两半时的感觉一样,她把那鲜血淋漓的一半捧在胸口,悲痛欲绝,但是只得眼睁睁看着那另一半给一个虚伪的女人,一个从来不理解母亲的悲痛的女人抢走。"①玛萨科·海雷认为,多萝西娅把鲜血淋漓的孩子一半身体捧在胸前的意象说明她的生理需求——她想把威尔拥在胸前,"这是乔治·爱略特对女性的生理欲望所能给出的最明晰的描述"②。笔者赞成这种观点,孩子是威尔在多萝西娅脑海中幻化成的形象,劈成两半的孩子说明多萝西娅意识到威尔可能不忠于自己之后的痛心,她抱着自己那一半孩子说明她对威尔的眷恋,确实有多萝西娅性意识苏醒的象征意义。由此,多萝西娅对威尔的感情经历了从暗到明,从潜意识到有意识的转变,她作为女性的基本需要得到了自己的认可,这是多萝西娅人格整合的重要一步。

威尔对多萝西娅的作用在于通过语言对后者进行启蒙。利维斯把威尔和多萝西娅之间的谈话称为"令人难以置信"的"夸夸其谈"③,这一说法有失公允。女权主义批评家吉莉安·比尔对这些对话的含义有充分的认识,她指出,"他们谈话中相互联系的迅速性经由叙述的话语得到了加强:自发性和危险,革新和怀疑,都在罗马的对话中得到了体现。小说优美地记录了在多大程度上爱上一个人就是与之谈话,充满激情地发现意义并交换之。"④威尔的

---

① 《米德尔马契》,第八十章,921—922 页。
② Hirai 71.
③ F. R. 利维斯:《伟大的传统》,袁伟译,三联书店,2007 年,130 页。
④ Gillian Beer, "'Middlemarch' and 'The Woman Question,'" *George Eliot*: "*Middlemarch*", ed. John Peck (Houndmills: Macmillan, 1992), p.160.

谈话确实有相当一部分在展示自己对多萝西娅的感情,但更多的是用他"代表正确判断和权威意见的声音"①。他对多萝西娅说,"你就是一首诗",意指多萝西娅就是一位诗人。按照威尔的解释,"要成为一个诗人,必须有一颗敏感的心灵,它可以随时洞察事物的幽微变化,而且迅速地感知一切。因为洞察力只是善于在感情的弦上弹出各种声调的一只训练有素的手,总之,在这颗心灵中,认识可以立即转化为感觉,感觉又可以像一种新的认识器官一样爆发出反光。"②这种"知识立刻作用于情感,情感又转化为知识"的特点正是多萝西娅的天性。威尔的这些话帮助多萝西娅更好地了解自己,肯定自己的女性特质,而不是像在第一次婚姻中那样处处否定自己。

威尔的言语并不停留在对多萝西娅的赞扬上,他敏锐地感受到多萝西娅的某些狂热并进行批判。他对多萝西娅奉献癖的针砭可以说是入木三分。多萝西娅对服务他人具有超常的热情,这种热情甚至影响到她对生活的正常感受,如她在欣赏珠宝时因为制作者的劳苦而内疚,她因为洛伊克没有穷人而失望,她这种需要做点什么来拯救世人的胸怀成为她的主导意识,使她无法感受生活中的美好,无法欣赏人生的点点滴滴,成为她对美的体验中最大的问题。美的体验并不是一种仅限于专业人员的特殊体验,而是贯穿于每个人的人生的体验,这种体验决定了人生的质量。所以,多萝西娅需要"学习艺术的语言来达到情感的成熟",拉迪斯拉夫"这位米德尔马契最敏感的美学权威"③在听多萝西娅说她对艺术的美感觉迟钝,更致力于使每个人的生活美好时"激烈地"说:

---

① 刘意青:《女性的困惑——析多萝西娅·布鲁克和伊莎贝尔·阿切尔》,《北京大学学报》英语语言文学专刊(二)(1992),第 2 页。
② 《米德尔马契》,第二十二章,270 页。
③ Joseph Wiesenfarth, "*Middlemarch*: the Language of Art," PMLA 97.3(1982), p. 374.

"我认为,这是同情的狂热症……你对风景,对诗,对一切美好的事物都可以这么说。要是你这么做了,你会因为自己的善而痛苦不堪,变成一个邪恶的人,以便不再有凌驾于别人之上的优势。最可取的虔诚还是在你能够享受的时候,享受一切。这样,你就是尽了最大的力量在拯救世界,把它看作一个愉快的星球。享乐应该光芒四射。想关心整个世界,那是徒劳的。对它的关心只能表现在你对艺术,或者对其他任何事物的兴趣上……"①

虽然威尔的言辞是针对多萝西娅的殉教狂热倾向而发,他的话某种意义上可以说是一篇美学宣言,对美学的意义做了精辟的阐发,对导致多萝西娅采纳审美的人生态度具有重要作用。

片面追求道德上的善而没有对生活中美的追求会使人因占据道德上的制高点而痛苦不堪,憎恶自己,甚至走向善的反面以求解脱。那种想使全人类幸福的乌托邦思想和狂热的献身精神注定只能是乌托邦的,对世界无济于事。而对美的追求其实就是对快乐的追求,小则关系着个体的生活质量,大则通过自己所感受到的兴趣传染他人,最终带动整个社会对快乐的追求,使世界真正变得美好。虽然评论者对威尔多有非议,这番话足以表明,在美学问题上,威尔确实是一个当之无愧的权威。就这番话对多萝西娅所发生的影响而言,它指出了多萝西娅的道德困境,迫使她对自己给出更全面的解释。她承认,"一切光辉的事物都使我情不自禁,产生盲目的信念",这是对她自己狂热的奉献精神的解释,同时她还表现出对艺术作为一门知识的兴趣。多萝西娅原来认为,艺术游离于生活之外,对改善世界无能为力,却要花费许多金钱。经由威尔

---

① 《米德尔马契》,第二十二章,265页。

的解释,多萝西娅发现艺术跟生活密切相关,诗歌和绘画作为艺术形式都能够进入自己的生活,不再是那种苍白无力的虚空知识。多萝西娅不期然遇到了美学知识的冲击,而这种知识,虽然一开始没有被她纳入关注的范畴,却绝对是她追求的那种能够知行合一、丰富人生意义的知识。威尔对多萝西娅完成了从狭义的美学到广义的美的启蒙作用,对于多萝西娅局限于道德追求的狭隘自我无疑起到了拓宽眼界的作用,进而使她的生活变得丰富多彩。

对多萝西娅而言,与威尔的结合具有文化意义上的深层涵义。海特教授认为二者的结合是道德和美学的结合,罗伯特·B. 海尔曼则认为多萝西娅代表维多利亚倾向,而威尔却是纯粹的浪漫主义的,因此,二者的结合某种程度上是一个文化史意义的寓言[1]。如果从文化的角度对多萝西娅与威尔·拉迪斯拉夫的结合进行分析,或许我们可以把它视为希伯来文化和希腊文化的结合。多萝西娅体现希伯来精神无可置疑,拉迪斯拉夫可视为希腊文化中酒神精神的代表[2]。如果我们审视拉迪斯拉夫所受的教育,可以发现他接受的并不是学术性很强的知识,而是致力于发展人的全面能力、使人能够更好地享受生活的自由教育:艺术。无论是以语言为媒介的诗歌,还是以表达感受为目的的绘画,抑或他对快乐的宣扬,都是一种对生命主体意识的强调。这固然与浪漫主义强调主体的感受性密切相关,而决定人生质量的正是主体的感受。威尔在某种意义上代表了健康的异教酒神文化,体现了人对快乐的追求。这种以快乐为原则的异教色彩正是多萝西娅想摒弃于自己生活之外的。所以,威尔和多萝西娅的结合是希腊文化中酒神精神和希伯来文化的交融,使多萝西娅的人生追求趋向于合理、全面。

---

[1] Robert B. Heilman, "'Stealthy Convergence' in *Middlemarch*," *George Eliot*: "*Middlemarch*", ed. B. G. Hornback, p. 622.

[2] J. Hillis Miller, *Reading for Our Time*: "*Adam Bede*" *and* "*Middlemarch*" *Revisited* (Edinburgh: Edinburgh University Press, 2012), pp. 156 – 159.

结　语

多萝西娅的故事是一部真正的成长史。虽然女主人公最终的归宿"服从于维多利亚时代的家庭生活模式"[1]，她的成长史体现了爱略特对人生成长问题的思考。卡苏朋式的神学知识并不能给充满利他理想的多萝西娅提供指导，她必须经由生活的磨难，才能在认知、道德和人格整合方面达到一种和谐与成熟。她的成长由知识问题开始，经历了对卡苏朋神学知识的幻灭和威尔的美学启蒙，终于找到了能够丰富人生意义的知识。她偏颇、理想化的追求最终也变得脚踏实际，对人生的认知也趋向于成熟，人格成长为健康、快乐的类型。

---

[1] Sonjeong Cho, *An Ethics of Becoming*, ed. William E. Cain (New York & London: Routledge, 2006), p.151.

没有终点的成长:论裘德对意义的追寻[*]

牟玉涵

《无名的裘德》讲述了主人公十一岁到三十岁简短一生的故事。"我这是饥寒的心灵追寻饱暖的心灵。"裘德说(III,x,218)。[①]
在杰罗姆·巴克利看来,小说按年份进展叙述了裘德"从童年到早期成熟的成长历程,以及推动或阻碍其成长的内力和外力","具备一切维多利亚时期成长小说的显著特点",因此"最好作为[成长小说]这一体裁来解读"。[②]但是,考虑到19世纪的成长小说一般都体现"主人公在地域和经验层面都努力达成他所渴望的社会地位",[③]而裘德的社会地位自始至终都没有任何提升或好转,

---

[*] 北京高等学校青年英才计划项目(Beijing Higher Education Young Elite Teacher Project);北京语言大学校级科研项目(中央高校基本科研业务专项资金资助),项目编号 12YBG022。

[①] 本论文小说英文版依据 Thomas Hardy, *Jude the Obscure* (London: Penguin Books Ltd, 2012)。下文不再注明出处,在引文后标明卷、章和页码。此版本在小说原文后附有评论文章 Marjorie Garson, "*Jude the Obscure*: What Doesa Man Want?" pp. 469 – 495。译文参考了哈代:《无名的裘德》,张谷若译,人民文学出版社,1995;哈代:《无名的裘德》,刘荣跃译,上海译文出版社,2012。个别地方有所改动。

[②] Jerome Hamilton Buckley, *Season of Youth: The Bildungsroman from Dickens to Golding* (Cambridge: Harvard University Press, 1974), pp. 163 – 164.

[③] Alex Moffet, "Memory and the Crisis of Self-Begetting in Hardy's *Jude the Obscure*," Pacific Coast Philology, Vol. 39 (2004), p. 86.

有的批评家将其看作是成长小说的变体或戏仿。① 的确,既然成长小说的目标是到达自信的成年期,而"成熟要历经青春期的自我主义、外界环境的诱惑、盲从庸俗的社会规范,再到抛却私心和幻想,形成既正直不阿又洁身自保的个人判断",② 真正的成长就是逐渐认清理想和现实的分歧,实现个体追寻和社会规范之间的和解和意义的统一。然而,社会的转变迟缓而漫长,因此个体追寻必须首先向社会规范做出某种妥协,这就是成长必经的世间之道。当裘德痛苦地认识到,"对某一类生物仁慈就是对另一类生物残酷,这种不和谐的现象使他感到厌恶"(I,ii,13):这个时刻带来的不是"顿悟"式的成长和妥协,而是对成长本身的嫌恶和拒绝。在裘德眼中,仁慈和残忍互为二极,和谐终不可及。裘德经由费劳孙唤起的对基督寺的渴望使他把知识当成实现理想的途径,但费劳孙和基督寺只是他一厢情愿的幻想,本来富有意义、超越现实的知识无法帮助他对存在的意义作出解答。淑和艾拉白拉虽然代表了裘德成长路上灵与肉的斗争,但二人对裘德的成长具有同等的摧毁性力量。裘德对意义的追寻以失败收场,没有终点的成长可谓另一种形式的成长。

一

《无名的裘德》从1894年12月至次年11月以连载的形式发表于哈帕斯杂志(*Harpers Magazine*),1895年11月成书。像哈代的其他小说一样,《裘德》立刻"面临毁誉不一的待遇;但又总

---

① Peter Arnds, "The Boy with the OldFace: Thomas Hardy's Antibildungsroman *Jude the Obscure* and Wilhelm Raabe's Bildungsroman *Prinzessin Fische*," *German Studies Review*, Vol.21, No.2(May,1998), pp.221-240.
② Brigid Lowe, "The Bildungsroman," RobertL. Caserio and Clement Hawes eds. *The Cambridge History of the English Novel* (Cambridge: Cambridge University Press, 2012), p.407.

是始而毁多于誉"。① 同年12月,美国期刊《纽约世界》(*The New York World*)发表了珍妮特·吉尔德的评论,称《无名的裘德》"几乎是我读过最差的书……除了道德败坏,还令人难以置信地粗俗不堪"。奥利芬特夫人(Mrs. Oliphant)读完小说后大为恼火,在文章中写道"有关裘德和他妻子艾拉白拉关系的部分是迄今出自英国印刷史——或曰大师笔下——最低俗下流的东西"。《书翁》(*Bookman*)称之为"一部淫荡小说",还有论者直接指责哈代为"堕落者"。② 对《裘德》激愤的口诛笔伐持续了一年,哈代从此彻底放弃了小说这一体裁转而从事诗歌创作。

诋毁的焦点在小说的粗俗下流。然而耶维奇指出,只需大致浏览19世纪九十年代英国的报章,就会发现其中充斥着大量有关谋杀审判、离婚听证甚至低级的八卦丑闻。③ 1857年颁布的离婚法规定:妻子有通奸行为,丈夫有权要求离婚;丈夫有通奸行为,妻子要提出离婚,除了提供通奸的证据,还须证明其他附加恶行,如遗弃、虐待、乱伦、强奸、鸡奸、兽奸等等。④ 由此可见,尽管维多利亚时代的人们崇尚严谨的生活,但他们显然对通奸、谋杀、性变态并不算孤陋寡闻。《无名的裘德》对性没有直接露骨的描写,所牵扯的恋爱婚姻问题似乎也不足以撼动时代的根基。值得注意的是,当时针对小说背负的低俗下流恶名还有反驳之声。1896年2月的《闲人》(*The Idler*)认为,"在处理敏感问题和情形时,小说采取了极其微妙柔和的手法";《星期六评论》(*The Saturday Review*)则称"在所有描写男女亲密关系的小说中,这是最称不上色情的一

---

① 张玲:《前言》,哈代:《无名的裘德》,张谷若译,第1—2页。
② 转引自 Irving A. Yevish, "The Attack on *Jude the Obscure*: A Reappraisal Some Seventy Years Later," *The Journal of General Education*, Vol. 18, No. 4 (January 1967), pp. 240–242.
③ 同上, p. 244.
④ O. R. McGregor, *Divorce in England* (London: Heinemanne, 1957), p. 18.

部"。① 那么,对其道德败坏的抨击、将其付之一炬的怒火到底从何而来?

哈代曾在写给友人的信中表达了他对《裘德》的看法:"书中充满了对立……淑珍视异教神像与裘德阅读希腊文圣经;学术氛围的基督寺和贫民窟里的基督寺;是圣人还是罪人的裘德;是异教徒还是圣徒的淑;要婚姻还是不要婚姻;等等。"② 毋庸置疑,对立本身并不足以成为小说道德败坏的原因,因为成长小说就是要为读者呈现成长过程中年轻人可能遇到的危险,以及如何正确应对这些危险,从而使主人公独特的经历具备普遍意义。也就是说,只要裘德的成长最终能够达成对个体追寻和欲望的规训,使之不致僭越社会规范,那么人间险恶是成长的必经之路,对立的呈现便有了积极的意义。

然而似乎从一开始,裘德的追寻就问题百出。假如传统的小说叙事模式表现为:秩序—失序—秩序,哈代则消解了三步式回归秩序的模式,《裘德》自始至终都在失序—失序—失序中展开。③ 从历史文化语境来说,维多利亚时代的读者继承了18世纪启蒙运动和资产阶级意识形态,他们盼望读到的小说是善恶有报、彰显天意,其主人公应该是蒸蒸日上的中产阶级,体现的也应该是这种向上的力量。在当时的社会氛围中,青年男女依靠自己的力量,勤俭节约、奋斗不懈而最终获得成功的不乏其人。同样不可否认的是,维多利亚时代是一个焦虑的时代,人们为思想混乱和道德荒原感到恐慌,"无论表面上一切运行得多么顺畅、稳定和各得其所,暗流却涌动着吞噬了维多利亚人谨慎和理智的根本支柱"。④ 正是在

---

① Yevish, "The Attack on *Jude the Obscure*: A Reappraisal Some Seventy Years Later," pp. 242 – 244.
② 转引自 Francesco Marroni, *Victorian Disharmonies: A Reconsideration of Nineteenth-Century English Fiction* (Rome: The John Cabot University Press, 2010), p. 220.
③ Marroni, *Victorian Disharmonies*, p. 161.
④ 同上,p. 11。

这个意义上,格拉德认为:

> 只要小说家最后承认社会从根本上来说是稳定而仁慈的,人性获得救赎而非受到诅咒,许多丑恶的事情都可以被原谅。《无名的裘德》所激起的愤怒并非来自[读者]严谨的言行,而是来自受到冒犯的乐观精神;此书宣称除了极少数享有特权或是铁石心肠的人,生活对于所有人来说都是痛苦的、不合逻辑的经历。①

《无名的裘德》挫败了读者的阅读期待,宣称"血应该像鱼一样冷,心应该像猪一样贪,这样才有好机会成为国家的一位知名人士"(Ⅵ,i,373)。成功源于冷血贪婪,反过来说,人类的伟大之处恰恰在于其失败。在莫罗蒂看来,英国成长小说是标准化的叙事,其主人公的青春活力最终被纳入主流文化的需求,而主流文化将稳定和持续奉为其表征原则。②《裘德》显然与主流意识形态格格不入,小说临近结尾,裘德对基督寺及一切社会风俗发出了质疑之声。但是,正如巴克利所指出的,虽然裘德"经常抨击社会,其实他对真正的社会所知甚少"。③ 另外值得注意的是,本来质疑的初衷应该在于打破文化或传统的禁锢从而获得思想的解放和自由,但裘德饱含血泪的控诉没有多少顽强抗争的意味,更多的是在现实面前的无能为力和深刻绝望。这种结局打破的正是成长和进步的神话。

裘德年少时经历的孤独感和缺乏归属感在他与艾拉白拉所生的孩子"小时光老人"(Little Father Time)身上呈现得淋漓尽致。

---

① Albert J. Guerard, *Thomas Hardy* (New York: New Directions, 1964), p. 37.
② Franco Moretti, *The Way of the World: The Bildungsroman in European Culture* (London: Verso, 1987), p. 181.
③ Buckley, *Season of Youth*, p. 172.

不同的是,裘德曾经通过对基督寺的追求试图寻求交往和归属,小时光老人则从开始就对一切采取了拒斥的态度,因此鲜艳的玫瑰只能使他"想着它们过几天就会枯萎"(V,v,338)。在他杀人和自杀发生的旅店房间,"窗户俯瞰着另一座学院的背面"(VI,i,377),在对面不远处,"'石棺学院'的外墙,——寂静、暗淡、无窗——把它四个世纪以来的阴郁、偏执和衰败气息,一股脑儿倾注进了这个小房间里,它夜晚挡住月光,白天又挡住阳光"(VI,ii,380)。这个与学院仅仅一墙之隔的旅店,在小时光老人眼里却极像监狱(VI,i,377),而生动活泼、鲜艳明快的校庆日像"世界末日"般令小时光老人不寒而栗。所以他以斩钉截铁的回答"我不喜欢基督寺""我不愿去"拒绝了父亲"也许将来有一天你要去里面读书的"美好愿景(VI,i,377)。或许因为小时光老人"一开始就认识到生活中普遍的事物"(V,iii,316),所以他早已察觉,不管是在距离基督寺二十英里的马里格林,还是在与基督寺只有一墙之隔的旅店房间,他们都注定得不到理解和接纳。假如小时光老人从一出现便是"成年化装成少年的人"(V,iii,314),那么,正如莫菲特所指出的,对青春的"否定进而否定了任何成长的可能性"。①

小时光老人留下的字条上写着"这么做是因为我们孩子太多了"(Done because we are too menny.)(VI,ii,384)。小时光老人经历了多个旅店以裘德家孩子过多为由拒绝向他们出租房屋,又经淑告知世间尽是麻烦和不幸,所以才有了杀死弟妹和自杀来替父母减少麻烦的念头。沃尔特·戈登认为字条里的"menny"是双关语,意为"像人一样"(like men),如此字条的含义是"悲剧和痛苦既是成人也是孩子的命运,因为他们同是人类;无情的力量将人类拽

---

① Moffet,"Memory and the Crisis of Self-Begetting in Hardy's *Jude the Obscure*," p.98.

入痛苦的深渊,即便是孩子的童真也无法保护他们免受其害"。①这里的小时光老人不免令人想起华兹华斯笔下的"孩子是成人之父"(Child is father of the Man),②他一面看穿并且预演了裘德的命运,一面又通过死亡从某种程度上为人类的"恶"赎了罪。淑在基督寺的哀叹:"离开肯尼特桥到这个地方来,就像离开该亚法去见比拉多一样"(VI,i,377),其该亚法和比拉多的类比无疑更为小时光老人的死添上了耶稣受难的色彩。死亡和受难本来应该是救赎的必要,小时光老人的受难却没有任何意义上的救赎,因为淑将被费劳孙"玷污",裘德将在哀嚎和诅咒中死去:③救赎反而成了堕落的推手。

考虑到裘德在第一次校庆日上淋雨致病而致丧命,他的演讲因此具备了生命结语的性质。事实上,裘德在某种程度上甚至替代了基督寺的学者和博士发出了对生命历程的感悟:

> 在眼下人人追求上进的时代,成千上万的人正在思考着这个问题:是不加鉴别、不予考虑是否恰当,碰到什么就做什

---

① 戈登指出,据考证"menny"是威塞克斯方言体或是古语体的可能性不大。Walter K. Gordon, "Father Time's Suicide Note in *Jude the Obscure*," *Nineteenth-Century Fiction*, Vol.22, No.3(Dec., 1967), pp.288-289. 另有论者把"menny"解读为"many",将杀戮与马尔萨斯人口论结合起来,如 Gillian Beer, *Darwin's Plots* (Cambridge: Harvard University Press,1983), p.240.
② 洛维指出这一华兹华斯的诗行是很多英国成长小说的指导性原则,其中包括了《裘德》,见 Lowe, "TheBildungsroman," p.408. 但洛维更多强调孩子因保留原初的纯真而更接近上帝的层面,此处则更强调宗教救赎的层面。
③ Holland 指出"Phillotson"含有"Philistine"的意思,小说中也两次提到参孙和大利拉画像来影射裘德和艾拉白拉;另一说此词实指阿诺德意义上的"非利士人"。见 Norman Holland Jr., "*Jude the Obscure*: Hardy's Symbolic Indictment of Christianity," *Nineteenth-Century Fiction*, Vol.9, No.1(Jun., 1954), p.51. Holland 在文章中还提到,因为 Sue 名字隐含纯洁的"百合花"之意,D.H.劳伦斯把她看作"基督教社会的象征", p.58. 那么,小说中的裘德没有参孙重获力量复仇雪恨,只有淑自我献祭式的委身,这是(不论哪个意义上的)非利士人的全面胜利。

么呢？还是考虑自己做什么恰当或什么是自己的志趣，从而对所走的路作出相应调整？我是极力采取后者的办法，结果我失败了。但是我并不承认我的失败证明了自己的观点是错误的，或者假如我成功就会证明它是正确的。(Ⅵ,ⅰ,372)

裘德抨击人们以偶然的结果来评判人生的价值，总结了自己一生"处在一片杂乱无章的信条之中，在黑暗里摸索着——依照本能而非榜样行事"。这场高亢的演讲发生在基督寺的校庆日，裘德虽至死也未被基督寺接纳，这里却头一回与基督寺有了某种接触，也让人们听到他的声音。讽刺的是，就如同裘德在接下来的游行队伍中只能依稀分辨学院院长和新晋博士的"形体"，那些形体"在裘德的视野里通过，像穿过望远镜镜头的那些高不可攀的行星一样"，裘德的演讲势必没有学者听众，而注定仅仅包括砖石建筑工人和补锅匠。补锅匠称"假如咱们的主牧师们休假时，要他主持礼拜，讲这一大篇话，少付了一个几尼的现钱他也不会干的"(Ⅵ,ⅰ,373-375)。这当然是赞美，却是有限的赞美：裘德的布道比起牧师们的布道并不存在本质的飞跃，不同之处仅在于他不求金钱回报而已。这生命结语——甚至生命本身的意义乏善可陈。施瓦茨建议将《裘德》这本小说看作史诗，因为"史诗的一个突出特点就是关注经历，从本质上说，是歌唱一切人类的努力和尝试"。此时的裘德不以成败论英雄，正说明"所有的经历是因为经历本身有价值，而不是因为它能引致幸福、财富或是知识"。[1] 从这个意义上来看，虽然《无名的裘德》被认为是19世纪读来最令人心情压抑的小说[2]，但这令人压抑的读者反应本身就具备一种社会批判的力度。

意义存在于经历而非结果，因而成长注定只能是未完成的，成

---

[1] Schwartz, "*Jude the Obscure* in the Age of Anxiety," p.795.
[2] Arnds, "The Boy with the Old Face," p.224.

熟注定只能是缺失的。这是某种真理,却是人们执意避而不见的真理。当哈代在致友人的一封信中解释为何裘德和艾拉白拉的初次相遇要由一块"生肉"引出,他写道:那是"为了呈现人们想过的理想生活和注定要过的肮脏生活的反差。猪鞭在[裘德]青春梦想的至高时刻从天而降,就是为了引发这种对立。但假如这不是不言自明而需要作出解释的话,我觉得我的写作是拙劣失败的"。[1] 哈代显然因人们对小说的误解和责难感到痛苦,但是责难的根源并不因为写作的拙劣,也不因为反差不够明显,而恰恰因为反差"太过明显,明显到令人无法接受"。[2] 这不禁让人想起哈代的诗歌《黑暗中的鸫鸟》。诗歌最初题名为"By the Century's Death-Bed",共四个诗节,前两个诗节充满了无限的悲凉。第二诗节是:

> 自古以来蓬勃生长的冲动
> 已皱缩得干枯僵硬,
> 大地上每个灵魂与我一同
> 似乎都已失魂落魄。

19世纪在回望中成了一具尸体,天穹是其墓穴,寒霜灰白,悲风哀叹。维多利亚时代的价值与意义似乎以死亡作为终结,而人们也在意义缺失中丧失了生气。这是彻底的绝望。然而,仿佛害怕这绝望太过明显,诗的后两个诗节出现了"一曲黄昏之歌满腔热情/唱出了无限欣喜"。可这并不是从悲到喜的转变,没有莺声呖呖,没有云雀翩跹,因为这唱着"颤动着幸福希望"曲调的鸫鸟"瘦弱

---

[1] 转引自 James M. Harding, "The Signification of Arabella's Missile: Feminine Sexuality, Masculine Anxiety and Revision in *Jude the Obscure*," *The Journal of Narrative Technique*, Vol. 26, No. 1 (Winter, 1996), p. 88。
[2] 同上, p. 88。哈丁在文章中着重分析了哈代针对裘德与艾拉白拉初次相遇的描写所做出的修改,认为通过修改减轻了这种反差的明显性。

老衰",更因为"这希望为它所知/而不为我所晓"。① 具有讽刺意义的是,希望如此缥缈甚而无法分辨,混乱中的秩序,毁灭中的救赎,这不明就里的希望却永恒地驱动着人们继续寻找,不断挫败。

二

裘德渴望得到大学教育,对基督寺的向往最初是由费劳孙先生激起的,他眼中的费劳孙先生显然是和别的孩子眼中的费劳孙先生不一样的。在费劳孙先生离开马里格林到基督寺上大学的那一天,其他的孩子"都像经书上传说的某些门徒一样,那时只远远地站着,一点也没有自告奋勇前来帮忙的热心肠",只有裘德,"满腹心事的样子,帮着收拾行李","满眼都是泪"。裘德对费劳孙先生的不舍,由此可见一斑。一如很多成长小说的模式,裘德是一个孤儿,费劳孙先生在某种程度上代表的正是父亲、精神导师的形象。值得注意的是,小说第一章的开篇四段并未提及"费劳孙先生"的名字,而一直以"学校教师"(schoolmaster)、"老师"(teacher)、"教师"(master)等更注重强调其身份的名词来称呼他。虽然此处的视角看似叙述者的,却不妨说是叙述者对裘德心理的透视,对教职的反复强调是对裘德敬仰老师的强调。就连小说开篇第一句"小学教师就要离开村子了,人人都似乎有些难过"(I,i,1-2)也不妨说是叙述者对裘德的视角和心理的戏仿,裘德的哀伤目光使得他所见的一切都笼罩了伤感的色彩。

事实上,小说开始的第一段已经对费劳孙半途而废的性格有所暗示。在他离开马里格林要带的行李中:"除了装书的箱子外,唯一笨重的东西就是一台小型立式钢琴,是他想学器乐时在一次拍卖中买到的。可是他的这种热情已经消失了,他也没有学到什

---

① Thomas Hardy, *Poems of the Past and the Present* (London: Macmillan, 1927), p.67.

么弹琴的技巧,而这台买来的钢琴从此每遇到他搬迁时都成了一个累赘"。费劳孙对音乐的追求只因一时兴起,这种追求不仅没有给他带来好处,反而成了他日后的负担。这样,费劳孙一句无心的告别语:"如果你哪天来到基督寺,请看在老朋友份上记着来找我"随后成了裘德终生的追求就显得问题重重。有趣的是,费劳孙之所以能对裘德施展显然在别的学生身上无法施展的影响力,原因大概在于裘德"不是白天上课的正式学生","只是一个限于这位老师任期以内的夜校学生"。这样他就不能像正式学生那样和老师的生活"实打实地接触"(unromantically close to the schoolmaster's life)(I,i,1,5,4),费劳孙也因此成为了"在知识、志向方面都使他敬仰的人"(I,iii,18)。

如果说裘德对费劳孙先生的崇拜来自于与他的疏离而产生的想象,他对基督寺的向往也充满了想象。这种想象包含了太多他的浪漫激情,以至于他眼中的基督寺远远超越了现实。裘德向砖瓦匠询问基督寺的方位:

"对不起,我想知道基督寺城在哪里。"
……
……"这样的天气你通常看不见。"他说,"我看到过它,那是在太阳像一团火焰掉下去的时候,它看起来像——我也不知道像什么。"
"像天上的耶路撒冷。"严肃认真的孩童说。
"哦——不过我可从来没那么想过……"(I,iii,16)

裘德和砖瓦匠对基督寺的印象是截然不同的。他问的另一组人是拉煤的车夫。裘德指着"天上的亮光"询问基督寺,可那亮光是车夫"从来没注意到的"(I,iii,20)。裘德问的这两组人——砖瓦匠和车夫——应该是有一定的隐含意义的。对基督寺的幻想成了他

"对现实世界的替代",是对"经验环境的补偿"①:车夫将是接下来的三四年里裘德的主要工作,他本该专心驾着马车,可是马车变成了他自学的场所,只有叫喊着"今天来两块,卖面包的,这块陈面包退给你"的老太婆才能叫醒埋头苦读维吉尔史诗的裘德;他后来给石匠做了学徒,学习修复砖石建筑,但这只是他"谋生的手段"(I,v,30,33);他一心向往着更伟大的职业。这一切的缘由,都在于他想象中的基督寺。

虽然裘德看不见远处的城市,他把基督寺叫作天上的耶路撒冷。虽然他听不见基督寺的声音,他把远远传来的钟声听成是对他"轻渺而悦耳"的呼唤:"我们这儿快乐!"(I,iii,19)在他的想象中,基督寺就是一切:

> "那是一座光明的城市,"他自言自语说。
> "知识之树就长在那儿,"又走了几步之后,他加上了这一句。
> "那座城市,是人类的导师出现的地方,也是他们荟萃的地方。"
> "那是一座你可以叫作是用学问和宗教来守卫着的城堡。"
> 他说了这些比喻之后,老半天没再做声,一直到后来才又补充了这样一句:"那正是于我适合的地方。"(I,iii,22)

基督寺与光明、知识、学问和宗教相对等,更重要的是,最终这一切又与裘德相对等。此时的裘德,"对基督寺简直都爱得情痴意醉了"(getting so romantically attached to Christminster)(I,iii,20)。所以他完全忘记了基督寺就在他"丢尽了脸那块地所在的一面"(I,

---

① Michael E. Hasset,"Compromised Romanticism in *Jude the Obscure*," *Nineteenth-Century Fiction*, Vol. 25, No. 4(Mar. ,1971) , p.433.

ii,14)。这里的反讽意义是很明显的。被封为神圣之地的基督寺法则和农夫晃坦麦地里的法则并无二致。正如残忍责打裘德的农夫"为了证明他对上帝和人类的爱,还捐了一大笔钱"修建教堂(I, ii,11),在基督寺,"那可不是一个随随便便的地方,虽然夜晚街上也有些妓女"(I,iii,20)。

裘德曾经不可避免地注意到了基督寺并非他想象的基督寺,"久经风化的石头使这里更加显得毫无生气",以及那些"老朽而应废弃的房屋"。想象中闪烁着金色光芒的基督寺最终也不过是腐朽破败的古老建筑。可是裘德似乎铁了心要对这一切视而不见,他一"遇到有和这座城市一般气味不调和的东西,就让他的眼光从它们上面滑过去,好像没看见它们一样"(II,i,84)。同样具有讽刺意义的是,对一个砖石匠来说,这一座座遭到严重摧残的古老建筑物,意味着"必然有很多修复的活儿让他这一行的人去做",这是"仁慈"与"残忍"二极转换很好的注脚。正如麦茨所说,哈代的许多小说中并不存在恶棍,《裘德》尤是如此,"'事物'填补了恶棍的空缺。"[1]基督寺可以是毁灭性的,也可以是救赎性的。裘德也曾短暂地意识到,为修复建筑所付出的努力,并不比"在那些最崇高的学院里从事学术研究逊色"(II,ii,89-90)。遗憾的是,这样的启示对一心追求远大理想的裘德来说,只是昙花一现。

裘德对费劳孙和基督寺不切实际的幻想还体现在他对语言的理解上。在裘德看来,从一种语言到另一种语言的转换,即他"所要学的那种文字的文法书,基本上要包括一种密码性质的规律、成方或者线索,这种规律、成方或者线索一旦学会了,他就可以应用这些东西,随心所欲,把他自己的语言里所有的字,换成外国字"。后来才知道,"原来并没有他不明真相的时候想象的那种转变规律,而是学的人得经过许多年一时不懈的刻苦功夫,把所有的拉丁

---

[1] Aaron Matz,"Terminal Satire and *Jude the Obscure*," *ELH*, Vol. 73, No. 2 (Summer, 2006), pp. 528-529.

字和希腊字,一个一个地记在脑子里"。幻灭的裴德又一次苦恼起来:"这就是拉丁文和希腊文了! 现在摆在眼前了! 他原先想的有多天真啊! 他原先以为手到擒来的赏心乐事,现在却变成和以色列人在埃及的苦工一样的东西了。"(Ⅰ,ⅳ,27-28)

是基督寺而不是知识本身激发了裴德的兴趣,这种本末倒置使得裴德无法将知识作为引导生活、实现德行的手段,而是为了跻身基督寺所必须付出的代价。如此便可以解释裴德在面对古典书籍时所表现出来的不适应甚至蹩脚。裴德似乎从来没有享受过阅读这些书籍的乐趣;对他而言,语言学习是一桩异常艰苦的劳动,阅读更多的是一种完成任务式的煎熬。他决心"要像老鼠一样,顽强而敏捷地努力将它们一点点搬走"(Ⅰ,ⅴ,29),但"有时得花去令人厌倦的一个月时间才能从那些艰涩难懂、语言笨拙的书本里"懂得一些东西(Ⅱ,ⅵ,124)。语言学习成了如此的一桩苦差,堪比以色列人在埃及所受的奴役。我们读到裴德在心中这样默默估算着自己在学问上的进展:

> 我已读了两卷《伊利亚特》而且对一些段落也很熟悉,比如第九卷里菲尼克斯的演说,第十四卷里赫克托耳和埃阿斯的搏斗,第十八卷里阿克琉斯的徒手出现和他的神奇盔甲,第二十三卷里葬礼上的各种竞技。我还读了一些赫西俄德的书,修昔底德的一些文章片段,以及不少希腊文《新约全书》……不过我还是希望希腊语只有一种方言才好。"(Ⅰ,ⅵ,34-35)

这种细致入微的罗列一方面展现了裴德对自己学业进展的洋洋自得,而其细致入微的程度也间接体现了他"为学识大伤脑筋",[1]他

---

[1] Buckley, *Season of Youth*, p.171.

在学术上的进展——举步维艰。

另外,古典书籍所提供的学养本来应该是富有意义、超越现实的,是对一些根本问题的回应以及试图对存在的意义做出一种解答。然而,裘德对学问的追求只是为了满足这样的未来的前景:

"……有一所大学会向我打开大门——……"

"我一定要在有生之年成为一名神学博士!"

"同时,我一旦在基督寺住下来就要读这儿得不到的书:……"

……

"……然后我必须掌握其他东西,彻底掌握早期教会神父的著作,一般掌握比德和基督教会的历史,懂得一点点希伯来语——我现在只认得字母——"

……

"……——不过我会勤奋努力。我有持久充沛的精神,感谢上帝!这可至关重要……是的,基督寺将是我的母校,我会成为她可爱的儿子,她会对我十分满意的。"(I,vi,35-36)

是日天气晴朗,阳光明媚,裘德的思绪一如夏风般温暖和煦、闪耀着对学术的追求,充溢着成功的希望。巴克利认为,裘德对书的痴狂反映的是其"对知识永不满足的渴望"。[1] 然而,裘德如此细致地将学问分门别类:彻底掌握、一般掌握、懂得一点点;如此信誓旦旦地表达着自己将用持久充沛的精神勤奋努力地攻克难关的决心;这里似乎并没有想得到形而上知识的欲望,也没有宗教信仰需要证实,这其中仅渗透着精打细算的约束和有条不紊的克制。就连裘德也认识到,自己"竟至于做起主教的梦来,其实内心对于伦

---

[1] 同 175 页注①,p.169.

理道德和宗教神学并没有一点热情"。就在裘德准备放弃追求知识时,小说中有这样一段评论:他"怀着一颗世俗的野心","只想着在社会里往上爬,而在天性方面并无任何高尚的基础——他的那种野心纯粹是文明社会里人为的产物"(III,i,141)。若说裘德只想着在社会里向上爬,显然有失公平,世俗的野心是裘德不具备的特点之一。因此,这些批评与其说是叙述者对裘德的所作所为做了总结,毋宁说是裘德在内心对自己盲目追求的自责和反省。如同受奴役的生活是以色列人进入应许之地的序曲,知识仅是进入基督寺的必要准备:至于知识本身则毫无乐趣可言。

因为对基督寺如此向往,所以裘德愿意以毅力约束自己与枯燥的书本为伴。基督寺对裘德的吸引力主要在于:"那个城市具有了一种实在性和永久性,一种对他生命的支配,这主要由于一个核心的事实:他如此崇敬的那位富有知识和意志的男人实际上就生活在那里;不仅如此,那个男人还生活在思想更丰富、精神更耀眼的人们中间。"(I,iii,18)但是,费劳孙显然辜负了裘德的希望,而事实上思想更丰富、精神更耀眼的人们也并不存在。裘德就对学识之追求多次写信向基督寺学院的院长们请教,仅得一封回信,其余皆石沉大海。而回信的劝导:应坚守旧业、安于本分,勿好高骛远、追求捷径,包含了多少高高在上的不屑和讥讽!信中丝毫未提及学问的追求和修养的提升,告诫裘德安守本分的唯一前提就是"你乃一工人"(II,vi,128),回信者"关心的只是维持现状",[1]也足见其思想之狭隘和精神之鄙俗。裘德渴望结识赞美诗的作者,一心认为"在所有的人当中,只有他才理解我的难处",但是见面之后却发现此作曲家正打算转行做生意。看到裘德不过是一个穷小子,作曲家就对他冷脸相对,而这个职业音乐家正"是在基督寺传统的影响下成长和受教育的"(III,x,217);裘德再也无法向他吐

---

[1] Nicolaus C. Mills, "The Discovery of Nil in Pierre and Jude the Obscure," *Texas Studies in Literature and Language*, Vol. 12, No. 2(Summer1970), p.254.

露心里话了,觉得那人是他"所见过的最俗不可耐的人"(Ⅳ,i,227)。基督寺的音乐家转行做酒生意,他的未来可能和艾拉白拉开酒店的丈夫一样,"球形的肚子,细小的两腿,宛如一个安在两根小木柱上的陀螺",因为"他也像他的顾客们一样,喜欢上了他所零卖的酒"(Ⅴ,v,329-330);下场可能也会大同小异,"开酒店的利益都让酿酒的人占去了,而卖酒的什么好处也没有"(Ⅴ,vii,354)。正如基督寺对裘德来说只是虚妄,做生意赚钱也不过是虚妄:根本没有什么值得追求。这也从某种程度上解释了为何基督寺学院的博士学者们只能以幻想中已逝的亡灵形象出现,而在小说中两次出现的校庆日找不到穿红黑长袍的基督寺学者和博士们的身影。

三

费劳孙先生是影响少年裘德最深的人,也充当了精神导师的形象。从某种意义上来说,费劳孙就是基督寺的象征,所以当年少的裘德在想象的眼睛里看见了光辉的基督寺,"在那片光里好像看见了费劳孙正在悠闲地散步";在想象中"张开嘴唇吸着风儿,好像它是甜甜的美酒一般":"你呀,"他充满爱抚地对着和风说,"一两个小时前还在基督寺城里,沿街飘行,吹动风标,轻抚费劳孙的面容,让他呼吸;现在你就到了这儿,让我呼吸——你这同样的风啊。"(Ⅰ,iii,19)裘德对基督寺的狂热向往渗透着他对费劳孙先生的狂热向往。然而,"当他和先生重逢时,看见老师竟是这样一番平淡无奇的模样,他那心中的光辉便顿然消失了"。更令人难过的是,费劳孙毫不隐晦地直言"我一点也记不起你了"(Ⅱ,iv,110)。不难想象,当裘德发现昔日的理想之父最终并未取得成功,原先和蔼可亲的承诺不会相忘如今也食了言,该受到多大的打击。早在裘德收到费劳孙寄来的语法书,意识到语言转换并非想象那么简单时,他就曾经历过一次深刻的打击:"他真希望自己从未见过一本书,以后永远也别再见到另一本书了,甚至希望自己没生出来。……他认识到自己犯了一个天大的错误,遭到毁灭性的打击,便又希望离开这个世界。"(Ⅰ,iv,28)单是文法书引起的失望已经足以让裘德产生不如一死的想法,可想而知对于精神之父光晕的丧失将使敏感的裘德感受到多么深刻的绝望,发出多少感伤的叹息。

然而,读者的阅读期待在这里受到挫败:轻描淡写的一句"真希望自己没来才好"(Ⅱ,iv,110),裘德的感叹到此为止。原因何在?

裘德与费劳孙分别多年之后的首次相遇,恰恰和裘德与淑的首次会面在几乎同一时刻发生,这可谓哈代独具匠心的安排。费劳孙的寒酸与失败之所以没有引起裘德的感伤,是因为替代了他而行使精神导师另有其人,这个人就是淑。淑第一次出现在裘德的视线之内,源于姑婆家的一张相片。相片上的淑"面孔很漂亮,戴着一顶宽边帽子,帽缘底下有一道一道四外展开的褶子,像圣像头上的圆光"(Ⅱ,i,82)。光晕从费劳孙的身上转移到了淑的身上,这就是为何光晕不再的费劳孙并不致使裘德伤心欲绝的原因。帕特森还指出,在哈代最初的小说构思中,裘德对大学的向往本来就是由淑而非费劳孙先生所激起的。[①]

这种光晕将淑与艾拉白拉直接对立。正如二人分别是小时光老人的继母和生母,她们在裘德的生活中也分别扮演着灵与肉的角色。艾拉白拉与裘德的首次会面源于一块"生肉",而裘德铸成大错源于艾拉白拉装模作样在胸口准备孵化的矮脚鸡蛋。艾拉白拉的假酒涡、假卷发、假身孕之所以能成功蒙蔽裘德,其原因就在于"她仅仅是、并且完全是一个丰满健壮的标准的雌性动物"(Ⅰ,vi,37)。这个充满肉欲的女人即使在吟唱赞美诗的神圣时刻,映

[①] John Paterson,"The Genesis *of Jude the Obscure*," *Studies in Philology*,57(1960), p.89.

入眼帘的依然是"那隆起的胸部随着曲调一起一伏"(V,viii, 358)。与之相反,淑如"幽灵一般,脱离形体"(V,i,294),"是一个十分虚幻的人,有时似乎根本不可能做任何一个普通男人的妻子"。这解释了裘德在与艾拉白拉分别多时仍然能够夫妻同宿,却很难想象淑"怎么会做了一个妻子,又怎么像妻子一样生活"(III, ix,209)。

然而,这两个反差如此巨大的女人对裘德而言又有着一致的意义。裘德与艾拉白拉的首次会面隔着一条小溪,二人"平行着朝小木板桥走去"(They walked in parallel lines)(I,vi,38);裘德与淑的首次会面隔着一条街道,"二人平行着朝前走去"(They walked on in parallel lines)(II,iv,108)。这平行的行进似乎暗示着两个截然相反的女人将同样无法在裘德的成长中扮演成功的角色。裘德对未来的美好憧憬被艾拉白拉抛来的猪鞭打断,这不同寻常的会面同时预演了被裘德倍加珍惜的古典书籍将被艾拉白拉沾满猪油的手所玷污。玛乔里·加森指出,"书一般代表男性话语,在这个文本中,书成了男性身体的象征——因女性的触摸而遭到污毁和攻击的身体"。[①] 这种污毁将使得裘德此后的奋斗之路更加举步维艰。

假如说艾拉白拉用污秽的手触摸、丢弃裘德的书籍表面上传递了她对裘德因沉迷看书耽误活计的不满,从深层上表达的则是她意欲独占裘德的醋意及与男性话语的粗暴宣战;那么,淑那旁征博引的怀疑论调则切切实实把她变成了男性话语的有力竞争对手。她在裘德虔诚的晚祷时间提出要为裘德另编一本《新约全书》:

"哦。那好。不过你是怎么编的呢?"

"我把我的那本旧《新约全书》中的《使徒书》和《福音》全部拆散成单独的小册子,然后按照写作的年月顺序重新编

---

① Garson,"*Jude the Obscure*:What Does a Man Want?"p.476.

排,先以《帖撒罗尼迦前书》和《后书》开头,接着是《使徒书》,把《福音》放在最后。这样编排好后再重新装订起来。……我感到后来我读这本书比以前有趣一倍,并且还要好懂一倍呢。"

"哼!"裘德感到有渎圣的意味。

"这真是文学上一种胆大妄为的行为。"她说,翻看着《雅歌》。"我是指每一章前面的那些提要,他们把叙事诗的精神实质都歪曲了。你用不着惊恐:谁也不会说它们是上帝的神笔。……"

裘德像是受了伤害似的。"你太具有伏尔泰精神了!"他咕哝道。

"真的吗?那我就不再说什么了,只说人们没有权利去篡改圣经!我讨厌这种骗人的东西,他们只会用抽象的宗教词语,掩盖那充满激情、卓越伟大的诗歌里所包含的令人狂喜、纯真自然和富有人性的爱!"她越说越激动,几乎对他的指责发怒了,眼睛也湿润了。"我真希望这儿有个朋友支持我,可是从来没有一个人站在我一边!"

"可是我亲爱的淑,非常亲爱的淑,我可没有反对你呀!"裘德说着,抓住她的手,没想到在纯粹的理论辩论中她竟会掺杂上个人的感情。

"不,你反对我,你就是反对我!"她大声说,转过脸去,以免他看见她那满含泪水的眼睛。"你就是和师范学校那班人站在一边——至少你看起来差不多是这样!我只是坚持认为,把这样的诗句'你这女子中极美丽的,你的良人往何处去了'做上这样的注解:'这是教会在宣称她的信仰,'是荒谬绝伦的!"

"好吧,就算是如此吧!你样样事情都要带上个人的感情!我只是——很愿意从非宗教的角度来运用那句话。你知

道对于我而言你就是最美丽的女人,真的!"(III,iv,167–168)

裘德与淑的这段对话针锋相对、起承转合,颇具戏剧作品的特点。亵渎神圣、反对常规、追求自由的淑显然占了上风。然而,细细品读就会发现,淑一面要将基督教的圣典分解重组,一面义正言辞地宣布"人们没有权利去篡改圣经"!这里的反讽意味深远。正如加森所指出的,淑运用她的知识来"使她的本能需要和欲望合理化"。①

当然,就像裘德对基督寺和费劳孙先生的向往包含了太多一厢情愿的幻想一样,"对书的怀疑是哈代赋予小说的主题之一"。②同样也不可否认,控诉《雅歌》中的"女子"和"良人"特指教会和信仰而非男女真挚的感情看似有一定的道理,表达的是世间男女对浪漫激情的向往。但淑的指摘也绝非完美无瑕。对于中国读者熟悉的《离骚》来说,其中频频出现的"美人"意象既可以理解为美人,也可以解读为屈原对君王、"美政"的暗喻或者自喻。后者的理解即以夫妇喻君臣,是屈原遭诬陷弃逐的政治生活的一种写照。这和基督教以夫妇喻信仰和教会不正有异曲同工之妙!很难讲这些复杂的比喻象征系统都是"荒谬绝伦"。淑看似对宗教扼杀人性的讨伐,这里更多的是内心对自己受了学校惩罚深感不公,进而深夜逃离女子师范学校的辩解,是她用自由人性的旗帜来掩盖自己不能接受校规的束缚。这或许就是裘德在其中听到了"个人感情"的由来。这种个人感情还在于,彼时淑已经答应从女子师范毕业后就嫁给费劳孙先生,而裘德对此所知甚少。上述引用对话发生的语境即:一面是裘德小心翼翼的试探,"费劳孙先生会怎

---

① 同 180 页注①,p.480。
② Aaron Matz,"Terminal Satire and *Jude the Obscure*,"*ELH*, Vol.73, No.2(Summer, 2006),p.542.

样——",一面是淑"一提到那个小学教师她就把话题转开,谈一些令他不快的大学的一般问题"(Ⅲ,iv,167)。可以说,淑上述的控诉还包含了对自己瞒着费劳孙与裘德私下见面导致校方惩罚的辩解:她无法忍受僵死的婚约,她要追求纯真自然富有人性的爱。

更有趣的是,当淑用她的解读、拆分以及装订重新建构圣经这一宗教权威、也可以看作是男性权威的文本时,她是以男性形象出现的。淑游过河来到裘德的寓所,换上裘德"最好的一套黑色衣服"(Ⅲ,iii,159)。这个时刻的淑几乎消灭了其性别特征:"那种对性的不可思议的无意识行为"(Ⅲ,iv,165),"像是希腊天神的侍酒俊童,具有男孩子气"(Ⅲ,iv,170),甚至"几乎就是一位天神"(Ⅲ,iii,160)。这个具备无性甚或男性特征的淑从信仰和追求上彻底动摇了裘德:她消解了男性文本的权威,又以男性的形象树立自己为"天神"。裘德把他存放在姑婆处的"所有神学和伦理学著作都拿出来扔进坑","直到它们差不多都烧尽了"(Ⅳ,iii,244 - 245);宣称"在你的教导下,我痛恨习俗","你的心愿就是我的法律"(Ⅳ,v,270)。在失去了对知识和信仰的追求后,淑理所当然地成了裘德存在的全部意义。裘德与男性、甚至社会的交往就此而止。的确,费劳孙先生有吉林厄姆作为朋友分享秘密和提供意见;除了淑,裘德没有朋友。

然而,正如费劳孙先生辜负了裘德的期待,宣称对于基督寺的"那个念头几年前我就放弃了"(Ⅱ,iv,110);淑最终从"一个女诗人,一个女先知,她的灵魂曾像钻石一样闪光",变成了拜倒在圣坛底下的某种东西:身躯像"一堆黑衣服似的东西",脸像"一种白色的东西"(Ⅵ,iii,399 - 400)。

淑的转变既合乎情理,又令人费解。淑是两个孩子的生母,一个孩子的继母。在一个早上同时失去了三个孩子,而失去的方式又是如此令人发指,淑用回归传统、甚至以委身费劳孙来作为对自己的惩罚是可以理解的。但不应忘记的是,淑并不是一个普通的母亲。她一次又一次拒绝作为形式的婚姻,因为婚姻不过是"买卖契约的那些肮脏龌龊的条件",她甚至拒绝人类的繁衍,引用雪莱的诗歌称其为"像我们这样的形体在肮脏龌龊地生长"(V,iv,325-326);她对自己腹中将要来临的孩子并没有期待,反而背负着沉重的负罪感:"不过让一些生命来到世间好像太悲惨可怕了——太冒昧放肆了——有时我甚至怀疑自己是否有权这样做!"就像淑在大多数时候所表现出来的"对性的无意识"一样,她在小说中的母亲形象是极其微弱的,甚至是相当不情愿的。在一掠而过的"就这样过去了整整两年半",有裘德的活计,淑和小时光老人的新生意,就是没有淑的生儿育女。若不是艾拉白拉"严格的、毫不隐讳的询问"(V,vii,352,355),孩子似乎会是淑宁愿略去不提、令人难堪的事实。淑在基督寺用大衣掩盖自己的身孕(VI,i,377),或多或少具备些象征性的含义。

正如淑的旁征博引颠覆了裘德对学问的追求一样,淑对生活的只言片语也打消了小时光老人活下去的意志。小时光老人可谓是其父裘德"性格和气质的延伸",甚至可以说是对裘德的"终极放大"。[1] 裘德曾是"满怀心事的十一岁男孩",是"过早感到生活艰辛的孩子"(I,i,1,5),"感到他的存在是多余的"(I,ii,13);小时光老人也是个"心事太重的孩子"(VI,ii,381),是"一个成年化装成少年的人",自问"我是不该出生的,是吗?"(VI,i,378)。难怪淑第一眼看见他就对裘德说"我从他身上看到了你的影子!"(V,iii,316)淑的断言"自然规律就是要互相残杀"(V,vi,350),还有她感叹"到处都是麻烦、不幸和痛苦的事!"(VI,ii,380)促使小时光老人将视为麻烦的孩子包括自己杀死。在裘德和淑的生活变得越来越昏暗之际,淑的所作所为更像是孩子气的讨伐,她的话语更像是不予反思的自发冲动。就在淑决心重返传统的时刻,她

---

[1] Moffet,"Memory and the Crisis of Self-Begetting in Hardy's *Jude the Obscure*,"p.97.

也从某种程度上意识到自己言行的危害:"为什么我不说些让他愉快的谎言,而要说些含混不清的现实? 这都是因为我缺乏自制力,所以才既不能隐瞒也不能揭露事情!"(Ⅵ,ii,387)在罗伯特·朗伯姆看来,淑"是具备爆发性个性(explosive characterization)的最好例证。淑最关键的决定都未经过深思熟虑"。[1] 这种爆发性来源于她那令裘德也自惭形秽的阅读量,只是在信息的接收中缺少了自我的辨识和理解。淑曾举着爱的旗帜自由冲撞,嘲弄传统的古板拘谨,但她为超越欲望、超越悲剧所做的努力却仅仅是一种更无序的形式:精神恋爱在对艾拉白拉的嫉妒中妥协,害怕婚姻带来的"肮脏龌龊的衍生物"——孩子——却在非婚姻的同居关系中接连到来。正如莫菲特指出的,《无名的裘德》所关注的"淑的成长和裘德的成长无疑是一样多的"。[2] 本来淑面临的困境是多数人在生活过程中都会面临的,而成长即是达到对自身有限的力量以及人生无情结局的清醒认识,成长的过程就是力图找到一个内在合理解释的努力,从而最终与人类境遇达成和解。淑的反制度和反道德最终却在理想的制度和理想的道德缺席之下成为悲剧。

如此,淑丧子前后的巨大反差也有了进一步阐释的空间。反传统在淑的身上似乎只是表层的面具,而非内在的形态,"只是口头表达,不能付诸行动"。[3] 劳伦斯对淑的转变有一个形象的描述:"她一直在不断攀爬渴望接近星辰。此时、最后,在这至高点,暴露于所有令人恐惧的事物和无垠的空间之中,她发现回头无路了"。[4] 接近星辰就意味着要站在至高点将自己暴露于一切无从

---

[1] Robert Langbaum, *Thomas Hardy in Our Time* (Basingstoke: Macmillan,1995), p.16.
[2] Moffet, "Memory and the Crisis of Self-Begetting in Hardy's *Jude the Obscure*," p.95.
[3] William J. Hyde, "Theoretic and Practical Unconventionality in *Jude the Obscure*," *Nineteenth-Century Fiction*, Vol. 20, No.2 (Sep. ,1965), p.156.
[4] 转引自 Stephen Hancock, *The Romantic Sublime and Middle-Class Subjectivity in the Victorian Novel* (New York: Routledge, 2005), p.165.

把握的可能性,这显然是淑所始料不及的。于是她用亵渎上帝来定义自己曾经的反抗,用上帝的惩罚来合理化自己的不幸,这是淑抵抗恐惧和无序的唯一途径。传统思想之所以如此不留痕迹地挤走反传统思想,是因为淑的反传统思想并不是从传统思想中派生出来的,而是从阅读的只言片语之中摘抄得来的。"字句叫人死":这里只有现成的、未加理解消化的思想,其具有救赎意义的后半句"精义叫人活"却是缺失的。① 淑曾引用雪莱的诗歌《心之灵》(*Epipsychidion*),拒绝与裘德同居,申明自己精神恋爱的追求:有一位超凡拔俗的高贵天使,/隐身于那光辉灿烂的女人之体(Ⅳ,v,277)。就这首诗歌来说,淑自比作的伊米莉亚是自相矛盾的存在:假如她"被看作是智慧的美貌(Intellectual Beauty),与她的结合就意味着诗人离开自然世界;假如她是'血肉之躯',他就必须在自己的生活中为她腾出个地方。结果都是荒诞的不和谐"。② 在一定意义上,淑自己的引用恰恰作为证据消解了她所幻想的理想关系。可以说,淑就像还没有学会独立思考的孩子,还没能理解文中蕴含的精神。淑的阅读促使她成长,但片言只语的引用甚至曲解使她的成长走着一条到不了终点的路线:是成熟永远缺失的成长。而裘德只能沮丧地说"我几乎什么诗也不知道"(Ⅳ,v,277)就毫

---

① "字句叫人死,精义叫人活"原文出自《新约·哥林多后书》第三章第6节:not of the letter, but of the spirit; for the letter killeth, but the spirit giveth life。钱钟书先生将其译为"意在言外,得意忘言;不以词害意"。此引用在小说中出现了两次,分别是小说卷首引语以及第六卷第8章,足见其重要性。但每次出现只有前半句"The letter killeth",后半句未出现。有论者将其解读为对道德伦理律法的死板理解,见 Hyde, "Theoretic and Practical Unconventionality in *Jude the Obscure*," p.163; and William R. Goetz, "The Felicity and Infelicity of Marriage in *Jude the Obscure*," *Nineteenth-Century Fiction*, Vol. 38, No. 2(Sep., 1983), pp. 189 - 213.;或者说,语言总是将寻找意义的裘德和读者引入歧途,见 Ramon Saldivar, "*Jude the Obscure*: Reading and the Spirit of the Law," *ELH*, Vol. 50, No. 3(Autumn 1983), pp. 618 - 620.

② David Perkins, *The Quest for Permanence: The Symbolism of Wordsworth, Shelley, and Keats* (Cambridge: Harvard University Press, 1959), p.172.

无保留地认同了淑的观点。

从严格意义上来说,习俗和律法并非悲剧的罪魁祸首。毕竟,淑与费劳孙、裘德与艾拉白拉的解除婚姻同样顺利,第二次婚姻的大门同样向他们敞开。淑甚至还利用了律法来达到解除婚姻的目的。① 可是离婚以及自由的结合却无法从根本上解决问题。爱情的结局不外乎两个,这在小说开头就已经点明:

> 就在这道把这片麦田和远处的种植园分开的树篱下,有些女孩子曾对情人以身相许,而在下一季收庄稼的时候,这些情人连回头看一看她们都不肯。也就在那块古老的麦地里,有许多男人曾向女人许下爱的诺言,他们于邻近的教堂里履行了诺言之后,在下一季播种的时候,听见了那些女人的声音都要发抖。(I,ii,9)

不管是有无婚姻的爱情,结果都是一样悲惨。因此,一方面淑与裘德无法步入婚姻的殿堂是害怕婚姻使相爱的双方变成结婚公告表格上的"当事人",从而"一切浪漫的感情都荡然无存"(V,iv,319)。另一方面,哈代在信件中为淑做的辩护也有助于理解她对婚姻的排斥:"没有婚约她便可以随着自己的心意尽可能少地委身于裘德。这使得他的激情从未减退,也伤透了他的心。他从未真正地、毫无拘束地拥有过她。"② 而在玛利亚·笛巴蒂斯塔看来,淑的姓 Bridehead 就标志着她是一个无法解释的存在:既掩盖又揭示

---

① 上文提到,按照1857年出台的离婚法,妻子犯了通奸罪,丈夫有权要求离婚。不公平的是,妻子要求与犯了通奸罪的丈夫离婚时,除了提供通奸的证据,还要证明其他附加恶行,如抛弃、残忍、乱伦、强奸、鸡奸、兽奸等等。这是淑认为自己的离婚判决是"用欺诈手段得来"的原因(V,i,292),因为她那时并未与裘德有通奸的事实,也是艾拉白拉劝服费劳孙当初不该放淑走用的伎俩:"你在法律上还占着理由,摩西都知道这点。"(V,viii,362)

② 转引自 Buckley, *Season of Youth*, p.178.

她对贞洁(maidenhead)的偏爱。① 这或者从某种角度解释了为何淑施虐般地请裘德代替费劳孙陪她在教堂中进行婚礼的预演,也解释了她与大学生和费劳孙有名无实的同居或婚姻关系,她向往的是处女与妻子之间的某种身份——贞洁的新娘(bride and maidenhead);还可以解释她与裘德有实无名的婚姻关系:贞洁虽失,婚姻还未达成。同居或婚姻成了追寻这种理想身份的实验,每个卷入实验的人都以悲剧收场。而淑最终在暴风雨夜与费劳孙的结合标志着实验的彻底失败,寡妇艾德琳夫人甚至从中看到了"婚礼即葬礼"的实质(Ⅵ,ⅸ,455)。

就在裘德对校庆日的人群大声宣判"我们的社会规则存在着某些弊病"不久(Ⅵ,ⅰ,374),淑无可奈何地向小时光老人解释生育实在是人类无力反抗的"自然准则"(Ⅵ,ⅱ,381)。人为的律法和自然的律法同样残忍。小说的结尾是另一个校庆日。一面是喉咙干渴、垂死呻吟的裘德,一面是浪花四溅、欢声笑语的划艇比赛。死亡的阴影和寂静在基督寺的黄色窗帘、鲜艳的红黄色旗帜、红色的地毯、色彩鲜艳、繁花似锦的植物,时髦地穿着绿色、粉红色、蓝色和白色衣服打扮得花枝招展的美女们,穿着红色制服的乐队,身着粉红色、蓝色和黄色衣服的女士们,以及各种五颜六色的缤纷绚烂中显得那么突兀,那么不协调。在死亡的轻描淡写中,在欢快的浓墨重彩中,这里没有成长小说的结尾中惯有的主人公与社会的融合协调,只有"哈代成功地赋予成长小说以真实的、恰当的悲剧性结局"。② "愿我生的那日和说怀了男胎的那夜都灭没",这是裘德看透了人世的荒诞而发出的死亡的诅咒;"受患难的人,为何有光赐给他呢"(Ⅵ,ⅺ,462),这是裘德看透了基督寺"光明之城"的有名无实,是他对追寻和成长的彻底拒斥。这里的强烈冲突似乎

---

① Maria DiBattista, *First Love: The Affections of Modern Fiction* (Chicago: University of Chicago Press, 1991), p. 103.

② Buckley, *Season of Youth*, p. 185.

诉说着裘德在进入最后的酣睡之前,不仅不向这个世界屈服,甚至拒绝与之握手言和。

结　语

正如巴赫金所说,主人公之于作者,"是作为一种特殊的看待世界和看待自己的一种观点,是作为一个人思考和评价自己和周围现实的一种立场"。[①] 虽然哈代对小说的自传成分全盘否定,称与其他作品相比,《无名的裘德》与其生活关系最少,甚至"连一丝一毫个人生活的轨迹都不包括",[②] 但无可否认的是,裘德和哈代拥有着太多相似之处。如同敏感多思的裘德一样,哈代童年时极度敏感。他曾经写下:他"不希望长大成人,不想拥有财产,只想停留在现在,也不想再认识新的人"。[③] 这与裘德在小说开始时的思考"人长大了就有了责任","假如能不让自己长大多好!他不想长大成人"(I, ii, 14)多么相似!然而,同样以建筑行当作为安身立命手段的裘德和哈代,同样怀揣着去剑桥或牛津读书的梦想,前者在学术的道路上磕磕绊绊,一无所成;后者却成了英国的文坛巨将,拥有四个荣誉学位,包括1905年阿伯丁大学授予的荣誉博士学位,还在1910年获得英国君主颁发的功绩勋章。[④] 在某种程度上,哈代是成长、成功了的裘德。

值得注意的是,小说在1894年12月连载第一期时,题名《傻角》(*The Simpletons*),因与1870年代查尔斯·里德(Charles Reade)在同一杂志上发表的小说《傻角》(*The Simpleton*)过于相

---

① 巴赫金:《陀思妥耶夫斯基诗学问题》,刘虎译,中央编译出版社,2010,第55页。
② 转引自 Buckley, *Season of Youth*, p. 164.
③ Merryn Williams, *A Preface to Hardy*(Beijing: Peking University Press, 2005), p. 8.
④ 同上,pp. 9, 34。评论者注意到了多个哈代与裘德的相似之处,另见 Buckley, *Season of Youth*, pp. 165-167。

似而不得不放弃。据说哈代曾想采用《顽抗者》(*The Recalcitrants*)这一题目,因没有及时通知出版商,自1895年1月到11月继续连载时,小说更名为《反抗的心》(*Hearts Insurgent*),这是一个哈代拒绝采纳的题目。据现存的手稿来看,《梦中人》(*The Dreamer*)也曾是哈代考虑过的题目。① 1895年出书时书名才确定为《无名的裘德》。题目的演变有从复数到单数的变化:意味着小说的主人公从多个到单个;还有哈代选择怎样的视角来定义其主人公。连载的小说和成书出版的小说除了题目上的差别,还存在多处不同,因为后者还原了前者不被接受的部分。施瓦茨的看法不无道理,哈代对成书出版的小说做出的修订"意味着他在招揽、甚至意在杂志编辑所竭力避免的公众反应"。② 哈代对《裘德》可能引起的批评不可能不早有预料,而他却执意逆流而上,呈现一个矛盾分裂的世界以及成长与意义追寻的徒劳。甚至可以说,哈代放弃小说创作并非因评论者的责难,而是对小说"现实主义暴政"模式的拒绝。③

维多利亚时期思想家穆勒(John Stuart Mill)在《论自由》中指出,为了省去人们形成个体性格的麻烦,社会为其成员提供了为数不多的个性模子,如此,"完美的个性就是没有个性;就像中国女人的脚一样,凡人性凸显的部分都要经压制使之残废,从而导致个人与本真的人大相径庭"。④ 在《无名的裘德》中有着相似的控诉:"文明硬把我们按在一种社会的模子里,这种模子跟我们实际的样子没有关系;这就好像星座在肉眼里看来的形状,跟星星实际的形状并没有关系"(IV,i,230)。成长的终点意味着本真的丧失,因此裘德痛苦地呐喊着:"别为了讲道德就做不道德的事!"(VI,iii,

---

① Marroni, *Victorian Disharmonies*, p.163.
② Schwartz, "*Jude the Obscure* in the Age of Anxiety," p.794.
③ Matz, "Terminal Satire and *Jude the Obscure*," p.542.
④ 转引自 Williams, *A Preface to Hardy*, p.77. Williams 认为在所有的维多利亚时期思想家中,穆勒可能是影响哈代最深的一人,见 pp.74-78。

404)但这一矛盾似乎无从解决。J. 希利斯·米勒在哈代——作为公认的从维多利亚时代向现代转变时期的过渡性代表作家——的作品中发现了"极端的不和谐",认为"评论者赋予哈代任何概念上的一致性或意识形态上的一致性都是歪曲的建构"。[1] 然而,对于裘德来说,拒绝成长无法抵抗成长的必然性,甚至成为成长的一种表征;对于米勒来说,这种一致性的缺席最后成了另一种一致性,意义的缺席最终成为意义的存在方式。

---

[1] J. Hillis Miller, *The Linguistic Moment: From Wordsworth to Stevens* (Princeton: Princeton University Press, 1987), p. 273.

一个世纪的思想与文化传承

——赫尔曼·黑塞眼中的《威廉·迈斯特的学习时代》

马 剑

1803年,德国的美学家兼大学教授卡尔·莫根施特恩(Karl Morgenstern)第一次使用了"成长小说"(Bildungsroman)这个名称,[①]但由于他的界定过于空泛,因此并没有引起学术界的重视;而使这个概念真正流行开来的却是德国哲学家威廉·狄尔泰,正是他在1870年的著作《施莱尔马赫的一生》中用这个名词来称呼歌德的《威廉·迈斯特的学习时代》及在其影响下产生的长篇小说,[②]并在《经历与创作》中给这个名称下了一个被后来的研究者较为广泛认可的定义:

> 从威廉·迈斯特和黑斯佩罗斯[③]开始,所有这些作品都

---

① 可参看 Fritz Martini: Deutsche Literaturgeschichte. Von den Anfängen bis zur Gegenwart. Stuttgart 1972. S. 215. 以下引用简称 Deutsche Literaturgeschichte。Dennis F. Mahoney: Der Roman der Goethezeit (1774—1829). Stuttgart 1988. S. 46. 以下引用简称 Der Roman der Goethezeit。范大灿:《德国文学史》(第2卷),译林出版社,2006年,第394页。以下引用简称《德国文学史》(第2卷)。

② Wilhelm Dilthey: Das Leben Schleiermachers. Band I. Berlin 1870. S. 282. 以下引用简称 Das Leben Schleiermachers。

③ 这里指德国作家让·保尔(Jean Paul)的小说《黑斯佩罗斯或四十五个狗邮日子》(Hesperus oder 45 Hundsposttage)。

描述了那个时代的年轻人；描述他如何在幸福的晨曦中走入生活，寻找意气相投的人，遇到友谊和爱情，但也描述他如何与世界的严酷的现实展开斗争，在丰富多彩的生活经历中成长起来，找到自我，明白他在这个世界上要完成的任务。①

尽管时至今日，关于"成长小说"概念的学术争论依然还在持续，尽管研究者们会从各自的角度出发赋予这个名称不同的涵义，②但有一点却是毋庸置疑的：虽然维兰德的《阿迦通的故事》可以被看作真正意义的成长小说的开始，但是，把这一德国文学中特有的小说形式带向前所未有的顶峰的却是歌德的《威廉·迈斯特的学习时代》。这不仅体现在这部作品问世之后在文学界引起的强烈反响，也体现在它对浪漫派作家如诺瓦利斯和整个19世纪德语成长小说创作的影响。即使在小说出版一个世纪之后，它依然能够在人们心中产生非同寻常的共鸣。就这一点而言，赫尔曼·黑塞(Hermann Hesse)便是一个既典型又特殊的例子。之所以典型，是因为作为二十世纪最重要也是最具世界影响力的德语作家之一，深谙德国文学传统的黑塞对文学前辈歌德的这部代表作品情有独钟丝毫不会令人感到奇怪，而之所以特殊，又是因为同样作为作家兼文学批评家，黑塞对这部作品的理解和感悟又自然有其独到之处。

一、黑塞对《威廉·迈斯特的学习时代》的总体评价

早在1900年，也就是在赫尔曼·黑塞初登文坛的时候，他就

---

① Wilhelm Dilthey: Das Erlebnis und die Dichtung. Lessing, Goethe, Novalis, Hölderlin. Vier Aufsätze. Zehnte Auflage. Leipzig 1929. S. 393f.

② 可参看 Der Roman der Goethezeit. S. 46 – 56。

在 6 月 17 日发表于巴塞尔《瑞士汇报》上的题为《浪漫主义》——后更名为《浪漫派与新浪漫主义》——的文章中充分肯定了歌德《威廉·迈斯特的学习时代》在文学史上的重要地位。在文章的开篇,黑塞探讨了"浪漫"一词的各种含义及其与浪漫派的关系,并把它与"长篇小说"(Roman)一词联系起来。① 此时,他提到了"威廉·迈斯特":

> 但是,这里所说的"长篇小说"却是指歌德的《威廉·迈斯特》,其第一部分也是最重要的部分当时刚刚出版。它是现代意义上的第一部德国长篇小说,也是那些年的一件盛事。没有任何一部德国的作品像它那样对当时的文学产生了如此的影响。由于《威廉·迈斯特》,长篇小说便代表了一系列到当时为止无法言说的事物。②

黑塞在这里所说的"第一部分"指《威廉·迈斯特的学习时代》,显然,黑塞对这部作品的历史意义是非常清楚的。但在这段评价中却没有看到任何他个人对这部小说的见解。这种评价更有可能是借鉴了前人的思想,因为在另一处文字中,黑塞以认同的态度评价了上文提到的狄尔泰的《施莱尔马赫的一生》。那是 1900 年 1 月 21 日同样发表于《瑞士汇报》上的对于浪漫派代表作家诺瓦利斯全集的评论。关于早期浪漫派时期即 1796 年至 19 世纪初、同时也是《威廉·迈斯特的学习时代》刚刚出版的时间,黑塞这样写道:"除了狄尔泰(《施莱尔马赫的一生》)和海姆(《论浪漫

---

① 范大灿教授在《德国文学史》里提到了这个概念的不准确性,可参看《德国文学史》(第 2 卷),第 382 页。
② Hermann Hesse: Romantik und Neuromantik. In: Die Welt der Bücher. Betrachtungen und Aufsätze zur Literatur. Zusammengestellt von Volker Michels. Frankfurt am Main 1977. S. 9 – 16;hier S. 10.

派》)①之外,没有哪位文学史家对那个时代的丰富多彩和独特的魅力理解得如此准确。"②

真正讲出了黑塞对于《威廉·迈斯特的学习时代》的深刻感受的,则是他1911年为这部小说所写的评论长文。1923年,他又将这篇文章加以修改,并由乌尔施泰因出版社将其与歌德全集第十一卷一起发表。与上述的评价相比,黑塞在这里对这部作品的历史意义的阐述就生动多了。一方面,他将丹尼尔·笛福的《鲁滨孙飘流记》和歌德的《威廉·迈斯特的学习时代》称为十八世纪最为不朽的两部小说;另一方面,在谈到这部小说对后世的影响时,他同样使用了"成长小说"这个概念,并断言"威廉·迈斯特"始终是此类小说中最伟大的作品。③ 而究其理由,黑塞的阐释高度概括了他对这部小说的总体理解:

> 虽然"威廉·迈斯特"……讲述了那个男人的故事,良好的市民出身与教育、才能与性格本来完全可以使他成为在其并不特殊的文明中心满意足的市民,但是,他却被一种具有神性的向往所驱使,无论是走在正途还是迷途上,他都注定渴望着更高层次的生活、更纯粹的智慧、更深刻又更成熟的

---

① 这里指德国文学史家鲁道夫·海姆(Rudolf Haym)出版于1870年的著作《论浪漫派——德国思想史论》(Die Romantische Schule. Ein Beitrag zur Geschichte des deutschen Geistes)。

② Hermann Hesse: Novalis. In: Sämtliche Werke in 20 Bänden. Band 16. Die Welt im Buch. Rezensionen und Aufsätze aus den Jahren 1900 – 1910. In Zusammenarbeit mit Heiner Hesse und herausgegeben von Volker Michels. Erste Auflage 2002. Frankfurt am Main 1988. S. 19 – 23; hier S. 20.

③ Hermann Hesse: „Wilhelm Meisters Lehrjahre". In: Sämtliche Werke in 20 Bänden. Band 18. Die Welt im Buch. Rezensionen und Aufsätze aus den Jahren 1917 – 1925. In Zusammenarbeit mit Heiner Hesse und Marco Schickling und herausgegeben von Volker Michels. Erste Auflage 2002. Frankfurt am Main 2002. S. 371 – 391; hier S. 373ff. 以下引用简称„Wilhelm Meisters Lehrjahre"。

人性。①

尽管寥寥数语,但却耐人寻味,什么是那"具有神性的向往"？"更高层次的生活、更纯粹的智慧、更深刻又更成熟的人性"又有何内涵呢？对这些的探究不仅有助于读者加深对小说本身的理解,而且对黑塞本人的思想和创作也会有更加深入的洞悉。

二、《威廉·迈斯特的学习时代》——一部"人的小说"

正如狄尔泰对成长小说所下的定义,成长小说的核心内容毫无疑问是人的成长和发展。然而,就是这个"人"字,却在黑塞的心中激起了无比强烈的共鸣,于是这也就构成了他分析这部小说时的一个非常重要的视角:"威廉·迈斯特的'学习时代'出自威廉·迈斯特的'戏剧使命',就是说由艺术家小说变成了人的小说。"②这句话虽然看似只是道出了歌德创作《威廉·迈斯特》时的前后变化,但"人的小说"这个断言却无疑包含了特殊的涵义。显然,这里的"人"首先自然指的就是以小说的主人公威廉·迈斯特为代表的众多人物,尤其是威廉·迈斯特,和浮士德(Faust)一样,歌德在塑造这个人物上倾注了几十年的心血,对于这个人物的特点,黑塞从几个方面进行了概括。首先,黑塞认为,从表面上看起来,歌德似乎将笔下的主人公塑造成了一个普通人的代表:

> 主人公并不是一个个性极强、独树一帜、引人注目的人,他就是你、就是我,就像在少年时期,我们中的每个人在阅读时自己都成为了主人公鲁滨孙一样。……归根到底,威廉是

---

① „Wilhelm Meisters Lehrjahre". S. 374.
② Ebenda. S. 379.

一个天资平常的人,……他并不坚强,容易受到外界的诱惑和影响,他自认为可以引导他人,同时也被他人引导,他高估别人,缺少生活的机巧和主动的强烈的个性。于是,他便成为任何人的一个良好的范例,并且非常可能成为普通人的一个典型的代表,……①

而在事实上,这种创作的手法和效果却是歌德有意为之的,是他的一个"无比有益而又高明的想法":"他没有将一部成长小说的主人公塑造成一个有天赋的教育者,而是将他描绘成正在接受教育的一类天才。"②黑塞的这番论述很具有启发性,因为他一方面道出了《威廉·迈斯特的学习时代》作为当时最伟大的成长小说的要旨,即歌德所关心的已"不再是个人应自觉地意识到自己肩负着多么伟大的使命以及他为实现这样的使命进行了多么英勇的斗争,付出了多么大的代价,而是个人在生活实践中如何成长。"③另一方面,尽管威廉·迈斯特"天资平常",但他仍然属于"一类天才"。其原因便在于他具备了另外一些普通人并不具备的能力和品德:"他在智力上的天赋固然与普通人相同,但是,他却由于一种决定性的能力——对他人之爱和合乎道德的行为——而不断提升。"④而他之所以具有这样的一种能力,正是因为在他的内心中有一种力量的驱使,这种力量就是上文说的"具有神性的向往":

> 这种驱使他的力量,这种将他引向戏剧、接着使他超越戏剧走入并充分体会生活的力量就是那对一种纯粹的、完美的

---

① Ebenda. S. 380.
② Ebenda.
③ 《德国文学史》(第2卷),第392页。
④ „Wilhelm Meisters Lehrjahre". S. 380.

存在和行动的向往,是对成长和将自己塑造为越来越完美的人、越来越纯粹的人和越来越有价值的人的向往。恰恰是这份向往本身就是我们在年轻的威廉·迈斯特身上必须尊敬的东西,如果要让他的生命对于我们来说变得有价值和益处,我们就必须理解、分享并且体验这份向往。①

显而易见,黑塞对于小说主人公的这番概括性的论述始终带着一种充满敬意和欣赏的口吻。尽管这些都是他个人阅读小说之后的体会,但是他之所以产生如此深刻的理解,其原因还要从他自身的思想和创作中去寻找。首先,如上所述,人是成长小说的核心内容,黑塞从歌德对威廉·迈斯特的塑造中深切感受到的便是人的至高无上的地位,而这恰恰是他自身思想的核心。由于自身的经历,从开始从事文学创作、登上文坛起,黑塞自始至终都将作为独立的个体的人看作他写作的中心,正如他在1951年8月4日一封致法国学生的信中谈到他的成名作《彼得·卡门青》(Peter Camenzind)时所写的那样:"在我的发展过程中,我从来没有逃避过现实问题,也从来没有……生活在象牙塔里——但是,我的问题中占首要位置和最迫切的从来都不是国家、社会或者教会,而是个人、个性、唯一的独特的个体。"②

又比如他在1954年3月在给一位德国女大学生的信中这样写道:

---

① Ebenda.
② Hermann Hesse: über „Peter Camenzind". Gruß an die französischen Studenten zum Thema der diesjöhrigen Agrégation (1951). In: Gesammelte Werke in zwölf Bänden. Elfter Band. Schriften zur Literatur I. über das eigene Werk. Aufsätze über seine Verleger. Einführungen zu Sammelrezensionen. Eine Bibliothek der Weltliteratur. Frankfurt am Main 1987. S. 26.

我所有的作品都是在无目的性和倾向性的情况下产生的。但如果要我在事后于这些作品中找出一个共同的意义的话,那我就只能找到这样一种——从卡门青到荒原狼和约瑟夫·克奈西特,他们都可以被解释为对人格、对个体的一种捍卫(有时也是一种呐喊)。①

由此,个体在黑塞心目中的地位何等重要已可见一斑。但与歌德的创作有些许不同的是,在黑塞的主要作品里,第一个着眼点首先是对个体存在的"捍卫",因为在他看来,"单个的、唯一的人连同其生性和机遇、连同其天禀和爱好是一个柔弱的、易被破坏的现象,他确实需要一个捍卫者"。②然后才是个人的成长和发展,这一方面与黑塞本人的际遇有关,另一方面也受到人物所处的不同时代的影响。

第二,对于歌德描绘的威廉·迈斯特的成长过程,另一个被黑塞格外重视的地方就是这个过程的不断向上的阶段性,也就是上文所说的对"更高层次的生活"的追求。正如狄尔泰所断言的那样:"歌德的作品展示了在各个不同层次、形态和生命阶段中的人的成长。"③简而言之,起初,尤其是在修改后的《威廉·迈斯特的戏剧使命》即小说的前五部中,歌德笔下的主人公所抱定的使命是创立德国自己的"民族戏剧",继而实现通过艺术教育民众的理想,而这仅仅构成了他成长的第一个阶段。从全书的结构来看,迈斯特成长的第二个重要的阶段恰恰发生在看似与小说的前后部分关联不大的第六部——《一个美的心灵的自述》当中,即一位女子所讲述的自身心路发展的历程。作为基督教在18世纪的德国产

---

① Hermann Hesse: Ausgewählte Briefe. Erweiterte Ausgabe. Zusammengestellt von Hermann Hesse und Ninon Hesse. Frankfurt am Main 1974. S. 418. 以下引用简称 Ausgewählte Briefe。
② Ebenda.
③ Das Leben Schleiermachers. S. 282.

生过很大影响的虔诚派(Pietismus)的忠实信徒,这位女子关于自己内心发展的自述给了迈斯特极大的启发,使他超越戏剧世界的局限进入更广阔、更真实的世界。而在最后两部中,迈斯特进入到由高尚的人们组成的团体——"塔社",并经过努力成为了塔社的合格成员,这也完成了他成长的最后一步,也是歌德所描绘的个人成长的理想——"在人文—社会的范围内,在为了所有的人的责任和行为中符合道德地积极地发挥作用。"[①]与歌德一样,黑塞在思考个体的人如何发展自己的问题时,也认为这是一个从低层次到高层次不断攀升的过程。因此,不仅他笔下的诸多主人公都部分或者全部地经历了这样的过程,而且还试图对这一进程展开理论上的探讨。这方面最典型的一个例子便是他在1932年——此时,除了《玻璃球游戏》之外的其他重要作品均已问世——发表于当年第一期《新观察》上面的杂文《神学片段》:

  今天,我想将我在不同年代的思考和笔记整理成文,旨在把我所偏爱的两个观点联系起来,即关于为我所知的成为人的三个阶段的观念和关于人的两种基本类型的设想。这两个观念中的第一个对于我来说很重要,也很神圣,我无论如何把它视为真理。……成为人的道路始于无罪(天堂、童年、不承担责任的早期阶段)。由此,人走向有罪,走向了解善与恶,走向对文化道德、宗教和人类理想的要求。这一阶段在任何一个严肃而又作为与众不同的个体经历它的人身上都不可避免地以绝望而结束,也就是说以这样的认识来结束——不存在美德的实现,不存在完全的听从,不存在充分的服侍,正义无法实现,善也无法得到满足。这种绝望要么导致消沉没落,要么走向精神的第三个王国,走向经历一种道德和法则彼岸的

---

① Deutsche Literaturgeschichte. S. 258.

状态,渗入宽宥和救赎……走向信仰。①

如果按照黑塞的阐释,那么歌德笔下威廉·迈斯特的成长经历便主要集中在这里的第二个和第三个层次上——在以戏剧生活为中心的前半部分里,尤其是对周围的生存环境,迈斯特有了越来越深刻的认识,但恰恰是这些看似迷途般的经历从另一个侧面帮助他不断认识和反省自己,从而使其精神最终得到进一步升华。这里特别值得关注的是,无论是歌德还是黑塞,都着重强调了内心思考对于个人的重要意义。绝非巧合的是,如上所述,《一个美的心灵的自述》的女主人公是一位虔诚派的信徒,而尽管黑塞本人并不信奉基督教,但是他的父母却是虔诚派的忠实教徒,而且黑塞曾经深受他们的影响。在1946年于苏黎世重新出版的《战争与和平——1914年来关于战争和政治的思考》一书的序言中,黑塞将他的父母及其"家庭几乎完全非民族主义的精神"列为对他"终生都产生强烈作用的三大影响"之首。② 因此,在黑塞的思想里,这种"更高层次的生活"首先是指人的认识达到了某种全新的高度,精神达到了某种全新的境界。

这里,另一个非常值得思考的问题是:人的这种不断向上的成长过程是否有一个所谓的终点呢? 因为只要人的生命仍然存在,它就不可能是一成不变的,人的生命进程就一定还将延续。对于这个问题,无论是歌德还是黑塞,都用自己的创作给出了答案。比如,继《威廉·迈斯特的学习时代》之后,歌德又用了二十多年的

---

① Hermann Hesse: Ein Stückchen Theologie. In: Gesammelte Werke in zwölf Bänden. Zehnter Band. Betrachtungen aus den Gedenkblättern. Rundbriefe. Politische Betrachtungen. Frankfurt am Main 1987. S. 74 – 88;hier S. 74f.

② Hermann Hesse: Geleitwort zur Neuausgabe von „Krieg und Frieden"(1946). In: Gesammelte Werke in zwölf Bänden. Zehnter Band. Betrachtungen aus den Gedenkblättern. Rundbriefe. Politische Betrachtungen. Frankfurt am Main 1987. S. 544 – 548;hier S. 548.

时间创作了《威廉·迈斯特的漫游时代，或断念的人们》，继续以迈斯特的故事延续着他对人生的思考和探究，尽管这些思索一方面打着明显的时代的烙印，另一方面也反映出走向老年的歌德在思想和心态上的变化。而与歌德相比，即使是随着年龄的增长，黑塞依然坚定地认为人的精神能够不断地攀升，这就难怪在上面引用的评论中他接连使用"越来越"这个词了。一首写于1941年5月4日的诗作《阶段》(Stufen)恰恰充分体现了黑塞的这一思想：

像每朵花儿凋谢和每个青春年代
向岁月低头，生命的每个阶段都会闪光，
每种智慧和美德也会在它们的时代
熠熠生辉，但终究无法持久永恒。
心灵必须在生命的每个召唤下
做好准备离别和重新开始，
为了勇敢而毫不悲伤地
承担其他全新的责任。
每个开端都蕴含着一种魔力，
它保护我们，助我们活下去。

我们要欣然迈过一个个空间，
不要把任何地方当作家乡留恋，
世界精神不会束缚和限制我们，
它会一层层地将我们抬升，扩展。
一旦对一个生活环境耳熟能详、
感到舒适，我们就会变得慵懒，
只有那准备启程和旅行的人，
才能挣脱麻木不仁的习惯。

> 也许，即使是死亡的时刻也依然
> 会充满朝气地送给我们新的空间，
> 生命对我们的呼唤从未停止……
> 好吧，心灵，告别而去，保持康健！①

显然，黑塞在这里所描绘的作为个体的人面对生命一个阶段接着一个阶段不断提升时的心理和精神状态与他对威廉·迈斯特的评价，即他心中蕴含的那种"具有神性的向往"是一脉相承的。

第三，在黑塞看来，歌德笔下的威廉·迈斯特除了怀揣着"将自己塑造为越来越完美的人、越来越纯粹的人和越来越有价值的人的向往"之外，他还具备一些常人并不完全具有的禀赋。这些禀赋的外在表现就是上文所说的"对他人之爱和合乎道德的行为"，而在进一步的探究中，黑塞便得出了更加准确的结论：

> 这个人的这些品质就是感恩、敬畏、公正，他的本质就是爱。在生命的任何一种状态下，他自然的本性都表现为感恩、敬畏或者获得公正的意愿，尽管并不缺少斗争和相抵触的自恋，但是却始终被那更高层次的爱所引领和克制。②

对于黑塞在这里所总结的四个关键词来说，"感恩"和"公正"或者说"获得公正的意愿"是比较容易理解的，而"敬畏"和"爱"则需要读者更加深入的思考。就"敬畏"这个词而言，德语的原词"Ehrfurcht"的确是由两个部分即"敬"和"畏"组成的，它的本意是指对于一个人或者事物的崇高或伟大的极大尊重，也就是说这里的"畏"并不是害怕的意思，而是人表达一种崇敬时的态度和心境。

---

① Hermann Hesse: Gesammelte Werke in zwölf Bänden. Erster Band. Gedichte. Frühe Prosa. Peter Camenzind. Frankfurt am Main 1987. S. 119.

② „Wilhelm Meisters Lehrjahre". S. 381.

对于威廉·迈斯特的敬畏，黑塞是这样描述的："带着敬畏，威廉回忆着他的过去，带着敬畏，他尊重那些地位更高的人们的身份和权力，而怀着最大的敬畏之心和感激之情，他喜爱在莎士比亚的作品中令他第一次感到美妙和为之倾倒的那份与生俱来的才气。"[①]毫无疑问，真正能够让人表达敬畏之情的人或事物，一定是最值得人这样去做的人或事物。

黑塞之所以使用"敬畏"这个词来概括迈斯特的个性，一方面固然是他阅读后的真切体会，而另一方面这又反映出了他本人关于个人成长发展的一些思想。如上所述，黑塞认为，个人的发展需要不断提升自身的精神境界，而要不断接近甚至达到他所说的那更高一层的"精神的第三个王国"，敬畏恰恰是人必不可少的态度，也就是说，人要带着对"更高层次的生活"的崇敬之心进入其中。归根到底，威廉·迈斯特所敬畏的正是不断向上的人的生命本身，正是人赋予其生命的那种非同寻常的意义。正因为这种意义的非同寻常，所以他心中的那份热切的向往才具有了某种"神性"。对于黑塞的精神来说，这份敬畏之情至关重要。在 1930 年 7 月 15 日的一封写给 G. D. 小姐的信中，黑塞反复强调了这种重要性：

> 你们充满了追求，你们拥有很多渴望，你们具有很多模糊的冲动，这种冲动希望以随便什么方式升华。但你们不具有的却是"敬畏"。
>
> ……我无法想象，为我自己或者甚至为了他人能够找到诸如一种新的宗教、一种新的表述或者教育的可能一类的事物，……即使当我不得不对我的时代、甚至我自己感到绝望的时候，我却始终坚持，不会抛开对生命及其可能的意义的敬

[①] Ebenda.

畏。我这样做并非出于任何一种希望——对于世界和对于我本人,随便什么东西会变得更好;我这样做,仅仅是因为假如缺少一种敬畏、假如缺少对神的献身精神,我就无法生存下去。①

如果说,这样的一种敬畏之情能够极大地带给人的精神以一种向上不懈追求探索的力量的话,那么,黑塞用"爱"这个词来概括"感恩、敬畏、公正"的本质则反映出他从歌德的作品中体会到的那份"更纯粹的智慧"。因为,他在这里所指的"爱"早已不再是人与人之间的一种简单的情感,而是人在洞悉生活的真谛过程中所达到的一种思想和精神的高度,一种极其睿智的生活态度。在他的代表作《悉达多——一部印度作品》里,像迈斯特一样经历了人生的不断追求和反复思考的主人公悉达多在达到了精神"完善"之后将他所有的感悟都归结到了一个"爱"字上面:

> 因此我觉得,凡是存在的事物都是好的,我觉得,死亡和生存是相同的,罪孽和圣洁是相同的,聪颖和愚蠢是相同的,一切都必定是如此,一切都只需要我的赞成,只需要我的同意,只需要我怀有爱意的认可……我从自己的身体和心灵中感到,我非常需要罪孽,需要肉欲,需要追求财富,需要爱慕虚荣,需要最为可耻的绝望,以便学会放弃抗争,学会爱这个世界,不再拿它与任意一个我所希望的、臆想的世界相比较,与一种我凭空臆造的完美相比较,而是顺其自然,爱它,欣然从属于它。
> ……
> 我觉得爱是一切事物中最重要的。……我所关心的只是能够爱这个世界,不去蔑视它,不憎恨它和我自己,能够带着

---

① Ausgewählte Briefe. S. 31f.

爱心、钦佩和敬畏去观察世界、我自己和所有的生命。①

读过整部作品的读者都知道,主人公之所以能说出这寥寥数语,是因为花费了几乎一生的时间和思索。而如上所述,歌德笔下成长中的威廉·迈斯特也同样经历着生活的种种磨炼,体验着世间百态,品尝着人生冷暖。黑塞对"爱"的这种解读和诠释恰恰抓住了迈斯特的精神实质,正如他所言:"整部作品都被包裹到了这种爱的氛围里,就像被包裹到了一种金色的温暖的气息中,支撑这份爱的就是一份对人性的敬畏的信仰。"②然而,作为评论者,黑塞对此还并不满足,他还尝试着进一步地挖掘小说更为深层次的内容,这就是与当时的时代文化的关系。

三、《威廉·迈斯特的学习时代》——歌德的文化理想

黑塞坚定地认为,《威廉·迈斯特的学习时代》这样一部伟大的成长小说是一个时代、或者说文化时代的产物。因此,在这篇评论的开篇,黑塞根本就没有提及这部小说,而是用了大量篇幅来谈论时代的精神和文化。文章的第一句话就是:"18 世纪是欧洲最后一个伟大的文化时代。"③而对于这个文化时代的特征,他做了这样的概括:

> 从那个时代的所有见证中,即使是出自讽刺作家和玩世不恭者之手,都体现了人本主义的一种高尚而博大的形式,一种对人的本性的无条件的敬畏,和一种对人类文化的伟大和

---

① Hermann Hesse: Siddhartha. Eine indische Dichtung. In: Gesammelte Werke in zwölf Bänden. Fünfter Band. Frankfurt am Main 1987. S. 353 – 471;hier S. 464f.
② „Wilhelm Meisters Lehrjahre". S. 382.
③ „Wilhelm Meisters Lehrjahre". S. 371.

未来的崇高的信仰。人占据了诸神的位置,人性的尊严成为了世界的王冠和每种信仰的基石。这种新的宗教,其最深刻的预言者是康德而其最后的辉煌是魏玛,这种崇高的人本主义是一种难以言表的广博的文化的基础,……①

显然,黑塞在这里带着景仰之情想要格外强调的便是那个时代当中人的地位的极大提升和重要性。除了表达内心的强烈共鸣之外,他这样描述还有另一个原因,那就是对自己所生活的时代的文化的不满和失望。比如,在1926年写给《东方年鉴》编辑部的信中,他就这样写道:"问题是,欧洲是否还拥有一种文化、一种风气、一个思想的核心,对这个问题我不得不予以否定。"② 又比如,在1921年撰写的关于与歌德同时代的德国小说家让·保尔(Jean Paul)的评论中,黑塞也对当时的时代进行了批判:

> 无论市民秩序的维护者想要如何绝望地否认,我们的时代却已经处于混乱的状态中。"西方的没落"的确确发生了,只是并非像市侩们所想象的那样极具戏剧性。由于每个个人——只要他不属于垂死的世界——在内心当中发现了一种混乱,发现了一个并非由写满法律的石板所治理的世界,其中善与恶、美与丑、明与暗都不再泾渭分明,所以这种没落便发生了。③

---

① Ebenda.
② Hermann Hesse: Gesammelte Briefe. Zweiter Band 1922 – 1935. In Zusammenarbeit mit Heiner Hesse. Hrsg. von Ursula und Volker Michels. Frankfurt am Main 1979. S. 140.
③ Hermann Hesse: über Jean Paul. In: Gesammelte Werke in zwölf Bänden. Zwölfter Band. Schriften zur Literatur 2. Eine Literaturgeschichte in Rezensionen und Aufsätzen. Hrsg. von Volker Michels. Frankfurt am Main 1987. S. 203 – 213; hier S. 213.

很明显,和上述关于18世纪时代文化的评价相比,两段文字的反差是非常大的,也正是因为对自己身处的文化时代的失望,黑塞对十八世纪文化的评论多少包含了一些理想主义的色彩。

《威廉·迈斯特的学习时代》的产生还具有另外一个非同寻常的意义,因为它的作者是歌德,是"这种影响巨大的文化整体的天赋的继承者和最受亲睐的儿子"。① 换句话说,在黑塞眼中,歌德就是那个伟大的时代文化的集大成者。然而,对于歌德,黑塞的情感绝不仅仅是赞颂和敬仰,歌德带给他的无尽思考才是他的最大收获。1932年,为了纪念歌德逝世一百周年,应法国作家罗曼·罗兰之邀,黑塞为《欧洲》杂志的歌德专号写下了散文《感谢歌德》,在文章的开篇就道出了歌德对于他的非凡意义:

> 在所有的德国的诗人中,歌德是我最要感谢的一个,他引起了我最多的思考,极大地困扰着我,给了我最大的鼓励,强迫我仿效他或者反对他。他并不是我最喜爱和最欣赏的诗人,并不是我毫无抵触的诗人,不,此前有过其他人——艾兴多夫(Eichendorff)、让·保尔、荷尔德林(Hölderlin)、诺瓦利斯、莫里克(Mörike)等等。但是,这些诗人当中没有任何一个曾经成为我的严重的困难和重要的道德上的动力,和这些诗人中的任何一个我都不需要斗争和争论,而我却不得不一再与歌德展开思想的对话和精神的斗争。②

这种"思想的对话和精神的斗争"的一个现实中的最有力的证明便是,黑塞撰写了大量关于歌德作品的评论文章,而这篇关于《威

---

① „Wilhelm Meisters Lehrjahre". S. 373.
② Hermann Hesse: Dank an Goethe. In: Gesammelte Werke in zwölf Bänden. Zwölfter Band. Schriften zur Literatur 2. Eine Literaturgeschichte in Rezensionen und Aufsätzen. Hrsg. von Volker Michels. Frankfurt am Main 1987. S. 145－154; hier S. 145. 以下引用简称 Dank an Goethe.

廉·迈斯特的学习时代》的长篇评论更是清楚地反映出这种对话和斗争的激烈与深刻。尤其是因为在黑塞看来,"歌德的全部都反映在了这部神奇的作品当中",①《威廉·迈斯特的学习时代》便成为了可以比肩《浮士德》的歌德的代表作:

> 威廉·迈斯特的基本思想和这部作品当中独一无二的、毋庸置疑的整体性就是歌德一生伟大的思想本身。……就像《浮士德》和《诗与真》(Dichtung und Wahrheit)②一样,它是诗人的一次非同寻常的尝试——用文学的形式凝聚数十载梦幻般多姿多彩、积极奋进的生活的精华。③

正因为歌德是18世纪末19世纪初的时代文化的代表,又因为《威廉·迈斯特的学习时代》是歌德的代表作,所以,这双重的代表性便使得这部成长小说在黑塞的心目中占据了举足轻重的地位。而他由这部作品中所读出的对"更高层次的生活、更纯粹的智慧、更深刻又更成熟的人性"的渴望则已经不再仅仅是威廉·迈斯特个人的事情,而是歌德本人的文化理想,是那个时代的文化理想,甚至是一个超越了时代的主题。正如黑塞在《感谢歌德》里所断言的那样:"他并没有满足于普通的目标,他寻求的是伟大的目的,……具有说服力的首先是我多年来与日俱增的洞见——歌德的问题不是他独自的问题,不是市民阶层独自的问题,而是每一个严肃对待精神和言语的德国人的问题。"④

从歌德的成长小说《威廉·迈斯特的学习时代》的诞生,到赫

---

① „Wilhelm Meisters Lehrjahre". S. 376.
② 关于这部作品的书名翻译,可参看《德国文学史》(第2卷),第493至495页。
③ „Wilhelm Meisters Lehrjahre". S. 377.
④ Dank an Goethe. S. 148.

尔曼·黑塞这篇评论的发表,这中间足足过去了一个世纪。然而,通过上面的分析可以清晰地看到,在两位生活在不同时代的文学家之间,思想和文化依然在不断地延续、传承和发展。之所以如此,恰恰是因为在这当中蕴含着某些超越时空的具有永恒意义的内容,就像黑塞自己所总结的那样:

>……谁有能力亲身体会威廉·迈斯特的处境、和他一起去爱、和他一起去犯错误、和他一起去相信人性、和他一起去保持感恩、敬畏和公正,这部小说对于他来说就不再是一部书籍,而是一个美与希望的世界,是最高贵的人性的一份见证,是对于精神文化的价值与持久存在的一个保证。[1]

由此,也再一次证明,黑塞的评论文章并不仅仅是对歌德这部小说的介绍、分析和解读,而且,这篇文章和他自己的文学作品也是对于其自身精神和思想的砥砺,是对永恒理想的向往与呼唤。

---

[1] „Wilhelm Meisters Lehrjahre". S. 389.

温情脉脉下的继承和背叛

——马塞尔·帕尼奥尔《童年回忆录》中的教育主题

朱晓洁

《童年回忆录》之前的马塞尔·帕尼奥尔(1895—1974)是一个著名的戏剧家、电影人,《童年回忆录》之后的他是"一个更伟大的小说家"①(让·阿努伊)。这部系列小说共有四册:《父亲的荣耀》(1957)、《母亲的城堡》(1957)、《秘密时光》(1960)、《爱恋时光》(1977)。小说的第一册刚问世,"所有的媒体,从巴黎到外省,从极右派到极左派,从最大众的日报到最高深的期刊,或者最时尚的杂志,一致给予好评。没有任何吹毛求疵的声音。文学批评界将《父亲的荣耀》评为一部经典。"②这一成功完全出乎作者的意料。当时的帕尼奥尔基本告别了曾经独霸一方的电影界,而意图在戏剧界重出江湖的两部作品皆反响平平。于是,他很低调地在一个默默无闻的出版社发表了小说。没想到小说让他"在有生之年就进入了'优秀学校文学的万神殿'。里面只有三位作者:拉封丹、雨果和都德。(……)(小说中的)'猎山鹑'和'穿越运河'列入了大众文学中最优美的故事。十岁左右的法国孩子都是在看这

---

① Raymond Castans, *Marcel Pagnol Biographie*, Editions Jean-Claude Lattès, 1987. 莱蒙·卡斯当,《帕尼奥尔传记》,拉戴斯出版社,1987年,第483页。

② 同上。

些故事的过程中学习认字的。"① 在二十世纪法国文学不断翻新技巧、涌现新主题的背景下,一部无论是体裁还是内容都非常传统的小说受到这样的好评,究竟魅力何在?

首先,这是一部难得的儿童文学作品,小主人公马塞尔以儿童的视角讲述了趣味盎然的家庭生活和学校教育,给出了一个孩子健康成长的范本。这让"所有的小学教师激情澎湃"②。于是,学校推荐加上出版商推波助澜,造就了小说受到持久的关注。其次是风格。在小说中,"《马里乌斯》《凯撒》《若弗瓦》《安吉尔》的影迷们重新找到了他们深爱的那个帕尼奥尔,一个诚挚的、快乐的、感人的、温情的、诙谐的帕尼奥尔,一个让人既哭又笑的帕尼奥尔。"③ 的确,帕尼奥尔善于用素朴隽美的文字,以一种几乎白描的手法讲述平凡生活,并且会准确拿捏其中喜剧的、感人的、可笑的和壮观的成分。这种风格是帕尼奥尔在戏剧和电影界成功的秘笈,而它在小说中再一次得到了完美的运用。

然而,小说温情脉脉的氛围经常让人忽视了它的教育意图。其实,帕尼奥尔和教师这个职业缘分匪浅。他父亲一辈中很多人都从事教育,帕尼奥尔自己也一度担任教职,甚至在脱离学校后还总以教师收入来衡量自己作为戏剧家的收入。对这个人群的深入了解自然而然地反映在他的文学创作中。如果不算历史随笔和评论,他出版了二十九部作品,二十一部都有教师的角色,其中又有七部以教师作为主要角色,而且基本是小学教师。至于儿童的角色,则贯穿了他几乎所有的电影作品。但是,他们主要作为一种社会背景(街道上没有奔跑的孩子会显得不真实),或者是事件的驱动者(《芬妮》《安吉尔》《掘井人的女儿》中的女主人公都因为怀孕而面临选择)。和《童年回忆录》比较相近的是《托巴兹》和《梅

---

① 同第 211 页注①。
② 同上。
③ 同上。

吕思》,但《童年回忆录》的视野更广阔,是对一个孩子成长过程全面的描述,可以称得上是一部成长小说。

巴赫金说过:"这里,主人公的形象不是静态的统一体,而是动态的统一体。主人公本身的性格在这一小说的公式中成了变数,主人公本身的变化具有了情节意义。与此相关,小说的情节也从根本上得到了再认识,再构建,时间进入了人的内部,进入了人物形象本身,极大改变了人物命运及生活中一切因素所具有的意义。这一小说类型从最普遍含义上说,可称为人的成长小说。"[1]可见,时间因素和性格成长是成长小说最重要的元素。《童年回忆录》的时间跨度很大。它的前两册基本是同时写的,讲述了小马塞尔从出生到小学毕业的故事,其中着重回忆了他九岁开始去乡村度假的难忘经历。第三册可以分为两部分,在前半部分,小马塞尔在乡村迷恋上了一个女孩,初尝幼稚的爱情;在后半部分,他进入中学,发现了一片不同于小学和家庭的新天地。最后一册出版于帕尼奥尔去世之后,故事一直讲到马塞尔中学毕业会考结束,是中学生活的后续,同时再现了家庭、乡村、爱情的主题。从整体上看,小说遵循了历时性的主线,并且通过相同主题的变化和呼应,反映小主人公的变化,塑造了一个个栩栩如生的人物形象。

如果说结构布局和人物塑造是明线,这部洒满了阳光的小说也暗中埋伏了伦理批判。帕尼奥尔在《前言》中写道:"我说的不是我,而是我不再是的那个孩子"(I,p1)[2]。书中的第一人称"我"可以分为主人公"我"和叙述者"我",前一个是消失在了时光中的小马塞尔,他是一个见证者,也是一个亲历者。后一个是成人

---

[1] 巴赫金,《教育小说及其在现实主义历史中的意义》,白春仁、晓河译,石家庄,河北教育出版社,1998年,第230页。

[2] (I,p.1):表示《童年回忆录》第一册第1页。为了避免重复,下文中将以这种方式表示《童年回忆录》的引文出处。中文版四册:《童年回忆录》,浙江文艺出版社,2009年。(I)《父亲的荣耀》,施康强译;(II)《母亲的城堡》,陈曦琳译;(III)《秘密时光》,孙婷婷译;(IV)《爱恋时光》,唐珍译。

"我",他将自己的目光、自己的人生体验投射到整个故事中,他利用重新组织故事的特权,悄无声息地传递了成年后的伦理价值观。同样,用词和文体上的细节也可以让我们捕捉到蛛丝马迹,追踪这个成年"我"在温情脉脉之下对传统的家庭教育和学校教育的背叛。

大自然

　　大自然对一个儿童成长的重要性毋庸置疑。《童年回忆录》中的小马塞尔在乡村度过了"一生中最美的日子"(I,p81)。因为父亲是一个小学老师,父亲任职的小学就成为他生活和学习的主要场所,他每时每刻都在父母的视线中,甚至连一般孩子从下课到回家这段时间的自由都没有。由此可以想见当他第一次真正地置身于普罗旺斯的天地之间,面对一个全新的、自由的、广阔的空间时的那种心情。著名小说家多米尼克·费尔南德兹就这样评价:"如果想起斯蒂文森、马克·吐温和高尔基,我发现在帕尼奥尔之前,法国文学完全不能描绘一个小男孩在探索世界时那种特有的、既紧张又兴奋的迷人经历。现在这个空白填补了。"[①]

　　小说中对大自然的描写让人想起鲁迅先生的《从百草园到三味书屋》,虽然作品的篇幅、所描写的地理空间感相差很大,但也有不少共同之处。首先,它们都是回忆录,采用了小主人公的主观视角,突出了一个"趣"字。在孩子的眼中,一个"其中似乎确凿只有一些野草"的园子"那时却是我的乐园"。而一个让姨妈想念煤气,让姨夫想念卫生间的地方,一个离最近的村庄要步行约一小时的地方,可以想见物质条件之艰苦。但是,对于孩子而言,大自然的一切细节,它的各种生物、各种自然现象、各种颜色和声音,都充

---

　　① 《帕尼奥尔传记》,第484页。

满了游戏的可能。孩子好动的天性和丰富的想象力,有将一切化腐朽为神奇的力量:餐桌上照明的风灯,会吸引来各种昆虫,它们被风灯烤熟后就掉进餐盘里,但在孩子的眼中,它"如祭坛上的灯"(I,p82),让"我"决心把此生献给科学;孩子们会残忍地火烧蚂蚁穴,策划螳螂之间的内斗,并让蚂蚁和螳螂展开惊心动魄的大战……诸如此类的游戏让他们兴致百倍。

很快,随着狩猎的开始,尤其是在结识了农家孩子力力之后,小马塞尔的天地更广阔了。大自然不再是他和弟弟的游乐场,而是一部鲜活的百科全书,一个充满了新奇和挑战的冒险之地,一个自由自在的广袤空间。小马塞尔学习了很多狩猎的知识和第一手的自然科学知识。再后来,力力长大了,要为家里干农活了。小马塞尔也发现自己对狩猎的迷恋因为经验丰富而大大减低。大自然不再能激发他的想象力,小主人公开始在书本中寻找"已经失去的山中仙境"(III,p16)。但是,这片土地已经生根在孩子的心中。只要和它有关系的人和事就能激起小马塞尔最大的热情。同学伊夫正是因为对这片土地有着共同的体验和热爱而成为他一生的挚友。

虽然和力力在一起的时候,小马塞尔也体验过农事的艰辛。但是,大自然吝啬的这一面在小说中被轻描淡写地一带而过。相反,帕尼奥尔更热心于表现这片土地的神奇之处。小马塞尔和伊夫一次在山间漫步时,遇见了一位希尔万先生,这位海员不仅有过各种海上冒险的经历,还会吹铜号,布陷阱,谈论莎士比亚、欧几里得、费马、巴斯德、牛顿和基督,说出与众不同的见解。这个奇怪、甚至有点疯癫的、迷人的人物最后头箍水桶,鼻塞栎实,耳插百里香,唱着奇怪的歌消失在群山中,如同他之前魔幻般地出现。在整部小说中,这是唯一的另类人物。走之前,希尔万还留下一个传奇式的故事:1720年的马赛遭遇了鼠疫,整个街区的人们团结一致在医生庞卡斯大人的带领下逃离了疫区。这次鼠疫确有其事,是法国历史上有记载的最后一次鼠疫。夏多布里昂就在《墓畔回忆录》里描述过这个事件。但是，小说中的这个故事是帕尼奥尔杜撰的，他曾经多次讲给朋友们听过，甚至将其作为独立的写作计划纳入他1962年的全集中，只是当时的计划和小说中的版本的结局不一样。前一个版本的结尾是这些逃脱了鼠疫的人们最后被村民消灭了。为什么帕尼奥尔在《爱恋时光》中要借希尔万之口讲述这个故事，并且修改结局呢？下文会讲到帕尼奥尔在《童年回忆录》中，特别是后两册里插入了若干个早年写的虚构或半虚构的故事。帕尼奥尔显然很珍爱这些小故事，他想讲一个与众不同的鼠疫故事（关于鼠疫的故事在文学中并不少见，最近的就有加缪于1947年出版的《鼠疫》），而《童年回忆录》的片段式结构正好可以吸收这些故事。但是，很可能为了保持《童年回忆录》整体的温情色彩，尊重他的小读者们，帕尼奥尔修改了原故事躲得了天灾躲不过人祸的结局，强调了故事惊心动魄的一面。让一个不可思议的人讲一个不可思议的故事，还有什么更让人有一种飘飘然的、飞离大地的神奇感觉呢？

如果我们再从这个几乎出现在小说第四册最后部分的故事，回到小说第一册的最开头，作者的这种意图似乎就更明显了。叙述者"我"在介绍小马塞尔出生的普通法国小镇奥巴涅城的时候，想象古罗马军团的胜利战报就是经由所在的加拉邦峰，一个更加普通的南方山峦，而传到罗马的。在讲完小马塞尔出生的经过之后，同一个"我"还请读者"稍安勿躁，因为它将会变得稀奇"（I，p14），原因在于"我"还发现曾经和"我"坐过同一张法兰西学士院座椅的是十八世纪一位大名鼎鼎的作家巴托罗缪神父，而他出生的故事和"我"的故事很相似，都是快分娩的母亲坐着马车于"某一个冬天清晨在通过拉贝杜勒山口的路上"（I，p15）！看似平凡的大自然中隐藏着神奇和偶然，小马塞尔徜徉留恋的普罗旺斯山水不仅仅是单纯的美妙风景，也超越了一个度假地的新奇、自由和冒险，它承载了历史和传奇，成为"我"的精神家园。

家　庭

帕尼奥尔曾经说过，"如果我是画家，我只画肖像画"（Ⅳ，p223）。在《童年回忆录》的各路人物中，最栩栩如生的恐怕要数他的家人。小说第一册出版时，题词写着"缅怀我的亲人"，因为他们中的大部分当时已经去世了。思念家人，回忆父母的爱和教诲是作者的一个主要目的。诚如他在前言所说，"这本书没有多大抱负，（……）无非是一首小小的抒发孝心的歌曲"（Ⅰ，p4）。

在帕尼奥尔的戏剧和电影作品中，女性占有重要的地位，很多作品以女主人公来命名，但她们多是婚外得子的单身妈妈，母子情也基本一笔带过。相比之下，《童年回忆录》中的母亲是一个特殊的形象，一个传统的贤妻良母。她就像一座城堡为家人提供最细致的呵护，为儿子毫无保留地奉献慈爱、宽容和理解。母亲还有勇敢、智慧的一面。为了达成儿子周末度假的心愿，她克服了自己的羞涩，设法亲近了校长夫人，让父亲成功地调了课。母亲的爱换来的是儿子的孝心，小说中儿子在途中为母亲换鞋的情节相信会让所有辛苦的母亲感到"谁言寸草心，报得三春晖"的幸福。

如果母亲代表了慈爱和保护，父亲则是儿子的荣耀和榜样。他首先是一个优秀的小学教师，具有诚实敬业的品质，他的智慧和勤奋让他在职业道路上达到了几乎最高的位置。自然而然地，他也成为孩子家庭教育的首要承担者。他会利用生活中的各种机会应时施教：到了乡村，父亲就建议孩子们观察动物的习性。看照片时，他就会做一些技术性的讲解。他还亲自督导孩子们的学业……当小马塞尔在山中迷失的时候，正是靠着父亲传授的科学知识，才辨明了方向，并且从父亲平日的教诲中得到了精神的力量！

其次，这是一个让儿子钦佩的父亲。他在教学以外的很多方面都表现出才能，当然最让儿子骄傲的还是刚学会开枪的父亲第一次打猎就一箭双雕,打下了一直停留在传奇中的两只大王山鹑!这个故事可以说是第一册的高潮,似乎一切情节都是在为父亲的这次荣耀做铺垫。当小马塞尔亲手抓获父亲的猎物时,也就是说不仅见证而且参与了父亲的丰功伟绩时,他从山谷一个石角的顶端一跃而起,"高举双手,面对夕阳,向天空张扬父亲的荣耀"(I,p169)。这个具有视觉冲击感的画面在伊夫·罗伯特导演的根据小说改编的同名影片(1990)中以一种非常唯美的形式被表现出来,被定格在一个男孩的童年记忆里。这个故事在之后的几册小说里数次被重提,就像山谷里最洪亮最悠远的一声回响。

最后,父亲还是一个道德楷模。他在师范学校受到的教育是一套共和国的新价值观,它反对王权,反对教会和教权,反对烧酒,尤其是这些教师"绝对相信自己身负美丽的使命,对人类光明的未来充满信心。他们蔑视金钱和奢侈,为了成全别人或者继续在穷山村里执教,宁可放弃自己的晋升机会"(I,p9)。父亲的道德观集中反映在运河事件。为了周末去新堡度假,全家人必须忍受沉重的行李和长途的步行。然而,当运河管理员布兹格建议父亲用公家的钥匙穿越运河和沿路城堡的时候,父亲却拒绝了。最后布兹格说父亲可以帮助他查看运河的维护情况,会对公共利益有所贡献,父亲才接受了。然而,有一天其中一个城堡的看门人和他的狗拦住了去路,一家人不得不原路返回。父亲由此深感羞辱和后悔,连说"理亏让人多么软弱啊"(II,p168)。

对于父亲的伦理观,作者的态度是微妙而复杂的。一方面,他显然很尊敬以父亲为代表的那一代教师的正直,称"这些反教权主义者有传教士的灵魂"(I,p9)。另一方面,他又以一种间接、委婉的方式对这种正直提出了质疑。比如运河事件发生后,叙述者"我"突然介入写道"生活使我明白,他错了,人若纯洁,就总是软弱"(II,p169)。当全家人都为父亲有可能因运河事件而失业感到惴惴不安的时候,布兹格仗着上了省议员床的姐姐做后台,用狡猾、霸道的方式取回了父亲的所有证物。善良的人最后被某种"恶"所拯救了！可父亲却遗憾"这世上太多时候恶得到了善报！"布兹格回答："约瑟夫啊约瑟夫，真是受不了你……"（I,p191）。这句话是第二册的最后一句对白，运河故事至此休止。父亲的这种毫不让步的伦理观让人受不了，这才是叙述者"我"借他人之口所传递的信息！我们知道帕尼奥尔在踏入社会后逐渐对父亲灌输的伦理观产生了怀疑。在他1928年写的成名戏剧《托巴兹》中，主人公托巴兹就是一个父亲的翻版，一个兢兢业业、恪职尽责的小学教师。他因为拒绝给富家子弟改成绩而被辞退，之后又被人利用成为市议员圈钱的经手人。最后，托巴兹推翻了原有的道德观，成为一个唯利是图的商人，不仅甩掉了议员，还赢得美人归。帕尼奥尔用这样一个并没有扬善惩恶的结局表达了一种新的伦理观：在这个社会中，"是力量统治了世界，而这些发出细微声响的长方形的小票，就是力量的现代形式"[1]。教师所教授的那些伦理教条"或许只适应一种消失的现实"[2]，只有"蔑视这些教条才是致富的开始"[3]。虚伪的社会用伦理教条捆住了教师的手脚，没有让他们获得与其能力相匹配的财富。而这是不公平的。当然，这些观点在《童年回忆录》中都是以很隐秘的方式流露出来的。叙述者"我"每每在父亲表现出和诚实谦虚相悖的"弱点"时，就会或者插入小马塞尔的赞赏——"我现场抓获我亲爱的超人父亲流露了人性的弱点，我觉得我因此更加爱他"（I,p185）；或者使用其他手段来暗示支持的态度——比如在描写为了从城堡返回而撬锁的父亲时，小说突然使用了现在时态，以及"毅然决然和反叛"这样的褒义词来形容正在做贼的父亲。

---

[1] Marcel Pagnol, *Oeuvres Complètes I*, *Théâtre*, Editions de Fallois, Paris,1995.《托巴兹》，《帕尼奥尔全集I·戏剧卷》，第453页。
[2] 同上。
[3] 同上。

还有一个重要却隐蔽的话题，就是金钱。前面提到父亲所受的教育是蔑视金钱——当然，叙述者"我"从小说开头就在记录父亲的工资，以及收入增长所带来的家庭变化。小学时的马塞尔没有金钱观念，父亲为了省钱而做的各种度假筹备在孩子的眼里充满了乐趣。他第一次意识到钱的重要，是偷听到父母亲因为担心父亲会失业，开始统计家庭存款。等到了中学，因为学生分成几类，小马塞尔才明显感到贫富的差距、财富分配的不公。但尽管他用了父亲的安慰法，一支漂亮的钢笔还是会让他嫉妒。有意思的是，"我"没有安贫仇富。我们在下文还会讲到两个小故事，一个是小马塞尔向走读生贝戈玛挑战，另一个是他为了让拉纽免遭父亲的责罚而去他家撒谎。这两个故事的意义，"我"并没有直接地从金钱的角度去讲述，事实上它们正好构成了对比，一个仗着财富欺负弱小——贝戈玛声称"寄宿生都是乡巴佬，拿奖学金的都是穷光蛋"（III, p235）；另一个从来不炫耀，而且心地善良——"我"详细描述了第一次去拉纽家看到的各种豪华的摆设，并且用了很多褒义词，欢喜羡慕之情溢于言表。叙述者"我"用两个实例来说明财富和丑恶没有必然的联系，而父亲一味地蔑视金钱是不对的。帕尼奥尔对成功和财富的欲望众所周知，虽然招致过不少批评，但他始终在为财富之善辩护。《母亲的城堡》最后一章讲述了运河事件过去了十五年以后，成名后的"我"为了扩展业务回到普罗旺斯买下一个城堡，突然发现不远处竟是儿时的运河！"我"跑过去，跑过所有的时光，举起大石块将"叫父亲受辱的那扇门"（II, p196）的门板砸垮。父亲虽然诚实、敬业，但是他的薪水却不能换来舒适的物质条件，所以全家才不得不长途跋涉去度假，辛劳的母亲才总是脸色苍白；而他的诚实也不能免除他不受到一个看门人的羞辱，不能保护母亲不受到惊吓！做儿子的用成功和财富将往日家人的噩梦砸碎的同时，也宣告了儿子的新价值观在现实生活中的胜利。

学　校

　　如果说前两册的重心是大自然和家庭,那么后两册的舞台是中学。更多更明显的变化发生了。

　　马塞尔的小学生活是没有自由的,乡村度假才显得弥足珍贵。为了保卫自己的自由,小马塞尔曾经决定放弃学业,离开亲爱的家人,当一个山中隐士。这个大胆的举动不是毫无来由的。叙述者"我"多年以后想明白,"在忧郁的青春期来临之前,儿童的世界与我们的截然不同,他们与生俱来地拥有一套神奇的分身本领"(Ⅱ,p62)。和家人的分离,其实是孩子们一直在思想上不断演习的事情,虽然身体还在。当然这次幼稚的离家出走最后以他的恐惧和羞愧告终,他为能重新得到家庭的保护而感到安心。但是进入中学以后,小主人公很快惊喜地发现,虽然仍是成人统治的世界,有纪律的管束,有学业的压力,但中学是一片自由之地,不乏浪漫的生存方式!小说中或者通过小主人公"我"之口,或者通过叙述者"我"多年以后的总结,不止一次地提到那是"我"的一个新世界。在这个世界里,孩子们有了自己的秘密,并刻意地保护自己的独立性。除了那张成绩单,中学完全和家庭脱节,同学之间彼此都不谈论家里的事情,也从来只对家里讲些无关痛痒的学校里的事情。

　　学习曾经是小学生活最主要的内容。身为小学老师的孩子,小马塞尔的成绩必须是最好的。"这关系到他父亲的荣耀。有两层意思:他职业的荣耀和家族的荣耀。为了他的儿子在学业有成的道路上没有任何缺憾,约瑟夫可以付出一切。"[1]尤其是到了小学最后一年,全校老师都被动员和组织起来辅导"我"备考中学的

---

[1] 《帕尼奥尔传记》,第21页。

奖学金大赛,因为"我的参赛关系到了整个学校的荣誉"(II,p89)。可以说在小学的优异成绩更多的是马塞尔出于孝心,为了父亲的荣誉而努力的结果。可是到了中学,首先班上有两个学习狂人,小马塞尔发现"再努力也爬不到第三名以上的位子"(III,p229)。此外,他的身体出现了"怠惰"(III,p229),总是对更有趣的事情才有热情,对所学的知识也有了批判性的选择,尤其是对父亲所勾画的未来(好好学习做一个中学教师)也没有兴趣。他的成绩变得很平庸。

马塞尔在中学生活中找到的各种新激情、新乐趣中,有一样是歪打正着,那就是拉丁语。虽然他很早就"对词怀有激情"(I,p95),喜欢偷偷地在小本子上收集奇妙的词汇,可是姨夫第一次让他背诵拉丁语词汇十二个变格的时候,他并不喜欢,不知道学习的意义何在,只是像对待很多其他学科一样"机械地背着"(III,p170)。到了中学,他对法语译成拉丁文一窍不通。然而,就像小说中写的"我是一个相当不错的拉丁语专家"(IV,p99),帕尼奥尔精通拉丁语,他翻译过维吉尔的《牧歌集》,喜欢在小说中点缀一些拉丁语,还用拉丁语给自己写墓志铭。那么是什么原因促成了这样的改变呢?首先是他用抄袭这种"弄虚作假的行为"迷惑了老师,得到了夸奖,然而抄袭在事实上"扩展了我对学习的兴趣和我先天的机敏"(IV,p86),他的水平显著提高了。其次,他和伊夫一见如故,一个爱说英语,一个爱说拉丁语。结果两个人在两种语言上都获得了很大进步。而这主要因为"年轻人的最大动力就是体现虚荣心"(IV,p115)。弄虚作假和虚荣心,这些父亲所蔑视的行为却成了儿子学习的新动力。

伴随着对语言日益喜爱,小马塞尔对文学的审美力也在提高。写诗,在儿童时期是一种娱乐行为。到了中学,偶然一次翻阅《法国文学节选》时读到一句"我的乡土鹅毛笔是你的斧头之女"[①],小

[①] 《帕尼奥尔全集 III·小说卷》,第554页,翻译出自笔者。

马塞尔"感到浓浓的优雅诗意,(……)由美产生的神圣而轻微的战栗"(Ⅳ,p89),他正式萌发了写诗的冲动。此后在朋友的鼓励和年轻人的好胜心驱使下,在魂牵梦萦的大自然的灵感启迪下,他热情地投入写作中,基本一天一首诗……对这段故事的回忆在第四册中收入《我是诗人》一章。的确,帕尼奥尔年轻的时候,最得意的事情就是创办了以诗歌为主的文学期刊《福图尼欧》。当这位靠笔成就了一生的老人重新回想儿时如何和文字,和文学结缘,他既在感谢家人和老师的正面教育和引导,也没有讳言人性中的弱点所起到的积极作用。

不过,在中学的时候,小马塞尔最苦恼的并不是平庸的成绩,而是没有获得"精神上的独特性"(Ⅲ,p234)。同学身上所有能吸引目光的、与众不同的特点,不论是优点还是缺点,都让他羡慕。为了摆脱"在平庸的暗影里消磨时日"(Ⅲ,p234),他壮着胆子向侮辱寄宿生的又胖又壮的走读生挑战,并意外获得胜利,赢得赞誉。小主人公醉心于此,一发不可收拾。妈妈准备的崭新衣服或者被他藏起来,或者被弄旧,以显示自己不再是一个新生,也就是说,不再是一个刚进入新世界的傻小子。他在课堂上表演的不再是小学时候的走神,而是想尽一切办法和老师博弈。他参与扔纸人、吹哨片、扮假声、抄作业、扔臭球……在课下,他组织秘密社团,撒碎石进厕所,替同学写情诗追女孩子……即使被罚,"反省的主题绝不是如何尊重老师,而是心酸地感到自己缺乏绝招,掂量了所有能够成功的招数"(Ⅳ,p18)。

在这个蜕变的过程中,撒谎是一个很明显的毛病。小马塞尔声称最早的撒谎经验来自姨母和姨夫(这是多么偏心父母的孩子啊)。孩子不能理解他们善意的谎言,甚至感到愤怒。在他的内心里,即使大人和他一样也会撒谎,但撒谎终究是不对的。他每次撒谎都要自我辩解,还会感到不安。但是,进入中学后,马塞尔越来越频繁地撒谎,而且辩解得也少了。似乎之前的"精神上的独特性"可以为所有这些行为辩解,也就是说他独立了,可以适用大人的标准了。最让他得意的无疑是他替朋友拉纽撒谎,不但让他免除了父亲的责罚,反而受到了赞赏和得到了礼物,结果这个手段被同学们广泛应用。而在"我"为自己的这个谎言寻找的各种正当理由里,除了朋友间的友谊、学生的自尊,还有学校的荣誉。言下之意,学校错了,撒谎的学生对了!

学校,一个成人和孩子博弈的地方。正是有了各种纪律规范,愈加激发孩子们为了夺回一点自由或者建立自己的个性而进行各种挑衅和小小的闹剧。虽然被孩子们嘲笑、捉弄,但老师们还是为孩子打开了某扇门,通往知识和未来的路。同时,在这个新的天地里,获得了部分独立的小主人公在与老师斗,与同学斗,与自己斗的过程中,渐渐意识到"他自己一个人发现的这个世界和到当时为止父亲强加给他的非善即恶的世界观是不同的"[1]。虽然他继续在父母面前做乖孩子,但是他已经分裂了,学会在不同的环境里扮演不同的角色,在原本单纯的伦理观中融入异类的元素。

爱　情

《爱恋时光》是第四册的书名。事实上,爱情的话题从第一册就出现了。第一个爱情故事应该是"我"的父母。他们的故事是典型的郎才(财)女貌的爱情,夫唱妇随的婚姻。这对夫妇似乎就没有争吵过,完全是和谐家庭的典范。第二个爱情故事是一桩"家庭悲喜剧",故事的男女主角是小马塞尔的爷爷和奶奶。当爷爷已经没有了牙,奶奶还剩一颗牙的时候,爷爷不慎在奶奶的诱惑下说出了年轻时曾经有过外遇的真相。结果奶奶把她最后那颗牙咬进了爷爷的肩头!在这两个成人爱情故事中,爱情

---

[1] 《帕尼奥尔传记》,第31页。

是绝对严肃的,奶奶甚至爱到因谎言而"疯狂",就像妈妈听完爷爷奶奶的故事后说"这才是爱情!"(IV,p37)。男人都是有缺点的,爸爸有巴结年轻漂亮舞伴的嫌疑,爷爷也曾经有外遇,但是叙述者"我"显然对此没有更多的指责,只是写了男人的一点"人性的弱点":喜欢女人,又不懂得提防女人!奶奶代表了女人的复杂性。她会成为阴谋家,因为爱而有智慧;她也会成为疯子,因为爱而生恨,而疯狂。而"我"始终赞美的当然还是母亲,一个即使在和别人跳舞也始终把目光放在丈夫身上的女人。这不光因为小马塞尔是一个很恋母的孩子,还因为叙述者"我"推崇婚姻中的这种类型的女性。

成人的故事为即将开始的两个孩子的爱情故事做了铺垫。叙述者"我"两次提前介入,为即将描述的孩子间的"爱情"一锤定性。"如果当时我能明白,本应该从中汲取宝贵的教益,但我那时年纪还小,只是在许多年后的今天忆及此事,才能说清它的来龙去脉"(III,p17)。稍后,"我"又说道"就是这次假期,让我有机会对她们有了更加深入的了解,并体验了'爱情'稚气的一面"(III,p49)。也就是说,在故事还没有开始讲述的时候,叙述者"我"就提醒读者,它是稚气的,甚至算不上是真正的"爱情",是小孩子还不懂得女人,不懂得爱情的时候的小打小闹而已。为了突出故事的可笑,叙述者"我"在描写了小马塞尔做了一个英雄救美的好梦之后特意加上评论说:"这个英勇的梦境有什么含义,我当时还不懂,"但是,"高中毕业以前,经我解救的女士已经足有一打了"(III,p105)。而拉纽的爱情故事的最后一句评语是勃吕克说道:"他的那些爱情都是些孩子气的东西,并不严肃。如果他肯听我的,准能降伏一个年轻的女仆"(IV,p208)。这些话语虽然简短,然而犀利,就像插入小主人公甜蜜美梦的一把把小尖刀,足以戳破小读者的浪漫想象。

小马塞尔和拉纽的爱情故事就是在这样的基调里展开的,它们的模式基本相同:首先是外貌的吸引。其次是想象力推波助澜,产生痴迷。最后是幻灭。不同的是,在拉纽的故事里,还描写了性冲动。两个少男少女大量的通信中充满了暧昧的性暗示。最后拉纽将爱人紧紧搂进怀里,还试图拉她去一旁的假山洞里。如果说小马塞尔和伊莎贝拉的故事里是纯洁的幻想,真挚的感情,那么后一个故事里还讲到了手段和策略。当笨手笨脚的拉纽大败而回的时候,勃吕克却轻易将表姐揽入怀中。雄性之间的羡慕嫉妒恨让小马塞尔挤出一句话来:"他知道怎么对付女人,畜生!"(Ⅳ,p207)

反观这四个爱情故事,首先有成人和孩子的区别,一个成熟持久,一个幼稚短暂。而且以成人的故事为铺垫,有着明显的指导和教育的意义。其次,前后两个孩子的爱情故事之间存在着细微的差别,反映了从童年向少年的过渡。有趣的是帕尼奥尔本来计划中的第三册就题名为《爱恋时光》,后来又改名《秘密时光》。他解释道:"第一个书名我选得有点轻率。从小说面世开始,我就自然地发现孩子们成为了前面两卷的主要读者。是他们成就了书的成功。我收到很多小学生感人的来信,还有些信尾签有整个班级学生的姓名。我想到这是一个非常纯洁天真的读者群。我觉得如果我对他们讲述主人公开始有了性意识,他最初的性冲动,我可能会吓着他们。我有了自我审查。我改变了主题和书名。"[1]然而,在最后这部《爱恋时光》里,还是描写了性冲动,只是这个性冲动的主角不是小马塞尔,而是他的朋友拉纽。根据贝纳尔·德·法卢瓦在《马塞尔·帕尼奥尔的回忆年代》中对四册小说创作过程的描述,《爱恋时光》其实早就完成,但"某些事还让他牵肠挂肚"[2],所以一直到帕尼奥尔去世,才在他的工作室里发现了手稿,也就是

---

[1] 《帕尼奥尔传记》,第500—501页。
[2] 《马塞尔·帕尼奥尔的回忆年代》,贝纳尔·德·法卢瓦,见《爱恋时光》,唐珍译,浙江文艺出版社。

后来出版的第四册。曾经列入计划的帕尼奥尔自己的初恋故事并没有出现。而拉纽的故事却早在他年轻时写的《皮露莱特》中就有了雏形。为什么会有这些变化？除了帕尼奥尔对自己作品精益求精的完美主义之外，法卢瓦的一段话点出了其中奥秘："他越是倾向于继续写他的书，越是逐渐发现了一个他不解的现象：随着时间的远去，现实中活生生的人都变成了故事人物。在那些由真实场景形成的故事当中，回忆录作家很乐意和作家一样让自己的想象任意驰骋，以某种方式达到自由程度"（IV，p214）。也就是说，《童年回忆录》特别是后两册的想象成分很大，作者关注的不仅是回忆，而是表达，是寻找。不管是拉纽，还是小马塞尔的爱情故事，主人公是谁并不重要，重点是要描述少年的痴迷、同性之间的友谊和竞争、女人的不可捉摸以及爱情的疯狂和短暂。

结　语

和很多史诗式的成长小说不同，《童年回忆录》的重心不是社会生活的磨砺。虽然它不乏时代感，却并没有重大的社会变革和历史画卷为背景，只是单纯地聚焦一个普通儿童成长的过程，家庭、学校是小主人公基本的受教育场所，大自然是他永恒的乐园。他的受教育过程，就像绝大多数孩子一样，在于普通的家庭日常生活、师长的道德教化和同龄人的相互影响之中。帕尼奥尔用他充满人情味的笔触，向我们描述了一个孩子健康成长的过程，它需要家庭的爱，自由的空间，学校的引导，爱情的挫折。同时，他也丝毫不避讳人性中的缺点，比如儿童的残忍和虚荣，成人的虚伪和固执，然而他总是用一种尽量宽容的、温情的方式去表现出来。这也是他的作品中最为人称道的人性光辉。可能这种光辉太过显眼，本文才一直在努力挖掘这种温情下的批判意识。不过，最后还是要强调这种批判正是因为在这种光辉下才弥足珍贵，就像帕尼奥尔一直强调的"所有非人道的东西都别想靠近我"（Ⅳ,p223）。中国古诗说春雨之美在于"润物细无声",《童年回忆录》正是以这样一种方式在传递价值观,犹如清泉,滋润童心。

《打死父亲》的继承与创新

韩加明

约翰·韦恩(John Wain,1925—1994)是20世纪英国小说家、诗人、学者和批评家。他毕业于牛津大学,起初在雷丁大学任教,1953年发表成名作《每况愈下》(*Hurry on Down*,又译《大学毕业后》或《误投尘世》),后来成为专业作家,并与金斯利·艾米斯、约翰·布莱恩等人一起被称作"愤怒的青年"。他一生以创作为主,但在1973到1978年间曾任牛津大学诗歌教授,并在1974年出版了他最著名的传记著作《塞缪尔·约翰逊》,晚年退休后潜心创作小说牛津三部曲(1988—1994)。中国读者对韦恩的了解以他在1962年出版的《打死父亲》(*Strike the Father Dead*)为最广泛。刘凯芳的中译本1986年由海峡文艺出版社出版,属于厦门大学徐元度[①]教授主编的"当代英国文学丛书"。《译后记》指出:"在这本书中,韦恩坚持了现实主义的创作手法,塑造了杰里米和他父亲等人物形象,揭示了两代人的矛盾冲突,探讨了当代西方青年的精神危机,表现他们的迷惘与痛苦。"[②]

[①] 徐元度笔名徐霞村、方原,他翻译的《鲁滨孙飘流记》1937年由商务印书馆出版,1959年由人民文学出版社出新版,是影响最广的中译本。
[②] "译后记",《打死父亲》,约翰·韦恩著,刘凯芳译,海峡文艺出版社1986年,第367页。

1998年译林出版社购得版权,在"译林世界文学名著现当代系列"推出新版;2012年译林出版社又把《打死父亲》作为"大师坊"丛书的一种重新出版,正文前有唐建清撰写的《"愤怒的青年"与"反抗的悲歌"——论约翰·韦恩的小说创作》作为《代译序》。正文后有刘凯芳新撰的《译者后记》,并附:《那花园中苹果的落地声——忆约翰·韦恩》,介绍了译者1990年在牛津拜访韦恩时的见闻。《打死父亲》这本1980年代出版的英国小说译著能够在1990年代和新世纪两次出新版,足见本书在中国读者中是很受欢迎的。

关于韦恩在文学史上的地位,《牛津英国文学史》第十二卷《1960—2000:英国的没落?》有对《每况愈下》的简单评论,另外提到他对现代派不感兴趣。[①]《哥伦比亚英国小说史》中鲁宾·拉宾诺维茨撰写的《反抗现代主义》一章提到韦恩关于"现代主义随着乔伊斯而结束"的观点,但是没有具体讨论他的作品。[②]王佐良和周珏良先生主编的《英国20世纪文学史》在第十三章《"福利国家"的文学》中对韦恩有简单介绍,特别提到"韦恩认为现代主义小说的高峰是乔伊斯的《尤利西斯》,此后它就衰落了。"[③]布莱恩·W.谢弗2006年出版的《阅读英语小说1950—2000》也在导论中提到韦恩关于现代主义衰落的观点。[④]常耀信主编的《英国文学通史》和蒋承勇等著《英国小说发展史》参考国外相关资料,对

[①] Randall Stevenson, *1960–2000: The Last of England?*, *The Oxford English Literary History* Vol.12 (Oxford: Oxford University Press and Beijing: Foreign Language Teaching and Research Press, 2007), p.402, p.405.

[②] John Richetti ed., *The Columbia History of the British Novel* (New York: Columbia University Press and Beijing: Foreign Language Teaching and Research Press, 2005), p.898.

[③] 王佐良、周珏良主编:《英国20世纪文学史》,外语教学与研究出版社1994年,第593页。

[④] Brian W. Shaffer, *Reading the Novel in English 1950–2000* (Malden, MA: Blackwell Publishing 2006), p.5.

韦恩的创作有比较全面的介绍,且都强调他的创作方法代表了现代主义高潮之后对现实主义传统的回归。[1]但韦恩并不是简单地回归现实主义传统,也借鉴了现代主义方法,对传统现实主义有继承有创新,周敦炜称之为"现代现实主义"。[2] 本文拟从叙事形式、父子冲突和蒂姆与珀西的作用三个方面探讨《打死父亲》这一现代成长小说的特点,并结合《鲁滨孙飘流记》做些比较。

一

《打死父亲》的叙述形式与传统现实主义小说有明显的区别。我们知道,从英国小说兴起的18世纪开始,在笛福、理查逊和菲尔丁三位早期小说家的探索过程中形成了第一人称叙述、书信体和第三人称叙述三种叙事传统。到了现实主义小说创作的黄金时代19世纪,书信体小说衰落,另外两种叙事形式并驾齐驱,基本都是时间前后连贯的线性叙事。19世纪后期到20世纪早期,经过从詹姆斯、康拉德到乔伊斯和伍尔夫等现代小说家的创作实验,多视角叙述和意识流成为现代主义小说叙事的主导形式。不足三百页的《打死父亲》全书分为七部,长短不一,主要有父亲、姑姑和杰里米三个叙述者,互相之间有呼应有区别。

第一部篇幅不长,是父亲阿尔弗雷德·科尔曼和姑姑艾莉诺的叙述。开篇阿尔弗雷德的叙述讲到他在校评议会上的遭遇。他开会时心不在焉,被同事看了笑话,会后副校长留下他谈话,就杰里米长期离家出走的事向他表示关心,询问他是否需要休假。这段叙述中对教授与校长、教授与同事之间微妙关系的描写在一定

---

[1] 参见常耀信主编《英国文学通史》第三卷,南开大学出版社2013年,第667—679页和蒋承勇等著《英国小说发展史》,浙江大学出版社2006年,第383—390页。

[2] 周敦炜:《心灵世界的生活——读〈打死父亲〉》,《读书》1988年第2期,第84页。

意义上可以说是为后来流行的校园小说开了先河。阿尔弗雷德回到家与妹妹艾莉诺的谈话则把父子矛盾的窘困现状清楚地表现了出来:"我这是扮演了一个传统的可怜角色,儿子造了自己的反。老头子辛辛苦苦想指点儿子怎样处世为人,却不料儿子一下子跑到天边在取笑他。"[①]身为大学教授,一辈子以教书育人为职业,到头来却成了被儿子嘲笑的孤家寡人,这其中的反讽意味是很强烈的。

紧接着是艾莉诺的叙述。她是个终生未婚的老处女,在嫂嫂去世之后一直照料哥哥和侄子的生活。她在周日去教堂做礼拜时发现人们对她态度异常;回家后从莫特太太拿来的报纸看到关于侄子的负面消息:杰里米在伦敦的夜总会里弹钢琴,小报的醒目标题是《伦敦的罪恶勾当,人间耻辱》,还配有照片,以及"此人之父系大学教授,从小家教甚严云云"(第17页)。艾莉诺很震惊,急于告诉哥哥,但是见到阿尔弗雷德之后,她却没有勇气说出实情。第一部最后的叙述是阿尔弗雷德看了报纸之后的反应,在痛苦之中他向自己的偶像、在"一战"中牺牲的爱德华少校求助:"对我来说,你也像父亲,在那最困难的时刻,你也就是我的上帝,你像上帝一样给予我所需要的一切。爱德华少校,快来吧,我手拿报纸站在这儿,请同我谈谈吧。你教我如何面对枪林弹雨,如何面对毒气。要是你在这儿,你能教我怎样面对公开的羞辱吗?"(第26页)已经快到退休之年的阿尔弗雷德因儿子给自己造成的麻烦向在"一战"中牺牲的上司之灵求助,这是何等无奈的场面!联系到小说的标题是《打死父亲》,读者能切实感受到作为父亲的阿尔弗雷德被儿子击败而处于无助状态的窘境。到第253页我们才看到关于小报恶意报道的描写,那已经是接近小说的尾声了。也就是说小说几乎是从结尾开始,让读者一下子就进入主人公杰里米长期离家出走给父亲和姑姑带来的痛苦,而这一切是如何发生的则是从第

[①] 约翰·韦恩著:《打死父亲》,刘凯芳译,译林出版社2012年,第11页。以下小说引文均出自这个版本,在文中注明页码,不另作注。

二部开始小说讲述的故事。这种叙述时间安排与传统的现实主义线性叙事是明显不同的。朗文出版社1978年出版的简写本改为杰里米的自传性叙述,成了与《鲁滨孙飘流记》相似的第一人称小说。这更适合于儿童和少年读者,但是多角度叙述提供的解读复杂性也随之消失。① 在《鲁滨孙飘流记》中我们从头到尾读的是主人公的叙述,至于他离家出走之后父母的感受则一无所知,而在《打死父亲》我们最先接触的就是主人公父亲和姑姑的感受,这是两书的重要区别。

  第二部主要是杰里米的叙述,介绍他是如何挣脱家庭和学校控制的。十六岁那年的四月,杰里米在复活节假期骑车到野外时被春天的景色所吸引,产生了如同顿悟一般的反思:"柔软的草地一片嫩绿,我也像小草那样朝气蓬勃,像小草那样单纯;青草别无他求,只是要按照自己的心意享受生活的乐趣而已。我猛然想起,我不也同样是如此吗?"(第31页)他先是躺在草地上欣赏美景;后来他爬起来,看到一只小鸟飞走了。这一简单的自然现象此时却给了杰里米无尽的启迪:他要像小鸟那样自由自在地展翅飞翔。在这种意识趋使下,他首先想到的是撕掉讨厌的希腊语法书:"我双手使劲抓住了那本书,狠狠地把它撕开来。真痛快,老天爷!我亲手把它撕成了两半,这种快感我现在还能体验得到。然后我把那两半叠在一切,想一下子撕成四片,可是书太厚了,撕不动。所以我只好一半一半地撕。几秒钟后,书变成了四片,接着又撕成了八块。"(第32页)此处对撕书的快感和过程有十分生动细致的描写,足见此事意义重大。特别是"这种快感我现在还能体验得到"更清楚展示了撕书这件事的深远影响,因为这部小说中很少插入人物后来对当时行为的印象或反思。这时一个细节特别值得注

---

① 参见 Longman 出版社1978年出的 S. H. Burton 的缩编简写本,属于 Longman Structural Readers 系列,共88页,其中第85—88页是思考题。缩编简写本的出版表明《打死父亲》已成为当代经典。

意:杰里米本来要在那里把撕碎的书页随手扔掉,"忽然想起这个地方对我来说**非同一般**,我不该把那劳什子的碎片扔在这儿,玷污它。"(第32页)也就是说那个让他下定决心与过去决裂的地方有了某种神圣性,他不能玷污。于是他骑车离开,到了一个长满草的小水潭,看到里面满是烂泥,便把碎纸片扔下去,权当是给野草上肥料了。然后他跑到夜总会听音乐。假期结束后杰里米回到学校,但是不久又从学校溜出,到了一个农场,在那里碰巧阻止了一次强奸,被邀请在农场过夜。他自作多情,以为被救的女子会在晚上来找他;但是风流事没有发生。① 他第二天被迫离开农场之后并没有返回学校,而是只身到了伦敦,从而开始了独立的生活。

第三部完全是杰里米的叙述。他在伦敦以弹钢琴为生,后来结识蒂姆并在他的帮助下认识了美国黑人士兵珀西,成为知己。第四部写姑姑为侄子担心,在收到侄子的明信片后,带口信让他回家。杰里米回家后与父亲正面交锋,互不相让,他从此离家不回。这一部只有三十多页,篇幅不长,却是三个叙述者交替最频繁的,给人一种你来我往、唇枪舌剑的感觉。在第五部杰里米先叙述他在伦敦的生活;"二战"结束后他到巴黎如鱼得水,与蒂姆和珀西关系更加密切。这一部主要是杰里米的叙述,只是在第229—233页插入阿尔弗雷德的叙述,内容是有个年轻的冶金系教师对他说曾经在巴黎听杰里米弹钢琴,称赞他弹得很好,而阿尔弗雷德听了之后感到自己受了莫大侮辱。第六部叙述杰里米1948年离开巴黎回到伦敦的经历,基本上是一种自暴自弃的生活。开头说这一段时间最长,但真正的叙述并不长。先是杰里米对这一段生活的回顾,主要是与在巴黎结识的戴安娜保持同居关系八年直到她找到合适的丈夫。杰里米这样总结道:"这就是1948年到1958年间我的情况。我像是潜到了水下,沉到了底。水面上看不到我,没有

---

① 此处的描写让人觉得有些戏仿《汤姆·琼斯》中汤姆救了沃特尔太太之后两人的一夜情。

一丝涟漪说明我的去处。我像块石头躺在水底,身上长满了水草。我只知道自己又长了十岁,在内心深处我却是沉沉睡着了。"(第246页)然后写珀西到伦敦演出,与杰里米重逢,组织乐队。就在新乐队庆祝开张的时候种族主义者袭击珀西,杰里米奋力保护朋友,两人都受了伤。接着是姑姑的叙述,她看了报纸得知杰里米受伤,告诉阿尔弗雷德去探望。第七部杰里米叙述受伤后父亲的探望。父亲谈起自己在1917年战场受伤的经历,父子俩有了第一次交心的长谈,达到和解。如果说这部小说醒目的书名《打死父亲》预示着父子间不可调和的矛盾,小说的结局并非双方分出胜负,而是以互相认同和解告终。这个过程如何实现的将是我们下面要重点讨论的内容。

二

传统成长小说有挣脱父亲影响的描述,也有寻找理想父亲形象的主题。《鲁滨孙飘流记》的开头就描写主人公如何拒绝父亲给选定的商人道路,执意要到海上冒险,《汤姆·琼斯》则更像失落家园的主人公最后找回理想父亲。但是鲁滨孙在冒险过程中多次对自己不听父亲劝告离家出走表示忏悔,[①]而《打死父亲》中的杰里米是有意识地自觉地抛弃父亲给选定的生活道路,而且从未表示后悔。对父子冲突给予倾尽全力的描写并旗帜鲜明地站在儿子一边是这部小说主题表现方面的突出特点。虽然《打死父亲》标题很惊人,但是小说的最后却是父子和解,而《鲁滨孙飘流记》虽然经常表现主人公对父亲的忏悔,等他回国时却是父母早已亡故了。如此看来,《鲁滨孙飘流记》表现的父子冲突表面较弱实际上严酷,而《打死父亲》表现的父子冲突则是表面激烈,实际上比

---

① 参见笛福:《鲁滨孙飘流记》,徐霞村译,人民文学出版社,1997年,第34,81,83,180页。

较缓和,这正反映了现代社会父子关系比较平等,儿子更倾向于公开激烈反抗父命的特点。

杰里米在撕掉了希腊文法书之后骑车回家,心中想的是与过去的生活一刀两断:

> 在蹬车骑过门口时,我心里有一种动刀子的感觉,倒不是要动刀杀人,而是要与一种生活方式一刀两断。我再也不愿过那种生活了,除了这个想法之外,我也闹不清自己还要干什么。别人把没完没了的责任啊、义务啊当作是生活硬塞给我——这并不是生活,这是欺骗,我现在完全明白了。要是别人还不知道,那他们就更糟。"他们"是指所有的人,包括父亲在内,或者不如说特别是指他。**滚远些吧!** 我想。我已经挣断了锁链,我要奔到自由的天地里去。(第33页)

"动刀子"的意象给人很大冲击,突出表现了杰里米要与父亲给自己选定的生活"一刀两断"的决心。他本来骑车到野外是想找个地方温习希腊文法的。现在他把文法书撕掉了,回到家要做的是他最喜欢的弹奏爵士乐。但是父亲鄙视爵士乐,认为那不算真正的音乐,带着责备的口气问道:"你真有工夫来搞这个吗?""搞这个"清楚表明了父亲的态度,不过对于杰里米来说,乐音"真是好听极了:充满了色彩、生气和深度。这一切恰恰同他对我的教育完全相反"(第37页)。也就是说他已经彻底厌恶了父亲的管教,决心走自己的路。后来姑姑艾莉诺招呼他喝下午茶。众所周知,下午茶是英国人生活中的重要内容,是重要的社交场所;如果没有客人在,则是家庭成员团聚交心的好机会。但是杰里米听也不听,而是执意走出了家门,来到市中心的歌舞厅。

杰里米把看电影和进歌舞厅视为两种不同生活的象征:"在电影院里,你倚在软软的座椅上,让别人替你生活,仅此而已。父亲替我安排的正是这样一种生活……电影院虽然比较高雅愉快,但这儿却是**真实的**生活。"(第 39 页)"这儿"指的是歌舞厅,其中的"嘈杂声、臭气、烟雾都来自在场的男男女女,再真实也没有了"(第 40 页)。杰里米不愿像看电影一样被动地按照父亲规定的方式生活,他渴望自己做主的真实生活,并从歌舞厅的嘈杂喧闹狂热气氛中找到了知音:"个把小时过去了,我真觉得如同登上了天堂一般。"(第 43 页)休息的时间到了,杰里米本来要找个角落坐一会儿,却发现乐队老板在张望着找休息时间弹钢琴的兰尼。但是兰尼不在,杰里米"肉体代替理智做出了决定"(第 44 页),跳上台说自己可以弹钢琴。虽然他开始很紧张,但是当听到悠扬的乐声从自己手下传出时他的恐惧感自然消失了。后来兰尼到了,发现自己的位置被占了自然十分生气,并摆出一副要打架的样子。这时小说有这样一段叙述:"'弹下去!'有人朝我嚷。跳舞的那几对自然停了下来,大声问琴声怎么停了。我突然意识到对于他们,我有一种义务,要是他们不想休息,要是他们连一分钟都舍不得放过,我就得为他们伴奏,我既然坐在台上,这就是我的责任。"(第 48 页)

此处对"义务"和"责任"的强调表明杰里米与父亲的观点并无根本分歧:虽然他讨厌父亲总是用"义务"和"责任"一类字眼来约束自己,但他在从事自己喜欢的演奏工作的时候,他也清楚对听众所负的"义务"和"责任"。

阿尔弗雷德自己与父亲的关系也不好,因为他不愿意与父亲走同样的道路。他曾经这样回顾描述自己的父亲:"我明白,正是因为我不肯接受他的信仰,他才伤心而死的。他唯一的希望就是我也登上祭坛讲道,接他的班,谴责那些不信上帝的罪人。可那是办不到的,那时已是 1910 年,而他还像是生活在 19 世纪八十年代。"(第 23 页)此处的描写显示阿尔弗雷德与父亲的冲突源于父子两人观点不同,追求不同,也就是说父子之间自然形成的代沟。

正是由于自己同父亲的冲突,才使爱德华少校成了阿尔弗雷德精神上的父亲:这种上一辈的父子冲突,也让阿尔弗雷德对自己与杰里米的冲突有一定的思想准备。发现杰里米很晚还没有回家,艾莉诺十分担心,阿尔弗雷德这样表述自己的观点:"我明白他不回家正是为了宣告自己的独立,这等于是说他绝不领教我们家里那一套啰唆规矩。做父亲的都知道迟早会有这么一天,我早就打定主意不要对他过分苛求。"(第69页)这可以解释为何小说中的父亲形象并非中国传统文化中的严父而是相当开明的人物。周敦炜在文章中这样写道:"我们看到:阿尔弗雷德式的父亲在中国还是一个进步的形象,他有知识和理解人的能力,他提倡教育,他善良正直,这一切在今天的中国还是值得肯定的,没有多少人能在精神上达到他那种境界。"[1]阿尔弗雷德对于自己的教子之方比较保守也有清醒的认识:"我既在思想上教育孩子,也身体力行,给他做出榜样,就像老鸟教小鸟学飞一般。而现在一般人的看法却认为对孩子不必如此培养,而应加以鼓励,让他们自然地成长,在把他们引上社会之前,让他们渐渐认识自我,发展自己的个性。我一向认为,现代这一整套教育思想是极其危险的。"(第71页)这清楚地表明,他不赞成现代流行的放任子女自由发展的教育方法。从《打死父亲》最初问世到今天已经过去了五十多年,当代显然有更多人赞成任子女自由发展的教育方法,但是这种方法是否就是放之四海而皆准的正确方法仍然是有争议的。

杰里米在伦敦生活一段时间之后,给姑姑邮寄了一张明信片,表示自己一切都好。他的目的是让父亲和姑姑放心,不要担心自己;但是艾莉诺收到明信片后知道了杰里米在伦敦,便设法通过阿尔弗雷德的一个学生向杰里米转达要他回家的口信。于是杰里米回家一次,把与父亲的关系做个了结。在阿尔弗雷德的叙述中我

---

[1] 周敦炜:《心灵世界的生活——读〈打死父亲〉》,第85—86页。

们看到他对这次父子交锋的反应:"杰里米既然来了,不管自己有没有准备,我都有责任去见他。"(第177页)见到儿子之后,阿尔弗雷德发现:

> 他的脸绷紧了,又是从前那种倔犟而疏远的神情。
> "瞧,爸爸,"他说,"我想还是该把我这次回家的目的谈一下。我别无他求,只是想使我们的关系能够改善。我并不想来做什么解释,也不想来汇报这一年的情况,或者对将来做出什么保证。您照您的意思将我抚养成人,认为您那种教育方法是最好的。可是,这并不合我的意,我只好跑出去找自己喜欢的方式生活,这一点并没必要使我们的关系紧张起来。……我生活上可以自立,不必再依靠您的资助,要是我们能够和睦相处,那该有多好。"
> 他说话的声调很随便,似乎是表明他并不在乎我对他那番话的反应。(第179页)

从这里的叙述可以看出,在父亲眼里杰里米脸上出现的是"倔犟而疏远的神情",他出走的目的是要"找自己喜欢的方式生活"。杰里米明言现在已经自立,而他的表情显现出自己决心已定,"不在乎"父亲的反应。

显然,阿尔弗雷德和杰里米各持己见,两人的分歧是无法弥合的:

> "我不过是想互不干涉各自的生活,彼此之间和睦相处,这到底有什么不对呢?"
> "作为你的父亲,"我说,"我绝无理由采取这种态度。即使我无力影响你对生活的安排,我也绝不能听之任之。"
> "这是您的看法,"他身子俯向前,目光炯炯地看着我,

"我的看法截然不同。我认为您是**不敢**和我好好相处,**不敢**同我和解。这些年来,您拼命把您那些宝贵的原则硬塞给我,但如今我不靠这些原则也照样生活!您不想面对这一事实,要是我们想和睦相处的话,您非得面对这一现实不可。您得承认,我并不那么坏;不错,我挣破了您替我准备的松鼠笼子,但是您同我有一定的来往并不会使您有失身份。"(第184页)

谈话结束以后,阿尔弗雷德告诉妹妹艾莉诺:"我失败了。在客厅里谈话时,他毫不含糊地说明他完全不赞成我的生活方式。他否定了我的生活方式,而且决心否定到底,我想塑造他的人生观,可是我失败了"(第187页)。这是父亲对这次谈话结果的总结,表明他已经无可奈何地接受了儿子的选择,虽然这意味着自己的失败。那么杰里米又是怎么看的呢?"我在城里走下火车时,心中觉得既难过又坚定。最后那点联系也割断了,从现在起,我对过去一无牵挂了。……我没有来历,没有过去,也没有记忆"(第189页)。也就是说他把这次父子交锋看作是两人关系的一刀两断,从此他可以无牵挂地走自己的路了。唐建清这样评论杰里米的选择:"他要选择一条新的生活道路,与学校、家庭的教育对着干,把原来那一套价值观念彻头彻尾地颠倒过来。"[①]在此后的十几年里,杰里米确实与父亲和家断绝了一切来往,即使他从巴黎回到伦敦也在长达十年的时间里没有与父亲和姑姑进行任何联系。这与独处荒岛二十多年的鲁滨孙不时回忆家人,多次设法离开,并在机会来临时奋不顾身地坚定抓住机会回到英国以与家人团聚形成鲜明对比。

[①] 唐建清:《"愤怒的青年"与"反抗的悲歌"——论约翰·韦恩的小说创作》(《打死父亲》的《代译序》),第4页。

三

《鲁滨孙飘流记》的主人公在流落荒岛之后,其成长的标志是皈依宗教,从圣经中吸取教诲,在与自然的斗争中求得生存。因此,不少批评家把鲁滨孙的经历阐释为清教徒的精神自传。[①] 杰里米的处境则完全不同。他离家到伦敦之后要在现代都市立足,必须首先解决吃饭问题。蒂姆在解决物质需要方面起了关键作用,而珀西的艺术指导涉及精神层面。鲁滨孙在荒岛创业没有世俗的指导人,而且他后来成为星期五的救命恩人和指导人,在指导人形象和种族问题上两书表现出本质区别,而这种区别如实反映了不同的时代特点。

抛弃父亲,离家出走,表面上是对父亲或权威的拒绝,但是一个年轻人要想在社会上立足又必然面临种种困难,这时父亲代理人或新的父亲形象就出现了。到伦敦之后,杰里米找到了在夜总会打杂的工作,并趁着乐队休息的机会弹琴;后来夜总会的乐队散了,他终于获得弹琴的位置:"在1943年年底那一段时间,我真是自豪万分……我就是爵士音乐家,从没有人像我这样全心全意。"(第121页)作者没有致力于描写杰里米如何打出一片新天地,而是立刻转而描写在杰里米生活中至关重要的两个人物形象。首先出现的是蒂姆,他是夜总会的听众中第一个同杰里米打招呼的人。他请杰里米一起喝酒,但最后却是让杰里米来付费。杰里米不仅没有觉得反感,还这样描写蒂姆:

> 我还从来没见到过别人像他这样无忧无虑,时时刻刻都

[①] 参见 J. Paul Hunter, *The Reluctant Pilgrim: Defoe's Emblematic Method and the Quest for Form in Robinson Crusoe* (Baltimore: Johns Hopkins University Press, 1966)。

兴致勃勃。在我眼里,他年纪已经不小了(大约有二十五岁吧),到了这种年龄,在这无边苦海一般的世界上,他竟然还能这样快乐活泼,对尘世的烦恼忧愁全不在意,甚至连全是破洞的衣服也不屑去换一换,这样的人品实在使我大开眼界……我佩服蒂姆,我也想学他那样做人。(第124页)

从此以后,蒂姆就成了杰里米最接近的人或者说是生活的楷模:他要像蒂姆那样在"无边苦海一般的世界上"快乐生活。不过,小说并没有过多描写杰里米和蒂姆两人的密切关系,而是紧接着就叙述蒂姆介绍杰里米认识珀西,并说这成了他们关系更进一步发展的契机:"但是我们真正的友谊还要从那个美好难忘的夜晚算起。那一晚在酒吧里他介绍我认识了珀西,而珀西使我认识了爵士乐。"(第124页)杰里米遇到三个海军航空兵士兵,他们有个小乐队,但是没有人弹钢琴,杰里米便要他们带乐器来一起合奏,并对合奏结果很满意。恰在这时,蒂姆介绍杰里米与珀西相识。杰里米对珀西的第一眼印象是"一个块头很大的黑人";他中等个子,与杰里米差不多高,但是却比他"宽得多":杰里米觉得"珀西就像原始部落里的皇帝一般"(第127页)。听说珀西是吹长号的,正好弥补四人小乐队的不足,杰里米便邀请珀西参加。演奏结束以后,杰里米送珀西去火车站,并且约好在随后的五个星期里,每个周六晚上珀西都来一起演奏。杰里米写道:"接下来那几个星期,我生活的中心就只有珀西和蒂姆这两个人。我年纪太轻,还不能完全独立自主,不受别人的影响。一个十七八岁的孩子对年纪大一些的人不是模仿就是处于对立状态,这两者虽然相反,但实质上是一回事。对我来说,珀西和蒂姆成了我生活中的两个榜样"(第136页)。他觉得蒂姆活得很潇洒,让他敬佩不已;他从珀西的演奏中发现了爵士乐的真谛,对他由衷地崇拜。但是,杰里米也清楚知道两个人的区别:"我想,正是珀西那天神一般

的力量和他那使我自愧不如的举止,才促使我与蒂姆接近。"(第137页)

杰里米与蒂姆接近不仅因为在他面前更舒适,还因为蒂姆可以帮他解决实际困难。由于杰里米没有身份证,特别害怕被警察抓住,弄到一张身份证是当务之急。他把自己的困难告诉了蒂姆,后者似乎心不在焉,可是几天过后却为杰里米弄到了一张身份证,还有医生证明,这样他就可以应付警察的检查。这件事让杰里米大为感激:"蒂姆真是好样的,你不用多开口他就会帮忙。他帮我去掉了一大心病,使我可以无牵无挂地一心弹琴了"(第138—139页)。战争结束以后,杰里米想去艺术之都巴黎发展。但在当时混乱的形势下,出国并不是件容易的事,蒂姆竟然很快就办好了所有出国手续。至于他是怎么办成的,小说没有描写。作为读者我们可以推断他的手段无非行贿或行骗,而蒂姆对于用什么手段达到目的是从来不在乎的。从杰里米的叙述中我们可以感到他对蒂姆的行为举止并不赞成,却又离不开他的帮助,这样蒂姆几乎成了杰里米的经纪人。靠着蒂姆投机钻营的经验和珀西的出色演奏,杰里米在巴黎很快站住了脚,成了有一定名气的钢琴家。他还不满足,期望能到爵士乐的故乡美国去演出,而蒂姆竟然把这件事也办成了!

但是,就在去美国演出成行之前,杰里米碰到蒂姆的老婆吉恩带着两个孩子到巴黎来找蒂姆要钱。他帮助吉恩要到了钱,也认清了蒂姆只顾自己玩乐,不顾家人的本质,从而与蒂姆断然分手。杰里米帮助吉恩、指责蒂姆的表现使人看到他也像父亲一样有责任心:"我一直把蒂姆当作自己生活上的榜样,可今天却发现他整天的快乐逍遥,原来是以别人的万分痛苦作为代价。这一来,便把指导我行动的种种理论基础打了个粉碎。"(第242页)在帮助吉恩解决了困难之后,杰里米有些筋疲力尽,便在旅馆里躺了下来,后来与吉恩做爱。如果用弗洛伊德的观点来解释,杰里米在此抛弃了蒂姆这个父亲角色,然后与吉恩发生关系有点杀父娶母的意味。此时他们的关系似乎可以继续发展:既然蒂姆抛弃了吉恩和孩子,杰里米应该承担起责任,成为吉恩的新丈夫和孩子们的继父。但是故事并没有这么发展,因为杰里米与吉恩的做爱只是萍水相逢的短暂交往,他并没有真正爱上吉恩,更没有做孩子们继父的准备。从小说故事发展和杰里米的成长过程来看,这是个重要转折,此后蒂姆就从杰里米的生活中彻底消失了。

如果说蒂姆主要充当了为杰里米提供物质条件的角色,珀西的意义则不单纯是精神理想的象征,还代表着一个主人公杰里米不熟悉世界。这就是第二次世界大战的现实(没有大战美国大兵不会到欧洲),也是种族歧视的世界:杰里米以为种族歧视只存在于美国,但是后来发生的事教育了他,使他认识到英国也有种族歧视问题。他挺身而出保护珀西是他精神成长的标志,正是他保护珀西的正义举动提供了与父亲和解的机会。

对于珀西这个人物,有的英美书评家评价不高,认为他太过于抽象,是个没有真实感的人物。[①] 译者刘凯芳则对珀西这个形象评价颇高:"珀西从小在美国饱尝了种族歧视的痛苦,他对资本主义制度罪恶的认识要比杰里米深刻得多。他在艰苦的环境中不屈不挠地学习,取得了一定的成就。他性格爽朗、胸怀宽广,对朋友赤诚相见。在杰里米悲观失望、无以自拔之时,是珀西给了他鼓舞和力量。他生活的目的远比杰里米来得明确,他是生活中的强者。"[②]这两种观点似乎都有偏颇。我们既不能因为珀西的抽象性而忽略其作用,也不应在肯定其作用时过于拔高。《打死父亲》是白人英国作家韦恩以描写英国人生活为主要内容的小说,珀西在

---

① 参见 Wilfrid Mellers, "Jazzboy and Square", *The Musical Times*, Vol. 103, No. 1433(1963):474。

② 刘凯芳:《打死父亲》1986年版"译后记",第368页。

小说中的作用首先是黑人爵士乐的代表,不仅是其源头而且代表其精髓,从而使小说主人公真正认识爵士乐。

珀西给杰里米的最突出印象是个强者,"给人一种庄重、雄伟的感觉。他那张大脸配着宽宽的前额和一双大眼睛,在他俯身望我时,简直就像是复活节岛上的巨大头像。"(第135页)尽管珀西和气礼貌,但是与他接触让杰里米感到敬畏:"我们会感觉到彼此的差异。这倒不是黑人和白人或者英美人之间的差异,而是他无论在哪一方面都比我强有力得多。不管我有没有想到这一点,我对他总不免有一种敬畏之情。"(第136页)珀西令人敬畏的举止恰好符合杰里米的需求:正在闯荡世界的年轻人需要一个英雄形象为楷模。另外,最重要的是从珀西的演奏中杰里米感受到了爵士乐的真谛。他这样描写第一次听珀西的演奏:"我现在仍然记得他一开始吹的那几个音,我这一辈子都忘不了,他的号声畅快淋漓,似乎不断地鼓动人们向前冲锋。"(第129页)显然,杰里米是真的被珀西的演奏所震撼了。他情不自禁地叙述道:"听了珀西的演奏,我们才懂得了爵士乐可以达到那样一种深度和广度。"(第130页)或许作者韦恩也像杰里米一样认为只有美国黑人才能真正理解爵士乐。

杰里米与珀西关系的另一个重要方面是对种族歧视的认识。听到珀西说在美国"从来就没有人把我当人看待"(第140页)。

> 十八岁的青年在首次接触到社会上的不平时,总难以抑制自己的愤怒。"你下半辈子就在这儿过,"我说,"在英国绝对不会有人这样对待你。"
>
> "绝对不会?"他说,那深沉而又哀伤的眼睛里掠过一丝嘲讽的神情。
>
> "不会,"我冲动地说,"英国根本就不存在种族歧视。"(第141页)

此时的杰里米天真地认为英国没有种族歧视,珀西在英国会得到善意对待。但是,后来发生的事却证明杰里米的天真和无知。

在决定离开蒂姆之后,杰里米很不情愿地想到:"不幸的是,这也意味着我得离开珀西。我的心情真是太糟了,没有勇气和他继续待在一起,不断激励自己做个好好的人,做个好好的音乐家。"(第245页)从故事发展来看,杰里米可以在这个时候回到父亲身边,但那样做就证明了自己的失败。他回到伦敦却不与父亲联系,这在一定意义上说明他在探索新的真正的生活。他不能在巴黎同珀西在一起,就像简·爱不能与罗切斯特在一起一样,因为不平等,珀西仍然有父亲的意味。大约十年后杰里米见到了来伦敦演出的珀西,两人决定合伙组织个乐团。杰里米的热切心情在下面这段描述中表现得很清楚:"即使在我做小孩的时候,我也没有像现在这样急切过,我眼巴巴地盼望这个即兴演奏会早早到来。我的准备工作做得再周密不过了。"(第268页)但是,就在他们将要到达演出地时,却被一帮种族主义者堵住了去路:

"你是黑鬼,对吗?"那家伙得意洋洋地挑逗着,先撩一阵再动手。

我心跳得怦怦直响,汗如雨下,浑身都湿透了。我拼命想跑,想去叫警察,可是我却一动也不动,连头也没转过去瞧一瞧街上可有旁人能来帮忙。我像是中了邪,呆住了。

"不错,我是黑鬼,"珀西直截了当地说,"可你这黄皮杂种替我系鞋带都还不配呢。"

听到这话,我知道要动手了。我赶到珀西身边,就在这时,他们冲了上来。(第271页)

尽管英国人以谦谦绅士自居,但是种族主义者以鄙视的眼光看待珀西,并对他大打出手。杰里米挺身而出,为保护自己的朋友而受伤,用血的教训纠正了他原先认为英国不存在种族歧视的天真观点。具体的打斗过程杰里米没有讲述,紧接着出现的是珀西的叙述,带有超现实的梦幻色彩和意识流特点。这是整部小说中唯一出现的三位主要叙述人之外的叙述。梦幻中珀西当上了第一位美国黑人总统,当众表示对于白人平等相待,不搞歧视。珀西说道:"让那些白人靠近些,我要他们听清楚。他们是白人,可是他们有自己的权利,在我面前人人一律平等,是的,白人以及其他所有的人一律平等。"(第272页)珀西特别提到杰里米,说他虽然是个白人,却早就越过了种族之间的隔墙。这是小说中最富有反种族主义色彩的篇章。

杰里米受伤后,艾莉诺从莫特太太的小报得到消息,在晚上把报纸给阿尔弗雷德看,后者做了这样的推理:"我那勇敢的儿子浑身上下裹着绷带,躺在医院里,这可真是个生动的场面呀!我这做父亲的五体投地,自然该去探望他。"(第281页)阿尔弗雷德到医院看望杰里米,父子两人进行了一场难得的长谈,然后是一阵沉默。正在杰里米"不知是否该开口打破这阵沉默"(第295页)的时候,珀西出现了。杰里米介绍珀西与父亲相识:"珀西那灵巧有力的黑手伸了出来,老头儿也伸出了他那青筋毕露的瘦手,隔着我的病床,两只手握到了一起,这其中的象征意义我不会注意不到。"(第295页)这种象征意义就是两个父亲角色的融合。最后写他们伤好之后新的乐队举行第一次演出,只是被摇摆乐当陪衬。摇摆乐受到狂热追捧,而他们精心表演的爵士乐却遭到嘘声。杰里米从中悟出年轻一代的欣赏口吻不同,正像他当年与父亲对立。最后杰里米从珀西陶醉在音乐中而发现生活的真谛:"我现在发觉自己的看法实际上和父亲是完全一样的。搞音乐和搞古典文学是一回事,因为你把它看作是自己的专长,看作是自己向往着贡献给社会的东西。这同它是否受人欢迎并没有多大关系。简而言之,你得从事一种职业。"(第309—310页)显然,杰里米这里表明的观点是父子和解,而在这个过程中珀西起了十分重要的作用。相比较而言,在《鲁滨孙飘流记》中,土著人星期五则是完全作为鲁滨孙的陪衬,为了体现鲁滨孙的殖民者意识而出现的。这种区别体现了相隔两百多年,英国人看待种族问题的观念差异。

综上所述,我们可以清楚地看到《打死父亲》的"现代现实主义"与传统现实主义相比的几个明显特点。首先,在叙述手法上摈弃单一视角的主人公叙述,代之以现代主义推崇的多视角叙述,但主人公叙述仍占主导。其次,在表现父子关系问题上放弃了违抗父命是大逆不道的传统观点,在书名上就张扬父子对抗的主题,但是在具体故事进程中又比较隐晦地强调了父子和解的最后结局。第三,在处理引导人问题时塑造了蒂姆与珀西两个相互对立的形象,并以主人公先依赖后摈弃蒂姆,先崇拜后保护珀西展示了他的成长过程,而对于珀西这个黑人形象的刻画尽管比较抽象,却在实质上对传统的白人至上主义做了修正。

一部美国无产阶级女性成长小说

——读《现在是十一月》

罗 静

【摘要】约瑟芬·约翰逊的小说《现在是十一月》是一部无产阶级女性成长小说。它描写20世纪二三十年代一个农家女儿历尽艰难,观察到不公平的社会经济制度给家庭带来的痛苦和悲剧,从天真无知的状态渐渐获得革命意识的成长过程。它突破传统的成长小说的个人主义倾向,突出集体主义的特点。与三十年代主流的以男性为中心的无产阶级成长小说相比,它在表现主人公阶级意识形成的同时也突出性别意识的成长,同等重视阶级压迫和性别压迫,并将它们视作相互交织、不可分割的势力。

【关键词】:现在是十一月 无产阶级女性成长小说 阶级意识 性别意识

"无产阶级文学"是美国共产党正式采用的词汇,指的是创作于20世纪二十年代末和三十年代的描写工人阶级的生活状况、资本主义的破灭性以及革命可能性的文学作品。[1] 尽管美国长期以

---

[1] Paula Rabinowitz, *Labor and Desire: Women's Revolutionary Fiction in Depression America* (Chapel Hill: University of North Carolina Press, 1991), p.73.

来是一个奉行自由主义和个人主义的资本主义国家,但在20世纪三十年代,由于经济大萧条带来的严重社会危机,美国的共产主义运动得以兴起,美国作家纷纷向左转,创作出大量各种题材和类型的无产阶级文学作品。根据芭芭拉·弗利在《激进的表述:美国无产阶级小说中的政治与形式,1919—1941》中的研究,美国三十年代的左翼作家们采用最多的文类是成长小说。尽管这一小说形式因为突出个人主义而被认为是"资本主义小说的经典形式",但无产阶级作家却尝试改造它,让它旧瓶装新酒,用来表现无产阶级的集体意识和革命觉悟的产生和发展过程。[1] 弗利在这部著作中以两章的篇幅对十几位男女左翼作家创作的成长小说进行了情节结构、叙述方式、人物塑造等多方面的探讨,对于无产阶级成长小说的特色进行了比较全面的介绍和分析,然而并没有对单个作品进行完整和深入的阐释,也忽略了一些有价值的文本。本文将试图分析弗利的著作中未作探讨的一部比较重要的女性无产阶级成长小说——约瑟芬·约翰逊的《现在是十一月》。

一

约瑟芬·约翰逊1910年出生于密苏里州的柯克伍德市,是一位小说家,诗人和散文家。1934年她凭借处女作《现在是十一月》(*Now in November*)赢得了普利策小说奖。她的短篇小说也在三十年代和四十年代先后赢得过五次欧·亨利奖。尽管出身于中产阶级家庭,约翰逊却对美国中西部的普通劳动人民,尤其是农民,充满了同情。《现在是十一月》描写了20世纪二十至三十年代美国中西部一个农民家庭的生活,向读者展示他们在资本主义经济制

---

[1] Barbara Foley, *Radical Representations: Politics and Form in U. S. Proletarian Fiction*, 1929 – 1941 (Durham and London: Duke University Press, 1993), pp. 321 – 323.

度的压榨之下艰难的生存状态和这样的生活带来的严重的家庭矛盾和心理创伤,尤其是身受资本主义经济关系和父权制社会双重压迫的女性所遭受的苦难。小说还表现了故事的主人公在严酷的现实中逐渐打破资本主义的种种虚假意识形态,产生革命意识的心理过程,从而展示了无产阶级女性在阶级意识和性别意识这两方面的成长。

这部小说面世之后在评论界引起了一番争议。有的评论者赞赏它"雅致而不矫揉造作的文风"[1],有的则认为它的"阴柔的"文风影响了它对现实主义的题材的表达,使主题不够清晰。[2] 著名左派批评家格兰维尔·希克斯在评论《现在是十一月》时将约翰逊与艾米莉·狄金森和薇拉·凯瑟进行比较,认为约翰逊在对大自然的描写中表现出的敏感性和在表现农场生活的细致入微方面与二人相似,但在作品的主题方面立意更高,超过二人,与艾米莉·勃朗特相似;而约翰逊的小说直面具体社会问题、不向神秘主义逃避是高于勃朗特之处。[3] 然而尚未有评论家将《现在是十一月》作为一部成长小说来进行探讨,本文将尝试以无产阶级女性成长的角度从情节、人物、叙述手法等方面对小说进行较为细致的分析。

故事的叙述者玛格特是霍尔德玛恩家的二女儿。小说讲述的是她在二十五岁这年的十一月回顾过去一年发生的故事,也有一些对他们一家十年农场生活岁月的片断性回忆。小说不是按照时间顺序线性发展的,而是穿插着许多倒叙和回忆。玛格特是小说中主要的思考主体,整部小说是一个思想成熟的年轻女性回顾和反思自己觉醒的过程。她作为一个成年人反思过去的叙述使她可

---

[1] Bernard DeVoro,"In Pursuit of an Idea", *The Saturday Review*, April3,1937,pp. 6-7.
[2] Ferner Nuhn,"Dark-brown Tragedy", *The Nation*, Vol. 139, No. 3612,1934. p. 360.
[3] Granville Hicks,"Salamandars and Politics", *New Masses*,Sept,25,1934. p. 27.

以同时运用自己过去体验事件时的少女视角和目前叙述故事时的成人视角,将先前单纯的、不带观点的视角和成人的观点和见解结合起来,加以对照,体现出成长。

小说通过一系列事件来追踪玛格特的意识演变过程,这些事件在未成熟的主人公和一般的读者看来是"奇怪且彼此无关的,并没有模式可以让人轻易地把握"[①](第4页)。然而成熟和觉悟了的主人公能够透过事物的表象看到事物背后的主导因素,从政治、经济等外部大环境的因素来分析自己的家庭和日常生活这个内部小环境的问题。作为一部无产阶级成长小说,《现在是十一月》通过情节和事件的安排展示出资本主义制度的压迫会使无产阶级革命意识的产生在某种程度上成为一种必然。同时,它突破了传统的成长小说的个人主义特征,而强调集体主义精神。虽然故事也是从一个个体的中心视角出发来讲述,但是并不局限于个人的成长。女主人公玛格特代表小说中主要的革命意识,但她是通过体验和观察她的家庭以及周围的同样处境的人们的共同经历,再经过她本人的反思来获得觉悟的。在她的家庭以及周遭发生的一系列事件当中,她仔细地进行着观察和记录,通过自己的想象力进入父母、姐妹们和其他人的内心世界,而这些想象和思考也反映了她自己的内心。她的一些家庭成员在一系列事件中也获得了不同程度的成长。主人公的阶级意识和性别意识是同步成长的。无产阶级家庭中的女性遭受着资本主义和父权制的双重压迫,小说通过玛格特的母亲和姐姐这两位受害者的死亡来表现她们悲剧的命运,而主人公玛格特在经历和反思这一系列事件的过程中逐渐产生了对这种双重压迫的认识和反抗的革命意识。

这部小说发表于1934年,叙述者叙述开始的时间设定在三十

---

① Josephine Johnson, *Now in November* (New York: Simon and Schuster, 1934), p. 4.以下小说引文在正文中给出页码,不另做注。

年代初的某一年,而故事的主人公一家人刚到农场的时候是二十年代初。二十年代开始,美国经济已经出现衰退的迹象,受其影响,霍尔德玛恩一家的经济支柱,玛格特的父亲不得不离开之前作为工人谋生的木材厂,回到一处中西部地区的与世隔绝的农场。这里曾是他们家族所拥有的土地,但现在已经抵押给银行。那个时候,马克思主义的思想还没有广泛传播,他们还没有接触到三十年代的激进思想。在广袤而人烟稀少的农场上,这个家庭是孤立和闭塞的,了解和参与斗争活动的机会十分有限。霍尔德玛恩家唯一接触激进思想的时候是来到农场的第十一年的六月,当时给父亲帮工的青年格兰特参加了某学校组织的有激进分子参加的集会,他鼓动霍尔德玛恩先生参加一场牛奶罢工。这场罢工让农民联合起来罢售牛奶,抵制收购商的低价,争取提高奶价,维护自己的权益。这场小规模的罢工取得了成功,让牛奶价格有所提高,但奶农从中获得的利益仍然不足以弥补他们在斗争过程中付出的代价。总的来说,作者特别将故事设定在这样的时间和环境中,目的是强调即使在偏远封闭的环境中,没有激进思想的输入,资本主义的压迫也使得无产阶级对于不公平的社会经济制度产生怀疑和反抗意识成为一种必然和自然的过程。

玛格特革命意识成长的一个重要方面是打破资本主义意识形态宣传的土地中有黄金,勤劳能致富的谎言。美国有杰斐逊重农主义(Jeffersonian agrarianism)的传统,其核心思想就是独立的自耕农(yeoman)通过勤恳的劳动诚实地从土地中获取财富,并以他们为社会中坚,建立自由、平等的公民社会。[1] 然而,自南北战争结束之后,随着资本主义的急剧发展,中西部的土地迅速地被兼并,越来越多地落入大农业资本家和银行资本家手中,小农场主不断破产,成为佃农或农业工人。20世纪初,在美国城乡差距越来越

---

[1] See Albert Fried, *The Jeffersonian and Hamiltonian Traditions in American politics: A Documentary History* (New York: Anchor Books, 1968), pp. 51 – 105.

大,农业危机频频出现的情况下,西奥多·罗斯福总统组织开展了一场"乡村生活运动"(Country Life Movement),极力宣传土地的价值和农村生活的健康和幸福。[①] 然而,像小说中的霍尔德玛恩家这样的农民却感到生活极度缺乏安全感,他们渴望的安定无忧的生活似乎总是遥不可及。叙述者玛格特常常感觉"只要一点点就能使我们幸福。多一点点的休息,多一点点的钱——就是这种接近的感觉折磨人"(第37页)。她们一家终年在农场上辛辛苦苦地劳作,却总是捉襟见肘,无法过上衣食充足的生活。玛格特发现某些根深蒂固的观念和他们生活的现实严重不符,产生一种深深的困惑和无奈,也开始感觉到这种资本主义意识形态的虚假性。她曾目睹父亲和一个失业的乞讨者的对话过程。这名乞丐在某年冬天来到霍尔德玛恩家门前,饥寒交迫、衣衫褴褛、行走困难,几乎不成人形。他因四处谋求一份糊口的工作而不得,只得沦为乞丐。乞丐悲惨的状况使父亲害怕,因为他代表着自己"可能的下场……如果没有土地来救我们"(第79页)。霍尔德玛恩家因为土地而避免了立刻挨饿,但他们岌岌可危的处境表明土地本身不能使人避免饥饿和贫穷。然而尽管如此,父亲却依然深受资本主义意识形态的影响,认为一个人不能养活自己而落到悲惨的下场主要是个人原因,是懒惰和依赖的思想导致的。因此,当乞丐抱怨"你们农民至少还有食物"时,父亲立刻反驳说"农民的日子也一样紧",并且态度变得越来越冷漠。父亲信奉默默地辛勤劳动、自立自足的原则,鄙视怨天尤人的行为。他讽刺乞丐说"我们种粮食不是为了施舍的乐趣"(第78页)。霍尔德玛恩家在温饱线上挣扎的实际状况和父亲的资产阶级思维方式形成了鲜明的反差,通过叙述者的眼光产生了反讽的效果。玛格特和妹妹默尔对于乞丐充满同情,颇有同病相怜的感受,背着父亲从家里偷走蔬菜准备送给乞

[①] See David B. Danbom, "Rural Education Reform and the Country Life Movement, 1900 – 1920", *Agricultural History*, Vol. 53, No. 2(1979), pp. 462 – 474.

丐,但乞丐已经离开,没有追上。通过倒叙,玛格特回忆了这件事,想起当时未能帮助乞丐而有些难过。叙述立刻又转回现在,描述一家人为迎接前来帮工的格兰特而准备着一顿饭,他们打开了家里宝贵的最后一个玉米罐头。玛格特的妹妹默尔似乎心有灵犀地知道玛格特在想乞丐的那件事,辩解说,"那一年土豆的收成很坏。我们自己也没有多少!"(第81页)这两个场景交织在一起,表现了霍尔德玛恩家生活在农场的十余年间一直都在为食物而忧虑,而成长了的玛格特(以及她的妹妹)能够把自己的生活和其他穷苦人的生活联系起来看待,看破资本主义关于农村生活的虚假意识形态,看到无产阶级共同的命运。

农场上发生的另一件事也促使玛格特思考影响农民生活的经济问题。政府的估税员对于霍尔德玛恩家的"财产"进行机械的盘点,却丝毫不考虑他们的土地抵押给银行的事实以及他们的实际收支情况,使得玛格特开始意识到银行和政府对农民的剥削。他们生活的农场虽然"自内战以来就属于霍尔德玛恩家"(第4页),但是现在是抵押给银行的,他们从耕种农作物中获得的收益不仅要维持家庭生活的开销和农场日常运转的费用,还需要向银行还债。土地本身虽然有产出,但大部分并不属于农民,而是属于银行资本家。在小说的一开始,叙述者就指出,"这里是我们的土地,春天的空气里积雪正在融化,但是恐惧已经开始了……他[父亲]没有告诉她[母亲]这块地已经抵押了,而她曾认为至少这块土地是无牵无挂的,就算其他一切都没有了,这里也是一个避难所。"(第4页)此外,霍尔德玛恩家每年都需要缴纳财产税。估税员到访的时候玛格特在一旁观察,发现他对农民财产的理解和他们家的实际情况之间存在明显的差异。估税员熟练地清点着霍尔德玛恩家的财产,如"耕犁和拖拉机……一百只羊……九头猪……一百只鸡",还登记了鸡舍等建筑物和其他财产,但他不知道饲养牲畜并不盈利,仓库里也并没有粮食。估税员说,"你们这些人都还算小康,"(第219页)父亲无奈地表示谷仓全是空的,他们也没有钱买牲畜过冬的饲料,问估税员"如果一个人没有收入,他怎么缴纳财产税呢?"(第221页)土地本身不能保护农民,因为外部的资本主义势力强加给农民的重负让他们无力承受。玛格特意识到这个现实对她个人和她的家庭的影响:"现实清晰得可怕,我看见父亲很快将变成什么样子。衰老,牢骚满腹,只能坐在阳光下剥豆壳。我看到债务将由我和默尔来背负——要背负多少年我不知道,但必定是一段很长的、无法统计的时间。"(第230页)玛格特在家庭的沉重债务负担之下开始注意到在目前的制度下耕种土地成本是极高的,除了受到自然条件的影响,更大的决定力量是来自外部的总体经济制度。他们一家人永远不得休息,农场上繁重的劳动似乎永无止境,而一切却显得徒劳无功。资本主义市场的因素也使得农民无论收成好与坏都没有稳定感和安全感,因为生产的盲目性和产品的相对过剩使得农民在丰收的时候也会因农产品价格过低而无法获利。农民自己对于辛苦耕作的土地却没有所有权,而生产是徒劳无益的循环。玛格特对于这种惶惶不可终日的状态感到很愤怒。尽管资本主义不断制造土地的神话,夸大土地的回报和产出,但玛格特逐渐能够看穿这个神话,看出农民只是一个劳动力,他真正的劳动产品只是劳动本身:

> 播种和收割中都有一种苦涩感,不管庄稼的收成有多好……因为那只意味着我们有幸可以将这种劳动再重来一遍,除了纸上的一个记号外没有什么显示。而同时我们还有需求,那急切的渴望,渴望某种永恒和确信的感觉;渴望感觉你所耕耘播种的土地是属于你自己的,而不是只凭纸上的几笔就会从你脚下消失。(第76页)

玛格特在这种类似西西弗斯搬运巨石的死循环中一次又一次

地感到失望。她这样描述他们无果的劳动:"债务仍然像一个无底的填不满的沼泽,我们在这里年复一年,在满是乱石的土地上投入无数个小时的火热劳动,却只能看着它被吞没,然后一切又恢复原状。"(第35页)玛格特观察到他们周遭的农民尽管也像他们家一样辛勤劳苦,却还是不断破产。任何打击,如天气的干旱、家庭成员的受伤或别的意外情况都会使他们无法还债和纳税,从而失去农场。玛格特和她的家人不仅目睹邻居背井离乡,或在饥饿的边缘徘徊,最终他们自己也没能幸免。他们的农场在一次雷击中不幸着火,大火烧毁了庄稼,母亲也因救火而受伤,最后不治身亡。美国20世纪初期资本主义的信念是土地蕴含财富,勤劳能致富,努力工作必然能够带来收益和成功,但农民这种脆弱的生存状态击碎了这一信念。

看清残酷的现实之后,玛格特并没有被吓倒。相反,她产生出要战胜恐惧和克服困难的决心和勇气。这种决心和勇气的产生是由于她的革命意识的觉醒。她看到个人的发展是受到外部更大的制度性的力量所左右的,仅仅依靠个人的力量是不足以与之对抗的。她开始醒悟到:"整个世界都在与我们作对……独自走下去是不可能的。"(第227页)于是她不再依靠那些盲目的信念支撑自己,也不再对困难的现状感到哀怨,她意识到人们必须彼此之间建立联系,必须团结起来,共同对抗剥削人压迫人的制度。

二

在产生阶级意识的过程中,主人公的性别意识也在觉醒,因为父权制是与资本主义紧密联系在一起的另一股压迫力量,它渗透着家庭关系,不断地制造着悲剧,主要摧残女性,也损害男性自身。玛格特通过体验家庭关系,开始质疑传统的性别和婚姻观念。

资本主义经济制度决定了小生产者的不断破产,主人公的父亲正是这些小生产者中的一个。然而父权制的意识形态为男性规定的角色是家庭的主要或唯一经济支柱。父亲破产的事实和他必须维持一家之主的身份之间产生了不可调和的矛盾,使其处于一个压力巨大的尴尬地位。父亲曾经为了挣钱而离开农场去一个木材厂工作,然而却因资本主义经济危机带来的劳动力相对过剩而失业,挣来的钱也因急剧的通货膨胀而迅速化为乌有。玛格特称"父亲的生活一直是一种凶猛的爬行"(第35页)。她形容他就像"一棵生长缓慢的橡树或白蜡树",现在被"再次从根部砍倒"(第6页)。"爬行""从根部砍倒"等比喻体现出女性叙述者玛格特对父亲男性权威的一种认识:这种权威并非有赖于男性不同于女性的特质,而是建立在经济基础之上,"父亲"因为失去了靠劳动维持自己和家人生计的能力,从而从根本上丧失了尊严和男子气概:"这对一个男人来说是一种奇怪的经历,为获得平安稳定的生活而工作多年,然而一切却在几个月的时间之内全部化作乌有;一种再也不被需要的奇怪的空白和黑暗的感觉。"(第6页)被迫再度回到农场的父亲不得不将农场抵押给了银行,被高昂的利息压榨得不能喘息,繁重艰苦的农活又使他筋疲力尽。然而父亲又是一个传统父权思想十分严重的人。他在不堪生活的重负,几乎无力养家的情况下,仍然竭力维持自己作为一家之主的权威,时时刻刻都在竭力"不使自己显得可笑,害怕任何会使他颜面扫地的事"。然而,已经成长起来的作为叙述者的玛格特则一针见血地指出:"他那点尊严已经失去平衡,摇摇欲坠。"(第91页)

艾里斯·扬(Iris Young)指出,出于将妇女劳动边缘化从而维持工人阶级低工资的目的,资本主义意识形态将妇女同家庭的联系和同家庭以外世界的脱离无限扩大,而事实上只有资产阶级的妇女才能符合这种规定妇女不工作的"妇女思想意识(ideology of femininity)"①。这种意识形态让男性把妻子不工作当作有地位的标志。小说中的父亲就深受这种资产阶级/父权制思想的影响。尽管力不从心、急需帮手,父亲仍然拒绝大女儿凯琳帮忙干农活的要求。他认定农活是男人的工作,女人插手有失体面,也不能胜任,女儿们就该在家里帮助她们的母亲做家务。父亲对妻子和三个女儿都是采取家长制的作风,觉得女人都是没有见识的,母亲的意见愚蠢可笑,不值一听。作为叙述者的玛格特说,"我常听见她〔母亲〕用安静的、犹豫不决的方式向父亲建议一些事情,他很累的时候听了就会生气,如果偶尔他因为某些事而高兴……他会笑一笑,但从不立刻同意她的意见,也不让她知道自己改变主意了。"(第16页)当父亲请来的帮手因为报酬太少而离开农场,父亲抱怨收成坏和人手少时,母亲试着提出一些自己的建议,对于她的意见父亲态度非常轻蔑:"父亲笑了。那声音更像是轻蔑的哼声或冷笑,仿佛他很高兴她犯错了。"母亲提出让附近农场的一位黑人青年克里斯蒂安来帮忙,"她犹疑地说出这句话,试探着他的想法。"而父亲立刻否定,说克里斯蒂安自顾不暇,"硬生生地把话甩给她。"然而,玛格特则观察到,"父亲"粗暴强硬的态度和他实际内心的脆弱无助形成鲜明对比,在成熟的玛格特眼中"他看起来很苍老——既苍老又幼稚。他似乎马上就要大哭起来"(第50页)。"苍老"是对父亲外貌的客观描述,但破折号后面出现的"幼稚"(childish)一词则是玛格特对父亲性格特点的一种评判——是女儿对男性家长的一种评判,反衬出女儿自己的成熟,体现出女儿对男性家长权威的认识和挑战。"他似乎马上就要[像孩子一样]大哭起来"也是玛格特的一种主观推测,这既是对"幼稚"的一种想象性的显示和强调,也突出了马格特对男性家长权威的质疑。玛

---

① 艾里斯·扬:《超越不幸的婚姻——对二元制理论的批判》,载李银河主编,《妇女:最漫长的革命——当代西方女权主义理论精选》,三联书店,1997年,第76—105页。

格特对父亲的评判语"幼稚"和"[像孩子一样]大哭起来"在某种意义上把父亲摆到了孩子的位置,而把自己摆到了家长的位置上。玛格特看到父亲的脆弱和他的家长制作风之间的矛盾,看出了其中荒谬可笑的性质。

在玛格特成熟的女性意识里,父亲已经在某种意义上成了"幼稚"的可能会大哭的孩童。女主人公的这种叙述同时体现出对父亲困窘状态的同情,也体现了对父权制家长权威的挑战和女性意识的成长。

不仅父亲权威在玛格特心中的倒塌体现出她的成长,她对母亲的认识也体现出她的成长。她年幼的时候一直是从母亲"安静的信念"中得到安慰,然而生活残酷的事实也使得她经历了从依赖母亲的信仰到失去这种信仰的过程。母亲是一个温柔、善良、软弱的人物,对于性格暴躁专制的丈夫总是宽容和忍让。"她口里心里都没有抱怨过父亲。她唯一想待的地方就是父亲身边,不管那里是伊甸园还是地狱,它是什么样子都没有关系"(第37页)。因为她一向视婚姻为"一种宗教和长期的付出"(第63页)。她对丈夫和三个女儿无条件地付出关心和爱护,"她活在别人的生活里,仿佛没有自己的生活一样"(第49页)。玛格特的叙述评论体现出她对父权制社会中女性生活的反思和她自己的成熟。玛格特对于另一位主妇邻居拉斯曼太太生活的描写也可以看作对母亲及大部分农村女性生活的概括:"老拉斯曼太太一生都是在餐桌和炉子之间忙碌。她即使出门也只是为了带东西回来放在炉子上,然后端到桌上,再从桌上送入三个男孩和老拉斯曼嘴里。有时候她自己也吃一点。"(第18页)母亲默默地忍耐着,奉献着,在少女时期的玛格特看来,这是因为她有"某种内在的平和的源泉"。"我猜那是一种信念。她承受和忍耐许多东西,但毫无怀疑或怨恨;她就在那儿,相信着,毫不动摇,至少看起来不动摇,我们那时候知道这一点就够了。"(第 5 页)最后的小句"我们那时候知道这一点就够了"暗示已经成长起来的叙述者玛格特对此已经有了不同的看法和更深刻的认识。

"母亲"的坚强、忍耐的生活信念某程度上来自宗教。她一直渴望去教堂,却总是因为忙于家务而不能去,当某个周六终于成行的时候,她的脸上"有一种发亮的,期待的表情"(第 134 页)。在教堂中,她专注地聆听和祈祷;然而正当她满心虔诚准备领圣餐的时候,却被教会执事以她不是教会会员为由毫不留情地赶出门外。站在门外,玛格特看到"母亲微笑着,但看起来好像失去了某种不可取代的东西,两手空空地被突然推回生活里"(第 141 页)。女主人公的这种叙述讽刺了基督教的虚伪和将精神寄托于其上的虚妄。在小说的最后,"母亲"丧生于一场几乎将农场摧毁的火灾,这也象征着女性的坚强忍耐的信念和美德并不能拯救家庭和她们自身。母亲的死让作为成熟叙述者的玛格特意识到自己在父权制意识形态中形成的"信念随母亲的离去而消失了"(第 231 页)。这标志着成长起来的玛格特对于女性传统角色的否定和女权主义意识的觉醒。美国学者詹妮特·凯绥认为这部小说中的所有女性都颠覆了传统女性的形象。除了母亲的悲剧之外,三个女儿都没有结婚,即使是看起来性格和思想与母亲最相似的小女儿默尔,表明她们出于主观或客观的原因都无法扮演传统女性的角色。[1] 凯绥并未就具体人物做详细的分析。下文将对小说中的大女儿凯琳进行分析,剖析其悲剧的原因及其在小说中的意义。

---

[1] Janet Galligani Casey, "Agrarian Landscapes, the Depression, and Women's Progressive Fiction," in *The Novel and the American Left: Critical Essayson Depression - Era Fiction*, ed. Janet Galligani Casey (Iowa City: University of Iowa Press, 2004), pp.113 - 114.

三

虽然玛格特成功地获得了革命意识,开始批判毁掉她的家庭的社会经济因素,她的姐姐凯琳则没能顺利成长,最终走向了毁灭。玛格特在艰难中看到了希望,并且意识到团结的重要,而凯琳的悲剧是由于她在对抗压迫的时候拒绝思考,盲目而不理性地对抗所有的社会规范,有的时候陷入极端的个人主义,而这样的态度使她切断了和家庭成员以及和其他人的情感联系,导致了严重的抑郁和疯狂,最后以自杀结束了生命。她一方面是资本主义制度造成的极度贫困艰难的生活的牺牲品,另一方面也是父权制家庭的受害者,而她自己选择的解放途径却没能超出资本主义和父权制的意识形态,因此注定了悲剧的结局。弗利在其关于无产阶级成长小说的论述中将故事主人公未能成熟,没有产生左翼倾向的故事称为"未转变的故事"(tales of nonconversion)或"反成长小说"(antibildungsroman)。"这些故事的主人公的觉悟水平和他们的创作者之间存在一个决定性的差距。"[1]凯琳就是这样一个"反成长"的人物。而叙述者玛格特在不断观察姐姐、试图理解她的心理活动的过程中看到凯琳的悲剧中既有大环境的原因,也有她自身的问题,从而得到了成长。而凯琳悲剧式的"反成长"是没能发展出革命意识的结果,作为对照反衬了玛格特的成长。

在小说的描写中,凯琳在外表和性情上都是和玛格特形成鲜明对比的。玛格特外貌平平,性情温和,而凯琳则具有一种"黑暗的、古怪的美",有着"棕色的冰冷肌肤……野生动物一样的眼睛"(第55页)和一头充满活力的红发。玛格特在整部小说中都是一个安静而习惯于沉思的形象,而凯琳则常被比作某种动物,象征着

---

[1] Barbara Foley, *Radical Representations*, p. 328.

非理性：

> 她做起事来突然又疯狂，要么就什么也不做，有时候吃相如同饿狗一般野蛮，边咀嚼边咕哝着，有的时候又只拨弄着碗里的食物，眼睛盯着窗外，而默尔和我则耐心地吃掉摆在我们面前的任何食物。她会在奇怪的时间睡觉，舒展四肢，像一只阳光下的猞猁，然后晚上偷偷溜出家门，在沼泽地里四处游荡。(第24页)

她不满家庭的经济状况，也不满女性在家庭中被动消极的角色，尝试参与男性的活动，帮助改善家庭的状况。她对农场上的事情发表自己的见解，对父亲提出一些建议，比如应该种哪些作物，然而父亲总是非常轻蔑地忽略她的意见并拒绝她的帮助。凯琳因此十分愤怒："她以为她有能力耕种，只要父亲允许。但他认为一个女孩永远学不会，只会把田给糟蹋了。'女孩们，你们帮母亲吧。'他会这么说……凯琳很生气，觉得内心有东西在敲打着她，无力又压抑。"(第15页)"觉得内心有东西在敲打着她，无力又压抑"是叙述者玛格特对凯琳内心活动的猜测，表明她也感觉到了作为女性在家庭中能力得不到发挥的无奈，与姐姐感同身受。凯琳不经父亲允许主动帮忙做的日常农活也得不到父亲的关注和肯定，尽管当她后来找到一份工作而不再帮忙的时候"父亲做事花的时间是平时的两倍"(第44页)。凯琳在父亲生日那天送给他一把小刀作为礼物，为了给父亲惊喜而展示飞刀的技术。父亲认为这是女孩不该有的行为，伸手阻止，结果凯琳失手使刀击中父亲的爱犬，导致了它的死亡。这几个事件都表明，父权制的传统家庭观念和对女性行为僵化的规范剥夺了凯琳施展能力的机会，打击了她的积极性，使她的性格和感情被压抑，在很大程度上导致了她最终的悲剧。

虽然凯琳的悲剧主要来自于外部的压迫,但她自身寻求解放的方式也存在错误。她在反抗生活的束缚时往往采取比较自私和极端的方式,不顾他人的感受,甚至是以牺牲他人的利益来实现自己的自由。例如,她为了获得经济上的独立,谋得一份小学教职,将家务的担子全部抛给母亲和妹妹们,却将收入全部自己保留,分文不肯拿出来帮助解决家中的困难。她不愿和自己的妹妹们互相帮助,而是从和她们的竞争中获胜来寻求满足感。在给父亲准备生日礼物的时候,她对于自己能挣钱给父亲买小刀而妹妹们只能自制粗陋的礼物感到洋洋得意。她也曾试图通过合法的方式——赢得男性的青睐——来获得安全感。玛格特回忆凯琳一度常常在周末人们在教堂聚集的时候在那里徘徊,"希望有小伙子找她搭讪"(第135页)。后来,她痴迷于父亲的帮手格兰特,而她的强烈欲望似乎并非出于爱情,而是出于一种占有一件对自己有利的东西的目的:"她非常想得到他,比她曾经抢过的任何东西都想要。大概因为他是手边能抓得着的吧,我想。"(第107页)一方面,凯琳渴望得到他人的承认和接纳,但她采取的方式是自私的、极端个人主义的。她希望摆脱边缘化的地位,但她的行为使她更边缘化。最终,凯琳无法赢得格兰特的感情,也无法逃脱摧毁她的力量,陷入严重的抑郁,接近疯狂。在小说接近尾声的地方,在一个和父亲生日类似的场景中,凯琳将一把刀掷向父亲,随后割腕自杀了。她攻击父亲是因为当时她正准备亲吻格兰特,而恰好被父亲看到。这是她唯一一次公开对格兰特示爱,但是她的行为违反了体面社会对女性行为的规范。尽管父亲为女儿的死而悲伤,但他不理解她的自杀行为,对于这个举动感到震惊,觉得这件事是一种"生硬、不自然"的任性,是"一个女孩没有权利做的事"(第201页)。凯琳向格兰特求爱和类似弑父的举动同时发生,象征着她一方面憎恨父权压迫,试图反抗,另一方面又无法超出父权制的意识形态,除了与男性结合之外想不到其他解放的途径。她的死是她独自对抗整个压迫性的大环境的代价。她一方面是资本主义和父权制的受害者，一方面又接受了资本主义和父权制的思维方式，在这样的思维模式中寻求解放的道路是注定失败的。凯琳的经历代表了一种反成长，与叙述者玛格特的成长形成对照，让读者和主人公一样更加清楚地认识到资本主义和父权制对女性的迫害，以及获得革命觉悟的重要性。

社会主义女权主义理论家朱丽叶·米切尔指出：

> 社会上存在这样一种信念：家庭给这个原子化的、混乱的宇宙提供了一块坚不可摧的飞地，在这块飞地里，人们相亲相爱，安全祥和。这种信念是荒谬的。因为它认为家庭能够脱离社会而独立存在，而且在他们看来，其内在关系也不会再现支配这个社会的外在关系。在资本主义社会里，家庭作为避难所势必会反映出该社会的风貌。[①]

《现在是十一月》通过对无产阶级家庭内部女性遭遇的成长危机来表现资本主义社会关系渗透进家庭生活，和父权制一起对无产阶级女性造成了严重的迫害和摧残，而男性也不可避免地受到损害，如不能正确地认识压迫的性质，获得革命觉悟，就难以避免悲剧的下场。

无产阶级成长小说通过故事的讲述表现资本主义制度的压迫必然导致无产阶级革命意识的觉醒，也同时强调阶级意识的产生是主人公自觉的积极选择的结果。它摒弃了传统成长小说的个体性和私人性特点，使主人公的成长不只属于他个人，而属于他所代表的整个无产阶级群体——他的成长象征着他所代表的整个无产

[①] 朱丽叶·米切尔：《妇女：最漫长的革命》，载李银河主编：《妇女：最漫长的革命——当代西方女权主义理论精选》，三联书店，1997年，第35页。

阶级的革命意识的觉醒和成熟。与那些主要由男作家创作的表现工厂、农村、矿山等工作场所中以无产阶级男性为主要人物的故事不同,《现在是十一月》这样的作品思考着女性无产阶级同时受到资本主义和父权制的双重压迫的特殊处境。作为一部无产阶级女性成长小说,《现在是十一月》从女性的视角来批判资本主义意识形态和宣传革命思想,并且同时关注父权制社会中的性别压迫。女主人公玛格特通过观察和思考自己的家庭和周围人的遭遇,从家庭关系和日常活动中深切感受到来自外部资本主义势力的压迫和父权制的危害,从个人生活的小范围看到整个资本主义世界,从而获得革命性的觉悟。这部小说在资本主义意识形态中发出革命的呼声,在无产阶级革命意识形态中加入了女权主义的声音,具有相当重要的意义。

比较视野中的反成长小说

——以《彩绘鸟》《夜》和《在细雨中呼喊》为例

林庆新

按照狄尔泰的看法,成长小说(Bildungsroman)所探索的是个体生命发展的正常过程;生命的每一阶段都有其自身的价值,并同时成为下一更高阶段的基础。个体生命中出现的不和及冲突乃是其通向成熟及和谐的必要周折,而"人类的最高幸福"则取决于个体生命作为一种统一且有意义的人类存在方式的发展。教育是指通过跟社会进行密切接触,从而挖掘出人的全部能力,并更好地融入社会的过程。成长小说的主人公通过与社会接触逐步取得社会经验,并最终融入社会,同时获得情感及精神的升华,这是经典成长小说的主要内容和情节结构,它体现了一种进化发展的观念。[①]经典成长小说反映了前期资本主义的现实,而现代成长小说则反映了中后期资本主义或后工业社会的现实。本文尝试比较分析泽西·柯辛斯基(Jerzy Kosinski)的《彩绘鸟》(*The Painted Bird*)、埃利·威瑟尔(Elie Wiesel)的《夜》(*Night*)以及中国作家余华的《在细雨中呼喊》这几部现代成长小说——抑或是"反成长小说"——的叙事模式及文化意义。

[①] 关于狄尔泰的观点,参见谷裕:《德语修养小说研究》,北京大学出版社,1993年,第28—30页。

一

　　莫罗蒂(Franco Moretti)在其专著《世界之道——欧洲文化中的成长小说》中把成长小说看作是现代性的"象征形式"。十八、十九世纪之交的欧洲进入现代社会，经历了传统社会稳定结构的逐渐解体，社会流动性大大增加，青年人不再循规蹈矩地继承父业，而是离开农村到大城市去发展，这就是经典成长小说中青少年主人公到城市闯荡的历史背景。青年人被选择为现代性的代表，是因为他们流动能力强，拥有活力及变动性："青年是现代性的'本质'，代表了一个面向未来而不是过去寻求意义的世界"。[1]莫罗蒂借用洛特曼(Lotman)关于故事情节的论述来说明成长小说的情节结构如何反映它们对现代性的态度：一种是建立在分类原则(classification principle)之上，另一种是建立在变换原则(transformation principle)之上，二者可以同时出现在一部小说，但会有所偏重。当分类原则体现得最为强劲时，如在经典成长小说中，叙事指向一个确定的结局，这是"一种目的论的修辞方式：事件的意义在于它们的终结性——这是黑格尔思想在文学中的表述——事件获得意义的条件是：它们导致一种结局，而且是唯一的结局"。[2]青年时期总有结束的时候，"青春从属于'成熟'：青春存在的意义就在于它引向稳定及'最终'的身份认同"。[3]故事以青年融入社会并获得幸福作为终结，因为"幸福是自由的反面，是变化的终结。它的出现标志着个人和社会之间所有冲突的结束；此后任何求变的欲望都不复存在"。[4] 在变换原则更为强劲的情况下，如司汤达、福楼

---

[1] Franco Moretti, *The Way of the World: The Bildungsroman in European Culture*, Trans. Albert Sbragia (London and New York: Verso, 2000), p. 5.
[2] 同上，p. 7。
[3] 同上，p. 8。
[4] 同上，p. 23。

拜及巴尔扎克的小说,"意义并不存在于目标的实现",而是对这种结局的彻底推翻,故事的意义在于其"叙述性",在于其"开放性"过程,在于"无法将结局'固定'"。①"青春并不会或不愿意向成熟臣服:年轻的主人公实际上把这种'终局'视为背叛,视为对青春的剥夺"。②这两种情节结构分别代表了历史文化的两极,即传统与现代性。

德语 Bildungsroman 中的 Bild 原意有"按照神的形象造人"的意思,因而凡人皆有神性,只不过人的肉身不净,需要净化。经典成长小说中所描述的主人公的游历在宗教意义上可以看作是一种灵魂净化及精神成长的旅程,也是一种自我认识的过程,最终目的是通往艺术人生或美德。我们所要讨论的三部反成长小说是对这种积极乐观的灵魂净化或精神成长的质疑,乃至否定。西方在"二战"后出现的大量关于纳粹集中营的"大屠杀小说"(Holocaust Literature),其中有些描写了"二战"期间欧洲犹太青少年的恐怖经历,它们的叙事模式类似于成长小说,但在主题表达方面却大不相同,可以说是对经典成长小说的戏仿。故事的主人公与经典成长小说的主人公一样经历了一系列艰难的旅程,但其结局并非融入社会。恰恰相反,他们的"教育之旅"(Bildungsreise)实际上等同于死亡之旅。在死亡的笼罩下,他们经历了人性的泯灭,尊严的丧失,最后他们身上仅存与与兽类无异的求生本能,这是对成长的反讽。本文讨论的两部美国小说《彩绘鸟》和《夜》描述了神性的丧失及精神的萎缩,这种成长期青少年精神的退化是经典成长小说所展现的进化观念的悖谬。与这两部小说形成对照的是:余华的小说《在细雨中呼喊》主人公自始至终都缺乏明确的宗教或文化精神,因而无法谈及精神的成长抑或是萎缩,他与家庭和社会的疏离使他始终漂泊在自我意识和社会意识之间。如果说前两部小说

---

① 同上,p. 7。
② 同上,p. 8。

的主人公经历了精神的萎缩的话,那么余华的主人公则更像游离于社会之外的多余人,他的人生之旅充满对友情和亲情的向往,但他生活及成长于斯的社会却永远无法为他提供正常的成长环境,可以说他的精神及人格成长受到了阻碍。

从作品的情节结构看,三部反成长小说都建立在莫罗蒂所言的"转换原则"的基础之上,它们呈现了结局不清、目的不明、故事难于终结的叙事状态。从作品的人物形象来看,三部小说也体现了主人公精神成长受阻的焦躁及苦闷。大卫·麦尔斯(David H. Miles)在一篇关于经典成长小说人物形象演变的文章中援引了奥尔巴赫(Erich Auerbach)论西方文学的两种叙事类型——关于传奇存在(legendary Being)的叙事和关于历史形成(historical Becoming)的叙事——的观点:前者的主人公以荷马史诗的奥德赛为代表,他永远不老,也不会有任何发展变化;而后者以《旧约》的雅各为代表,他会老,也会有变化。麦尔斯接着论述了与之相对应的十九世纪德国成长小说的主人公的两种形象,即"流浪汉"(the picaro)和"忏悔者"(the confessor)。流浪汉是没有发展变化、没有自我意识的冒险者或行动者,而忏悔者则体现了人格的成长,是有内省、有意识、有记忆及罪感的人物。[1]这两种叙事分别对应着相反的时间模式:流浪汉小说的时间是线性的、片断式的、顺时序的,而忏悔小说对时间的感知则是复杂的、多层的,涉及心理时间。麦尔斯讨论了十九世纪成长小说中主人公的视角从外部世界逐渐转向内心世界的三方面迹象:在主题上逐渐退到孩提时代;在结构上逐渐向记忆的心理时间转向,即转向自传、日记、笔记的叙事形式;在主人公的形象方面则由"流浪汉"转向"忏悔者"。[2] 这三方面的转

---

[1] David H. Miles, "The Picaro's Journey to the Confessional: The Changing Image of the Hero in the German Bildungsroman," *PMLA*, Vol. 89, No. 5 (Oct., 1974), p. 980.
[2] 同上,p. 989。

变揭示了经典成长小说的成熟。在这篇文章中,麦尔斯提及了成长小说在二十世纪的演变。他指出摆在现代作家面前的两种选择:"要么迈出最后一步进入一个完全崩溃、精神错乱的世界,进入一个飘忽不定的范畴——即卡夫卡的阿基米德支点——在那里一切现实都成问题;要么迈出不太激进的一步,把叙事完全带到自嘲这个可以拯救的平台上——即,创作反成长小说(anti-Bildungsroman),戏仿成长小说的两个分支,即流浪汉小说及忏悔小说。第二种选择在二十世纪成长小说中最为常见"。①他把反成长小说定义为戏仿经典成长小说的叙事文,但在这篇文章中麦尔斯并没有对反成长小说作详细的论述,只是点到为止。

在另一篇讨论卡夫卡的小说和格拉斯的《铁皮鼓》文章中,麦尔斯则明白无误地把卡夫卡的三部小说和格拉斯的《铁皮鼓》都当作"反成长小说"来研究。他分析了卡夫卡小说中的三位主人公——即《审判》中约瑟夫·K、《城堡》中的 K 及《美国》中的卡尔·罗斯曼——如何在精神成长方面受阻,这在麦尔斯看来是反成长小说的主要特征。主人公无论如何苦苦追寻自己的身份认同,都没有成功的希望,他们的生活注定要停滞不前。从宗教角度看,卡夫卡的人物"都受累于共同的原罪,既无法作为替罪羊也无法作为祭品来实现自己的功能,他们只配做充满罪感及原地踏步的朝圣者"。②他们不断地重复着自己的话语及在空间上的移动,但总是缺乏任何进步或改变的迹象;他们充满了罪感,他们只生活在现在,无法认识过去或为过去忏悔,因而也永远无法得到救赎。卡夫卡反成长小说在结构上具有叙事重复和循环的特征,这一点与流浪汉小说相同,事件与事件之间的联系比较松散,整个叙事结

---

① 同上,p.990。
② David H. Miles, "Kafka's Hapless Pilgrims and Grass's Scurrilous Dwarf: Notes on Representative Figures in the Anti-Bildungsroman," *Monatshefte*, Vol. 65, No. 4 (Winter, 1973), p. 343.

构可以被不断重复、扩展甚至逆转,这种叙事特征与小说人物成长受阻取得了内容和形式的一致性。《铁皮鼓》中的主人公奥斯卡则拒绝长大,从三岁到二十一岁,他除了阳具长大了之外,身体的其他部位都停留在三岁小孩的状态,他的精神也如同身体一样拒绝成长。麦尔斯最后得出如下结论:"卡夫卡和格拉斯的反成长小说直接挑战了西方犹太——基督教的价值观,尤其是从苏格拉底到席勒之间思想家的信念:知识——即文化自我意识的增强——是通往美德之道。"①

麦尔斯关于经典成长小说主人公形象的演变及二十世纪现代成长小说对经典成长小说的突破为我们分析柯辛斯基、威瑟尔和余华的小说提供了一个理论框架。这三位作家的作品在叙事模式及人物塑造方面戏仿和颠覆了经典成长小说的写作方式。作为戏仿,自然要在形式上保持某种近似。无论是《彩绘鸟》,还是《夜》,或是《在细雨中呼喊》,我们作为读者都可以感知到主人公的视角从外部世界转向内心世界的过程,在主题上是以回忆孩提时代的经历为主,在结构上则顺从记忆的心理时间结构,以回忆录或自传的叙事形式来呈现主人公成长期的经历及其心路历程。

二

《彩绘鸟》的无名氏主人公"我"虽然年幼,但对自己的遭遇及环境一直都有内省和思考,小说对他内心世界有比较详细的描述。例如,他被卖到女巫医额尔佳家时,村里正在爆发瘟疫,他不幸染上了,高烧不退。为了给他治病,额尔佳把他脖子以下的身体埋在地里,持续了一天。他在内心对自己的处境有非常形象的描述:"像一头被弃的白菜,我变成这片野地的一部分。"②他还想像蚂蚁

---

① 同上,p. 348。
② Jerzy Kosinski, *The Painted Bird* (New York: Grove Press, 1976), p. 23.

和蟑螂在他的脑袋里面做窝:"它们在里面迅速繁殖,将我的思维能力一点一点啃掉,最后我的脑袋被啃剩一个空壳,像掏空了的南瓜。"①第二天早晨,一群贪婪的乌鸦轮流向他的脑袋发起攻击,小男孩通过高声尖叫及拼命摇头来躲避乌鸦的袭击。最后他累得筋疲力尽,放弃了挣扎,开始产生幻觉:"我现在变成了一只鸟,我想把冻僵的翅膀从土中挣脱,展翅飞翔,加入乌鸦的行列。"②小男孩的两个幻觉都与身体变形有关,是从人到非人的变形。先是从人变成植物(白菜、南瓜),这意味着移动能力的丧失,象征身体的囚禁,预示了小男孩后来在精神方面的成长受阻。后来小男孩幻想自己从受害者变成迫害者(乌鸦),这是无奈之下寻求敌方认同之举,预示了后来男孩思想的转变,他后来认可了迫害者暴力手段的合理性,并在几年后变成了一个热衷于报仇的少年。

柯辛斯基的小说戏仿了经典成长小说的旅程隐喻,即主人公离开家里到社会闯荡是一种教育及成长之旅。经典成长小说,如歌德的《威廉·迈斯特的学习时代》,尊崇启蒙运动思想家的时空观。首先在时间方面,主人公以离开家庭为始点,通过个人在社会上闯荡和各种磨难学习如何成为既有个性又符合社会规范的合格成员。主人公的成长呈现一种明显的线性发展轨迹,小说的结尾是主人公新生活的开端,因为他作为成熟社会的一员已经为未来的社会生活做好了准备。与此相适,小说的叙事也呈现线性时间结构,预示一种乐观的进步史观:随着时间的推移,小说人物通过与社会的接触增长经验和知识,并不断完善自身,最终与社会取得某种调和。在空间方面,经典成长小说呈现一种拓展的态势。在家庭这个封闭空间里,家长的庇护及限制构成了阻碍主人公成长的堡垒,因而反叛父母,离开家庭来到社会上闯荡是拓展自我意识、职业意识及社会意识的必要条件。这种个人空间的拓展以个

---

① 同上,p. 24。
② 同上,p. 25。

体的游历为其叙事特征,空间上的解放意味着个性及自我意识的解放,个体游历乃是精神成长或演变的基础,主人公的旅程在经典成长小说里是精神成长的隐喻。

《彩绘鸟》的小主人公六岁起就从一个村庄流浪到另一个村庄,这种悲惨经历成了磨砺他的生存意志的旅程。虽然社会空间上的旅程并没有在真正意义上使他在精神上成长起来,但他的流浪经历却锻炼了他的生存技巧。无名氏男孩的流浪生活既是受难过程,也是寻找生存之道的过程。从六岁到十二岁,他尝试了各种改善生存状况的方法,包括巫术、宗教及布尔什维克,但无一能帮他摆脱被人欺负的状况。于是,他放弃了做善人的想法,把求生希望寄托在魔鬼的保护之上。最终让他信服的还是苏联红军狙击手"有仇必报"的思想,在恃强凌弱已成为定律的环境里,有仇必报成了无名氏男孩维护尊严的唯一方式,他由暴力的受害者到暴力的使用者的个人成长经历诠释了暴力循环的逻辑。效仿迫害者的生命哲学导致他陷入不断受害及不断实施暴力复仇的怪圈,无法真正改变自己的生存状况。六年的流浪生活与其说使他长大了(grow up),还不如说他长小了(grow down)。成长受阻——抑或是教育失败——源于东欧纳粹占领区盛行的残暴行为在民间的潜移默化,在一个常年受到暴力及死亡威胁的荒谬环境中,无名氏男孩逐渐丧失了做人的良知,他生活在这种缺乏人性的环境里,只能让他自己的人性逐渐让位于动物性。这一向动物性退化的过程正好与经典成长小说以进化为特征的主题和叙事模式形成了一种悖谬。小男孩在人生的旅途中遇到了各种挑战,但与经典成长小说中主人公不同的是,他并不能从这些挑战中得到教益,并逐渐融入社会。恰好相反,东欧解放时,小男孩跟文明社会格格不入,无法适应在任何社会机构里的生活,甚至无法融入自己亲生父母的家庭。他白天在父母家睡觉,黑夜则外出跟一批走私贩混在一起,最后因身体衰弱被父母送到一个滑雪教练那里进行康复治疗。

三

与《彩绘鸟》一样,威瑟尔的《夜》以第一人称的视角来讲述叙事人十五岁时在纳粹集中营的经历,但《夜》比《彩绘鸟》更像回忆录,作者本人则称之为"见证文学"。[①]作为大屠杀的幸存者,威瑟尔觉得他活下去的唯一理由就是要为那段历史作见证。他在《夜》的"前言"里直言写这本书的目的是不想让这段历史被遗忘,不想让后代重复这种惨痛的经历。但要讲述一个超出人类理解范围之外的历史事件实属不易,更何况他本人所经受的巨大精神创伤使这种见证性质的回忆变得更加困难。正如作者在前言中所说,虽然有很多话要讲,但却苦于找不到恰当的字眼,语言成了一种障碍,因为那些事件发生在人性最黑暗的地方,超出了人类的概念和范畴,这么悲惨的故事即便讲述出来,也令人难以置信。威瑟尔在《夜》里描写的两个人物预示了为这种荒诞的种族屠杀作证的困难:莫舍作为"外国犹太人"被纳粹抓走,但他非常侥幸地从纳粹屠杀犹太人的现场逃了出来。当他回到锡盖特讲述他的离奇经历时,所有的人都认为他是在说疯话;在开往布克瑙的火车车厢里,舍希特太太发疯地叫"火!火!火!",没有人拿这位疯女人的话当真。只有在布克瑙集中营看到了焚尸炉的火焰及从烟囱里冒出的黑烟时,他们才可能相信莫舍和舍希特太太所说的话。先是见证者被认为是发疯了,后来当惨剧被亲眼目睹时,所有当时认为莫舍和舍希特太太是疯子的人则自己也震惊到了疯的程度。这种对真实的认知过程一开始就是以一种荒谬、疯狂的形式出现的,

---

[①] 威瑟尔在美国西北大学的一次讲演中提到:"希腊人发明了悲剧,罗马人发明了书信体小说,文艺复兴时期发明了十四行诗,我们的时代则发明了一种新的文学——'见证文学'"。见 Elie Wiesel, "The Holocaust as Literary Inspiration," *Dimensions of the Holocaust: Lectures at Northwestern University* (Evanston: Northwestern University Press, 1977), p. 9。

《夜》的作者威瑟尔及小说中的叙事人埃利扎正是通过这种疯狂来认识世界的。这个疯狂世界与他从小形成的宗教信仰发生了冲突,以致他不得不怀疑上帝的公正性。整部回忆录的叙事结构建立在小孩对已知观念/世界观的怀疑和推翻的基础之上,埃利扎在小说中所见证的是人性向兽性演变这个反成长过程:从身体的萎缩到精神的萎缩使他的身体逐渐变成一个没有灵魂的空壳,这也正是这部小说教育意义的所在之处。

《夜》戏仿了经典成长小说的旅行隐喻,小主人公埃利扎和他父亲一起经历了一年的死亡之旅。1944年春天,他们全家被驱赶到锡盖特的犹太人隔离区,这是纳粹有组织有步骤地屠杀犹太人的第一步。不久他们就像牲口一样被火车运到布克瑙(奥斯维辛的接待站),埃利扎和父亲一起被押送到奥斯维辛集中营,后来又到了布那集中营,最后到了布肯瓦尔德集中营,直到1945年4月10日解放。从一个集中营到另一个集中营的旅程对埃利扎来说是身体和精神日渐枯萎的过程。他刚到布克瑙就被死亡阴影笼罩:日夜运行的焚尸炉的烟囱冒出了浓烟,散发出人肉烧焦的气味。从火车上下来的犹太人被分成两排:老人、妇女、小孩以及体弱者被直接送往焚尸炉及毒气室,青壮年则被送到集中营干活。因事先有热心人让埃利扎和他父亲隐瞒自己的真实年龄,他们侥幸躲过一劫,被送到了集中营,而埃利扎的妈妈和妹妹则被直接送到焚尸炉。即便是被派到奥斯维辛集中营,埃利扎也时刻面临死亡的威胁。这里所谓的"大挑"是指集中营里的犹太人脱光衣服,一个一个在纳粹军医面前跑过去,让他进行挑选,能干活的留下,而身体病弱的人则送往焚尸炉。他们在集中营里天天挨饿,每天除了睡觉吃饭,就是干苦工,身体很快就吃不消,所以焚尸炉就是他们的最终目的地,只是迟早的问题。更何况他们的工作稍有懈怠,便随时可能被毒打致死。这是一个死亡定律,是对犹太人进行有序清洗的定律,纳粹这种"最终解决方案"里所包含的"理性"实际上与疯狂没有什么两样。

在小说的开头,埃利扎是位好学、虔诚的犹太少年。他十二岁就立志要研究犹太神秘主义哲学卡巴拉,并拜教堂执事莫舍为师。这时候的他充满自信和求知欲望,对自己有定位,是个有志少年。来到集中营后一切都变了,他们的所有财物都被没收,自己的衣服也都换成了统一的囚服,甚至连金牙也要没收。挨利扎的名字被一个编号取代:A-7713。用这种抽象的代号来指代人已足以证明集中营里的囚犯已经不被当作人来看待了,他们只是干活的牲口,随时可以被宰杀。集中营是一个进去之后就没有希望走出来的地方,可以说是犹太人"出埃及"的反面。关在里面的人每天都在重复着自己的动作,他们的生活永远不会有任何改变,他们只生活在现在,既没有历史,也没有未来,他们永远也无法得到救赎。这样的人间地狱让埃利扎觉得就像是永不见光的漫漫长夜,是一种失去信仰及希望之后的黑暗。埃利扎在奥斯维辛的第一天就发出这样的悲叹:

> 我永远不会忘记那些火焰,它们把我的信仰永远焚烧殆尽。
>
> 我永远不会忘记那黑夜的寂静,它永远夺去我的生存意志。我永远不会忘记那些时刻,它们谋杀了我心目中的上帝以及我的灵魂,把我的梦想变成了灰烬。我永远不会忘记这一切,即使我受到诅咒像上帝一样永生不死。
>
> 永远不会。[1]

在这么一个疯狂、冷酷、荒谬的世界里,埃利扎经历了信仰的幻灭。在去集中营的路上,埃利扎看到了一车的儿童被活活地抛进焚尸

---

[1] Elie Wiesel, *Night* (New York: Bantam Books, 1986), p.32.

炉,看到了焚烧成年人的火坑。他宁愿一头扎到电网上,而不愿去经受被慢慢烧死的滋味。他听到他父亲在轻声祈祷,"愿他的名字得到赞美和圣化……",但他这时开始对上帝感到愤怒:"我有生以来第一次感到义愤填膺。我为什么要圣化他的名字?永恒的主,宇宙的主宰,令人畏惧的主,他缄默不语。我凭什么还要感谢他?"①在夏季即将结束的时候,主持仪式的人在犹太新年除夕的祈祷中说,"感谢万能的主,祝福上帝的名字"。埃利扎此时忍不住指责了上帝:"为什么?我为什么要祝福他?我身上的每个细胞都在反抗。难道是因为他让数千孩子在他创造的巨大坟场里烧成灰烬?难道是因为他让六座焚尸炉日夜燃烧,包括安息日和神圣日?或是因为他法力无边,创造了奥斯维辛、布克瑙、布那以及大量的死亡工厂?我怎能对他说,感谢你,万能的主,宇宙的主宰,你在所有民族中挑中了我们,没日没夜地折磨我们,让我们亲眼看着自己的父亲、母亲和兄弟在焚尸炉里了却一生?我们赞美你的名字,因为你选中我们任人宰割,做了你祭台上的牺牲品?"②在奥斯维辛令人毛骨悚然的众多日子里最可怕的一天,埃利扎亲眼目睹了另一个孩子被绞死,那个孩子的表情就像一个悲哀至极的小天使。他听到有人在背后低语:"上帝呀,你在哪儿?"埃利扎在自己的心灵深处发出了这样的回答:"他在哪儿?就在那儿——吊在绞刑架上。"③就这样,上帝在一个立志要研究卡拉巴并终生信奉上帝的犹太少年的心目中被绞死了,从此他在内心深处只感觉到一片虚空。

对父子而言,失去对上帝的信仰之后,亲情便是使他们继续活下去的唯一理由。埃利扎随父亲来到布克瑙后就下定决心,不管是死是活都要跟父亲在一起。可是在集中营的极端条件下,甚至

---

① Elie Wiesel, *Night* (New York: Bantam Books, 1986), p.31。
② 同上,p.64。
③ 同上,p.62。

连由血缘维系的亲情也会逐渐被个人的动物本能所蚕食。一次,埃利扎的父亲仅仅因为问了厕所在哪里就挨了吉卜赛工头的一顿暴打。埃利扎不敢替父出头,但他在心里感到内疚和愤怒:"我怎么了?有人当面殴打父亲,我竟然连眼睛都不敢眨一下。我在旁边看着,一声都不敢吭。要是在昨天,我恨不得掐住这个罪犯,把指甲戳进他的肉里。"①埃利扎提起前往格莱维茨七十公里死亡跋涉中的一件事:拉比埃里亚胡的儿子知道老迈的父亲跟不上队伍,便抛下父亲悄悄往前赶。埃利扎讲完这段便不断地向上帝祷告(尽管这时候他已经不再相信上帝),恳请上帝给他力量,让他不要做出拉比埃里亚胡的儿子那样的事来。②由此可见,埃利扎自己就曾经有过甩掉父亲求生存的念头。火车中途停车时,有人往车厢里扔面包,引起争抢。其中有一个面包被扔进了埃利扎的车厢,十五岁的埃利扎看到了他不该看到的一幕:一个老头抢到了一小块面包,他儿子扑到他身上把面包抢了过来,正要吃,又有几个身影扑到了他的身上抢夺。等到他们离去时,埃利扎看到父子俩的尸体横陈在车厢地板上。为自己的生存而不顾一切在这里表现到了极点,值得注意的是,埃利扎对父子关系的关注,尤其是对儿子虐待父亲的关注,其实反映了他与父亲的关系,折射出他的内疚和罪感。来到布肯瓦尔德后,埃利扎的父亲因劳累过度,加上患痢疾,生命危在旦夕。一天晚上,一个纳粹军官来巡房时命令大家安静,他父亲没听见,继续喊儿子的名字。纳粹军官给了他一顿暴打,埃利扎没言语就上床睡觉了。第二天早上,他发现父亲的床铺上换了一个人,父亲显然是在夜间被送到了焚尸炉。埃利扎写道:"我没有哭,哭不出来很痛苦。可我已经没有眼泪了。假如我在内心深处——在自己衰弱的良心深处——追问自己的话,我恐怕会

---

① Elie Wiesel, *Night* (New York: Bantam Books, 1986), p.37。
② 同上,p.87。

有这样的感觉:我终于自由了!"①在极度的苦难面前,这种心情可以理解,因为苦难带给他们的不是通过磨炼意志最终得到精神的升华,而是一种把人拖下地狱的罪恶力量。埃利扎这样描写自己的变形:"我只是一具躯体,甚至连一具躯体都不如:我变成了一个饥饿的肚子,只剩下肚子能感知时间的流逝了。"②

四

一个完整的人变成了一个器官,这种提喻修辞是叙事人对自己人性残缺的一种表达。余华短篇小说《十八岁出门远行》里是这样描写叙事人在路上漂泊不定、无法找到旅店安顿下来的心情:"那时我的脑袋没有了,脑袋的地方长出了一个旅店。"③威瑟尔的心理独白能让读者感知叙事人的真实情感,从而产生移情效果。相比较之下,余华的超现实主义写法则增强了小说所表达的荒谬主题,作者通过这种超然于事物之外的幽默方式与小说人物保持了距离。如果说《彩绘鸟》和《夜》是通过对苦难的直白式描述来见证一种残酷的现实给主人公的成长带来的影响,并让读者从中受到教育的话,那么,余华的《在细雨中呼喊》则是通过一种近乎黑色幽默的叙事风格来见证"文革"期间少年成长的苦闷。但余华只是向读者呈现一种滑稽的现实,而无法把小说升华到美德及艺术教育的层面。

《在细雨中呼喊》是叙事人孙光林大概在三十岁左右以第一人称回忆自己从六岁到十八岁期间在南门及孙荡的成长经历,叙事人显然在小说中夹杂了他孩提时代的记忆、印象、感觉及长大后

---

① 同上,p. 106。
② 同上,p. 50.
③ 余华:《十八岁出门远行》,载《余华作品集》第 1 卷,中国社会科学出版社,1994 年,第 6 页。

对孩提时代经历的理解。小说没有直接描写"文革"对小孩成长的影响,而是通过描写小镇里普通人的争斗来间接反映"文革"时期人与人之间关系的恶化。除了零星的几处提及历史背景外(如张老师为学生朗诵欧阳海的故事,林老师被查出隐瞒地主家庭出身被抓),故事发生的小镇并没有给读者留下什么独特的历史标记。无论是他出生的南门还是他被王立强收养度过六至十二岁时光的孙荡,基本上都给主人公一个外乡的感觉。主人公长大之后也不愿意向外人提及故乡以及自己那些不堪回首的往事:"作为故乡的南门一直无法令我感到亲切……有一次,一位年轻女子用套话询问我童年和故乡时,我竟勃然大怒:'你凭什么要我接受已经逃离了的现实。'"①

小说是从一个小孩的视角来审视传统社会的那种和谐关系如何在现代社会中消失殆尽的,这种对残酷年代的日常生活的描写更能让读者思考一些问题:人为何会这么自私自利?为何小说所描述的人和事与那个时代所宣扬的集体主义及革命精神如此格格不入?这部小说和《夜》的写法有异曲同工之妙:两部小说都书写了重大政治历史事件对日常生活的影响,但都没有直接描述历史事件本身,如纳粹集中营发生的事件或"文革"打砸抢事件。但政治历史事件对日常生活的心理渗透是通过小镇里发生的事件来得到表达的。小说主人公因缺少一个正常的社会环境而经受了成长的痛苦,但小说有意隐去了主流意识形态对成长的影响,把个人的成长置于超出小孩理解范围的荒谬世界里。余华将历史背景与故事剥离开来的写法是一种有意而为的年代错误,这么写的目的除了戏仿红色经典之外,还有更深层的历史原因:他的写作反映了上世纪八九十年代作家的精神状态及忧虑。换句话说,余华有意识

---

① 余华:《在细雨中呼喊》,载《余华作品集》第 3 卷,中国社会科学出版社,1994年,第 17 页。

地将时间进行错位,旨在审视当下中国人,包括作家本人,随波逐流的精神状态。

《在细雨中呼喊》可以理解为对中国当代红色经典成长小说的戏仿。在余华的小说里,红色经典的启蒙者位置已经被完全颠覆,小说里的人物没有什么崇高理想或信念,有的只是个人的私欲。在一个缺少精神引路人的社会氛围里,小孩的人格及精神成长自然会受阻。父母、老师、兄长都是小孩恐惧的对象,他们幼小的身躯面临大人的惩罚和规戒时在瑟瑟发抖。孙光林的亲生父亲孙广财毫无亲情,完全忽视了他的存在,而且在孩子面前的言行也完全是一副无赖的样子。孙光林的养父王立强虽然更有血性,但也并非真英雄,与启蒙者的角色相距甚远:他在家里强迫老婆满足自己的性欲,他甚至出轨跟一个年轻女人厮混,并在事情败露后报复杀人,结束了自己"悲壮"的一生。孙光林与哥哥及弟弟(孙光平、孙光明)的性格反差也使他们形同陌路。老师往往缺少判断是非的能力,只在惩罚学生方面显得才华横溢。最要好的同学国庆和刘小青帮老师设下陷阱,让孙光林承受了不白之冤。女生,如曹丽,对学习好的同学不屑一顾,对小腿长黑毛的后进同学却青睐有加。昔日心目中的女神冯玉青再邂逅时已成了靠皮肉生意为生的单亲母亲……余华的黑色幽默让小说中的各种恶行都得到了报应:国庆后来试图持刀威胁他人,却被一个假装要帮他杀人的便衣警察像抓小鸡一样逮捕了;那位和张小青一起把孙光林关在小黑屋进行威迫利诱并且义正词严的审讯的林老师,后来因被查出隐瞒地主家庭出身而被抓走;生父孙广财整天醉生梦死,最终醉酒掉粪坑里淹死。孙光林的成长期缺少正面的启蒙者,他在精神的虚空中茫然长大,难以完成对自我和社会的正确认识。小说描述的现实不禁让人想起柯辛斯基在《彩绘鸟》里所描述的那种残忍、荒诞的人生。"文革"的残酷远比不上集中营,但"文革"对人际关系的摧残却同样影响深远,这种大规模社会运动对人际关系的毁灭性打击构成了孙光林与社会疏离的历史背景。孙光林在弟弟淹死的当天晚上独自来到河边,悟出了生命的残酷法则:"我是在那个时候知道河流也是有生命的,它吞没了我的弟弟,是因为它需要别的生命来补充自己的生命。在远处哭喊的女人和悲痛的男人,同样需要别的生命来补充自己的生命。他们从菜地里割下欢欣成长的蔬菜,或者将一头猪宰杀。吞食另外生命的人,也会像此刻的河水一样若无其事。"[①]这种对人生的"适者生存"式的自然主义理解是建立在对人性的否定和怀疑之上的,即人与自然界一样无情无义,都遵循为自我生存而相互残杀的原则。

结　语

通过对三部小说的分析,我们可以得出一个结论:与经典成长小说相反,这三部小说的结尾并没有展示出小说主人公与社会的调和以及个人的成长。这种结果主要归因于主人公所处的恶劣社会环境,那是一个缺少关怀、理性、理想、正义和光明的世界,一个人与人之间充满冷漠、仇恨、嫉妒的世界。三个主人公都缺少理性、智慧及仁爱的光辉照耀,在精神及人格上呈现一种成长停滞甚至倒退的现象,这颠覆了经典成长小说所展示的美景,即社会经验及知识的增长必能带来个体及社会的进步。虽然这三部小说在主题表达上具有共同的特征,《在细雨中呼喊》作为中国当代反成长小说与两部美国反成长小说有明显的叙事模式及风格的不同。

两位美国作家的见证文学倾向于将作家的个人情感直接投射到小说的人物之中,让读者与作品人物的情感体验产生共鸣,从而产生移情作用。虽然写的同样是苦难,余华的写法则大不一样,他

---

① 余华:《在细雨中呼喊》,载《余华作品集》第3卷,中国社会科学出版社,1994,第28页。

的幽默笔法使他以及读者与作品人物保持一段距离。例如余华的叙事人在描写自己家人时往往表现了一种事不关己的黑色幽默：他父亲孙广财勾搭寡妇，把自己家里值钱的东西都往寡妇家里搬，甚至连自己的未进门的媳妇也敢动手动脚；与王家兄弟争斗时，嘴上凶狠的父母接连被踢在稻田里，成了一对落汤鸡，狼狈不堪；处于明显劣势的哥哥和弟弟举着菜刀靠着自杀式的勇敢逼得王家兄弟狼狈而逃；幼小的弟弟为了几颗喜糖，冒着生命危险趴在地上保护自己抢来的胜利成果；弟弟救人淹死后，父亲和哥哥很快就化悲痛为力量，到处沽名钓誉，并要求调到城里工作。叙事人在讲自己家人的故事时好像是在讲别人家的笑话，这种游离于当事人之外的叙事风格跟叙事人与家庭和社会的疏离相关，源于叙事人"多余人"的处境。用叙事人自己的话来说："我被安排在一个村里人都知道我，同时也都否认我的位置上。"①无论是孙光林的家人还是整个社区都认为他是个叛徒，结果他便成了社会及家庭的观察者，而非参与者。他目睹了家人与邻居的械斗，但只能在一边旁观；他听到弟弟在河里被淹的消息，但却无法像别人那样参与救援，甚至连表达自己的关切都不敢，因为这样与他的多余人身份有冲突。他离开南门到北京读书后如释重负，而且从此不愿向任何人提及家乡或自己的往事。父亲听说他要读大学的第一反应不是欣喜，而是反感："怎么？还要让那小子念书，太便宜他啦。"②

余华这种叙事风格明显带有卡夫卡式的存在主义荒诞感。《十八岁出门远行》也是一篇反成长小说，小说里那位充满稚气的主人公出门远行时遇见他无法理解、荒诞不经的残酷事件，他不仅丢失了从父亲手上接过来的红背包，也从此失去了童真及信念。此后余华小说里的人物都没有信念，他们都是荒诞英雄，对他们而

---

① 余华：《在细雨中呼喊》，载《余华作品集》第3卷，中国社会科学出版社，1994年，第31页。
② 同上，第16页。

言人生是荒谬、没有意义的,人是被抛到世上的落魄者,孙光林们需要对自己的生存及生存意义负责,他们总是漂泊在虚空之中,总是无法找到自我及社会认同。即便如此,余华的人物对生存却很执着,他们都顽强地活着,仿佛生存本身就是生存的意义,反而是那些"有信念"的人在余华看来则更加伪善和卑鄙。

如果说美国的两部小说的主人公是在经历了苦难之后丢失了信仰的话,那么余华的主人公则是从一开始就缺少信仰,而且后来也没能找到。余华的小说人物对精神及生命的升华漠不关心,在他们每个滑稽的行为里都能找到近似于无耻的自私动机。或许正是他们失去了灵魂的躯体使他们的欲望及求生本能变得格外强烈。《在细雨中呼喊》中主人公的这句话是对余华下一部小说《活着》的最好注解:"……我过去和现在,都不是那种愿为信念去死的人,我是那样崇拜生命在我体内流淌的声音。除了生命本身,我再也找不出活下去的另外理由了。"[1]因此,余华的主人公选择遗忘过去,对他而言不堪回首的历史像是可以忘掉的包袱,但对柯辛斯基的无名氏彩绘鸟及威瑟尔的埃利扎而言,过去是如影相随的重负,是无法驱逐的阴影。《夜》结尾处的隐喻令人难忘:布肯瓦尔德集中营解放后,埃利扎往镜子里看自己久违的样子,他看到了一具骷髅,"他[镜子里的骷髅]凝视我的眼神从此再也没有离开过我"[2]。

---

[1] 余华:《在细雨中呼喊》,载《余华作品集》第3卷,中国社会科学出版社,1994年,第210页。

[2] Elie Wiesel, *Night* (New York: Bantam Books, 1986), p.109.

《马丁·德赛勒》的成长主题与美国梦的意识形态[*]

余凝冰

斯蒂文·弥尔豪泽(Steven Millhauser)的普利策奖获奖小说《马丁·德赛勒:一位美国梦想家的传说》(1996)叙述了19至20世纪之交,主人公从旅馆门童起家,步步奋斗,成为旅馆业的大老板,最终投资失败的故事。迄今还未有人将这部作品当作一部典型的美国梦的成长小说来探讨。本文旨在说明伴随着德赛勒成长历程和成长目标的是美国文化意识形态对人的主体性生成发展的塑造作用;而主人公最终的失败则指向作者对作为意识形态的美国梦的批判立场。本文首先厘清成长小说的民族特征及其与美国梦的关系,并阐明美国梦作为意识形态的本质。然后从情节的重复来说明《马丁·德赛勒》中的循环叙事与美国梦成长小说的关联,并聚焦于小说主人公的性格特征,展示国家的意识形态在人物成长过程中的建构性。最后分析"大宇宙城"的空间形式,论证美国梦的意识形态对主人公成长的戕害,并探讨造成其失败的实质原因。

---

[*] 本文受国家社科基金资助,项目名"斯蒂文·弥尔豪泽的文化叙事研究",批准号14CWW010。

一

Bildungsroman 的起源、定义、翻译和理解,是学界广泛争议的话题。但正如巴赫金所言,无论学者的归纳有多么不同,这类小说唯一不变的是"成长"这个主线和主题。他在回顾早期的小说形态后指出,成长小说与传统小说的差别是,传统小说中的主人公是一个"静态的统一体",而成长小说中的主人公是"动态的统一体"。传统小说中,主人公是一个常数,是恒定的、静止的,小说中变化的要素是外界环境和命运等;而成长小说最大的特点是主人公置身的历史时间环境,人在这个世界中"成长""发展""变化",是世界要求人去主动适应它、服从它,或者人与世界一同成长——这是现实主义成长小说在时间维度中涉及到主人公和世界关系时具有的标志性特征。[①] 但问题的另外一面是,学界对于成长小说定义和理解的差别,反映出成长小说千差万别的具体形态。各个民族在各自具体的历史语境下,由于其特定的政治、经济、文化、教育的现实差别,同时也由于民族气质和文学传统等要素的不同,从而使得各个国家的成长小说呈现出不同的特征,而且这些不同的特征也随着时代的变化而变化。这点可从德国成长小说和英美成长小说的两大传统中观察到。学界通常将成长小说的源起追溯到

[①] 巴赫金:《教育小说及其在现实主义历史中的意义》,《巴赫金全集》(第三卷),白春仁、晓河译,河北教育出版社,1998 年,第 227—233 页。该译本中将成长小说翻译成"教育小说",这里为了行文方便,都用"成长小说"来替代。在巴赫金的归类中,成长小说中也有与传奇小说、历险小说、传记小说这三大传统小说文类难以泾渭分明的作品,但他所关注的是现实主义的成长小说。这里出现的概念翻译问题和巴赫金的行文逻辑,在英文版看得更清楚,参见 M. M. Bakhtin, "The *Bildungsroman* and Its Significance in the History of Realism (Toward a Historical Typology of the Novel)," in *Speech Acts and Other Late Essays*, trans. Vern W. McGee, eds. Caryl Emerson and Michael Holquist (Austin: University of Texas Press, 1986), 16 – 23。

18 世纪末歌德的《威廉·麦斯特》。但即使在德国,"成长小说"的定义和范围,甚至是 Bildung 一词的历史演化,也呈现出较为复杂的特征。Bildung 在 18 世纪的德国,其意义更多地表达为"成型","由外在特征转化为内在的品行"的意义,在 19 世纪则更多强调其"教育""教化""修养"等含义,特别是一种人文素养、人文气质上的修养。① 但总体而言,Bildungsroman 在德语文学中,有两种核心的意义:一是这类小说反映了主人公的"成长历程",二是这类小说表现出"特定的个人或阶层的文化和价值观",并且延伸到某些特定的人或阶层对这种文化—价值—知识体系的认识和接受。后面的这一特点展现为自歌德以来经典德语成长小说一以贯之的哲学抽象的精神气质。② 与之相对的是,益格鲁—撒克逊小说传统中许多被标记为成长小说的作品,如《大卫·科波菲尔》《简·爱》和《无名的裘德》等,缺少德国成长小说中长篇的哲学抽象,而是更多地关注个体成长过程中社会历史等现实层面的描述。萨门斯在考察了英美成长小说之后认为,不能以德语成长小说的共性作为所有成长小说的共性,只要表现出"早期的资产阶级通过教化或社会经历,诉诸自我的潜能,从而成就自我的人本主义理念"的小说,都应该算作成长小说。③

因此,比之德语成长小说,英美的成长小说更注重的是"社会的流动性"和"阶级冲突"④。这一判断,可以从两方面来解读,一方面,正如莫罗蒂所指出的,近代欧美成长小说的兴起伴随着新生

---

① Martini Fritz, "Bildungsroman: Term and Theory", *Reflection and Action: Essays on the Bildungsroman*, ed James N. Hardin (Columbia: University of South Carolina Press, 1991), 1 – 25.

② James N. Hardin, "Introduction", *Reflection and Action: Essays on the Bildungsroman*, xi – xii.

③ 转引自 James N. Hardin, "Introduction", xxii – xxiii.

④ James N. Hardin, "Introduction", xxiv. 关于英语和德语成长小说的这种区别,还可参见 Thomas L. Jeffers, *Apprenticeships: The Bildungsroman from Goethe to Santayana* (New York: Palgrave, Macmillan, 2005), 1 – 5.

的资本主义的经济事实,主人公个人的成长勾勒出近代历史的根本转型、公民社会的诞生和个人主义的兴起。[1] 因此,欧美成长小说都不可避免地碰触到阶级冲突和社会流动性的共同话语,这是它们的共性。但从另一方面来看,英美成长小说所置身的英美社会,作为世界近代史上最早实现现代社会转型的国家,具有更为典型的重商主义精神和实用主义精神。[2] 特别是美国建国的"人人平等"的精神基石,意识形态中对所有公民提供确保实现各自美国梦的政治允诺,及其国家—社会的管理治理制度,使得美国的社会结构远没有同时期的德国、法国那样严重固化,或者说比欧洲大陆的许多国家,美国的社会结构更具有弹性。当该国在政治上有着人人平等自由的统治话语,当国民人人以摆脱贫穷、发财致富作为立身宗旨,那么该国成长小说中对于社会流动性和阶级冲突的强调也就不足为奇了。

显然有相当一部分的美国梦小说可以归为成长小说的范畴。以富兰克林等人奠定的美国梦的国家意识形态,在镀金时代的通俗小说家霍拉旭·阿尔杰(Horatio Alger)的创作中得到了集中表现。这位小说家从1867年起到1899年,以美国梦"从衣衫褴褛到富裕"的故事套路,创作了四十多部小说,指出在美国,任何贫穷的孩子,只要能够勤奋、勇敢、诚实、节俭,就能在成长中克服各种逆境,上升为稳定、富裕、值得尊敬的中产阶级。这一高度程式化的系列成长小说在他有生之年,在美国本土共卖出两千多万册,是肯定美国梦在主体的成长过程中的真实性和可行性的典型代表。[3] 但美国史上也有另一些作家,对这一美国梦成长小说的故事逻辑进行逆转,以主体命运的沉浮来打破这

---

[1] Franco Moretti, *The Way of the World: The Bildungsroman in European Culture* (London and New York: Verso2000).
[2] Slavoj Zizek, *The Plague of Fantasy* (London and New York: Verso,1997),4 - 5.
[3] "Alger Horatio," *Britannica Online Encyclopedia*,〈http://www.britannica.com/EBchecked/topic/14993/Horatio - Alger〉.

种叙事套路,颠覆读者对美国梦国家意识形态的认知:比如伦敦笔下的马丁·伊登,德莱赛笔下的克莱德(《美国的悲剧》)、考柏伍德(《巨人三部曲》),豪威尔斯笔下的塞拉斯·拉帕姆(《塞拉斯·拉帕姆的崛起》)等。

本文在对作为文化现象的"美国梦"的本质认识上,认同于阿尔都塞、詹明信等马克思主义批评家的观点:将它定位于一种意识形态。① 保罗·利柯综合了思想史上关于意识形态的各家论述,总结出对意识形态的几种典型定义:意识形态是一种虚假意识,是用以扭曲或掩盖真实状况的修辞;意识形态是一种用来维护社会形态和政治统治合法性的论证手段,大众处在被召唤的状态下认为自己是历史的主体,并奉之为信念;意识形态具有整合的功能,通过仪式、教育机构和各种国家机器去强化国民对社会、国家的认同和归属感,故而意识形态也是一种文化体系。意识形态的这三个方面或者说三种功能在其陈述上具有一定的矛盾之处,但又互为呼应,"一方面,幻想或虚幻化并非意识形态最基本的现象,而是正当化的一个腐蚀性的环节,而正当化的功能又扎根于统合化的过程之中;另一方面,一切观念化的过程又不可避免地转化为扭曲、掩饰和欺骗。"② 简言之,"美国梦"在美国文化中更多地是扮演着扭曲或掩盖美国的种种不平等不公正的真实状况的修辞;通过对美国民众在意识形态层面的允诺,如上升的社会地位、公平、平等、正义等来召唤美国国民的主体意识,特别是通过个人主义的理念来召唤他们的主体精神来实现这一切,并且宣扬为之提供了一切制度保障;而且这种意识形态的宣传渗透到各种国家机器和社会机构中,整合社会的各个阶级。理解美国梦的意识形态具有的

---

① Lois Tyson, *Psychological Politics of the American Dream*: *The Commodification of Subjectivity in Twentieth Century American Literature* (Columbus: Ohio State University Press,1994) ,1.

② Paul Ricoeur, *Lectures on Ideology and Utopia* (New York: Columbia University Press,1996) ,4 – 15.

对主体成长的建构—解构的二元性,对于我们理解美国梦成长小说和《马丁·德赛勒》有着指针性的意义。

二

作为成长小说的《马丁·德赛勒》在表现美国梦的意识形态上,呈现出含混的立场:一方面,它在某种意义上承认作为意识形态的"美国梦",作为一种文化信念,具有一定的正当性和真实性,并不总是虚幻和欺骗的。但在另一个方面作品又构成了对美国梦的解构,其策略主要以资本对成长中的主体的自我意识的戕害为突破口,为反美国梦的叙事传统提供了新鲜的叙事—政治逻辑。

本节主要从叙事进程和人物塑造来讨论小说中对美国梦的建构性的认识,下一节从时空体来看小说对美国梦的解构策略。从总体来看,《马丁·德赛勒》呈现出重人物、轻情节的叙事特征,这表明性格决定成长中的人物的成败这一现代成功学的母题。

先谈叙事进程。从小说的叙事进程来看,《马丁·德赛勒》展现了美国梦成长小说传统的惯常叙事模式,即以单调的重复循环构成主人公成长历程中实现资本增值的寓言。这种典型的传记型的叙事手法肇始于阿尔杰,其叙述严格按照故事本身的时间顺序来铺排,故事本身则构成一个个的循环历程,每个循环阶段构成一次从投资到生产到增值的资本历程。这种以资本循环伴随人物成长的叙事套路,在小说反映的时代,即19世纪后半叶直至20世纪初的美国非常兴盛。这是美国传记业发展的鼎盛时期,涌现出大量的励志类报纸专栏、杂志、虚构或非虚构类的传记书籍,爱迪生、豪威尔、卡耐基等众多名人需要借传记来宣扬自己,也培养了一大批的新闻写手和日后的小说家,如德莱赛和伦敦等。这一类传记基本上都是按照历史的进程追溯其成长的轨迹,归纳其成功的秘诀,或者说利用各自实现"美国梦"的经历为读者提供案例式的样板。①《马丁·德赛勒》这部小说正是通过按部就班地叙述主人公的成长历程,展示故事各环节的因果关系,以彰显作品的主题。小说以主人公马丁·德赛勒九岁在父亲的烟草店做帮工开始,按照时间顺序,叙述他在旅馆中任行李员、前台伙计、至经理秘书,同时在旅馆中租赁烟草摊位任老板到自己开办餐馆;在被提拔到助理经理的职位并被允诺数年后接替总经理职位时,他反而去职,专心发展连锁餐饮;其后他又卖掉餐馆,重新进入旅馆业,直至最后在建造大宇宙城中遭遇失败。从总体上看,这一叙事线索中规中矩,在失败的结局前其叙事的套路基本符合美国梦成长小说中由穷变富、由低变高的叙事格局。其中每个循环都包括吸纳资金、寻找场地、雇佣人员、推销宣传、运营成功、资本增值、资本扩张这些步骤,虽然在循环的每个阶段呈现出比前一个层次更高等级和更大规模的特点,但总体上这个叙事套路还是高度雷同。这说明,主人公的成长是以资本的循环增值为标志的。

再看性格。小说对主人公性格的塑造典型地呈现出美国文化对成功的性格要素的界定,说明美国梦意识形态规定下成长与成功的逻辑关联。德赛勒成功的原因,总体上看,很大程度要取决于他的性格,他敢于梦想、执着梦想的理想主义和实用主义的实践精神相结合是其成功的重要因素,而最后梦想压倒经济理性是其失败的诱因之一。德赛勒在成长中展现出的品质处处呼应着爱默生对美国文化理想人格的论述。爱默生的自力说、梦幻说和革新论可以被视为弥尔豪泽塑造德赛勒性格的核心要件。

---

① Thomas P. Riggio, "Dreiser and the Uses of the Biography," *Cambridge Companion to Theodore Dreiser*, eds. Leonard Cassuto and Clare Virginia Aby (Cambridge and New York: Cambridge University Press, 2004), 30–46.

爱默生的自力说强调"相信你自己"。① 他指出,一个人在成长中,总会遭遇社会上的障碍、阻隔,常常消磨了个性;只有用意志和行动来对抗这些外在的阻碍,人才能在奋斗中实现自我,"当我的天才要求我时,我避开父母、妻子和兄弟。我会在门楣上写下:闪念"。这种对社会规训的蔑视,对坍塌的自我意识的解放,在他的笔下时时变成了自我中心主义的宣言。②《马丁·德赛勒》这部小说的主人公在成长中依靠自我、相信自我的精神,表现在他与别人冲突时依然执着于理想和自我意志。如他儿时逆父亲之意设计出的"雪茄树"③(4);他租赁"天堂展馆"需要父亲担保时的极度不满(63);在被允诺高升时,他的执意辞职(121—122);他力排众议对范德林的收购(173);他在建设德赛勒旅馆、新德赛勒旅馆和大宇宙城时的我行我素等等。德赛勒在后来思索自己成长中每次的重大转折都是因为"一时兴起、一个冲动",是服从"直觉"(123)的结果,这恰恰是爱默生所主张的人需要正视自我当下的冲动并付诸行动的主张。

爱默生强调,幻想在人的成长体验、在人认识世界改造自我的过程中具有重要的作用。他认为,在人生的成长中,我们总是从此梦走入彼梦,"幻象永无尽头"。④ 人生虚幻的神秘性表现在情绪或物体的接续中。唯有接受幻想,承认幻想中所包含的认识论上的相对主义,才能证明幻想具有教育意义。人需要以幻想为手段实现自身的发展,但又不能仅仅止于幻想,需要通过行动来加以证

---

① Ralph Waldo Emerson, *The Complete Writings of Ralph Waldo Emerson: Containing All of His Inspiring Essays, Lectures, Poems, Addresses, Studies, Biographical Sketches and Miscellaneous Works* (New York: Wm. H. Wise & Co,1929),284.
② Emerson 288.
③ Steven Millhauser, *Martin Dressler: The Tale of an American Dreamer* (New York: Crown,1996). 以下小说引文在文内注明页码。
④ Emerson 254.

明或证伪,以此不停地修正人的直观。①。德赛勒成长过程中迷梦般的心理世界,对人生、事业、城市乃至宇宙的感知和想象,都充满了爱默生式的幻想:如刚入旅馆的德赛勒每天觉得自己"跌入了奇幻的梦里"(24—25);当他提职后陷入恍思,直到晚上才意识到"他在旅馆的生活是种梦幻般的生活,是一段插曲,一段他终将醒来面对真实世界的生活"(36);他在被提升至经理时,展现出他对大厅工作迷梦般的思念(56);当听到他要被晋职时,他感到"那种梦幻般的感觉压上来,仿佛他真实的生活恍若就在此处,又不在此处,而是在那里"(59)等。须注意,爱默生关于幻象和幻想的言论,其目的在于为其实用主义的人生哲学奠定基础,他更要求人们在接受幻想后去创造世界、成就自我。② 这种指向实践的幻想,在小说中比比皆是,正如主人公很早领悟到的,既然"承认了生活的梦幻本质",那就"完全地沉入梦想之中,不用恼人地渴望醒来"(36)。幻想和梦想与他的欲望紧密相联,面对着飞速发展的城市空间,他的体内总是洋溢着躁动不安的情愫:他躺在床上时血液里的躁动让他感觉自己就像"一列蒸汽火车,向着黑色的夜空吐着火红的浓烟行驶在现代的都市中"(71);三家餐馆成功后,他的体内"涌现出一阵尖锐的躁动、不满,仿佛他应该去做别的什么事情,更宏伟的、更高的、更艰难的、更危险的、更有魄力的事情"(129);后来他依然不满,感觉"躁动",不满足(171);初次回到范德林,他梦想着自己的身体就是这个建筑物,在壮大着,醒后感到"心快速地搏动——而从他的心中搏动而出的是一浪高过一浪的粗犷的甜美的兴奋"(174);直至德赛勒宾馆成功后,他又梦想着能够建造出具有"更丰富的场景和冒险精神"的东西,甚至扪心自问"他干嘛偏偏总要梦想着做些什么东西,改善些什么?"他甚至觉得,"仿佛

---

① Emerson 156.
② David Robinson, *Emerson and the Conduct of Life: Pragmatism and Ethical Purposes in the Later Works* (Cambridge: Cambridge University Press, 1993), 54 – 70.

只有当他能够想象出别的什么东西,伟大的东西,更伟大的东西,伟大到和整个世界相当的东西,他才能够消停一会"(242–243)。

爱默生在提出革新说时指出,一个自力的人应该是随着自己的冲动和理想,不停地改革与变革现存世界的人。在小说的开篇,叙述者在介绍当时美国所处时代背景时,就说道:"在美国的任何一个街道的拐角,你都会看到某些相貌平平之人,命中注定要发明新的"各种东西,这就展现美国尚新的文化氛围。德赛勒以维新为务的性格描写在小说中贯穿始终。第一章中,作者介绍德赛勒儿时发明的"雪茄树"(3),说明了主人公的创新意识,并与其父奥托·德赛勒讨厌任何"花里胡哨"的事物(暗指清教精神的遗传)形成了鲜明对比。叙述者还特别将范德林旅店的总经理韦斯特哈文与德赛勒进行对比,主要聚焦于两人辩论范德林是否要做现代化装修等一系列问题。韦斯特哈文"爱他的旅馆现在的样子,对豪华装修犹豫不决",尽管世界在变,他"也相当僵硬地向无可阻拦之事物弯腰",他依然"质疑如此变化的必要性"(69)。然后作者以间接引语和自由直接引语交替的形式总结德赛勒的看法,加强读者对德赛勒的创新意识和开放精神的认识。争论中的德赛勒认为,如果不与时俱进,范德林则有"古董化之虞",现代化的设施"非奢侈品,是必需品"(69)。固然,旅馆之精神绝非仅限于"技术"之一端,所以改革要注重章法,要依据人的心理,将"美国的效率和技术"与旧物结合起来,这样使人既不"失去最新的发展",又能感到"什么都没变",如此藏新于旧,旧中出新,方能使范德林生生不已、持续发展(70)。

三

主人公在成长中由于具备如此良好的性格换得的成功,却最终由于大宇宙城的运作失败而导致覆灭,说明美国梦的资本逻辑对人的成长的戕害,并最终吞噬人的主体性的存在。小说中主人公的成长与外在世界的成长是相伴相生的,这表现在叙述者在全篇勾勒出19至20世纪美国城市化进程的全貌,而且从主人公的空间实践这个角度,叙述主人公如何在自己的成长过程中,购买、调度、分配、使用、管理、经营、创造空间的资本活动。正是这些空间化的资本活动成就了主人公从门童到大资本家的成长历程。但是主人公的成功历程在大宇宙城的资本实践中失败,使得读者剖析美国文化中美国梦的意识形态对人的成长的阻碍和戕害的实质原因。可以说,小说主人公成长历程的终结点——大宇宙城的展馆空间与该时代的历史维度和社会现实紧密相联,是19世纪晚期资本主义发展所呈现的新景观;而主人公成长的终点,即他失败的结局的深刻原因,在于他因为空间恋物癖而跌入了展馆空间的资本陷阱中。

  作为小说的最高潮,叙述者在描述大宇宙城这一"无所不包、让人倾倒"的空间形式时,着重展现出其内蕴的资本逻辑和消费文化性质。在长达十几页的篇幅中,大宇宙城被描写成一个囊括了当时世界上几乎所有建筑形式、提供了当时资本主义服务业和娱乐业所有经营项目的空间物。叙述者在讲述主人公在设计空间时参观各种博物馆(258),说明大宇宙城的设计与展馆经济、消费文化的关联。这与1851年伦敦的"万国博览会"这一重大的现代消费事件相关。① 展馆无所不包、囊括一切的空间形式,形成了彼时消费社会"物体系"的景观特征。小说大量列举了大宇宙城的各种建筑形式,集中描写了第十八层的乡村别墅,二十四层的山洞景观,四层和五层合成一层的维多利亚疗养院(内设小湖、沙滩、庭院),其他楼层的庭院式住宅、屏风区隔的地段、观景平台区等等,应有尽有,目不暇接——其景象恰是鲍德里亚所谓的资本主义的

---

① Russel W. Belk, *Collecting in a Consumer Society* (London and New York: Routledge,1995),12-5.

物的繁衍,大宇宙城中无尽的空间景观及其附属商品使得旅客感受到置身于无尽的物的世界中,所到之处都是商品的丰盛,并以体系化的形式而存在。[①] 叙述者后来又用四页的篇幅描述各种空间场景时提到有传闻说:在建筑物里,"深受人类渴望折磨的塑像,竟然活过来,在黑暗中逡巡,眼睛中满怀着情愫,他们扑向爱人,然后拖沓着步伐行走,最后又摆出新的恼人姿势"(272),"在黑悦园中,硕大的黑玉乳房散发出危险的香气,展现出狂喜的幻境,让人看后丧失活下去的欲念"(273)。这些描写虽然看似"奇幻",其落脚点依然"写实"。19 世纪中晚期出现的大型商场和游乐场是制造"巨大的幻觉效应"的场所。它们"经常成为资本家和现代主义者追求新奇的动机,成为梦幻影像的源泉。它们串联起种种联想以及半数已被忘却的幻觉,即本雅明称为寓言的东西"。[②] 弥尔豪泽小说中塑像的复活、黑玉乳房的幽香,代表了消费者置身于万千的影像世界所产生的梦幻般的想象:想象和传闻刺激着消费,消费也满足着受众的童话想象。

作为主人公人生发展顶点的大宇宙城,其实是代表着主人公在美国梦的意识形态的促动下,从事资本活动所达到的顶点;而主人公的失败,正是说明这种意识形态和经济活动相叠加下的人的发展的限制所在。主人公在运作大宇宙城时,其最终的失败的原因正在于他跌入"空间恋物癖"的陷阱。亨利·勒菲弗指出:在资本主义的空间生产中,"资产阶级〔……〕最终自己又落入了这个陷阱:一个病态的空间,或者一个病态的社会的空间。不管怎样,在这一假设中,空间不是一种纯洁的表现,而是传达了资本主义社会的准则和价值观,而且首先是交换和商品的价值观,也就是拜物

---

① Jean Baudrillard, *Consumer Society: Myths and Structures*, trans. George Ritzer (London: Sage, 1998), 25 – 8.
② Mike Featherstone, *Consumer Cultureand Postmodernism* (London: Sage, 1990), 23.

教。"①德赛勒成长的悲剧,正是他跌入了拜物教的陷阱,陷入了对旅馆空间的膜拜与痴迷的心性状态中。大宇宙城成为展览"旅馆、百货商场、娱乐园、剧院"各种建筑形式,"以极端的形式表现了这个时代对于宏大壮观和兼收并蓄的热爱";但建筑物的"铺张、奢华和**渴欲**却被推到极致,以至于**怪诞**","建筑物的细微末节展现了建筑者对于庞大物的**神迷**,而建筑结构的**庞大**也表现为微缩景观制造者对于精雕细琢的**痴迷**";如此,则"传达了一种对于巨细无遗的**渴望**,这正是这个时代隐秘的**疾病**"(275,**变黑体字为笔者所加**)。这里的"渴欲""神迷""痴迷""渴望"和"疾病"等,说明了主人公陷入了一种空间恋物的心性状态中。甚至到最后,德赛勒在反思自己失败的原因时也在质疑是否大宇宙城与先前的旅馆相比,其区别在于前者只顾新奇,距离"美好的旧式家庭旅馆太远了";它只顾变换无穷,使得人们无法获得"那种重复式的生活,那种多层次的相同带来的虽然枯燥但是安全的感觉"(281)。这表明失败后的他认识到自己对空间建筑的沉迷过度,以至于完全忽略了空间形式作为"物",所服务的对象是"人"的真正需求。德赛勒将失败看作是对自己的惩罚,因为他在建设大宇宙城时僭越了"上帝"的职权,因为他有一种"被禁止的欲望",要去"创造一个世界","是注定要失败的"(282)。这是他深入到自己的无意识,剖析自己创造大宇宙城的隐藏动机。换言之,大宇宙城并不仅仅是一个建筑物,它承载的毋宁是德赛勒在成长的道路上对自我的认知与塑造,发挥着拉康镜像说中的自我之镜的作用。② 这位资本家随着自己资本空间的不断增值,他的自我形象也在潜意识中不断膨胀,最后当他竟要创造出这样一个"无所不包"的大宇宙城时,他的自我想象也膨胀到无所不能近乎创造宇宙万物的"上帝"的地步。因而资本家在成长中对商品的拜物其实也是对自我的非

---

① 亨利·勒菲弗:《空间与政治》,李春译,上海人民出版社,2008,第32页。
② Sean Homer, *Jacques Lacan* (London and New York: Routledge, 2005), 21–22.

理性崇拜,膨胀到极点,必然是梦想以反讽的方式破灭。从这一角度可以说,《马丁·德赛勒》是美国梦的意识形态下一部主人公成长的悲剧。

综上所述,《马丁·德赛勒》作为典型的美国成长小说,在继承美国梦小说叙事传统的同时,又以一种新的叙事形式颠覆了美国梦的叙事格局。它既检讨了美国梦的国家意识形态与人的成长的关联,说明其既构建又戕害成长中的人的主体性的双重悖论,又在其文学化的历史叙事中与现时代展开了紧密关联的对话,是一部罕见的深入剖析美国公民成长历程中所面临的文化复杂性的杰作。

修炼的境界

——读萨尔兹曼的《夜不能寐》

刘建华

马克·萨尔兹曼(Mark Salzman,1959 年出生)的名字对于一些中国读者并不陌生。1982 年,他以优异成绩从耶鲁大学中国语言文学系毕业后,曾作为耶鲁—中国远征队(Yale-China expedition)成员来到中国,在湖南医学院教了两年(1982—1984)英语。主要根据这两年的生活经历,他创作了享誉美中的自传体小说《铁与丝》(*Iron and Silk*, 1986),以独特的视角、生动的笔触和丰富的感情表现了一个名叫马克·萨尔兹曼的美国青年在中国教授英语期间广拜名师学习武术、书法、文学等中国文化的经历,以及与不同阶层中国人的交往和友谊。此书大获成功后,萨尔兹曼又把它改写成电影剧本,并亲自扮演剧中男主角,于 1989 年摄制完成了电影《铁与丝》,让马克·萨尔兹曼这个人物形象与其创作者马克·萨尔兹曼一道,走进了更多美国人和中国人的视野。此后,萨尔兹曼又陆续发表了《笑经》(*The Laughing Sutra*, 1991)、《独奏者》(*The Soloist*, 1994)、《地域性迷失:在郊区的荒诞成长》(*Lost in Place: Growing Up Absurd in Suburbia*, 1995)、《夜不能寐》(*Lying Awake*, 2000)、《真实笔记》(*True Notebooks*, 2003)、《空船里的人》(*The Man in the Empty Boat*, 2012)等六部作品,牢固确立了他在美国文坛的重要地位。

萨尔兹曼的《夜不能寐》写的主要是位于洛杉矶的一所卡迈尔修道院里一位名叫"十字架约翰"的修女(简称"约翰修女")的成长故事。① 这个故事的现在时是1997年,即约翰修女1969年进入卡迈尔修道院之后的第二十八个年头。就在这一年,在修道和文学创作上取得了突出成就、可以说已达到她个人事业顶峰的约翰修女,被确诊得了颞叶型癫痫。故事主要围绕约翰修女认识疾病、接受手术、适应术后状态这三个部分展开。尤其在认识疾病——认识疾病在多大程度上扭曲了她的修道和创作,使她的修道和创作成就成为毫无真理可言的幻觉——那一部分,作家通过约翰修女的一些零散回忆,表现了她将近五十年的成长经历。②

关于约翰修女的成长经历,叙述者着重交代了如下七个方面的情况:

一、她原名叫海伦,是由外公外婆带大的。书里没有提及她跟母亲有过任何共同生活的经历。母亲偶尔会给她写信或打电话,但内容空洞,令她气愤。海伦不知自己的父亲是谁,母亲只说过自己当时不成熟。③ 外公喜欢海伦,在得知她厌恶养鸡场时,曾教她改变视角看世界,但他去世较早。外婆不接海伦母亲的电话,可能

---

① 吉尔摩认为,萨尔兹曼在写修女成长的过程中成功应对了双重挑战,一方面是作为一个"在不信教家庭中长大的不可知论者",萨尔兹曼可信地反映了修道院生活,另一方面是作为一个男性,萨尔兹曼真实塑造了修女形象,"挑战了如今的那种要求政治上正确的观点,即只有女性才能够和才应该描写女性"。Peter Gilmour, "Life in the Convent," *U. S. Catholic* 66. 2 (Feb. 2001):6。
② 斯宾内拉把《夜不能寐》看作记录约翰修女的"精神历程"的"精神日志"。Michael Spinella, "*Lying Awake*," *The Booklist* 97. 2 (Sep15, 2000):219.
③ 伯克哈特在海伦被母亲"抛弃"的经历中找到了海伦后来决定当修女的一个根由,那就是她想找一位"永远也不会抛弃她的爱人"。Marian Burkhart, "Epilepsy or Ecstasy?" *Commonweal* 128. 7(6Apr. 2001):25.

也不让她回家。外婆爱看电视,曾要海伦陪她看阿波罗8号绕月飞行节目。① 就在阿波罗8号绕月飞行所赶上的1968年的那个圣诞节里,海伦无意间被一位牧师关于改变视角看世界的布道改变了观念,随后就决定出家修道。当时海伦高中毕业并已开始在一家商场工作,年纪在二十岁上下。至于外婆对海伦的这一决定持什么态度,以及她是否来修道院看过海伦,书里没有介绍。海伦对外婆似乎也没有什么感情。书里有她对外公去世所感到的震惊,但没有她对外婆的任何惦记。

二、海伦小时候上的是教会学校,读过一些有关殉道者的故事,对这些殉道者非常崇拜。但她也发现,现实中的教会与书里的不太一样,上帝在日常生活中也没有故事里的那些非凡表现。后来。一位名叫普丽西拉的修女教师改变了她的看法。普丽西拉修女既信神又信己、既祈祷又实干、既服从又自主、既传统又创新,成了海伦眼里的"超人"②。普丽西拉修女曾在班里讲过她小时候先学意大利语后去意大利旅行,结果有了更多收获的故事,强调了勤奋刻苦的价值,给海伦留下深刻印象。1968年的那个圣诞节弥撒上,海伦又见到了普丽西拉修女,普丽西拉修女的虔诚表现与牧师的精彩布道共同发挥作用,一起坚定了海伦的信仰,使她做出终身修道的决定。

三、海伦所进的修道院属于赤脚卡迈尔教派(Discalced Carmelites)。这是一个创始于16世纪的教派,以修道刻苦、冥思深刻而著称,曾产生过圣特丽萨(St. Teresa of Ávila,1515—1582)和圣

---

① 阿波罗8号(Apollo 8),1968年12月21日于佛罗里达肯尼迪航天中心发射升空,1968年12月27日返回地球。这是阿波罗计划中的第二次载人飞行,是人类历史上的第一次绕月球飞行。执行此项任务的三位宇航员分别是指令长博尔曼(Frank F. Borman, II)、指令舱驾驶员洛威尔(James A. Lovell, Jr.)和登月舱驾驶员安德斯(Williams A. Anders)。

② Mark Salzman, *Lying Awake* (New York: Vintage, 2000), p. 80. 以下小说引文在文中标注页码,不另作注。

约翰(St. John of the Cross,1542—1591)等罗马天主教中的杰出神秘主义者。这所名为"圣约瑟夫"的卡迈尔修道院建于1927年,如今虽位于洛杉矶市中心区,却只有一条没有路牌的道路与外界连接,长期默默无闻,就像一条"沉船"(第8页)。海伦从1969年开始在这里修道,到故事开始时的1997年,已经度过了二十八个春秋。在此期间,她除了外出就医,一直生活在这个"没有电视机、收音机、报纸、电影、时装和男人的世界"(第39页)里,刻苦修道。

四、海伦修道的标准高,决心大。进入修道院后,她将自己的名字改为"十字架约翰"(John of the Cross),决心以参与创立赤脚卡迈尔教派的著名圣徒和诗人圣十字架约翰为榜样刻苦修道。后来,她确实像她的榜样那样在修道和创作上都取得了丰硕的成果,成为修道院里在这两个方面最有成就的人。她能经常见到上帝,直接领受他的教诲。她发表的诗歌散文集《屋顶上的麻雀》(*Sparrow on a Roof*)大获成功,不但给修道院带来可观的经济收入,也对人们的思想观念和人生道路产生了不小的影响,甚至使有的成功女性决定放弃世俗生活来修道院修道。

五、在截至1997年的最近三年里,约翰修女常受偏头疼的折磨。就在她应邀准备去梵蒂冈参加一个庆祝活动的前几个月里,她的偏头疼加重了。经医院检查,她被诊断得了癫痫,属于不太严重的一类——颞叶型癫痫,主要症状包括偏头疼、有幻觉、爱好宗教哲学和文艺创作等。幸运的是,她的癫痫是由一颗不难切除的脑瘤导致的,脑瘤切除了就能彻底治愈。然而,约翰修女却为是否接受手术展开了激烈的思想斗争。究竟是承认自己的病情,承认自己的修道和创作成就只是癫痫引起的幻觉,接受手术治疗,再从头开始艰苦的修道生活,还是不接受手术,继续享受奇特的幻觉和广泛的赞誉,不顾自己的病情给修道院所带来的麻烦?最终,约翰修女选择了前者。

六、约翰修女的思想转变得到了来自多个方面的帮助,既有教内长老的点拨,也有教外晚辈的启发。艾伦德神父建议约翰修女摆正自己与上帝和他人的位置,把上帝放第一、他人放第二、自己放第三(第126页),希望她选择手术的倾向非常明显。谢泼德医生以精良的医术和丰富的同情帮助约翰修女了解了自己的病情,看清了自己修道和创作成就的实质,认识到世俗生活与宗教生活在本质上有许多共同的地方,尤其是在服从原则、放弃自我、忠于职守、服务他人等方面。

七、约翰修女治病的过程最终也成了她修道的过程。在此过程中,她逐渐认识到,修道不是为了进入天堂或逃离地狱等个人目的,而是为了清除私心、学会博爱,认识到通向这一目标的道路充满艰辛,想依靠癫痫幻觉等捷径是走不通的,必须坚持不懈一步一步地走。正是由于有了这些认识,失去了成功者光环的约翰修女依然受到其他修女的尊敬。故事结尾,因为对修道的艰难性具有"特殊理解"(第181页),她被修道院院长任命为那位因受《屋顶上的麻雀》启发而决定前来修道的见习修女的导师。

以上按时间顺序分七个阶段对《夜不能寐》主人公约翰修女的成长经历做了简单的梳理与介绍。下面再围绕书里的三大主题,对约翰修女的成长和《夜不能寐》的成就做进一步的讨论。

一、耕耘与收获

一分耕耘,一分收获。不事耕耘,就没有收获。虚假的耕耘,就只有虚假的收获。总之,无论做什么,要想有所收获,都必须脚踏实地、吃苦耐劳地辛勤耕耘。这一观点,与文学史上的其他永恒主题一样,也是一种老生常谈。但就是这一老生常谈,被萨尔兹曼放在成长小说很少涉足的修道领域内深入探讨和反复强调,成了

《夜不能寐》里的一个颇有新意和魅力的主题。①

这一主题在萨尔兹曼的处女作《铁与丝》里就反复出现过。马克来中国所拜的武术教练潘老师最先向马克问的两个问题就是"能否吃苦"②和"是否怕苦"。马克的回答分别是"能"和"否",尽管他知道自己是在"说谎"。③ 后来,马克问过潘老师如何区分高强的拳手和平庸的拳手,得到的答案是:"平庸的拳手懒惰,还试图用迷信来掩盖。而大师则每天吃苦,终生不懈。"(第 108 页)

《夜不能寐》里的主要事件是约翰修女对于自己病情的认识。这一认识之所以重要和困难,就是因为它与约翰修女的耕耘与收获的性质密切相关。承认自己有癫痫,就意味着她之前的耕耘与收获是虚假的。④ 做手术治愈了自己的癫痫,就意味着她再也不

---

① 萨尔兹曼在介绍《夜不能寐》的构思时说,他的灵感来自他读到的神经病学家萨克斯(Oliver Sacks)所写的《他的梦幻世界》("A Landscape of His Dreams")一文。文章写的是一位意大利裔美国人,他四岁时就离开了意大利,然而在美国生活了六十多年之后,突然能够极为清楚地看到他的意大利故乡,以至于能在纸上把他所见的描绘出来,与此相伴的还有一种近似宗教感情的平静、和谐与仁爱,因此他相信描绘他的幻象就是他的使命。萨克斯见了此人,说他得了颞叶型癫痫,也叫陀思妥耶夫斯基综合征,这种综合征能强化患者的感情和对哲学、宗教、宇宙的兴趣。但萨克斯最终决定不对这位病人施治,因为那些幻觉对他的生活太重要了。读了这篇文章,萨尔兹曼说,"我就想,这能为人物构建一种极好的冲突:什么是真实的,我又如何决定?" Renee Montagne, "Interview: Author Mark Salzman Discusses His New Book *Lying Awake*," *Morning Edition*: 1, Washington, D.C.: National Public Radio (24 Oct. 2000).

② 萨尔兹曼似乎也很喜欢"吃苦"这个汉语词,他在《铁与丝》里始终把它直译成"eat bitter",以保留它的原味。

③ Mark Salzman, *Iron & Silk* (New York: Vintage, 1990) 68. 以下小说引文在文中标注页码,不另作注。

④ 坎贝尔对于萨尔兹曼的这一写法持有异议,说约翰修女所经历的那些"狂喜"虽然是由她的脑瘤引起的,但也不排除有"真实"成分,而约翰修女却"似乎从未考虑过这种可能性",显得"十分奇怪"。他认为,"如果萨尔兹曼当时若把这一想法写进书里,它的内容就会更加丰富"。Anthony Campbell, "*Lying Awake*," 〈http://www.acampbell.org.uk/bookreviews/r/salzman.html〉.

可能有之前的那种幻觉和灵感,她的修道和创作再也不可能取得之前的那些突出成就,她就再也不可能享有之前的那种令人艳羡的声誉和地位。尽管她耕耘和收获中的虚假成分并不是她的有意所为,而是由她所无法控制的疾病造成的,但这种虚假成分违背了她从小受到的教育和她一向奉行的原则。

约翰修女从小就对虚假的东西非常敏感和厌恶。接到母亲充满虚情假意的来信或电话,她想到过用恶毒的语言去"伤害"她。星期天,外公带她外出,通常都不开车里的收音机,海伦欣然接受,因为她和外公一样不想听收音机里那些大嗓门、无诚心的牧师们的布道。在学校里,海伦爱读殉道者的故事,十分敬佩他们为了信仰在所不惜的英雄主义精神。同时,她也注意到现在与过去、现实与书本之间的差距,对脱离传统、弄虚作假的现代社会非常不满。普丽西拉修女的出现使海伦看到了学习的榜样。普丽西拉修女关于她小时候为了实现去意大利旅行的愿望而按父母建议刻苦学习意大利语、最后在旅行中有了意想不到的收获的故事,使海伦深刻认识到真诚努力、刻苦耕耘的价值。

进入修道院后,海伦将自己的名字改为"十字架约翰",像圣十字架约翰那样严格要求自己,刻苦修道,顺利地度过了头六年的见习期,按时在第六年上转为正式修女。在随后的二十二年里,约翰修女从未放松过对自己的要求,也从未缺席过修道院里的各项活动,直到三年前她开始受到日益严重的偏头疼的折磨。可是,即使偏头疼发生时,只要她神志清醒,能够下床,她还是坚持参加集体活动,虽然她有时不得不迟到或早退。

渐渐地,约翰修女学会了把自己的偏头疼看作上帝给她的额外考验,把伴随头疼而来的幻觉看作上帝对她的额外努力的奖励。为了记录这些奖励,记录她在这些幻觉中获得的神启,她经常通宵达旦地进行创作。她的诗文集《屋顶上的麻雀》之所以能大获成功,与她的勤奋刻苦是密切相关的。然而,她却并不认为自己这么做是在吃苦,尤其是在她开始能在自己的痛苦中见到上帝之后。用她自己的话说,"我一点儿也不觉得我在逼迫自己。我是受到了牵引"(第34页)。她在说这话时,伊曼纽尔院长盯着她的脸寻找"骄傲或不自然"的痕迹,结果看到的"只有确定"(第34页)。

约翰修女的勤奋是确定无疑的,但伊曼纽尔院长也清楚,有天赋的人容易骄傲,她内心在问:"约翰修女是否在将个人利益置于集体利益之上呢?"(第34页)伊曼纽尔院长的疑问不久就得到了证实。正是由于害怕丧失幻觉、神启和灵感,害怕丧失令人羡慕的修道和创作成就,被确诊得了癫痫的约翰修女在是否接受手术的问题上开始犹豫了,开始将个人利益置于了集体利益之上。此后不久,她的癫痫再次发作,让她再次看到自己给修道院造成的麻烦,终于忍不住请教了艾伦德神父,得到的建议是:"上帝第一,他人第二,自我最后。你只要坚持这一点,你就肯定能做出正确的决定。"(第126页)

按照艾伦德神父的建议,约翰修女最终选择了手术。治愈了癫痫,没有了幻觉,约翰修女重新回到单调乏味的正常生活。躺在修道院的疗养室里,她开始以正常人的眼光检视起自己二十八年来的修道动机,结果发现自己的动机太务实、太狭隘。她发现自己进修道院只是为了实现进天堂的美梦,证据是在她宣誓转正后的那些年里,她一度曾因新鲜感消失、天堂仍未出现而变得极为失望。出于害怕,她将自己的真实感情隐藏起来,打着为上帝服务的旗号不停工作,想在忙碌中忘却自我。后来,她把自己的幻觉解释成上帝的恩宠而不是癫痫的症状,其实是在重温自己的天堂梦。决定做手术也不是出于什么责任感,而是出于对地狱的恐惧。总之,她发现自己的修道动机一直都不够端正,一直都是以自己为重,而不是像艾伦德神父所说的那样以上帝和他人为重。

> 如果我为您服务为进天堂,

拒绝我进天堂。
如果我为您服务因怕地狱,
判处我下地狱。
如果我爱您只为爱您,
就请将您给我。(第170页)

这是约翰痛苦反思后所发出的心声,其中表达了她对自己过去二十八年耕耘的局限性的认识,以及她准备朝着新的更高目标继续耕耘的决心。这个新的目标不再是进入天堂或逃离地狱,不再是为了自己,而是为了上帝,为了上帝所代表的至高理想。

对于正常的人,包括治愈了癫痫、没有了任何幻觉的约翰修女,这个新目标可能是一辈子也无法达到的,无论怎么辛勤耕耘。但朝着这一目标的任何真正的耕耘都是不会毫无收获的。这就像约翰修女所注意到的教堂窗外的那些树木那样:"**那些树都往上伸展。它们至死也不可能达到太阳的高度,但在此期间,它们却能够提供阴凉、美感和氧气。倒下后,它们能为下一代树木提供肥料。**"(第178页)

二、视角与真知

视角也是一个在《夜不能寐》里反复出现的重要话题。约翰修女成长道路上的每一个进步都离不开她看待自己的视角上的变化,而她的视角变化也离不开她周围人看待她的不同视角,尤其是艾伦德神父的视角和谢泼德医生的视角。依照艾伦德神父的视角,约翰修女之所以在是否接受手术的问题上犹豫不决,关键就是她的视角有问题,具体说,就是她总是站在一己的立场看问题,没有站在上帝和集体的立场上。因此,艾伦德神父给了她"上帝第一,他人第二,自我最后"的建议,使她开始看到自己的问题的症结,不久就选择了手术。

艾伦德神父代表的主要是道德视角,而谢泼德医生代表的则主要是科学视角。谢泼德医生以他丰富的专业知识帮助约翰修女看到了她偏头疼的原因以及她修道和创作成就的实质,在很大程度上改变了她看待自己的视角。谢泼德医生还以他的责任感和同情心改变了约翰修女看待科学和世俗的视角,使她在服从规则、忠于职守等方面看到了医院与修道院的相似,在谢泼德医生身上看到了爱人救人的基督的影子。

按照萨尔兹曼在《铁与丝》里的介绍,马克十三岁上看了电影《功夫》之后就开始对奇异的中国文化产生了兴趣(第17页)。在大学里,马克主修中国语言文学,更加深入地了解了中美文化之间的差异以及视角对于正确认识这些差异的意义。他也许在中国文学课上读过苏轼的《题西林壁》这样的以视角与真知为主题的名作:

> 横看成岭侧成峰,
> 远近高低各不同。
> 不识庐山真面目,
> 只缘身在此山中。

拘泥于一己或一种文化的视角,就不识观察对象的真实面目——这是贯穿《铁与丝》的一大主题。由视角问题而引发的不同文化之间的误会和冲突,也成为《铁与丝》的丰富戏剧性的主要来源。

《铁与丝》里,刚到中国的马克不自觉地用美国的视角看中国:"我还怀疑武术老师会接受一个外国学生,因为我听说他们的思维通常诡秘而又陈旧。"但教他中国文学的魏老师却"使劲地摇了摇头"说:"平庸的拳手也许这样,但你会发现,中国的那些最优秀的拳手并不迷信或封闭……"(第30页)果不其然,一位姓李的医生在发现了马克打拳有形无神的问题后,主动提出要给他一点建议。他把马克带到离马王堆汉墓不远的一个土堆上,对他说:"想一下你脚下的悠久历史吧!……有这么多历史在你脚下,你不觉得感动吗?来,开始练吧,这一次别太在意技巧。只是享受它,就好像这土堆在给你力量。让传统通过你的全身,这种感觉才使武术优美起来。那不是一种力量吗?"(第34页)正是接受了中国视角,经过了多位优秀中国拳师的指教,马克的武功才有了持续的长进,最后进入了一种奇妙的境界:"我觉得自己轻如羽毛,时间也变得毫无意义了。"(第211页)

相比之下,《夜不能寐》里的约翰修女在接受别人的视角、克服自己的局限方面所走的路要比马克更加曲折艰难。《铁与丝》只写了马克在中国的两年的生活经历,而《夜不能寐》则写了约翰修女将近五十年的生活经历,尤其是她后二十八年的修道经历。武术对于马克主要还是一种业余爱好,而修道对于约翰修女则是一种生活方式。在个性方面,马克随和、开朗、快乐,他的中国学生们给他的外号是"活神仙"(第208页),而约翰修女则较为严肃、执著、强硬,她给自己更换的名字借自一位杰出男性,即卡迈尔教派的16世纪著名圣徒和诗人圣十字架约翰。总之,约翰修女不像马克那样易于接受别人的视角,调整自己的视角。因此,她的视角与别人的视角之间的关系更为复杂,更具思想性,不像马克的视角与别人的视角之间的关系那样简单和有趣。

小时候,约翰修女(当时她名叫海伦)有一次陪外公去一家养鸡场买鸡蛋,看到鸡都被关在笼子里、毫无自由可言,非常气愤。在回家的路上,她对外公说:"我讨厌去那个卖鸡蛋的地方。那里气味难闻。"外公"迟疑"了一会儿说:"哪儿的气味都不好闻,宝贝儿。你就对自己说它好闻吧。如果那么做没用,你就试着用嘴呼吸。"(第55页)外公之所以在听了海伦的话后"迟疑",也许是因为他在试图弄懂海伦为什么会"讨厌"养鸡场,也许是他还试图把她所"讨厌"的养鸡场与她所"讨厌"的其他对象进行联系,包括她的不负责任的父母,也许是他没想到海伦小小的年纪就这么愤世嫉俗。这也许就是为什么他在"迟疑"过后说的第一句话是"哪儿的气味都不好闻"。哪儿的气味都不好闻,而人要存活又不得不呼吸,不得不闻。为了克服这个矛盾,外公建议了两个办法,一个是精神上的——使自己相信难闻的气味好闻,另一个是物质上的——改用没有嗅觉的嘴来呼吸。外公这么做是在向海伦提供看待世界的其他视角,帮她摆脱单一、固定的视角给她带来的思想和生存困境。

然而,外公的建议对于改变海伦的视角似乎并没有起到多大作用。外公去世那年,海伦在电视上看到有关阿波罗8号绕月飞行的报道。[①] 当宇航员向"美好地球"上的人类念完圣诞节祝词之后,海伦不禁自问:"美好地球?从远处看,也许是。走近了看,它就没那么美好了。"(第87页)这里,海伦看待世界的视角与以前并没有太大变化。她虽然知道了远看和近看会导致不同的结论,但她始终都是把人,尤其是她自己,放在中心。因此,她对世界的看法才如此悲观,才会在圣诞节弥撒上听了牧师的布道后深有感触。牧师说:

> 美好的地球。宇航员们是那样描述他们在天上的看法

[①] 1968年的平安夜,阿波罗8号上的三位宇航员在月球轨道上向地球做了电视直播。直播中,他们朗读了《创世记》第一章,对"美好地球上的所有人"说了"圣诞快乐"和"愿主保佑你们"。这是历史上观众最多的电视直播之一。任务结束后,在世界各地出席活动时,指令长博尔曼受到了教皇保罗六世的接见。教皇告诉他:"我一生都在试图向世界说出你在平安夜所说的话。"也有无神论者欧黑尔(Madalyn Murray O'Hair)因阿波罗8号宇航员朗读《创世记》而起诉美国国家航空航天局,要求禁止身为政府雇员的宇航员在太空进行宗教活动,结果被法庭驳回,但也使得航空航天局在阿波罗计划后来的任务中要求宇航员不要在太空公开谈论宗教。

的。但美好的地球并不是一个地方,而是一种心态。地球就是那个样子的,如果我们用上帝的视角观看的话。

大多数时候,我们把自己放在世界的中心,期待它完全围着我们转。从这样的一个中心做观察,得出的看法就会非常灰暗。然而,如果我们把上帝放在一切的中心,我们的看法就会完全改变。(第90页)

正是听了牧师的这番话,海伦认识到,视角问题不只是一个远近高低前后左右的纯角度问题,还有一个更为根本的以谁为中心的问题,即以人还是以上帝为中心的问题。有了这样的认识,海伦开始自问:"以前会不会是我错了?"(第90页)也就是说,以前,她认为世界不美好都是因为世界错了,而现在,她开始觉得,世界之所以不美好,有可能是她自己错了,那就是她所用的视角是以人尤其是自我为中心的,不是以上帝为中心的,而如果她采用以上帝为中心的视角,世界就会完全不一样。

带着这样的认识,海伦辞掉了工作,告别了外婆,进修道院当上了修女,想专心培养以上帝为中心的视角,以改掉自己以人为中心的视角。然而,她很快就意识到这一任务的艰巨性:"她闭上眼睛,试图清除脑中一切不是上帝的东西,却发现这就像把大海腾空:你能把那些海水放哪儿呢?"(第77页)她努力坚持着,但一直没有接近目标的感觉,到了第十三年上,她这个"基督的新娘"也没有见到她的"新郎"。她曾这样写道:

> 我就像一只沙漠猫头鹰,
> 身陷在荒芜的废墟里。
> 我夜不能寐,唉声叹气,
> 就像屋顶上的一只孤独麻雀。(第98页)

就在这一年的某一天,约翰修女的母亲来到了修道院。之前,约翰修女给她写过信,但没想到她会不回信,直接来修道院找她。见面没说几句话,约翰修女就明白了,母亲来是为了彻底断绝她们的母女关系。她已经以单身女人的身份结了婚,生了两个孩子,所以不想让约翰修女的出现戳破她的谎言,破坏她的家庭。也就是说,母亲不但用谎言否认了约翰修女的存在,还要约翰修女支持她的谎言,并配合她把这一谎言维持到底。一时间,约翰修女启动了她所有的大脑细胞,想找"一句一个女儿对她母亲所能说出的最具杀伤力的话"(第105页)。可就在这时,她看到了母亲胸前别着的那枚"毫无品味"的胸针及其所代表的"失败",一下子又犹豫了:

> 难道她这么快就忘了她应该像爱人的基督那样爱人吗?她母亲不是来改善关系的,而是来求助的。……也许就是在这里,不是在唱诗班里或我的小屋里,我才能发现我的誓言的真正意义。(第105—106页)

最后,约翰修女不但没对母亲说任何具有"杀伤力"的话,还向母亲问了妹妹和弟弟的名字,并要来他们的照片。仔细观看了一番之后,她把照片放回母亲"颤抖"的手上,说道:"知道了他们的名字,我就可以每天为他们的健康幸福而祈祷。"母亲"费劲"地收起了照片。她看上去"可怜,不是邪恶"。"我很高兴知道了真相,"约翰修女最后对母亲说,"放心吧,妈妈,愿上帝保佑你。"(第107页)

什么是上帝的或以上帝为中心的视角呢?根据约翰修女在与母亲见面(这是书里所写的这对母女的唯一一次见面)过程中所发现的"真正意义",可以说,这是一种能从"邪恶"中看出"可怜"的视角,一种能为本应承受"最具杀伤力的话"的对象祈祷祝福的视角,一种能使自己和他人得到改变和升华的视角,一种博爱的视角。①

这种视角不是天生的,而是修来的,也是常被遗忘的,就像约翰修女刚弄清母亲来意时所做的那样。因此,就有必要不断修道,不断腾空自我大海里的私欲之水,用上帝的视角取代个人的视角。修道院里就有一位名叫玛丽·约瑟夫的资深修女,修道时间长达六十一年,有"活规则"之称,"体现着默祷生活的最高理想":"按照传统,如果教派的法规丢失了,他们只需看看活规则是如何祈祷的,就能把它们再找回来。"(第7页)

然而,在达到这种境界之前,遗忘总是会发生的。约翰修女在被确诊患了癫痫后,就又忘了上帝的视角,忘了上帝和他人,不能决定是否应做手术医治这种三年来让她见到上帝、给她带来灵感的疾病。在感情上,她一开始的态度是死也不做手术:"求您了,上帝,拿走一切,拿走我的生命,但不要离开我,不要对我说我根本不认识您。"(第67页)类似的想法后来还出现过:"如果您在过去三年里向我展示的一切都只是蜃景,那么现在我就陷入有生以来最穷困的境地。丧失您,我就丧失了一切。"(第122页)但在理智上,她又觉得应该做手术,既然她那些神秘经验不是上帝的真实显现,而是脑瘤引起的幻觉。在这一激烈的思想斗争中,约翰修女得到了艾伦德神父、玛丽·约瑟夫修女和其他修女的帮助。

为了帮助约翰修女走出困境,艾伦德神父从纠正她的视角入手,教她正确看待与上帝的距离问题,要她知道虽然与上帝分开了,实际上是离他更近:

> 因为与神化自己相比,怀疑自己的灵魂会使我们变得更

---

① 伯克哈特认为,约翰修女之所以放弃了认母的想法,只是因为她看清了母亲的"真相"——"害怕、羞愧、可怜"。Burkhart, "Epilepsy or Ecstasy?"这一强调约翰修女眼力的解释有忽视她的爱心之嫌。

好。你以为爱上帝就意味着拥有他的陪伴,享受恍惚的状态。那都是围绕着你,不是吗?而爱上帝则应该是一切都围绕着他。应该相信他,把你的一切都交给他。(第125页)

也就是说,要克服以自我为中心的视角、坚持以上帝为中心的视角。

艾伦德神父的话给了约翰修女很大触动,使她开始看到自己修道动机里的自私成分,看到自己的书之所以流行的原因——人们大多希望被告知他们能够实现自己的梦想,包括亲见上帝的梦想,而她在书里所做的就是满足他们的愿望。但她并没有立即做出接受手术的决定。在她来修道院二十八周年纪念日那天,她在日记里写下决不背离上帝这样的话,还想等到圣母哀悼日那天再把自己的病情告诉大家。可就在当天,她犯病晕倒了,醒来时发现自己已经躺在疗养室里。疲惫的伊曼纽尔院长守在她的床前,说她已从艾伦德神父那里了解到她的病情,并向她简单描述了她犯病时的情况:一开始,她对大家说她看到了极为美妙的景象。圣餐仪式开始后,她站立起来,开始在教堂里转悠,一边盯着天花板,一边轻声哼唱,若不是及时被人拉住,就会把屏风撞倒。

当天晚上,约翰修女只身一人进了教堂,来打"她的人生之战"(第140页),最终决定是否接受手术。然而,没跪多久,她就困了。她回想当年基督的信徒因贪睡渎职而给基督造成的灾难,并用鞭子抽打自己,但都不能驱散倦意。就在她快要支撑不住之时,"活规则"玛丽·约瑟夫修女来了,伊曼纽尔院长来了,其他修女都来了。她们手里的烛光"使黑夜变成白昼"。她们无言的陪伴给了约翰修女巨大的力量。她终于认识到,"放弃她的恍惚状态如果不是一个高尚的决定,至少是一个体面的决定"(第142页),于是她做出了接受手术的决定。

二十八年前,约翰修女来修道院当修女的目的之一是摆脱世俗,寻找天堂。送她来的出租车离去后,约翰修女"最后看了一眼这个似乎只想毁灭自己的世界,然后就告别了它"(第73页)。按她当时的看法,世俗世界"似乎只想毁灭自己",没有什么希望。二十八年后,当她离开修道院去医院检查偏头疼的根源时,她对世俗世界的看法没有什么变化。她觉得世俗世界就像一座"正在燃烧的建筑",她从修道院来到世俗世界就像"从一个现在永恒存在的世界来到一个现在根本不存在的地方"(第40页)。然而,当约翰修女再次来到医院准备接受手术时,她对医院及其所代表的世俗世界的看法开始发生变化。她发现,医院与修道院有相似之处。其一,医院和修道院里的人一样都要做事,尽管医院里的"节奏快一点","医生手里拿着的是病历和热饮,不是祷文和念珠"(第152页)。其二,医院和修道院一样都强调服从,都认为"合作与默契比个人成就更重要"(第152页)。其三,医生和修女一样都在"毕生为他人服务"(第153页)。[1]

　　送约翰修女来医院的玛丽·迈克尔修女是修道院的院外修女。她结过婚,生过三个孩子。养大了孩子,处理完丈夫的后事,她当上了住在修道院外但参加修道院活动的院外修女,为修道院提供各种服务。看到世俗生活和宗教生活这两种似乎对立的生活如此自然地结合在玛丽·迈克尔修女身上,约翰修女不禁赞道:"你的人生是最精彩的。你总能感觉到什么最适合你。"(第156页)但玛丽·迈克尔修女却否认自己有任何先见之明:"我现在感觉到了,但那是后见之明。没有谁养大了三个孩子还能保持任何的确定性,真的。无论怎样,你还年轻,还没到考虑清静的时候,你

---

[1] 萨尔兹曼反对对立、确定性以及神学和认识论上的专横。他说,"在我们生活的这个时代,确定性顶替了精神性,那些原教旨主义者对于他们的信仰坚信不疑,而我之所以喜欢那些默祷者,是因为他们愿意承认自己的怀疑。……他们说,你以为你懂上帝的时候,其实是你最不懂上帝的时候。"Mark Salzman, "Interview in Salon"(1 Oct. 2001),(http://dir. salon. com/people/conv/2001/01/10/salzman/index. html? pn = 2)。

还在半路上。基督也没有过多少清静——他一直斗争到最后。他的经历值得你借鉴。"(第156页)不确定,不封闭,一直努力到最后——玛丽·迈克尔修女的这些感悟也为修正约翰修女的视角起了很大作用。

在纠正约翰修女看待世俗世界的视角方面,起了最大作用的还是谢泼德医生。癫痫治愈、幻觉消失后的生活,正如谢泼德医生所言,"一开始有点乏味"(第158页)。对于约翰修女,这种"乏味"主要表现为"模式消失了"(第159页),一切就像万花筒里丧失了模式的彩色碎玻璃,构不成图案,没有了意义。"在宗教生活里,如果你对你的个人经验失去了信心,难免就会怀疑一切。"仍然相信宗教与世俗的差异的约翰修女对谢泼德医生说。谢泼德医生问道:"那对所有人都适用,不是吗?"接着,他谈了自己在实习阶段就因为意识到自己学医初衷不对而差点放弃医学。约翰修女问他怎么又坚持了下来。谢泼德医生答道:"因为所有人选择医学的初衷都不对。这似乎是与这个领域一起出现的。"(第159页)也就是说,选择任何领域的初衷都可能不对,但人们也不必因此而放弃所选的领域。通过不断修正自己的初衷和视角,人们就能够在各自的领域里做出成绩,为他人提供越来越多的服务。这令约翰修女又想起了玛丽·迈克尔修女对她说过的话:"基督没有清静,不得不斗争到最后。"(第162页)

出院那天,又换上修女长袍的约翰修女向穿着白大褂的医生告别,感觉就"像一个边疆卫士隔着疆界向那边的卫士告别"(第165页)。制服不同,领域不同,但地位却没有什么不同,没有约翰修女以前看法中的那种天壤之别了。约翰修女的视角变了,无论是看他人,还是看自己。在电梯里,看着光洁的金属壁上自己的身影,"她长期珍爱的袍子显得有点奇怪,就像是戏装"(第165页)回到了修道院,约翰修女发现,"修道院的建筑显得单调,修女们的虔诚出现了疲乏,吟诵的赞美诗就像是读出来的歌剧剧本。"(第

169页)正是带着这种新视角,约翰修女发现自己二十八年的修道不是为了进入天堂,就是为了逃避地狱,从未有过正确的动机。

发现了自己的修道动机不纯,又没有了任何的幻觉和创作灵感,约翰修女感到极度沮丧。"活规则"玛丽·约瑟夫修女前来开导她,又向她提出了视角问题:

> 基督去世时并没有看到他的工作的完成。按照常人的标准,他是一个失败者,但信仰却将其失败变成了胜利。最重要的是他看待它的角度。上帝曾向你展示过天国的样子,而且你已将它与他人做了分享。现在你可以做点更好的事情。……天国虽然难以企及,但仍然信仰坚定,不断前行。你如果能写一写这一话题,那该是多么好啊。……我们对上帝的任何认知都导向更深的秘密。有时确实难以接受,但我们不得不继续走下去。(第175页)

继续走下去,一年又一年,一代又一代,尽管永远也到不了目的地。疗养室里,躺在约翰修女对面床上的是特丽萨修女。当年,她曾是约翰修女见习期间的导师。如今,她已经下不了床了,连吃饭都需要人喂,而且完全丧失了记忆,甚至忘了自己是谁。她的现状就是其他修女的未来。然而,她帮助过几代修女的成长,包括约翰修女。在见习修女米丽亚姆的转正仪式上,约翰修女注意到了教堂窗外的树,想到了它们尽管永远也够不着太阳,但这并不影响它们努力向上生长的意志,并不影响它们在生长时为人们提供阴凉、美感和氧气,在倒下后为后代树木提供肥料。

约翰修女医治癫痫的过程也是改变视角的过程。最后,她终于能比较客观、积极地看待世界与自己,知道该如何处理自己与上帝和他人的关系。正是鉴于她"对践行上帝意志的艰难性的特殊理解",伊曼纽尔院长认为约翰修女是担任新见习修女的导师的

"合适人选"。知道自己的局限的约翰修女的回答是:"我将尽力而为,院长。"(第181页)

三、静默与言说

修道院生活比较独特、神秘,萨尔兹曼选择这一题材,无疑能唤起读者的好奇心。另外,修道院比较集中、平静、单纯,同时又富有历史、文化、精神追求,作家写它,也更易于把握和挖掘,①更便于以小喻大,表现人性的本质、极限和可能。

其实,《夜不能寐》里的修道院生活也并不像想象的那样单纯和平静。以上关于约翰修女的视角问题的讨论就能够反映,修道院有着不少的思想问题和斗争。约翰修女的思想里有,别的修女也有。有问题、有疑惑、有斗争,这些在伊曼纽尔院长看来,完全是正常的,即使是在修道院这样的地方,没有反而不正常,她说:"我更倾向于怀疑那些说自己绝对肯定的人。"(第29页)

按照伊曼纽尔院长的这一看法,可以说,约翰修女的问题就在于她对自己修道和创作的动机和成就一直持"绝对肯定"的态度,直到她被查出得了癫痫。还可以说,《夜不能寐》写的是约翰修女由接受"绝对肯定"到怀疑"绝对肯定"的过程。在此过程中,约翰修女的明显变化之一,就是变得越来越静默,由之前爱说爱写变得爱想爱读。这一点后面还要谈到。

说到"绝对肯定",就不能不提安吉利卡修女。安吉利卡修女在书里第一次出现时,正好看到伯纳黛特修女驱赶一只松鸦。伯纳黛特修女向她解释了,说那只松鸦刚把一只喝水的鹪鹩赶走。但安吉利卡修女毫不理会,朝伯纳黛特修女教训道:"鸟有它们自己的行为方式,因为上帝把它们造成那样,那是他的事。只有人才

---

① 可能也正因为值得挖掘的东西较多,萨尔兹曼写此书共用了六年时间。

残忍。"(第20页)这话反映出安吉利卡修女在两种认识上的"绝对肯定":(一)鸟不同于人,鸟与鸟之间不存在残忍,伯纳黛特修女刚才的解释是谎言;(二)她自己不残忍,不是凡人,而是最懂上帝的超人。

安吉利卡修女的"绝对肯定"还表现在对待疑惑的态度上。一个修道申请者在来信里表达了一点疑惑。对于她的疑惑和坦诚,伊曼纽尔院长表示喜欢。而安吉利卡修女则强烈反对。她认为,"在爱上帝的问题上没有任何的中间地带。不是百分百,就是零。"当伯纳黛特修女提醒说大多数人的情况要比这复杂时,安吉利卡修女不容分说地应道:"那种情况也许就不该发生!"(第29页)

就是这个"百分百"爱上帝、爱鸟、仇视残忍者的修女,把一些金丝雀关进鸟笼里,吊在屋檐下,让它们为她歌唱,令约翰修女想起小时候在养鸡场看到的鸡笼,想起她从小就痛恨的虐待动物的行为,想起她进修道院后一度有过的"被囚禁感"(第53页)。正是因为有安吉利卡修女这样"绝对肯定"的人存在,"大多数修女认为,修道院生活中的真正惩罚不是隔离,而是不可能与那些你通常不会选他们做朋友的人分开"(第21页)。可以说,谁搞"绝对肯定",谁就静默不了,友善不了;哪里有"绝对肯定",哪里就安静不了,和谐不了。

修道院里难以安静,除了因为有"绝对肯定",在精神上无法摆脱世俗世界的影响,还因为修女们需要吃喝日用、医疗卫生,修道院在物质上也片刻离不开世俗世界。伊曼纽尔院长说过:"无论我们听说过多少次有关追随基督的代价,只要账单来了,我们还是会心惊肉跳,还是会再想一下我们是否支付得了。如果我们想把信仰变成一种行动,那么它只有在我们感到安全时才更有价值。"(第172页)

但就在修道院的种种不静之中,许多人默默修炼,练出了独特的性情、见解和静默。玛丽·约瑟夫修女修道六十一年,是修道院里修道时间最长的修女。她的背因为骨质疏松而完全弓了起来，体质也因为肺炎而大不如前，但仍坚持参加各种修道活动，起着"活规则"的示范作用。在讨论克莱尔·巴瓦斯的修道申请的会上，大家七嘴八舌发表了不少看法，有赞同的，有反对的，有不确定的，基本上都与克莱尔的思想有关，难以统一。玛丽·约瑟夫修女则一直默默听着，直到伊曼纽尔请她发言。玛丽·约瑟夫修女"微笑着"只简单地说了两句："牙齿好，举止好，鞋子适当。我喜欢她。"(第30页)

由此可见，玛丽·约瑟夫修女少言寡语并不代表她没有看法。她是有看法的，是"喜欢"克莱尔的。另外，她的看法所依据的是细致的观察。"牙齿""举止"和"鞋子"都是看得见、摸得着的具体细节，与其他修女所关注的抽象思想没有直接关系，但也许能反映一个人的一些更为基本的方面，包括教养、习惯、品味和情趣等。这些方面有可能比思想更具生命力，对人生的影响可能也更大。由此也可看到玛丽·约瑟夫修女对修道的主要目的的认识，即修道不为成仙当神脱离生活，而为做个真人更好地生活。

实际生活中，玛丽·约瑟夫修女经常静默地表达出她的高度的敏感性和丰富的同情心。有一次，玛丽·约瑟夫修女和约翰修女赶着去参加集体午祷。途中，玛丽·约瑟夫修女突然发现，出门前正沉浸于创作的约翰修女忘了拿下她铺在颏下保护袍子的餐巾纸了。两个修女一句话也没说，只是交换了一下眼色，发出了"无声的笑声"(第14页)。一次批评会上，约翰修女的偏头疼犯了。玛丽·约瑟夫修女注意到她脸色的变化，"悄无声息地坐到了她的身旁"，询问她感觉怎样，做好了随时提供帮助的准备，令约翰修女觉得玛丽·约瑟夫修女背弓"仿佛是由于她太久地背负了基督的负担"(第36页)。约翰修女要为是否接受手术做出最终决定的那天晚上，是玛丽·约瑟夫修女在关键时刻带领大家来教堂陪她，"什么也没有说，但意思很清楚：一个修女也许会感到失落，但她绝

不孤独。"(第 142 页)

理解可分为两种,知识型的和行动型的。这是伊曼纽尔院长在请康复出院的约翰修女担任克莱尔的见习期导师而约翰修女却说自己"对上帝的意志一无所知"(第 181 页)之时所做的区分。她是想对约翰修女说,对上帝意志的理解主要是行动型的,不是知识型的,只要你还在修道院里修道,还在执行上帝的意志,那么你对上帝的意志就是有理解的。伊曼纽尔院长表达完这一意思后,"她们俩一时间谁也没有说话。几只麻雀注意到了院子里的动静,在树上往下叫了几声。它们似乎对一切都有着最佳的理解;它们无论对什么都说是。"(第 181 页)接着,约翰修女就对院长说,她将"尽力而为"(第 181 页)。

比较而言,知识型的理解主要是靠语言来表现的,而行动型的理解则主要靠行动来表现。玛丽·约瑟夫修女就是主要靠行动来表现她对上帝和他人的理解,总能出现在别人最困难的时候提供及时帮助。当治好了癫痫的约翰修女因为没有了创作灵感而感到苦闷时,玛丽·约瑟夫修女安慰她说:"上帝一定是认为你已经用足了那种天赋。现在他要你再做点别的。……基督去世时并没有看到他的工作的完成。按照常人的标准,他是一个失败者,但信仰却将其失败变成了胜利。"(第 174—175 页)约翰修女意识到,缺乏灵感并不等于缺乏信仰,而关于信仰这本书,她现在需要的是"读",不是"写"(第 175 页)。

对于约翰修女,不写就是不再像她得癫痫病期间所做的那样把虚假的东西当作真实的东西来写,就是在没有真实的东西可写可说的时候保持静默。对于萨尔兹曼,如何写出和写好真实的东西,何时静默何时言说,也是他在《夜不能寐》里反复探讨的问题。这部作品的篇幅不到二百页,在长篇小说中是短的,但言简意赅,描写和表达的东西很多,涉及宗教与世俗、幻觉与真理、人性与神性、知识与信仰、修道与创作、疾病与健康、成功与失败、感性与理性、过去与现在、社会与自然、封闭与开放、唯心与唯物等。小说的语言简洁,在第三人称的叙述中掺入了不少的祷文、冥思、独白、诗歌、警句甚至空白,富有变化、寓意和诗韵。这种简洁而又丰富的语言与它的叙述对象是非常相称的。①

关于约翰修女1994年癫痫第一次发作时的感觉,《夜不能寐》里有一段描写,其中涉及了静默和空白:

> 她的大脑像是一面镜子,其中的一切都来自别处。屋里的静默有了生命,就像中国山水画中的布白,或一首诗的几个被落下的词。被她遗忘在内心深处的某种东西浮现出来。(第115页)

这里,特定的场合使得静默有了生命,有了画中的空白和诗中的省略那样的表达作用。萨尔兹曼选用中国山水画中的布白来比喻有了生命和表达作用的静默,能反映他在中国绘画方面的知识,更能传达他对静默的表现力的强调,因为布白指的是中国画在画面布局中有意留出的不着墨迹的空白,通常被用来暗示那种超乎语言的空灵妙境。②

为了进一步了解萨尔兹曼如何借鉴中国绘画的布白、试图让静默说话的做法,下面来看一段他描写约翰修女1997年的一次癫痫发作时的感觉的文字:

---

① 贾鲁迪称萨尔兹曼的语言"像修道院一样简朴、宁静"。Izzat Jarudi,"Art, Religion, and a Brain Disorder,"(http://tech.mit.edu/V121/N19/Book_Review_-__.19a.html).萨尔兹曼曾谈到《夜不能寐》的题材对于其语言的影响。他说:"随着我认识了卡迈尔派修女,知道了她们总是在简化、简化、明确化,我想我的题材确实告诉了我应该如何写这本书。"Montagne,"Interview: Author Mark Salzman Discusses His New Book *Lying Awake*."

② 瓦拉娄称《夜不能寐》"简短却丰富,容易消化却又精神复杂"。Anthony E. Varallo,"*Lying Awake: A Novel*,"*The Missouri Review* 24.2(2001):209-210.

纯粹的意识剥夺了她的一切。她变成一粒灰烬,被无形火焰的热气带往高空。她越升越高,脱离了她所认识的一切。无力救护自己,她朝着无限飘浮而上,直到真空将她体内的弱光吸走。

　　黑暗如此纯洁,闪闪发光。然后,从黑暗中涌现出一颗

新星。

　　它的光芒亮于任何恒星,超出可见范围,吞噬一切事物,照亮全部存在。在此辉煌之中,她能够看到永恒,目光无论投向哪里都能发现上帝之爱。(第5—6页)

这段描写中,萨尔兹曼三次用了空白,每次空三行。至于这些空白的意味,可以说它们表现了约翰修女在由地面升至无限这一过程中所经历的三个过渡阶段(从弱光消失到进入黑暗,从进入黑暗到新星出现,从新星出现到发现上帝),暗示了约翰修女在这些过渡阶段中所体验的难于言表的快感。不排除这些空白还能暗示约翰修女在出现幻觉的整个过程中所经历的三次晕厥。[①] 无论指什

[①] 温道夫认为,通过描写约翰修女的这些有关上帝的"神秘经验",萨尔兹曼也许想说,上帝的实质"超出了人类的知觉、理解和语言"。Thomas A. Wendorf,"Body, Soul, and Beyond: Mystical Experience in Ron Hansen's *Mariette in Ecstasy* and Mark Salzman's *Lying Awake*", *Logos: A Journal of Catholic Thought and Culture* 7.4(Fall2004):37-64.

么,这些空白给读者留下了想象空间,给风格带来了变化,给表达增添了凝练。①

说到《夜不能寐》的凝练,还不能不提一下萨尔兹曼在《夜不能寐》的叙述结构上所下的功夫。作品把叙述重点放在了约翰修女故事的最后一年,即 1997 年。作品总共七章,其中有四章的时间是 1997 年。显然,约翰修女如何对待其癫痫以及术后的生活变化是全书的重点。另外三章的时间分别是 1969 年、1982 年和 1994 年,其中的主要事件分别是约翰修女进入修道院当上修女、约翰修女的母亲来修道院与她断绝关系、约翰修女得了癫痫。这七章的内容并不是完全按照时间的先后顺序排列的。放在第一章的不是 1969 年,而是 1997 年(7 月—9 月初),随后六章的排列才用了先后顺序——1982 年、1994 年、1997 年(9 月中)、1997 年(9 月底—10 月初)、1997 年(10 月中—11 月)。也就是说,《夜不能寐》并不像传统成长小说那样按照主人公由幼年到老年的顺序来介绍她的成长,而是先介绍她成长后期的一部分情况,然后再调过头来介绍这一情况的前因后果。但即使在符合时间顺序的后六章里,也有两点值得强调。一是高度的选择性,即作家在主人公长约五十年的成长故事里只选出四年中的主要事件作为重点。二是丰富的跳跃性,即围绕那四年中的主要事件,叙述者非常自由地在时间隧道里来回跳跃,在讲述那四年的故事的同时也有选择地介绍另外四十多年的有关故事,使主人公得到了较为完整的呈现。这两点也能帮助解释为什么《夜不能寐》能够如此凝练。

结　语

《夜不能寐》写的是成长小说较少涉足的修道生活,侧重人物

---

① 伯克哈特说萨尔兹曼的这部作品"质朴无华",形式与内容高度统一,以至于故事似乎是"通过他而不是由他讲述的"。Burkhart, "Epilepsy or Ecstasy?"

的精神成长。故事的场景不像一般成长小说那样多变,而是集中在修道院里。修道院里简单的物质生活有利于作家深入表现人物丰富的精神生活。作家在叙事结构和语言上精益求精,使得这一表现收到了言简意赅的效果。《夜不能寐》并非要赞美修道院生活,建议人们离开尘世都去过那样的生活,①而是通过约翰修女艰难的精神成长历程,强调高尚的境界和宽广的胸襟对于人们正确认识世界和自我的价值,以及坚定的信仰、顽强的毅力和务实的态度在接近这种境界和胸襟过程中的作用。② 这样的内容对于读者,尤其是成长中的青年,无疑是有积极意义的。

---

① 斯特凡-科尔甚至认为《夜不能寐》对修道院生活表达了"一种严酷的看法",因为从小就被母亲抛弃的约翰修女在修道院里"得到了上帝的恩赐后又被上帝收走"。J. Stefan-Cole, "A Non-Review," 〈http://www.freewilliamsburg.com/april_2001/writing_on_writing.html〉.
② 路易斯指出,对于"沉默的仁慈上帝"与"受难的无辜者"之间的矛盾,"唯一有意义的答案就是:通过对理解和公正的不懈追求,信仰最终获胜。"Erik K. St. Louis, "Lying Awake," Medscape 4.1 (2002), 〈http://www.medscape.com/viewarticle/429422〉.

如何学会欢愉？

——解读《一场学习或欢愉之书》*

闵雪飞

1969年，克拉丽丝·李斯佩克朵（Clarice Lispector, 1920—1977）[①]出版了《一场学习或欢愉之书》。[②] 长期以来，无论是在商业性上还是文学性上，《一场学习或欢愉之书》一向被视为作者不太重要的作品来处理，既不像其处女作《濒临狂野的心》那样引起文学评论界的高度重视，也不像其生前最后发表的作品《星辰时刻》那样受到公众的广泛欢迎。但是，这本书实际上承载着非常重要的价值。首先，这是克拉丽丝[③]作品中不多的直接描写爱情的

---

* 本论文获得北京市青年英才项目的资助，项目编号：46910601-006。

[①] 克拉丽丝·李斯佩克朵出生于乌克兰，不久与父母移民巴西。由于当时巴西移民资料管理的混乱及作家的刻意隐瞒，在克拉丽丝·李斯佩克朵生前，人们无从知道她的确切出生年份，存在着1925、1926与1927三个版本。在她逝世之后，经过传记学者潜心钩沉，作家的出生年份最终被确定为1920年。

[②] 《一场学习或欢愉之书》目前尚无中文译本，文中的所有引用由本文作者直接译自葡文原著。书籍信息：Clarice Lispector: *Uma Aprendizagemou O Livro dos Prazeres*, Relógio D'ÁguaEditores, 2a Edição, 2013。该书引用部分只在正文中标出原文页码，不另做注。

[③] 对于克拉丽丝·李斯佩克朵，巴西学界一般用名字"克拉丽丝"而不是姓氏"李斯佩克朵"指称，本文将遵循巴西学界的传统，以下如非必要，仅使用克拉丽丝。

小说,通过男女之间的爱情进展,讲述了一位女性的个体成长。其题目本身便已经呈现出与"成长小说"的密切关系,作者着力描写的爱与自由的关系可以在"女性成长小说"的定义与理论框架内展开解读并收获新的意义。其次,《一场学习或欢愉之书》文本具有建构宇宙的意义,解释并强化了克拉丽丝著作中许多不断重现的概念。如果把克拉丽丝的全部作品看成一个整体,这本书也是"成长"过程中至为关键的一环。

一、成长:长路之上的孤独跋涉

不同于克拉丽丝作品中一贯的单一主人公,《一场学习或欢愉之书》中有两位主人公,分别为一男一女:女性名叫洛丽(Lòri),是一位年轻的中学教师;男性名叫尤利西斯(Ulisses),是一位哲学教授。表面上看,克拉丽丝讲述了一个庸常的爱情故事:洛丽在她一直生活的小城冈波斯(Campos)遭遇到情感与事业的挫败,因此她来到里约热内卢,希望在这里寻找到个人解放与崭新生活。在里约,她遇到了尤利西斯;他被洛丽的美丽深深吸引,而洛丽认为,博学的尤利西斯能够给她以生活的指引。在洛丽和尤利西斯之间,逐渐产生了感情,随着感情的发展,洛丽获得了个体的发展,最终实现了真正的爱与自由。

《一场学习或欢愉之书》的题目既非常清楚,又很令人困惑。它由两部分构成:"一场学习"与"欢愉之书"。在两部分之间,有选择连词"或"相连。葡语中的"成长小说"一词一般直接袭用德语单词Bildungsroman,但正如在英文和其他西方语言中,"成长小说"亦有其他的表述方式,葡语中也存在着相对应的名字,比如修养小说(romance de formação)、教育小说(romance de educação)、学习小说(romance de aprendizagem)等等。因此,仅从书名来看,"一场学习"仿佛能够与"成长小说"的变体"学习小说"构成直接的对应。那么与传统的"成长小说"相比,这本书有什么不同呢?为了回答这个问题,我们首先必须明确"女性成长小说"的定义与基本特征。

巴西学者克里斯蒂娜·费雷拉·平托为"成长小说"理论在巴西的发展做出了重大贡献。在其专著《女性成长小说:四个巴西案例》中,她将"成长小说"概念视为一种可以用来阐释女性主义叙事的模式与手段,对巴西女性作家在上世纪三十年代到五十年代之间创作的四本小说进行了严谨的分析,最终建立了一种"巴西女性成长小说"的独特文学传统。费雷拉·平托定义下的"女性成长小说"指的是由女性书写并讲述女性成长过程的小说,她认为"女性成长小说"与传统"成长小说"之间有着相当大的区分,这种区分主要表现在三个方面:

1. 由女性书写的并具有女性主人公的"成长小说"表现出一种强烈的"女性身份找寻"的意味,这种找寻一般通过旅行来实现。如果说传统"成长小说"亦即"男性成长小说"中的主人公一般希望实现自己的欲望并发展他们独特的世界观,"女性成长小说"中的主人公希望能够找寻到一种身份,以自己的方式发展自我。在"男性成长小说"中,男性角色与其父亲之间通常存在着冲突,而在"女性成长小说中",女主人公的冲突通常会与自己的母亲有关,而母亲一般是缺位的(通常在女主人公幼年就已去世),在身体层面还是精神层面都对女主人公造成了缺失。

2. "男性成长小说"与"女性成长小说"的一个重大区分在于男/女主人公的年龄。在"男性成长小说"中,发展的轨迹常以童年或者青春期为起点,主人公会在身体和精神两个层面获得成熟;而在"女性成长小说"中,主人公经常是业已成年时才意识到成长的需要,因此,对于女性而言,这种成长更多是精神性或心理意义上的。

3. "男性成长小说"与"女性成长小说"这两种叙事的结尾也

呈现出重大的差异:一般来说,在传统的"成长小说"中,男性主人公最终会融入了其社会群体,获得某种自我连贯性(coerência),而在"女性成长小说"中,女性主人公的结局一般以失败而告终,或是自杀,或是发疯,或是疏离于社会。或者,更确切的表达是:必须通过不融入社会,女性主人公才能获得个人的连贯性。因此,被狄尔泰视为"成长小说"决定性特征的"美满的大结局",即无论个体与外在现实之间曾经存在多大的冲突,主人公最终总能融入他所从属的世界,在"女性成长小说"之中是不存在的。[1]

《一场学习或愉悦之书》在很多层面符合费雷拉·平托所描述的"女性成长小说"特征,但也有独特之处。这部小说本身就是女主人公洛丽的一场"身份找寻"。洛丽是一位成熟女性,正如费雷拉·平托的"女性成长小说"特征中强调的那样,她的"身份找寻"从青年时代开始发生。母亲早逝构成了一种心理缺失,她由父亲抚养长大,有四位兄长,在男性主导的文化环境中生活。对于独自旅行她并不陌生。作为一个富有家族的小女儿,青春期里她曾经四次前往欧洲旅行。为了脱离父兄的管制,即便在父亲丧失了大部分财产之后,她依然有条件从故乡冈波斯搬到里约,独自负担了一个小小的公寓。从冈波斯来到里约,这也是以"寻找自我"为目的而进行的旅行。然而,洛丽为了实现"自我找寻"而进行的旅行并不成功,在巴黎她只体验到了难以忍受的孤独与无助,在里约她一个人生活,具有了表面的独立,但本质上并没有寻找到真正属于自己的独特身份,"痛楚"(dor)依然包围着她,令她感到窒息。如果说在普通的"女性成长小说"作品中,女主人公主要去处理的是以家庭为代表的社会压制及其所造成的身份固化问题,那么在《一场学习或欢愉之书》之中,洛丽所面临的情况则有所不同。父权社会固然构成了对她的压力,但其主要焦虑并非是外在性的,而

---

[1] Cristina Ferreira Pinto, *O Bilgungsroman Feminino: Quatro Exemplos Brasileiras*, São Paulo: Perspectiva, 1990, pp. 9 – 32.

是内在的,或者说,在故乡她所感受到的来自父权社会的压抑并非是焦虑的原因,而是结果——她的焦虑主要来自于"自我叩问"(indagar – se)的冲动。洛丽始终感觉到"痛楚",然而这种"痛楚"是原发性的,是对"存在"本身的困惑,是生命之痛,这种痛楚伴随着出生那一声啼哭而来,到死亡的那一刻,才会获得真正的解脱。这是人的一生必然要去经历的痛楚,正如克拉丽丝在小说中明确的表示,感受到这种"痛楚"是真实去"活"的一种方式,试图"不痛苦"反而是一种徒劳:"在她的胸中,痛苦僵住了瘫住了,仿佛她再也不想把它当作一种活的方式"(第33页)。因此,正如克拉丽丝的所有作品,这本小说真正希望探讨的依然是"存在"这个哲学问题,洛丽的"身份找寻"不是在社会文化中寻得某种定位,而是在于如何认识自我之存在(ser)。她从前希望借助旅行拥有平和并平息痛苦,而不是试着认同"痛楚"就是"活"本身这个巨大的真实。她陷入了"伪"或"谎言"之中,那样的旅行注定不可能成功。为了找到真实的存在身份,她必须进行一场特殊的"旅行"——在心理或精神层面发生的颠覆性的变革,体验真实,并在宇宙存在的视野里真正实现爱与自由。必须再一次强调,尽管克拉丽丝的写作被法国学者西苏(Hélène Cixous)定义为"阴性写作"[1],而且在

---

[1] 作为一位艰涩的理论创造者,埃莱娜·西苏的文章被翻译成中文的不多,张京媛主编的《当代女性主义文学批评》(北京大学出版社,1992)中收录了西苏的两篇早期文章《美杜莎的笑声》与《从潜意识场景到历史场景》。关于她的"阴性写作"(这个译法是充满争议的,亦有人译成"身体写作"或"女性写作")理论,国内的学术文章只有几篇,郭乙瑶在其专著《性别差异的诗意书写——埃莱娜·西苏理论研究》(北京师范大学出版社,2013)的第三章中讨论了"女性书写"理论。她认为:"'女性书写'的出发点是身体,核心目标在于唤醒女性的自我意识,摆脱男性话语的束缚,用全新的方式纠正社会对女性的'误读'。"克拉丽丝·李斯佩克朵在全世界范围内的被接受与经典化要归功于西苏。在克拉丽丝·李斯佩克朵去世之前,尽管有几部作品已经被翻译成法语,但并未引起评论界的重视。1977年,克拉丽丝逝世后不久,西苏便"发现"了克拉丽丝。西苏高度地评价克拉丽丝的创作,她甚至将整个巴西文学史分(接第332页)

批评实践中,她的很多作品被用来进行女性主义的解读,并且本文的后半部分也会进入到这种解读之中,但实际上,洛丽的"自我叩问"完全针对于其作为"人"的本质性"存在"而发生,她所感受到的"痛楚"几乎无关于她的女性身份,或者说,她痛苦的原因不在于她身为女人,而在于她出世为人。她感受到痛苦,因为她意识到自己在"活"。洛丽的"自我追寻"是一种更为深刻的追寻,因为她意识到了表面的独立女性身份掩盖下的肤浅:"不,我不想只成为我自己,只因我有一个自我,我想拥有与这冰冷而芳香的大地之间最为极致的联系。"(第34页)"大地"作为"存在"之象征是"冰冷的",而这种存在的真实因为"芳香"而充满诱惑,即便对这种真实的认识充满危险,洛丽也急迫地要寻找到与"存在"之间最直接的联系。

洛丽所遭遇的"存在之痛"并非仅属于她,一位女性。在小说的另外一位主人公,作为对抗性别而存在的尤利西斯的身上,同样存在着这种痛楚。这种痛楚属于一切人,一切勇于"自我叩问"之人。当洛丽与尤利西斯相遇之时,尤利西斯被洛丽的美丽深深吸引,洛丽也被尤利西斯的博学所征服,产生了"向(de)"他学习的

(上接第331页)成两个阶段:前克拉丽丝阶段与后克拉丽丝阶段。西苏对克拉丽丝的阅读具有双重作用,用学者科尔巴塔(Jorgelina Corbatta)的话来讲,这是两个女作家之间的对话;用西苏自己的话来讲,这是一种发生在她与克拉丽丝之间的"交换"。从某种程度上来说,两位女作家都把写作视为一种命途,在对写作的本质的看法上有诸多相通之处,而克拉丽丝擅长在个人化的体验与普世性的思索之间自由地切换,这为当时陷入创作瓶颈中的西苏提供了新的灵感,也为她的"阴性写作"理论提供了最适当的"容器"。作为"交换",从20世纪七十年代末开始,西苏便利用她的学术影响力,向法语世界和英语世界不断推介克拉丽丝。西苏评论克拉丽丝的文章主要收入《A Hora de Clarice Lispector(克拉丽丝的时刻)》(Exodus,1999)与《Reading with Clarice Lispector(与克拉丽丝·李斯佩克朵同读)》(University of Minnesota Press,1990)中,后一本书中收录的评论克拉丽丝代表作《星辰时刻》的文章《星辰时刻:如何渴求富有与贫穷》已由本文译者译出,发表于《比较文学与世界文学》集刊第五期(北京大学出版社,2014)。

想法,因为尤利西斯的身份是一位哲学教授,洛丽认为她可以在尤利西斯这里得到教导与建议。在传统的"成长小说"中,这种模式确实屡见不鲜,涉世不深的少年总会有一位成熟、博学、具有社会经验的"导师",带领他走过这个关键性的成长阶段。然而,尤利西斯直接拒绝了"导师"的职务,坦诚自己也在忍受这种存在之苦。他自己也在"学习"的过程之中,他不是教育者,而是自我教育者(autodidata),**尤利西斯能为洛丽所做的只有"等待"**(esperar),直到洛丽体认到存在的真实并对两人关系做好准备的那一刻。

洛丽意识到她无法"向"(de)尤利西斯学习,这是一种自欺:"这样开始了约会:她只希望从他那里学到什么,但因为尤利西斯是哲学教授,她便想向他学习而且沉溺于这种希望之中,她确实错了"(第32页)。然而,虽然她的学习只能是一种"自学(auto-aprendizagem)",但确实可以"通过(através de)"尤利西斯或者"和(com)"尤利西斯学到很多东西:"唯有**和**尤里西斯,她学会了人不可以斩断痛楚——而是永远承受"(第32页)。或者,"所有这一切都是她**通过**尤利西斯学到的。之前,她拒绝去感觉"(第28页)。洛丽思想上的转变并没有局限于"向谁学习"这个层面,她还意识到,不但在男女关系之中,而且在人与人的个体交往之中,"救赎"(salvação)根本并不存在。人不能期待另一个人来拯救自己,因为"拯救"这种行为本身首先意味着双方地位的不平等,其次,除非"拯救者"是神,如果是人,便始终会面对"存在"这个本质之痛,又有什么能力去"拯救"在这种痛楚中煎熬的别人呢?因此,洛丽无法求得他人的帮助,在这条成长之路上,不会有人,更不会有"神"来帮助她,她要对自己的生活完全负责:"不,没有人会给她。必须是她自己去寻找。她的守护天使抛弃了她。她必须成为自己的守护者。现在,她要负责去成为自我。在这个选择的世界里,她仿佛已经做出了选择"(第60页)。"选择"问题是存在主

333

义的核心问题,"选择"直接指向了自由①。洛丽意识她必须去自己做出"选择",这种自由意味着一种全然的危险。她被这危险的自由诱惑吓呆了,这造成了她更深的"存在之苦"。在这一条漫漫的"学习"与"救赎"的长路之上,洛丽只能以孤独之姿独自承受"自我叩问"所引发的深沉痛楚。

二、海与苹果:启引与顿悟

当洛丽意识到在"寻找存在"这条路上,她必须独自一人奋力前行、不能依靠任何人之时,她面临着两个挑战:1 体验孤独、认同孤独,从而承受孤独。2 拥有勇敢,真正承担并去享受自由。克拉丽丝用两个神秘主义的行为使洛丽成功地完成了这两个挑战:1 潜身入海,这是一种"启引仪式(ritual da iniciação)";2 吃苹果,司空见惯之事却造成了"顿悟(epifania)"的发生。

---

① "自由选择"是萨特为"存在主义哲学"提出的三个原则之一。萨特认为自为是绝对自由的,不受任何东西,包括自身的束缚,人从根本上说就是自由的。同时人的自由亦先于人的本质。人在事物面前,如果不能按照个人意志做出"自由选择",这种人就等于丢掉了个性,失去"自我",不能算是真正的存在。在巴西,对于克拉丽丝的经典化起决定性作用的批评家是哲学家贝内迪特·努内斯(Benedite Nunes)。他从哲学,尤其是存在主义哲学出发开启了一条新路。在努内斯的评论全景中,克拉丽丝处于核心地位,是其思考哲学与艺术,尤其与文学之间的联结点。努内斯极大地肯定了克拉丽丝的创作,批评其他学者没有看到克拉丽丝作品中某些"主题与处境"拥有的重要哲学内蕴。他并没有致力钩沉克拉丽丝受到何种哲学及哪些哲学家影响或者探讨作家如何受到这些影响,而是选择直接深入文本内部,将克拉丽丝的《G. H 受难曲》《黑暗中的苹果》,短篇小说《爱》与萨特的小说《恶心》进行对比性分析与研究,致力于揭示作家用来形塑与阐释现实的"世界的概想"(Concepção-do-mundo),并在海德格尔、克尔凯郭尔、萨特的存在主义哲学思想中找到了分析与研究克拉丽丝作品的理论支柱。通过对恶心、虚无、焦虑与恐惧等具体概念的分析,努内斯试图向读者与评论界证明克拉丽丝的伟大之处不仅仅在于为巴西文学带来了新的视角,更重要的是,她的作品可以经受得住以某些哲学理论为基础的分析与研究。

在克拉丽丝的作品中,"海"是一个频繁出现的意象。克拉丽丝自身最早与海相连接,在其自传性的短篇小说《海水浴》①一文中已经有所体现。一如之前出现的"芳香而冰冷的大地","海"具有多重象征意义,最为重要的一层意义在于"海"是抽象的"存在"的形象化与物质化。克拉丽丝的父亲笃信海水的神秘主义功能,认为在太阳诞生之前潜入冰冷刺骨的水中进行海水浴,之后不冲澡,盐的结晶有助于治愈一切疾病,在克拉丽丝的幼年时期,她已经有了非常丰富的"潜入冰海"的体验。克拉丽丝父亲的奇异理论之中,有一点值得注意:在"海"与"治愈(cura)"之间可以建立某种联系。克拉丽丝自身的经验也促使她频繁在"饮下海水"与"止住干渴"之间建立联系。在其处女作《濒临狂野的心》中,已经可以看到这种联系的第一次出现:主人公约安娜来到海边,在痛饮下一口口咸涩的海水之后,她身体里的干渴止住了,某种焦虑得到了抑制。在《一场学习或愉悦之书》中,同样的喝水场景在洛丽身上以更高的强度获得了再现。克拉丽丝仿佛特别喜爱"沉潜入海"这个场景描述,甚至将这一章作为独立短篇,以《世间的水》为名收入小说集《隐秘的幸福》之中。

在深入地谈"海"(as águas)之前,需要首先探寻一下"水(a água)"的意义,因为洛丽对于孤独的体认首先发生在游泳池。在克拉丽丝的文学世界中,海与"存在"的确是融为一体的。然而其他形式存在的"水",也是存在的变形。在短篇小说《初吻》之中,干渴无比的少年嘴唇接触到女人雕塑喷泉的那一刻,清凉的泉水流入到他的心底,这唤醒了他的存在意识:他成了一个男人。小说《生命之水》(água viva),更是就"水"的生命之源特性做了深入的探讨。对于克拉丽丝来说,"生命"或"存在"的象征并不仅仅局限于在可饮用之水中,"血"也是"水"的一种变体,或许是强度更高

---

① Clarice Lispector, *A Descoberta do Mundo*, Relógio D'Água Editores, 2013, p. 238.

的生命象征,当血喷涌而出,人才真正具有了生命,这是她在《星辰时刻》中重点描写的场景。在《一场学习或欢愉之书》中,洛丽与尤利西斯相约去吃鸡血汤,通过吞下动物同类的血块这个残忍的行为,洛丽的存在意识有所苏醒。克拉丽丝对于"存在"给出了很多在自然界中的对应之物,既包括海,也包括游泳池,"存在"意味着一切:"因为存在是无限的,如海的波涛一般的无边无际。我在存在,游泳池碧绿的水说。我在存在,地中海蔚蓝的水说。我在存在,我们碧绿的背叛之水说。我在存在,用毒刺瘫痪了猎物的蜘蛛说。我在存在,一个孩子说,他从砖垛上滑落到地上,害怕地喊着:妈妈!我在存在,母亲说,她的儿子从游泳池四周的砖垛上滑落。"(第57页)

正因为游泳池碧绿的水诉说着存在,因此,在游泳池边,洛丽发生了对孤独的第一次体认,一种精神上的认知。尤利西斯打电话约洛丽在游泳池见面,洛丽犹豫是否赴约,因为身穿游泳衣意味着几乎在尤利西斯面前赤裸,对于她,这是很难堪的事。但她最终决定赴约,购买了新泳衣,尽量若无其事地出现在尤利西斯面前。尤利西斯仿佛看懂了她的心事,告诉她,她不但有对心灵的羞愧,也有对身体的羞愧。如果说在小说的开头,洛丽感觉到自己离不开尤利西斯,因为她希望"被渴望(ser desejda)",在游泳池边,通过与尤利西斯之间的对话,洛丽体认到了欲望。洛丽意识到羞愧(pudor),这是一种成为了"欲望主体"之后不知如何自处而形成的羞愧,她因为体认到存在而感到羞愧。这种羞愧更多源自于对于自己真实欲望的震惊:"这样她实际上计划有一天成为她自己的。"(第52页)她发现她确实希望与尤利西斯发展关系,这并非尤利西斯的精心策划,而是她的真实欲求。对于她和尤利西斯的关系而言,这是一个关键性的时刻。洛丽在尤利西斯之前经历的五次"恋爱"中,她都是作为"欲望客体"而存在,而现在,她终于看到了一种新型关系的曙光,在这种关系中,她是"欲望主体",具有主动性。因而,她必须感到羞愧,因为这种欲望的主动性与"选择"一样,都是冒险之事。

在对话之中,洛丽"通过"尤利西斯学到了一样东西:为了实现自由,她必须学会剥除一切,她必须达到身体与心灵的双重赤裸。当她感觉到自由之痛时,是因为她的灵魂被遮蔽了起来,只有去除一切伪装,方可融入那种自由。洛丽决定去做一件她从前不敢做的事来实现"剥除":在无人的清晨五点钟,赤身潜入那冰冷的海水之中。大海"无限"而且冰冷,当潜身入海之时,会感到自身的渺小与尖锐的刺痛,这正是"存在"的特点。洛丽在凌晨五点潜入了海水之中,海滩之上空无一人,只有一条"自由"的黑狗,黑狗是自由的,因为它从不"自我探究":

> 它在那里,那海,是最不可理解的非人存在。女人在这里,站在沙滩上,是最不可理解的活的存在。这生灵有一天问了一个关于自我的问题,所以便成了最不可理解的流涌着血液的存在。她,面前是海。
> 只有一个委身给另一个,才会出现二者神秘的相聚:两种理解相互交出产生信任,两个不可知的世界才能彼此托付。(第62页)

洛丽把进入海中变成了"简单而轻浮的活的游戏",她用手围成贝壳状,大口大口地饮着海水。以一种肉体的甚至肉欲的方式,洛丽获得了精神上的"满":"她缺少的正是这个:让海进入体内,就像男人浓稠的体液。现在她与自己完全相同。滋润后的喉咙因为咸而抽紧,双目因为阳光曝干的盐而灼红,温柔的浪冲击她又退回,因为她是船。"(第63页)这是一种"启引仪式",通过这种神秘主义的方式,克拉丽丝得已打通了肉体与精神,以感觉的方式,再现了"体认孤独"在精神层面的发生。这种打通是极具象征性的行为,以此,克拉丽丝消解了笛卡尔的"身/心"二元对立,并解构了建立在这种二元制基础上的父权文明。

然而,获得精神上的"满"是不完全的,这仅仅使得洛丽"获得了沙滩上的狗的一部分自由"(第63页)。在这条寻找存在的路上,通过"启引仪式",她成为了一名"启引者"(iniciante),还要漫长的跋涉与艰苦的试炼才能抵达真正的自由。唯有达到"空",她才能体认到真实的存在与真正的自由。这最终的自由是通过另一神秘主义的行为"咬苹果"来实现的。在西方文化中,"苹果"是人所共知的象征。苹果是禁果,夏娃咬了一口,被逐出了伊甸园。苹果是恶的象征。然而,对于洛丽,这只苹果所携带的并非只有负面价值,对于克拉丽丝,她要解构传统赋予苹果的恶之价值:"这只苹果仿佛是天堂之中的禁果,但她已经了解了它的善,不像从前只知道它的恶"。(第107页)通过吃掉这只苹果,克拉丽丝再一次将抽象的思辨赋予具体化的实现,这一次,她消解了基督教的思想基础之一:善/恶二元对立。"善"与"恶"共存于苹果之中,"善"与"恶"在本质上是无差别的。当善/恶的对立被消解之后,"救赎"自然不存在正当性。洛丽咬了一口苹果,整篇小说变成了从反方向构建的《创世记》:"与夏娃正相反,她咬了一口苹果,进入了天堂。"(第107页)一如咬下那一口苹果,咬下消弭两元对立的象征之后,当这"善/恶"一体之物进入到她的体内,"顿悟(epifania)"①发生了。"顿悟"是克拉丽丝经常使用的技巧,一件卑微、渺小、无足轻重之事发生,临事者有了犹如基督显现一般的精神开悟。克拉丽丝在此处,通过"吃苹果"的反向隐喻与对"救赎"活动的否认,通过宛如基督降临一般的"顿悟",摧毁了父权制另一基石基督教信仰,开创了一种对于存在的新信仰,并创造了一个新神。如果说之前洛丽对于"从童年时代的宗教走向了非宗教,而现在,她

---

① epifania,原意为"显圣",通常译为"顿悟"。张错在《西洋文学术语手册》中译为"灵光一刹",也有人翻译为"灵生一瞬"。

走向某种更辽阔的东西:她开始相信一个神,那神如此辽阔,是世界与星河;在她独自一人进入荒凉的海之前,就已经看到了这一切"(第65页),这件事尚有些懵懂,在她在吞下那个平凡而又不平凡的苹果之后,她感觉到了"空"。在克拉丽丝的所有文本之中,"空""轻盈""渺小""卑微"是同义词,"空"是存在的最重要的特征。消解了二元对立之后,"空"与"满"是同一的。对于这一对概念,克拉丽丝在《星辰时刻》中有着更好的表达:"当我祈祷时,我获得了心灵的空——这空是我无法拥有的一切。除此之外,别无他物。但这空是有价值的,它近似于满。"①认同于"空",人才会达到真正的满,或者说,从"潜身入海"开始,洛丽所不断尝试的"剥除"终于最终实现:她的心灵赤裸了,这种赤裸意味着极致的丰富。洛丽所面对的"自我叩问"之痛,正是"人如何知晓又如何讲述这无限之渺小?"②正像西苏所指出的那样,需要沉入于"日常、无意义与琐屑之事"之中,人才会"真正发现生命与死亡之间的砥砺"。③

洛丽获得了"空",在她体认到渺小与广袤的同一之后,她的心灵已经赤裸到可以对她和尤利西斯之间的爱情负责。在睡梦之中,她已经可以感受到"轻盈"的愉悦。有一天夜里,就要下雨了,邻居花园中浓郁的茉莉香气使得顿悟一次又一次以感觉的形式降临到她身上,她真实感到从前她用理智去思考的东西,其实具有天性一般的结果。这一次,她自己清楚地意识到了"身"与"心"的合一,"降临在她身上的是轻盈而骇人的确认,我们的感觉与思想都是如此的超自然,就像死后发生的故事(第114页)",她"不拥有日复一日。是生命复生命。因为生命是超自然的(第115页)"。

---

① 克拉丽丝·李斯佩克朵著,闵雪飞译,《星辰时刻》,上海文艺出版社,2013年,第8页。

② Hélène Cixous, *Reading with Clarice Lispector*, Theory and History of Literature, Volume 73 (1990), p.143.

③ 同上。

洛丽意识到每一天都是出生与死亡,死亡不是只发生一次,而是一串"小小的死亡",当她充分体认到"死"与"生"的同一,在那一天夜里,她知道自己真正在活。这就是克拉丽丝·李斯佩克朵理解中的"向死而生",是一种生死循环的时间观。在拥有了全新的神祇与全新的时间观之后,一种全新的宇宙已经具有了形态。

雨终于降了下来,洛丽观望着雨水,这自然之中最为日常、无意义与琐屑的水的变体。她希望在这雨中寻找到"快乐",然而这是徒劳的,她的"活"就像这雨水一样,粗暴地涌出,她的"活"与这雨水一样的自然。尽管只是"活着"是一种和缓的快乐,但洛丽和缓地快乐着。在这个飘雨的夜晚,洛丽顿悟了自由,获得了"其所是",终于"学会了"欢愉,书名中的连接词"或"终于被给予了肯定。欢愉是指她对她是谁与她是什么承担了完整的责任。洛丽自由而无畏地决定将她的身体与灵魂给予尤利西斯,对方也同样地给予了她。这种结合是强大的,并不是他们作为相爱之人结合,而是作为自由的、有意识的人类,凭着意愿"选择"作为爱人结合。

三、尤利西斯与洛丽:戏仿与颠覆

《一场学习或欢愉之书》是克拉丽丝最积极乐观的小说。洛丽与尤利西斯结合了,从某种意义而言,这是一个"美满的大结局",仿佛不太符合前述"女性成长小说"一般以悲剧结局的基本特征。造成这种差异的原因首先在于克拉丽丝始终在存在层面展开叙事,这使她的文本可以向理想化的结局敞开;其次,尤利西斯不是一位占据优势统治地位的男性,他的形象之中,具有克拉丽丝故意赋予的某些阴性特质,因为这种性别的倒错,或者说,性别霸权的消失,使得这部小说的结局呈现出与普通"女性成长小说"的不同。

克拉丽丝通过洛丽的成长而在文本中探讨的存在状况并不仅

仅属于女性群体,而是属于全体人类,但这本小说中的确具有"性别书写"特征。身为一位具有强烈的"生命意识"的女性作家,克拉丽丝不可能对自身性别的状况无动于衷。通过两个神秘主义的行为,克拉丽丝解构了身/心、善/恶之间的二元对立,颠覆了父权制社会存在的哲学基础。除此之外,在这部小说中,关于性别的探讨不构成其所指,却在能指层面逐渐展开:小说题目"一场学习"也指涉了文体——这部小说是女性书写向男性书写的"学习"。这不是一种寻常的学习,而是一种戏仿(paródia)。洛丽把"潜身入海"变成了一种"活"的游戏,咬下那只不去区分好与坏的苹果而终于切断了外在强加给她的一切概念。克拉丽丝通过书写寻找自己的声音,在向男性书写的学习与戏仿过程之中,她拒绝所有强加给她的习以为常的文学与社会角色,将书写本身变成了一场开放的游戏。

《奥德赛》在西方文学中具有毋庸置疑的经典地位,也是"旅行小说"的原型,主角尤利西斯在特洛伊之战之后经过十年的海上漂流、历经各种危险,终于回返了家乡。尤利西斯回归故土的旅行本身就是在寻找自己的身份,因此,从某种意义上讲,《奥德赛》确实是男性书写的代表作品。通过对《奥德赛》的戏仿或"学习",克拉丽丝不但质疑了男性书写中女性形象的固化——妻子、母亲与等待者,而且稀释了男性永恒的如神一般的形象。

这种质疑是通过性别的倒错来实现的。尤利西斯与《奥德赛》中的英雄同名,但他并不是一位可以与神较量的人,而是意识到自身限制的人。在尤利西斯的身上,具有很多阴性气质,因此,学者安娜·卢西娅·安德拉德把尤利西斯视为"异装癖"(travesti)。[①] 在小说中,这种性别的倒错首先体现为某些为"传统"所认同为"阴性"或"阳性"的词之间倒错的连接。在作为西方文明肇

---

① 见 Ana Lucia Andrade: *O Livro dos Prazeres*: *A Escritura e o Travesti.* http://coloquio.gulbenkian.pt/bib/sirius.exe/issueContentDisplay? n = 101&p = 47&o = p

源的希腊神话中,"该亚"是大地之神,也是众神之母,因此,在西方文明中,大地作为丰富繁殖力的生命母体一直是指向阴性的,葡语中的"大地"(terra),就是一个阴性名词。然而,在《一场学习或欢愉之书》中,与"大地"发生联系的并非是性别为阴的洛丽,而是性别为阳的尤利西斯。"被命名为'大地'的事物已经变成了尤利西斯的同义词,她如此地爱着祖先的大地。"(第34页)尽管洛丽希望与"冰冷而芳香的大地"之间发生"最为极致的联系",但她拒绝在"传统"强加的母性角色方面与"大地"发生任何连接:"早上她教孩子,但这不能使她与大地相连,仿佛她还没有做好准备,将女性与孩子所代表之事联系起来。"(第34页)洛丽想成为的是传统中指向阳性的事物——世界,或者宇宙,mundo,一个阳性名词:"她的心灵无法衡量,因此,她是世界。"(第34页)一个不迎合传统的崭新宇宙是克拉丽丝写作的目标,洛丽既是这个宇宙中的人物,也是构建宇宙之人。

通过这种性别的倒错,经典男性叙述中的传统形象得已改变,尤利西斯与洛丽在失去了"世俗"形象的同时,获得了一种崭新的形象。在《奥德赛》中,尤利西斯及其船员受到海中女妖塞壬的诱惑,塞壬是诱惑者,尤利西斯是被诱惑者。《一场学习或欢愉之书》的情节可以简化为一男一女之间的诱惑与被诱惑,当尤利西斯与洛丽初相遇时,尤利西斯是诱惑者,洛丽是被诱惑者。然而,一次两人约会时,当尤利西斯向洛丽谈起了罗莱蕾(Loreley)这个德国传说故事中的海中女妖时,诱惑者与被诱惑者之间发生了逆转。在尤利西斯的眼中,洛丽(Lóri)就是这曾被海涅歌咏过的美丽的海中女妖,在海中用她的歌声诱惑渔夫,后者听到歌声之后会死在大海之中。首先去诱惑洛丽的尤利西斯承认自己无法抵御洛丽亦即罗莱蕾的诱惑,这使他与《奥德赛》中唯一能够抵御住塞壬之魔音的尤利西斯之间发生了切割。克拉丽丝笔下的尤利西斯是一个人,经受人的痛苦,也充分了解人的弱点,他不会去做神或英雄的

"拯救"行为,因为他对别人的痛苦无能为力。此外,洛丽闲暇时分绣桌布的细节使她与荷马史诗中尤利西斯的妻子珀涅罗珀之间形成了连接,但是,永恒的等待者并不是洛丽的形象,而是属于尤利西斯:他需要无限的耐心,容忍洛丽一次又一次的逃离,容忍洛丽一次又一次经历自由的冒险,直至她准备好的那一刻。通过性别与角色的倒错,克拉丽丝成功地将荷马经典文本中的"男性冒险"置换成"女性冒险",将英雄尤利西斯的"归乡之旅"置换成海中塞壬的"一场学习",将流浪之人的"身份找寻"置换成失声塞壬的"寻找声音"。所以,当洛丽在清晨潜入大海,她认同了自己的海中女妖身份,不再是书中最初的那个循规蹈矩的模范女性,而是击破这层虚假的面具,要用自己的声音歌唱的塞壬。在小说的最后,洛丽不但找到了自己的声音,而且学会了"不在话语中迷失"(第124页)。必须指出,在克拉丽丝身上发生了同样的学习过程,洛丽寻找声音的过程就是文本的艺术形成过程,正是在对"男性经典书写"的戏仿与学习之中,克拉丽丝学会了发出自己的声音。

最后,洛丽与尤利西斯结合之后,发生了一段发人深省的对话。洛丽问尤利西斯她所享有的巨大的自由是否会触怒她所从属的那个社会阶级,尤利西斯回答道:"很幸运,的确会。因为你从监狱里逃脱,获得了自由,没有人会原谅你。性与爱于你不是禁忌。你最终学会了存在。这会导致其他很多自由的释放,对于你的社会而言,这是一个危险。甚至成为善者的自由也会吓坏其他人。"(第125页)小说结尾处的这段话是耐人寻味的,令人再一次回忆起费雷拉·平托所描述的"女性成长小说"的第三个特征:女性必须通过不融入社会来实现个人的连贯性。克拉丽丝·李斯佩克朵并未偏离"疏离社会"这个"女性成长小说"注定的结局,只是因为阴/阳性别对立的消解,在洛丽的身边,最终有另一个自愿"疏离社会"者尤利西斯的陪伴,为这部理想的小说涂抹了一层乐观的亮色。

追梦·求道·证心

——《牧羊少年奇幻之旅》中的道家思想解析

张慧玲

保罗·柯艾略是巴西当代著名小说家,其代表作《牧羊少年奇幻之旅》[1](原著名《炼金术士》)发表于1988年。截止2011年,《牧羊少年奇幻之旅》已被译为七十一种文字,成为有史以来出版语种最多的小说之一,畅销一百六十多个国家。柯艾略本人也成为除加西亚·马尔克斯之外追随者与读者最多的拉美作家。正如其中文译本封面上所言:"柯艾略以博大悲悯的心胸、奇绝独特的视角、清澈如水的文字,将哲学沉思、宗教奇迹、童话寓言熔为一体,感动了上至各国政要、名流巨星,下至平民百姓、贩夫走卒在内的全球数以亿计的读者,甚至目不识丁的人,也对他的文字世界无限神往。"

然而,相对于出版业界和大众读者给予柯艾略的极高评价,文学评论界却对其作品褒贬不一,喜欢他的人认为他的作品在"生动的故事里包藏着深刻的人生或者人性的道理:情节里埋伏着一个又一个悬念,从而不断激发读者的好奇心;语言流畅、生动、活泼;叙述节奏有张有弛,和谐而紧凑。"[2] 而不喜欢他的人则认为柯艾

---

[1] 《牧羊少年奇幻之旅》,保罗·柯艾略著,丁文林译,南海出版公司,2009年。下文的小说引文均出自这个中译本,在文中注明页码,不一一做注。
[2] 赵德明,《20世纪拉丁美洲小说》,云南人民出版社,2003年,582页。

略的小说缺乏文学技巧,文字也乏善可陈。巴西艺术评论家安东尼奥·贡卡尔维斯·菲略(Antonio Goncalves Filho)就曾说过:"如果对柯艾略的文字做一个认真的分析,那么就不能认为他是一个好的作家。"①在很多人看来,柯艾略之所以取得成功更主要的是因为他迎合了那些寻求生命中的积极意义的读者的需求,而不是因为他的作品具有很高的文学性。为此,有的评论家把他与巴西著名作家马查多·德·阿西斯做比较,认为马查多出身贫寒,而柯艾略出身中产,按理说应该是马查多更容易走上迎合读者口味的"简单"文学(Literatura fácil)的道路,柯艾略更有条件选择"渊博"文学(Literatura erudita)之路,而结果却恰恰相反。他们据此而批评柯艾略"为钱写作"②。

柯艾略的很多小说的确是很符合当下人们的心理,柯艾略也因为书的巨大销量而获利颇丰。然而,对于"迎合读者口味写作"这一点评论界的意见也不一致:有的评论家对此深恶痛绝,认为大众的口味庸俗。哥伦比亚作家和评论家艾柯多·阿巴德·法西奥林赛(Héctor Abad Faciolince)抨击柯艾略"在神秘和惊奇的面纱下掩盖其实质上的愚蠢",认为柯艾略之所以"自个儿一人就比巴西所有的作家加起来卖的书还多"恰恰是因为他的书都"很愚蠢而且小儿科","如果是深刻、复杂、内容严肃、精心创作的文学作品,公众就不会买,因为大众往往没文化而且品位很差"。③ 而支持柯艾略的人则认为和大众的口味一致并不一定意味着作品就是庸俗

---

① 转引自 Diana Renée, *Múltiple y polémico*, *Paulo Coelho cumple 60 años*, http://www.perfil.com/contenidos/2007/08/22/noticia_0023.html,原文是:"Si se hace un análisis atento de los textos de Coelho, no será posible considerarlo un buen escritor",2014 年 7 月 12 日查阅。

② 见 Ivan Luiz de Oliveira, *Estudo sobre os modos de recepção da obra O alquimista, de Paulo Coelho, pelos detentos da penitenciária estadual de maringá*,http://www.ple.uem.br/defesas/def_ivan.htm,2014 年 8 月 28 日查阅。

③ 见 Héctor Abad Faciolince, *Por qué es tan malo Paulo Coelho*,http://aporrea.org/actualidad/a96117.html,2014 年 7 月 23 日查阅。

的,阿巴德·法西奥林赛纯粹是嫉妒心作怪。一位同样来自哥伦比亚的评论家批评阿巴德·法西奥林赛是"某些在世界上推行种族灭绝者的走狗",否则,"他何以不批评哈利·波特的作者?何以不批评美国和欧洲的奇幻文学作家如《纳尼亚传奇》的作者?难道是因为那些是他的主人的国土上的所以他不嫉妒而柯艾略是南美的所以才招来他的眼红吗?"①

柯艾略迎合了大众的口味是一个不争的事实。这样的作品能否最终在文学史上留名,则是一个目前很难断言的问题,或许正如李德恩教授和孙成敖教授所言:"尚待未来的文学史家们做出公允的选择。"②就柯艾略迎合大众口味是否会破坏其作品的文学艺术性这一问题,巴西作家克里斯托瓦·德萨(Cristóvao Tezza)做了如下回答:"这取决于作者。在文学中,有的人为获得成功而迎合大众口味,这也是一种生存的方式,无可厚非。更何况,这也不是件容易的事。很多人都在谈柯艾略,他就是大众喜欢读什么他就写什么,他因此获得了一千万读者,他做到了。"③

《牧羊少年奇幻之旅》讲述了西班牙牧羊少年圣地亚哥接连两次做了同一个梦,梦见埃及金字塔附近有一批宝藏。在撒冷之王的引导下,少年决心追求梦想。他卖掉羊群,带着撒冷王赠送的两块宝石——乌凌与图明,跨越海峡,来到非洲,穿越撒哈拉大沙

---

① Nicolás Ramón Contreras H, *Por qué Héctor Abad Faciolince es tan envidioso y malaleche*? http://www.aporrea.org/internacionales/a193207.html,2014 年 7 月 23 日查阅。
② 李德恩,孙成敖,《插图本拉美文学史》,北京大学出版社,2009 年,222 页。
③ 见 Cristóvão Tezza, *O onsumismo destrói a arte*? (entrevista concedida ao site www.ciberarte.com.br), http://www.cristovaotezza.com.br/entrevistas/p_00_ciberarte.htm. 原文如下:"Depende do artista. Na Literatura, escrever para ser lido, para ser sucesso, é uma coisa que pode existir (e pode naturalmente corrompero trabalho, em função disso). No entanto, não é uma coisa fácil. As pessoas falam do Paulo Coelho, que escrevesó o que o público quer ler, mas tem 10 mikhões de candidatos a Paulo Coelho e só ele deu certo."

漠,途中奇遇迭起,历尽艰险,最终见到了金字塔。虽然没有在金字塔附近找到财宝,甚至被沙漠里躲避战乱的难民夺走了随身的金子,但他却从强盗头子口中透露出的梦顿悟宝藏就在故乡教堂废墟的无花果树下。他回到家乡,在原来的牧羊之处找到了宝藏。

单从小说的情节来讲,故事并不是柯艾略的原创。双梦的故事情节先是出现在《一千零一夜》,后来博尔赫斯"转述"了这个故事,创作了题为《双梦记》的短篇小说。作为博尔赫斯的铁杆粉丝,柯艾略又重新加工创作了这个故事,是为《牧羊少年奇幻之旅》。但是,尽管情节似曾相识,柯艾略却赋予了这个故事新的魅力。在这本薄薄的只有二百多页的书中,牧羊少年的寻梦之旅并不是一帆风顺的。他有过绝望,有过犹豫,有过迷茫,甚至一度想要放弃,读者跟随着他也一路心潮起伏跌宕。柯艾略所使用的语言一点也不复杂,甚至是简单朴素的。但是就是简单朴素的语言所叙述出来的牧羊少年对天命、人生、爱情等的思索,往往不经意地撞击着读者的心灵,引发读者的共鸣:少年时代那颗渴望远游、渴望冒险的心,对爱情的朦胧的向往,遇到挫折时的迷茫,面对选择时的犹豫,对天命的追逐,等等。牧羊少年在旅途中不断地拷问自己的内心,完成了对自我内心的认识,逐渐成长起来,最终找寻到属于自己的财宝。在这本书中,"少年人可以读到奇幻的冒险,年轻人可以读到在爱情与事业之间如何抉择,中年人可以读到如何让未曾实现的梦想改变自己平庸的生活,老年人可以读到如何坦然面对即将到来的未知岁月。"[①]难怪有的评论家将之与《小王子》做比较,其在美国出版的英文版封面介绍文字甚至称它是"能够彻底改变一个人一生的书籍"。

《牧羊少年奇幻之旅》是一本充满象征意义和哲学旨趣的书,作家本人对这种说法也表示赞同。仅从小说人物的塑造上读者就

[①] 《保罗·柯艾略:当畅销遭遇传统》,http://www.china.com.cn/book/txt/2009-03/25/content_17500323.htm,2014 年 7 月 12 日查询。

很容易产生诸多联想。主人公牧羊少年圣地亚哥让人联想到朝圣者,而"牧羊人"则是《圣经》中的常见形象,撒冷之王麦基洗德(Melquisedec)就是《圣经》中的人物①。书里的英国人则影射作者在前言中所指的三类炼金术士中的第一类人:"有的说话空洞,是因为他们不了解自己所说的事情。"(第3页)炼金术士则扮演了主人公的人生导师的角色,他属于三类炼金术士中的第二类:"他们了解自己所说的事情,而且还知道炼金术的语言针对心灵,而不是针对理智。"(同上)主人公圣地亚哥无疑是第三类炼金术士:"他们从未听说过炼金术,但却在生活中发现了'点金石'。"(同上)这也是一本关于人生哲学的书。作为中国人,当我们细细品读其中的某些字句时,时而会有熟悉之感,似乎里面所反映的不纯粹是西方的人生哲学,而且也包含有古老东方的某些人生智慧。因此,本文拟从这一点入手,分析《牧羊少年奇幻之旅》中的道家思想,以阐明主人公的寻宝之旅,亦是他的求道之旅。

一、顺其自然,循迹而行

在人与自然的关系上,道家崇尚自然,倡导人与自然的和谐一致。顺应自然、返璞归真是道家人生哲学的基本观点之一。老子有言:"人法地,地法天,天法道,道法自然。"②庄子说:"圣人者,原天地之美而达万物之理。"③人是自然界的一部分,人应该与自然和谐相处,回归自然,回归自己的自然本性。牧羊少年圣地亚哥的追梦之旅亦是他的认识自然、回归自然之旅。当他还是个牧羊人的时候,他就已经注意到"仿佛有种神秘的力量把他的生命同那些羊的生命联系在一起"(第33页)。当他放弃羊群,决定去寻找财

---

① 麦基洗德是《圣经》里的撒冷之王,上帝的祭祀。
② 见《道德经》第二十五章。
③ 见《庄子·知北游》。

宝的时候,撒冷之王告诉他"要想到达那里,你必须循迹而行"(第45页)。这时,飞来了一只"预示着好运将至"的蝴蝶。寻梦之旅开始的时候,圣地亚哥对自然的认识并不深刻,对所谓的"预兆"的理解就是"观察大地和天空,据此判断必经之路上的各种状况。"知道"什么鸟预示着附近有蛇,哪种灌木表明几公里之外有水源"(第52页)。这种认知是肤浅的,其重点还是对自然的利用,而且依然把人与自然放在对立的两面。然而,一路行来,尤其是进入沙漠后,在同英国人和炼金术士的接触中,圣地亚哥对自然的认识在逐渐加深:他在观察两只鹰的时候预见到一支军队正在进入他所在的绿洲,他能够骑着马找到沙漠里的生命。到最后,他能够同沙漠、风、太阳对话,感知到了那只"写就一切的手",明白了"万物皆为一物"的道理。"男孩潜入了世界之魂,看到了世界之魂是上帝灵魂的一部分,并看到了上帝的灵魂就是他自己的灵魂"(第199页)。他回归了自己的自然本性,"达万物之理",和自然融为一体,把自己变成了风。

　　道家把目光投向人的自然本性,当然就会批判束缚本性的仁义道德等传统价值观,把自然作为价值趋向也就抛弃了世俗的价值取向。因此,道家反对人屈从于世俗的价值观,认为人应该回归本心,追求人性的自由,从而超越自我,实现精神的解放。小说的主人公圣地亚哥面临抉择时"循迹而行",亦是随心而行。圣地亚哥曾在一所神学院里待到十六岁,原本可以成为一个受人尊重的神甫,"成为一个普通农家的骄傲"(第17页),过着体面的生活。然而,"从孩提时代起,他就梦想着了解世界"(同上)。最终他遵循内心的呼唤,当了一个能够云游四方的牧羊人。而这与传统观念是背道而驰的,正如纺织品店老板的女儿问他的:"既然会读书识字,为什么还当牧羊人呢?"(第13页)圣地亚哥岔开了话题,没有回答女孩,因为他"确信这个问题女孩永远无法理解"(同上)。在他的周围,人们都是服从于世俗的目光,甘于过着平庸而一成不

349

变的生活。比如他的父亲,他也曾经想云游四方,却"几十年来一直将这个愿望深埋心底,为吃喝而操劳,夜夜在同一个地方睡觉"(第19页);比如广场上卖爆米花的人,他小时候也总想出去游荡,最后却因为卖爆米花的人比牧羊人有地位,"人们宁愿把女儿嫁给卖爆米花的也不愿嫁给牧羊人"(第36页)而选择了卖爆米花。

小说中,是否出发去寻找宝藏是主人公圣地亚哥面临的最大的选择。"在已经习以为常的东西和意欲得到的东西之间,他必须做出抉择"(第42页)。面对自由自在的风,他突然意识到,"他也可以像风一样自由。什么也不能阻止他,除了他自己"(第43页)。最终他顺应自己的本心,决定出发去寻找属于自己的宝藏。旅途并不平坦,刚跨过海峡到了丹吉尔,他就被一个骗子骗走了身上所有的钱。他去了一个水晶店打工。在水晶店,他依然循迹而行。他干了将近一个月后,发现照这样下去攒钱的速度太慢。而店主虽然脾气不好,但为人还算公正,并且此时店里的生意也很兴隆,他并不想离开这家店。于是他提出做一个水晶陈列架以吸引更多的顾客,因为他觉得"当好运降临时,我们必须抓住机会,顺应趋势,竭尽全力推动好运向前发展"(第73页)。后来,当他看到有人在爬上山顶时发牢骚说找不到一个像样的地方喝饮料,他又顺势提出把茶水盛在水晶杯里来卖的主意,使店里的生意越发兴隆。就这样,他仅用了"十一个月零九天"就攒了"厚厚的一沓钱,足够用来买上一百二十只羊、一张回家的船票和一张贸易许可证"(第82页)。如此多的钱,足够他回到家乡过上比以前还好的日子了。但是,当他打算放弃梦想回家的时候,撒冷之王送的两块宝石乌凌和图明滚落到地上,使他想起了撒冷王和他说过的话。曾经遭遇过的被骗和浩瀚无垠的大沙漠却使圣地亚哥对继续追寻梦想望而却步,回家乡买下更多的羊群似乎是一个更稳妥的选择。然而,内心的呼唤却告诉他,"他随时可以重新去当牧羊人,随时可以回水晶店。也许世界上还有很多埋藏的宝藏,但是他曾经重复做过同一个梦,并遇见过一位王。这可不是什么人都能经历的事"(第87页)。他又一次遵循内心的想法选择了继续寻梦之旅。

被骗的挫折和安逸的享受都没能改变少年牧羊人的寻梦之心,那么爱情呢?少年在沙漠绿洲遇到了自己的爱情,而此时他已经拥有了不少的财富,完全可以带着爱人回家乡做个富家翁。相反,继续追寻梦想则意味着必须抛下爱人法蒂玛,对于圣地亚哥来说,"她比财宝更珍贵"(第158页)。然而,同炼金术士的谈话却使他明白了,"爱情从来不会阻止一个男人去追寻天命"(第160页)。他的内心平静了下来,再次遵循内心的呼唤踏上了寻梦的旅途。

圣地亚哥遵循自己的本心所做出的选择是令他愉悦满意的。当他选择当牧羊人时,"两年间,他走遍了安达卢西亚的平原大川,把所有的村镇都记在了脑子里,这就是他生活的最大动力"(第16页)。他"每天都在实现自己人生的最大梦想:云游四方"(第20页),"恰恰是实现梦想的可能性,才使生活变得有趣"(第21页)。他的内心也是平静的,在他看来,"外衣自有其存在的理由,而男孩亦有其生活的道理"(第16页)。当他选择不辞艰辛寻找财宝时,他最后找到了梦中出现的财宝,还在旅途中认识了自然,体会到了宇宙合力,收获了爱情。

二、重生轻物,淡化名利

古往今来,功名利禄都是人们追逐的对象。司马迁言:"天下熙熙,皆为利来;天下攘攘,皆为利往。"[1]道家却淡化名利,认为"身重于物"。老子言:"金玉满堂,莫之能守;富贵而骄,自遗其

---

[1] 见司马迁《史记·货殖列传》。

答。"①金银财宝会招人抢夺,富贵会令人骄傲招来祸患。然而,"人为财死,鸟为食亡",很多人宁可冒着生命的危险选择名与利。为此,老子质问:"名与身孰亲?身与货孰多?得与亡孰病?是故甚爱必大费,多藏必厚亡。"②认为名利相对于生命来说,还是生命更重要。道家的这种"重生轻物"的思想在小说中也有体现。

　　主人公圣地亚哥辞别爱人在炼金术士的陪伴下重新踏上寻梦之旅,在沙漠中继续前行。途中经过一片巨大的沙丘时被处于战争中的阿拉伯士兵抓住。当指挥官问少年是什么人时,炼金术士告诉他少年是一位炼金术士,带着钱来到这儿想献给他们。他把圣地亚哥所有的钱都交给了那个指挥官,换得了三天的活命时间。当圣地亚哥后来抗议的时候炼金术士说:"如果你必死无疑,它们对你又有什么用处呢?"另一次,当圣地亚哥终于来到金字塔附近并遵从内心的召唤在流泪之处挖掘宝藏时,他遇到了几个躲避战乱的难民。他们问他在那里藏了什么,他不肯说实话;他们就逼他在那儿继续挖掘,却什么也没挖到,他们就开始殴打他。当他觉得自己快要被打死时,他想起了炼金术士的话,终于告诉了那些人他是在找一笔宝藏,并把自己曾经做的梦告诉了他们。恰恰是这番坦白救了他。难民头子嘲笑他因为一个虚无缥缈的梦而长途跋涉,"人不能太愚蠢",他告诫圣地亚哥:"我也重复做过同一个梦。我梦见自己应该到西班牙的田野上去,寻找一座残破的教堂,一个牧羊人经常带着羊群在那里过夜。圣器室所在的地方有一棵无花果树。如果我在无花果树下挖掘,定能找到一笔宝藏。"(第213页)难民头子当然没有去寻找这批宝藏,他觉得因为重复做了同一个梦就去穿越一大片沙漠是一件愚蠢的事。但圣地亚哥却从他的话里得知了真正的藏宝之地。

---

　　① 见《道德经》,第九章。
　　② 同上,第四十四章。

三、无为而为,顺势而为

道家崇尚"无为",然而,无为不是"万事不管"。相反,无为的目的是"有为",说到底,是要顺应本心,把握机会,顺势而为。"无为"是"教人要认识道的妙用,效法天地宇宙的自然法则,不执著,不落偏,不自私,不占有,为而无为。"①而要达到"无为而无不为"的境界,则需从势待时,需有先见之明,作好未雨绸缪之事。只有准备充分才能遇事不慌乱,顺利达成目标。相反,如果做事情执著于成功,并因此而焦急慌乱,则往往事与愿违,难以达成既定目标。因此,我们做事情要勤劳,"一念万年,细水长流,无所求,不求成果,亦不放弃努力,最后一定是成功的。"②总之,所谓"处无为之事"是说为而无为的原则,"一切作为,应当如行云流水,义所当为,理所应为,做应当做的事。做过了,如雁过长空,风来竹面,不着丝毫痕迹,不有纤芥在胸中。"③

主人公圣地亚哥在行事中很多处暗合了道家的"无为"思想,所谓的"循迹而行"实际上就是一种"无为"的处事方法。圣地亚哥决定遵循内心的呼唤去寻找属于自己的财富梦想,但从头到尾,他对这笔梦中的宝藏都没有表现出多大的执念,甚至在旅途中他几度想过要放弃这个梦想。而当他的内心和外界的各种因素(征兆)显示他可以继续其梦想之旅时,他也并没有拒绝,最终各种势和时却促使他沿着既定的目标走了下去,完成了自己的梦想。

无为并不是无所作为。当少年圣地亚哥得知从港口丹吉尔到金字塔需要穿过几千公里的沙漠时,他几乎要绝望了。沉默之后,他决定在水晶店里打工以攒钱买羊。如此看来,他在寻找宝藏这

---

① 南怀瑾著,《老子他说》续集,东方出版社,2010年,第69页。
② 同上,72页。
③ 同上,69页。

个目标上"无为"了。他在水晶店里想尽各种办法使生意越来越兴隆,自己很快攒了一大笔钱。而在这期间,他几乎完全忘记了曾经的寻宝梦想,在这个梦想上似乎完全"无为"了。然而,此时他想起了撒冷王,想起了曾经的梦想,几番内心挣扎他最终又踏上了寻梦之旅。之前在寻宝上看似"无为"的事却最终转化成了"有为"。

撒冷王在同圣地亚哥分手前给他讲了一个故事,涉及了"去执"的命题。一个少年来到一座城堡向智慧大师讨教幸福的秘密。智慧大师说暂时没时间回答他的问题,他请少年拿着一个里面滴了两滴油的茶匙在城堡里逛一逛,两个小时后再回来见他。结果少年在逛的过程中两眼始终盯着茶匙,完全没看见城堡里的景色。智慧大师于是请他再走一遍,结果这次他只顾着看景色而忘了茶匙,茶匙里的油全都撒出来了。第一次,少年过于执着于目标——两滴油,完全忽略了途中的景色;第二次,少年又过于执着于途中的景色而完全忽略了勺里的油。智慧大师于是告诉他:"幸福的秘密就在于,既要看到世上的奇珍异宝,又要永远不忘记勺里的那两滴油。"智慧大师的话似乎影射了其后圣地亚哥的寻宝之旅:寻宝是寻梦之旅的最大目标,然而圣地亚哥在寻宝之旅中也认识了自然,感悟了宇宙的语言,还找到了自己的爱情。那么,这些与那笔宝藏相比,哪个才是圣地亚哥此次寻宝之旅最大的收获呢?

四、宇宙的灵魂与合力

撒冷王引导圣地亚哥踏上寻宝之路,去完成自己的"天命"(Lenda Pessoal)。[①] 撒冷王口中的"天命"并非宿命论里的"命运"(Destino),而是"你一直期望去做的事情"(第34页)。实际上,作者并不想让他的主人公去相信宿命论;他甚至明确指出,"在人

---

① Lenda Pessoal 葡语字面直译过来是"个人传奇"的意思,译者结合全文将其译为"天命"确实比直译更简洁达意。

生的某个时候,我们失去了对自己生活的掌控,命运主宰了我们的人生。这就是世上最大的谎言。"(第30页)他想让主人公做的是挣脱那股阻碍天命实现的神秘力量,在实现天命的过程中培养主人公的精神和毅力。他借撒冷王的口告诉我们,在人生的青年阶段,"一切都那么明朗,没有做不到的事情"(第34页),"当你渴望得到某种东西时,最终一定能够得到,因为这愿望来自宇宙的灵魂。那就是你在世间的使命。"(第35页)"万物皆为一物。当你想要某种东西时,整个'宇宙'(Universo)会合力助你实现愿望。"(同上)最后一句话在文中反复出现,成为贯穿整部小说的灵魂。

那么"宇宙的灵魂"是什么意思呢?何以当一个人想要某种东西时,整个宇宙会合力助他实现愿望呢?或许我们可以用道家的宇宙观来对此做出解释。老子说:"道生之,德畜之,物形之,势成之。是以万物莫不尊道而贵德。道之尊,德之贵,夫莫之命而常自然。故道生之,德畜之;长之育之;成之熟之;养之覆之。生而不有,为而不恃,长而不宰。是谓玄德。"①老子认为天地宇宙生长养育了万物,却并不将万物据为己有,不自恃有功,它帮助万物生长却并不做万物的主宰,它其实只是提供了一片场地,场地内你要跑要跳,要唱歌要跳舞都随你自己来。如此一来,所谓的"宇宙的灵魂"就是你个人的意志,"万物皆为一物",所谓的"整个宇宙的合力"也就是你自己的努力。当你意志坚定时,自然能够实现自己的愿望。正如圣地亚哥将自己变成风时的体悟:"男孩潜入了世界之魂,看到了世界之魂是上帝灵魂的一部分,并看到了上帝的灵魂就是他自己的灵魂。"(第199页)然而,这并不是说所有人都是想什么就能有什么,正如撒冷王所言,这需要"精神和毅力"。虽然万物皆为一物,然万物亦是万物,彼此之间有联系有牵绊。只有顺应自然,顺应内心,内外合一,方能成功。

---

① 见老子《道德经》第五十一章。

结　语

本文仅试图从道家思想的角度管窥《牧羊少年奇幻之旅》一书中蕴含的人生哲学。然仁者见仁，智者见智，也有读者从本书中洞悉其佛家思想：如水晶店老板说的"擦拭水晶是好事，可以使他们摆脱不好的念头"（第109页）则令人想起神秀和尚和六祖慧能的那段有名的对话中神秀的偈子：身是菩提树，心如明镜台，时时勤拂拭，勿使若尘埃。但无论如何，柯艾略此作品中所反映出来的东方思想随处可见，这是毋庸置疑的。作为一个巴西作家所著作品，我们何以能从中找出如此多的东方思想的痕迹来呢？一方面，这是作家个人特质的体现。保罗·柯艾略曾经一度沉迷于炼金术、魔法、吸血鬼等神秘事物，与一些秘密团体和东方宗教社会有过接触，曾旅居日本，而他本人又非常推崇博尔赫斯。在《牧羊少年奇幻之旅》的中文版自序中他说这"是一部具有象征意义的作品"，在这本书中"我还试图向海明威、布莱克、博尔赫斯（他曾将波斯历史运用到其短篇小说中）、马尔巴·塔罕等伟大的作家们致敬，他们成功地理解了'宇宙语言'"（第4页）。2002年，柯艾略访问中国接受媒体采访时也提到了博尔赫斯，说"博尔赫斯帮助我理解了人类的象征性语言"。众所周知，博尔赫斯对于"神秘的"东方思想是非常向往的，他的作品里常常有东方元素，那么，作为一个对神秘事物有着极大兴趣的博尔赫斯迷来说，其作品中会有东方思想的痕迹也就不足为奇了。另一方面，这与作者及其所处的时代背景密不可分。我们处在一个全球化的时代，科技的发展拉近了各个国家、各个民族和各文化之间的距离，去国外旅游近距离接触他民族文化已是平常的事。柯艾略2002年到中国访问是在《牧羊少年奇幻之旅》一书出版很多年后了，但是它至少也能说明作家对于东方文化的兴趣。互联网和各种书籍更是让我们很容易就能接触到他国文化。在当代作家的作品中,东西方文明的交融和碰撞并不少见。

《牧羊少年奇幻之旅》故事情节并不复杂。然而,就是这么一个古老的被不止一次引用和复制的故事,在保罗·柯艾略这个巴西人清淡却隽永的文字中,给处于巨大的社会压力下的现代人带来一股清泉。小说"近似一部追求梦想完善人生的寓言,它启示人们实现梦想要经历一个艰难的过程,需要勇气、智慧、执著和接受考验。从这个意义上讲,主人公圣地亚哥无疑是个具有典型意义的文学形象。"[①]圣地亚哥的寻梦之旅,亦是他的成长之旅、求道之旅、证心之旅。他为梦想而行、循本心而往的这段奇幻之旅,在当代社会的背景下有很强的启发和教育意义。面对自由、梦想、爱情等人生主题,他听从内心的召唤,顺其自然,循迹而行,并没有被他人的目光和传统观念束缚住自己的脚步,打破了世俗名利的枷锁,最终找到了属于自己的幸福。现代人生活节奏快,竞争激烈,常常为了所谓的事业有成而争名夺利,勾心斗角,忘记了自己的本心,不知道自己真正想要的是什么。然而我们终究会对这种生活感到疲惫和厌倦,会向往自然而自由的灵魂境界,也许这从另一个角度解释了为什么这本书会如此受欢迎。从保罗·柯艾略的《牧羊少年奇幻之旅》一书谈其道家思想,只是一家之言,作者管窥。然东方有圣人,西方有圣人,人同此情,情同此理。现当代文学中东西方思想互借互用交相辉映早已有之,而且随着全球化的发展,世界的变小,这种互借互用只会越来越多,此为文学之幸,读者之幸。

---

① 朱景冬、孙成敖著:《拉丁美洲小说史》,百花文艺出版社,2004年,第605页。

《少年派的奇幻漂流》:生态成长小说解读

丁林棚

《少年派的奇幻漂流》是加拿大作家扬·马特尔的第二部长篇小说。作品 2001 年一面世就引起了广泛关注,并获得了包括 2002 年度英国曼布克奖(Man Booker Prize)等多项国际大奖。小说占据《纽约时报》畅销书排行榜榜首达一年之久,畅销全球七百万册,还被导演李安拍摄成同名电影,获得巨大成功。这部小说讲述了一个名叫派的印度少年与一头成年孟加拉虎在浩瀚的太平洋上的存活故事,故事情节离奇,充满想象却又不失真实,受到广大读者的喜爱。

《少年派的奇幻漂流》(以下简称《漂流》)是一部典型的后现代"跨界"作品。作品中现实与想象的成分相互交杂,给小说的解读留下了广阔的空间,被看作魔幻现实主义、生态主义和后殖民主义小说等。《漂流》也是一部成长小说[①],不过它讲述的是少年主人公在与自然和野兽交往的过程中逐步在身体、精神和情感上走向成熟的生态成长故事。本文拟从成长小说的界定出发,结合生态自我的概念,从生态哲学、后现代叙事等角度探讨《漂流》作为生态成长小说的艺术审美特征和叙事主题,揭示小说所包含的生

---

① 小说的英文原标题是 *Life of Pi*,意即"派的生平"。

态成长主题,即个体成长除了在精神、情感上实现内在成熟和社会的外在成熟之外,同样要在与自然生态环境和其他生命形式的广泛联系中实现自我的完善。

一、成长小说与生态自我

成长小说(Bildungsroman)作为一种文学体裁,起源于18世纪末的德国文学,它指的是"描写一个人的成长、教育和走向成熟的小说"。[①] 比如,歌德的《威廉·迈斯特》、马克·吐温的《哈克贝利·费恩历险记》和加拿大作家大卫·亚当姆斯·理查兹的《孩子间的仁慈》等小说就被认为是成长小说这一体裁的典型。针对成长小说这一概念,希尔兹研究了其发展轨迹并做出了总结。他指出,传统成长小说的典型特征是展现"主人公的教育经历及其早期启蒙"的过程[②],小说主要展现个体的内在和外在自我统一。到了19世纪中期,成长小说的焦点则集中在展现个体和社会融合这一过程上,这一阶段的成长小说反映了在工业革命和资产阶级革命环境中"主体定位的种种矛盾"。[③] 现当代文学中,成长小说则逐渐将目光转向被边缘化群体的受压抑的叙事,比如女性主义成长小说、少数族裔成长小说等等,这些小说甚至对身份概念(identity)本身提出了挑战,质疑"固定和一成不变的主体性"。[④] 孔捷对德国成长小说进行了总结,他指出,德国成长小说的目的是"实现自我的一体化以及自我与社会的一体化"。[⑤] 巴

[①] Peter Childs and Roger Fowler, *The Routledge Dictionary of Literary Terms* (New York: Routledge, 2006), p.18.
[②] 同上, p.18。
[③] 同上, p.19。
[④] 同上, p.20。
[⑤] Todd Kontje, *Private Lives in the Public Sphere: The German Bildungsroman as Metafiction* (University Park, PA: Pennsylvania State UP, 1992), p.12.

克利则探讨了英国成长小说的特点,对孔捷的定义做出了深入阐释,认为成长小说本质上是反映主人公的"全面发展或自我构建的小说"。① 德国成长小说更多地关注个体内在的发展,英国成长小说则将个体的内在发展同社会相互联系起来。例如,典型的英国成长小说中的"主人公一定是社会环境的一部分,而社会环境也一定是主人公的一部分"。② 英国成长小说往往会建立一个清晰、稳定的最终结局,这类成长小说"在某一点上可以被看作是具有确定无疑的结局"的小说。③ 例如,在《傲慢与偏见》中,婚姻成为女主人公成长的最终结局,被认为是富有意义的完美的解决。然而在法国作家斯汤达、巴尔扎克、福楼拜的成长小说中,成长过程中发生的种种事件并没有确定的意义,小说的意义就在于叙述本身,因而小说往往具有开放式的结局。自20世纪九十年代以来,成长小说批评开始注意到女性生态小说、后殖民和少数族裔文学中的成长主题,批评家转而开始关注意识形态、民族身份等问题对自我成长的影响,质疑传统成长小说中对"霸权意识形态的神化"④,关注被各种社会压力所压垮的脆弱的主体。

然而,无论是传统成长小说,还是后殖民、多元文化语境下的成长小说,叙事的本质依然是"讲述自我的文化适应过程,也就是一个特定的'我'向某个社区和某个统一的人性主体融合的过程"。⑤ 尽管传统成长小说所隐含的关于"核心人性"的"宏大叙

---

① Jerome Hamilton Buckley, *Season of Youth: The Bildungsroman from Dickens to Golding* (Cambridge: Harvard University Press, 1974), p.13.
② Thomas L. Jeffers, *The Bildungsroman from Goethe to Santayana* (New York: Palgrave Macmillan, 2005), p.36. (Steinecke)
③ Franco Moretti, *The Way of the World: The Bildungsroman in European Culture*. Trans. Albert Sbragia. New ed (London and New York: Verso, 2000), p.26.
④ Tobias Boes, "Modernist Studies and the Bildungsroman: A Historical Survey of Critical Trends," *Literature Compass* 3/2 (2006), p.239.
⑤ Marc Redfield, *Phantom Formations: Aesthetic Ideology and the Bildungsroman* (Ithaca: Cornell University Press, 1996), p.38.

事"也遭到了一定的质疑与批评①,但无论是个人与社会的冲突,还是社会意识形态的差异,关于成长小说的种种评价和视角均是围绕人类以及人类社会的价值体系展开的。对于"人性"这一词汇的对立面,如"自然"或者"动物性"还没有正式进入成长小说批评的视野,生态成长小说至今依然是一个鲜见论及的话题。

毋庸赘言,生态主义和成长小说的结合是一个新生的文学现象。随着人们对"成长(Bildung)"一词内涵理解的深化和拓宽,成长的概念"不能再以先前的文化语境来考量"②,而是被放置到文化、自然乃至人类进化的广阔视野中来检视。例如,斯坦耐克重新审查了成长小说的历史之后指出,成长小说越来越成为一个"充斥着形态意识"③的概念。而在费德看来,这种意识形态就是文化—自然的对立意识。她认为,成长小说的实质正如其字面意思,是"文化的叙事"④,它忽略了"世界的生物复杂性"。⑤ 为此,费德主张成长小说应当融入"生态文化物质主义"的视角,使人们认识到人类的"生物世界和文化世界与非人类的自然世界之间的种种内

---

① Maria Helena Lima,"Imaginary Homelands in Jamaica Kincaid's Narratives of Development," *Callaloo*: *A Journal of African-American and African Arts and Letters* 25.3 (2002), p.859.

② Esther K. Labovitz, *The Myth of the Heroine*: *The Female Bildungsroman in the Twentieth Century*: *Dorothy Richardson, Simone de Beauvoir, Doris Lessing, Christa Wolf* (New York: Lang,1986), p.8.

③ Hartmut Steinecke, "The Novel and the Individual: The Significance of Goethe's *Wilhelm Meister* in the Debate about the Bildungsroman," *Reflection and Action*: *Essays on the Bildungsroman*. Ed. James Hardin (Columbia: University of South Carolina Press,1991), p.94.

④ 原文为 narrative of culture,在此 culture 除了有"文化"的意思,还表示"培育""培养",强调文化外在因素对性格、性情和心智的发展与成熟的决定作用。

⑤ Helena Feder, *Ecocriticism and the Idea of Culture*: *Biology and the Bildungsroman* (Farnham, Surrey: Ashgate,2014), p.3.

在联系",从而摒除成长小说中人类对"非人类他者的一种隐藏的恐惧"。① 根据费德的理论,马特尔的小说《漂流》就是这样一部作品,它既是关于自我成长的叙事,又是关于自然与生态的叙事,是两者的巧妙融合和交汇。当然,这种小说并非要抛弃人类的社会存在,忽略主人公的社会和精神自我层面,而是呼吁人们意识到我们先前所忘却的人的另一面存在,即人的生态或自然存在。换句话说,生态成长小说凸显了人类自我构建与自然的共生关系,也就是费德所提倡的"人类和非人类自然的辩证关系"。②

生态意识和成长小说的结合不仅对传统意识形态提出了挑战,而且作为一种新生的叙事形式发展起来。布鲁克迈尔考察了二十多年来的叙事形式在语言、哲学、心理学、符号学和文学领域内的新进展,指出故事(story)这一形式实际上构成了我们理解自己的生存状况与自然之间关系的叙事结构。而在许多种不同的叙事种类之中,布鲁克迈尔特别指出,成长小说已经"成为环境叙事的一个非常重要的题材",这种新型的话语形式给我们勾勒出"主人公应当经历的各种可能的生态情景"。③ 因此,对于生态叙事作为一种新生的叙事形式,其重要使命就是描绘生态自我的成熟轨迹,因为自我"自一诞生起,就在自然之中,属于自然,并为自然而存在"。④

文学界对"成长"和成长小说的重新审视有其哲学思想背景,

---

① 同上,p.4。
② 同上,p.4。
③ Jens Brockmeier and Rom Harré, "Narrative: Problems and Promises of an Alternative Paradigm," *Narrative and Identity Studies in Autobiography, Self and Culture*, Eds. Jens Brockmeier and Donal Carbaugh (Amsterdam: John Benjamins, 2001), p.43.
④ Arne Naess, "Self-Realisation: An Ecological Approach to Being in the World," *The Trumpeter: Voices from the Canadian Ecophilosophy Network* 4.3 (1987), p.35.

是对后现代语境和生态主义视角下关于主体和自我概念的一种回应。继美国心理学家马斯洛于1969年提出著名的"超个人"(transpersonal)自我概念之后,挪威哲学家耐伊斯在1986年提出了生态自我(ecological self),认为"所有生命本质上都是一体的",[①]人类的自我实现必须把他人、其他物种和自然本身包括进来。生态自我是自我实现的一种过程,在这个过程中,我们和社会环境、形而上的环境以及生态环境发生认同,并和他人构成互动的关系,仿佛他人就是我们自己的一部分。澳大利亚哲学家福克斯指出,自我是"存在于我们个体自我感和体验范围之外的自我",[②]是通过各种相互联系构建的,永远处于与他者、社会、自然的相互联系之中。美国著名佛学哲学家乔安娜·梅西也指出,生态自我"如同任何一种关于自我的概念,它是一个动态的隐喻构建"。[③]由此可见,生态自我扩展了人们对自我的传统认知,将自我理解为多元、动态、联系性的身份构建过程,并且将人格的成长过程与自然、环境、地球和其他物种联系起来。因此,主体自我从来不只是作为社会、精神存在的个体,人与自然、环境和其他物种之间的相互联系同样决定了自我的构建。

尽管"生态成长小说"是一个新生名词,但在加拿大文学中,关于自然与人类生存的作品却比比皆是。由于加拿大独特的地理条件和自然环境,加拿大文学从早期发轫到当代都充满了对大自然和生存环境的描绘。自然在加拿大文学作品往往占据主角的地

---

① Arne Naess, "Self-Realisation: An Ecological Approach to Being in the World," *The Trumpeter: Voices from the Canadian Ecophilosophy Network* 4.3(1987), p.41.
② Warwick Fox, *Toward a Transpersonal Ecology: Developing New Foundations for Environmentalism*. 2nd ed. (New York: State University of New York Press, 1995), p.197.
③ Joanna Macy, "The Greening of the Self," *Dharma Gaia: A Harvest of Essays in Buddhism and Ecology*, Ed. Allan Hunt Badiner (Berkeley: Parallax Press, 1990), p.62.

位。诸如帕尔·特雷尔的自然写作、托马斯·西顿和罗伯茨的动物故事集等,这些作品无不包含着深刻的生态寓意。当代加拿大文学还出现了大量的新生文学现象,涌现出诸如地理小说、生态地域主义小说、动物写作等。在这些作品中,人类中心的地位被消解,荒野、动物和文明等传统概念被重新审视。例如,恩吉尔的《熊》讲述了女主人公与一只熊的恋情故事,使得人与动物的界限变得模糊不清。和以上小说相比,马特尔的《漂流》不同之处是,作者将故事的主要背景设置在了远离人类社会的太平洋上的一叶小舟里,陪伴他的是一只体型庞大的老虎。这样的背景设置使《漂流》摆脱了地域的限制,甚至超越了国家和人类文明的界限,更加凸显了生态成长主题。小说中少年派的海上旅程实际上是作者巧妙安排的一个隐喻——在接受了肉体、精神和情感的三重洗礼之后,派在抵达目的地同时也在精神上完成了自我的生态构建,体会了自我与自然的内在联系。这短短的二百二十七天标志着少年派在世界观、信仰和生命的生态观等几方面走向成熟。毋庸置疑,马特尔的《漂流》从生态成长的独特视角丰富了我们对成长小说的理解,是对传统生态小说的一个推进。不过,作为生态成长小说的一个典型代表,《漂流》并非要颠覆传统成长小说的叙事模式,而是扩大和深化成长小说的视域,使人们"认识到其他动物文化的存在",抵制"关于自然的种种意识形态,尤其是人类主导的意识形态"。[①] 因此,从这个意义上讲,《漂流》既是传统意义上的成长小说,也是生态主义视域下的生态成长小说。

二、成长的困惑与自我构建

从结构上看,《漂流》共分为三部分一百章,小说从派的童年

---

① 同363页注③,p.2.

经历开始,一直讲述到派移民加拿大多伦多之后的中年生活。小说时间跨度虽然长达三十多年,但却主要集中在派的童年时期和少年时代。故事的第一部分讲述的是派西尼·莫里托·帕特尔(也就是派)在印度本地治里镇①的成长经历。主人公回忆了他与父母和哥哥的家庭生活及童年教育,穿插着派的宗教信仰困惑以及发生在父亲管理的动物园里的各种奇异的动物故事。小说第二部分记叙了派在移民加拿大途中轮船失事,和一只名叫理查·帕克的孟加拉虎在海上漂流直至在墨西哥海湾被救起的故事。尽管这一部分只有二百二十七天,却构成了派心理和精神成长的核心阶段,也是派对人性形成最为透彻理解的重要时期。小说的第三部分以对话的形式展开,两个日本交通运输部海运科的职员就派的海难展开调查,并对派进行了访谈。这一部分虽然只有五章,也同样具有重要的地位,因为这一部分是派对海上存活经历的反思和总结,也是小说主题得以加强和凸显的重要部分。在这一部分,派再次回忆了海难过程,却随即提出了一个截然不同的版本,即"没有动物的故事"版本。这个版本是对小说前九十五章的"有动物的故事"版本的颠覆,使读者遽然堕入迷惘,在真实与虚构之间不知所措,把小说的整体解读笼罩在一个巨大的谜团之中。

与传统成长小说一样,《少年派的奇幻漂流》的一开始就描写了主人公派在成长过程中的心理、精神、社会等方面的困惑、苦恼和焦虑。在小说第一部分,派的成长困惑主要表现在他对社会的适应、对自我精神世界的探索以及世界观和人生观的形成方面。正如斯蒂芬斯所说,从主题上讲,《漂流》是一个典型的"关于主人公道德和思想成长问题的成长小说",小说主人公派就是一个"在两个大陆之间、在不同的信仰之间、在童年和成人之间逡巡的少

---

① 本地治里(英文 Pondicherry),是印度东海岸的一座城市,曾是法国殖民地。

年"。① 派的成长烦恼主要来自于童年的他在建立自我身份认同过程中的烦恼。随着社会不断地变化,派不时地需要针对外部环境调整自己的外在身份,以保证自我的个体性和自我的社会性的一致。正如拉奥所指出的,成长小说是一个"记载主人公从青年走向成熟的旅程的隐喻,这个旅程的最初目标就是调和主人公个体化(自我实现)和社会化要求(对某个特定社会现实的适应)之间的矛盾"。②

在小说开头,给少年派的自我认同造成巨大困惑的首先是他的名字。派告诉我们,他的洗礼名派西尼(Piscine)和中间名莫里托(Molitor)来源于法国巴黎的一座游泳池,是个"十分奇怪"(第9页)③的名字。更值得回味的是,这个名字和父亲的一个好朋友弗朗西斯·阿迪鲁巴萨米有关,派管他叫玛玛吉,也就是泰米尔语中的"叔叔"。玛玛吉在派的童年成长过程中发挥了重要作用。整个童年,派每周都有三天和玛玛吉一起学习游泳。从玛玛吉那里,派不仅掌握了娴熟的游泳技巧,而且在身份认同上也更靠近玛玛吉,并称玛玛吉为"水上古鲁(aquatic guru)"。而在印地语里,"古鲁"即精神导师之意。玛玛吉是个很有实力的游泳健将,是整个印度南部地区的冠军,年轻时曾经在巴黎学习过两年,度过了"他一生中最快乐的时光",并且认为这一切都应"归功于殖民地政府"(第12页)。对于玛玛吉来说,派西尼·莫里托不仅是巴黎无与伦比的游泳池,它代表了"整个文明世界"的"至高无上的光辉"(第14页)。在此,派西尼·莫里托这个具有殖民地色彩的名字成为连接印度、法国和英国殖民地的一种复杂的纽带。然而,这种对殖

---

① Gregory Stephens, "Feeding Tiger, Finding God: Science, Religion, and 'the Better Story' in *Life of Pi*," *Intertexts* 14.1(2010), p.19.
② Petra Rau, "Bildungsroman," *The Literary Encyclopedia* 〈http://www.litencyc.com/php/stopics.php? rec=true&UID=119〉.
③ 引文出处 Yann Martel, *Life of Pi* (Orlando: Hartcourt, 2001)。为方便起见,本文中凡引自原作均在文中用括号标注页码,下文不再另作说明。

民地宗主国身份的认同却与印度本地治里的文化身份存在着巨大错位,造成了派在身份定位上的困惑。这种介于现在与过去、欧洲与印度之间的状况使派成为在一个在时空上被流放的孩子,在文化认同上产生错位。派的家庭环境和整个印度的社会环境成为他不得不时时穿梭和跨越的两个界限。

在小说中,派最大的身份困惑在于,他无法同周围的同龄少年进行认同。对于本地治里的孩子们来说,派西尼·莫里托这个名字俨然是一个怪异的外来词语,派因此也成为中小学同学的取笑对象——由于 Piscine 的发音类似 Pissing("尿尿"之意),派被同学们戏称为"尿尿"。这种"孩子间的残酷"对派来说是一种莫大的羞辱。每当听到这个绰号时,他总是装作什么也没有听到,那声音"虽然已经消失了,但伤痛依然存在,就好像尿蒸发许久之后留下的刺鼻气味"(第 26 页)。就连派的小学老师们也开始使用这个外号,他们忘记了"我的名字所蕴含的水的意味,用一种令人羞耻的方式加以扭曲"(第 26 页)。这使得派憎恨自己的名字,觉得除了"尿尿","任何名字都行,甚至'拉维的弟弟'也行"(第 27 页)。

由此可见,童年时代派的身份认同面临着双重困惑:一是成长期人格的初步成熟,二是文化和社会的身份认同。派几乎被作为一个文化异类或他者,被排除到了本地治里文化集体身份之外。不仅如此,在他人眼里,派的身份也总是游移不定。比如,派发现,有人"以为我的名字是 P. 辛格,是名锡克教徒,然后就想知道我为什么不包头巾"(第 25 页)。这种身份的错位事实上一直伴随着派的成长过程,直至他的大学时代。在加拿大蒙特利尔大学,他无法容忍送比萨饼的说法语的服务员大声嘲笑自己的名字,当对方询问他叫什么名字的时候,他回答道"我就是我",而当比萨饼送到宿舍的时候,上面的名字赫然写着"沃玖沃"[①](第 25 页)。

[①] 此处原文为 Ian Hoolihan,和英语中的 I am who I am 谐音,现根据汉译"我就是我"谐音翻译。

少年派的身份困惑不仅关乎派的心理性格成熟和社会身份认同，还影响到民族——国家身份的认同。小说中，成长中的派不断地在两个矛盾的状态之中变换调整。尽管派继承了玛玛吉赋予他的前殖民地的身份，但在内心深处，派把自己当作一名印度男孩。他代表了本地治里后殖民时代的新生代，但他的这种想象身份却没有得到本地同龄孩子们的认可。因此，每次和玛玛吉到海边游泳，派内心都充满了"负疚的快乐感"（第12页），这象征着他对精神导师的反叛。汹涌澎湃的大海此刻成为象征印度民族身份的隐喻："巨大的波涛化作谦恭的波纹向我涌来，像温柔的套索一样把我这个心甘情愿的印度男孩给紧紧套住。"（第12页）就这样，小说中少年派的成长和印度的民族独立被巧妙地作为平行隐喻安排在了情节之中。1954年11月1日，本地治里正式加入印度联邦，成为印度的一部分，而在童年叙述者派的眼中，"我们古老美好的祖国因刚刚获得的一片崭新的疆土而变得更加辽阔，共和国也刚刚度过他的七岁生日。"（第15页）国家的成长与个体成长的并行描写突破了传统成长小说对于主人公个体精神和心理世界的专一关注，并在个体与民族—国家身份之间建立起联系，这是加拿大后殖民成长小说的一个显著特征。

派的社会、文化和民族身份的获得和他的人格成熟是同步发展的。事实上，派的社会和文化身份的获得本身就代表了主体形成和成长的过程，它既是和外部环境相互作用的结果，同时也是内在精神世界的转变过程。对于派来说，来自他人的揶揄和取笑正是促使他个性成熟、完成理解自我的一个重要驱动力。同学的嘲笑、老师的疑问、众人的不解，这些来自外部环境的对童年派文化身份的质疑实际上是成长小说中典型的"成长仪式（rites of passage）"。这些事件和经历象征了派在步入心理和精神成熟阶段之后，向全面生态自我意识迈进而必须接受的洗礼和磨炼。

当派的自我困惑无法在社会层面得到完美解决之时,主人公开始试图在个体层面解决自己的危机,努力使自己适应一切。然而,本地治里错综复杂的社会和文化环境却进一步加深了派的身份困惑。派从最初对本地治里社会身份的单一认同开始转向多重认同,这尤其表现在他的宗教信仰选择之上。小说用一种近乎喜剧的方式描述了派出入清真寺、基督教堂和印度教寺庙的情节。派的行为大大超乎三位"目瞪口呆"的宗教神职人员的想象(第84页),被认为是不可能的,并引发了三人之间的论战。派因此五次三番地被赶出大清真寺,在神父的充满愤怒的目光中离开教堂,被僧侣轰离神庙,从而只能在室外进行祷告。不仅如此,派的多元宗教信仰在父母看来也是怪异的。在洗礼仪式上,派观察到,"母亲假装一切都好,父亲面无表情地看着,而拉维(即派的哥哥)则很仁慈地没有出席"(第97页)。小说这样描述派和母亲之间的关于信仰的争辩:

"我不懂为什么我就不能三个都是。玛玛吉就有两个护照。他既是印度人,又是法国人。为什么我就不能既是印度教徒、又是基督徒和穆斯林?"

"那不一样。法国和印度是地球上的两个国家。"

"天上有多少国家?"

她想了一两秒。"一个。说到点子上了。一个国家,一张护照。"

"天上只有一个国家?"

"是的。或者说根本没有国家。也可以这样说,你知道的。你喜欢上的都是非常老套的东西。"

"要是天上只有一个国家,那不是所有的护照都应该有效吗?"

她脸上开始露出迟疑的神色。(第93页)

不过,值得注意的是,派的这种多元宗教信仰具有重要的意义,它体现了挪威学者斯特拉姆斯在论述"超个人"生态自我时所说的"广泛的、扩张性的自我"。① 这种多元信仰使派认识到自己在错综复杂的社会关系中的位置,认识到人性和世界的广泛联系。在小说第十六章,派回忆了养母对他的多重信仰的困惑。这位在多伦多生活了三十年还无法摆脱法语习惯的魁北克女人在第一次听到派说"克利须那神的力量(Hare Krishna)"时,错听成了"没有头发的基督徒(Hairless Christians)",并且许多年一直这样以为。派却认为,她并没有怎么错,因为从爱的胸怀上来讲,印度教徒的确是没有头发的基督徒,穆斯林就是长胡子的印度教徒,基督徒则是戴帽子的穆斯林(第62页)。多重信仰让少年派获得广阔的心胸,对人性有着更加开放的理解。更重要的是,在派的心目中,印度教给他描绘了宗教想象中的第一幅风景画,在那里山川、海洋、森林、城镇和各色各样的人摩肩接踵,有神、有圣人、有恶棍,还有普通人,他们"定义了我们自己,也告诉我们为什么我们是自己"(第63页)。进一步说,派的印度教信仰使他懂得了世俗间的错综复杂和善恶美丑。如同现实中的社会一样,形形色色的人交杂居住在这个世界之上,和自我发生着各种各样的交流和关系。从这些相互的交往中,自我懂得了善恶,明白了现实的错综复杂,而自我就处在与自然、社会、神灵和恶魔共处的关系网之中。

派的多重宗教信仰实际上是他在精神世界里的自我构建,这种自我构建也不是追求固定、统一的身份,而是一种具有流动性和叠加性的自我认同。对派来说,自我存在不是单一层面的身份,而是一种关系型的存在。例如,小说中派观察到,人类社会如同野生动物一样都占据自己的空间,人们相互之间的关系在不断变化,

---

① Einar Strumse, "The Ecological Self: A Psychological Perspective on Anthropogenic Environmental Change," *European Journal of Science and Theology*, 3.2(2007), p.14.

"就像棋盘上移动的棋子那样变化"(第20页)。派认为,一个人不可能"放下一切带上兜里的零钱和身上的衣服从此走开",因为"并不存在偶然,也没有什么'自由'可言"(第20页)。由此可见,在派的成长过程中,自我与世界是互动的,一切都是相互联系的,个体是一种关系互建的产物,自我的成熟不是将自我束缚在孤独的真空,而是获得与外界的种种联系。换句话说,自我是多重的,永远处在不断涌动变化的过程中,是层层叠加的社会关系的总和。英国神学哲学家特纳从哲学、心理学、宗教神学等方面考察了自我的概念后指出,自我"作为一个自足不变、统一的人格概念现在早已被完全弃绝了"[1],自我实际上是"多重的、关系性的"[2]。后现代语境的建立使得自我作为统一稳定存在的概念成为历史神话,人被理解为处在不同环境话语中的个体。在《漂流》中,主人公派的后殖民身份、复杂的宗教信仰背景、移民加拿大之后的身份认同等各种经历促成了派的关系型流动人格,这种自我认知也是加拿大的多元文化主义和超民族主义的一个表现。对派来说,同时信仰世界上的三大宗教并不是不可能的,就像一个人同时拥有许多社会身份一样,人的宗教自我就是社会自我的一个层面,宗教"可以让我看到自己在宇宙中的位置"(第62页)。正如加拿大著名哲学家查尔斯·泰勒在《自我的起源》中指出的,现代自我颠覆了统一自我的概念,不再认为自我是一个一成不变的、简单的、非社会性自我,现代自我的特点就是,个体"具有双重或多层次的生活,它们之间并不完全兼容,但也不能使它们成为一个统一的整体"[3]。而《漂流》作为一部生态成长小说进一步推进了现代自我的概念,将多重自我扩展到了人与自然、人与动物的交界地带。从这个意

---

[1] Léon Turner, *Theology, Psychology and the Plural Self* (Surrey: Ashgate, 2008), p.76.

[2] 同上,p.1。

[3] Charles Taylor, *Sources of the Self: The Making of the Modern Identity* (Cambridge: Cambridge University Press, 1989), p.480.

义上，我们可以说，派的多元宗教信仰在小说中为后来他的生态自我认知实际上埋下了重要的伏笔。

　　标志着派解决自我危机、踏上超自我构建道路的一个重要事件就是他决定更名。在此之前，派在圣约瑟夫学院经过了一年的精神磨炼。在这里，他就像"在麦加遭到迫害的穆罕默德一样"经历了自己的神启（epiphany），开始策划"开启我自己的一个新时代"（第27页）。这段经历是派成长过程中的另一个成长仪式。面对全班同学，派公开宣布一个崭新自我的诞生："众所周知，我的名字是派·帕特尔。"（第28页）这对于派来说是一次自我解放和自我创造的行为，象征着派的精神独立和人格的初步形成。这个新名字不仅是家族和民族的身份继承，更给自己创造了一个崭新的面貌。"派（Pi）"源自表示圆周率的数学符号 π，是一个无理数。这个新名字象征着理性与非理性的统一、社会身份与自我构建身份的统一、历史与现实的结合。在派看来，π 是一个无限不循环小数，它暗示一个人的身份不是固定不变的，而是具备无限的可能性，是游移性和叠加性的构建过程。正如派自己所说，他在这个"令人捉摸不定的无理数"中找到了寓身之所（第30页）。作为一个象征符号，π 是一个能指，指向一种不可完全通达的现实，因为其所指对象是永远开放的，没有终极。对于派来说，对身份的追求就仿佛一场神话般的虚空构建，因为这个旅途注定不会有固定的终结意义，自我永远在不断的变化之中。正如派在小说结尾获救的那一刻所说，π 给他的启迪在于，这个数字告诉我们，它"永远没有止境，不断地向下延续"（第360页）。这个具有无限潜质的自我更加接近自然的无限性，具有超越人性的可能。因此，从深层的理性象征角度看，这暗示着派对自我身份的不定性开始有了深刻的认识，为他在海上漂流过程中形成生态的自我认知做出了铺垫。也正是 π 的有理和无理性代表了主人公后来能够将他作为人类的理性与作为动物的无理性相互结合，完成他的生态自我旅程。

三、现实、神性和自然

在《漂流》中,派的多元宗教自我不仅是超自我认知的表现,还帮助派确立了对现实与自然的神性的理解,这也是他精神成长中的一个重要环节。因此,小说中派的多元宗教信仰不仅具备重要的文化、民族涵义,更值得探讨的是它的神学和宗教意义,因为信仰本身是决定少年主人公精神构建的根本因素。事实上,派的三重信仰超越了宗教的界限,扩大了宗教性的范围,在某种程度上将宗教性归属于一个超然的神性(divinity)之下,是三者所共有的抽象的最高神学理念。斯特拉姆斯用心理学对这种现象做出了解释,他认为,自我认同"不仅仅是发现和对象的相似性,也是培养一种共通感"。[①] 也就是说,派的多元信仰包含了超越宗教之外的、非理性可以通达的方面,尤其表现在派对自然神性的理解之上。用英国宗教神学家约翰·希柯的话来说,派的宗教多元主义实质上就是各宗教所共有的神性的"现实(theReal)"。[②] 美国著名宗教哲学家罗伊也指出,这种神性现实"超越了现有宗教中具体的神的形象,但是我们却不能直接体验到这种终极的神性现实,而是通过我们所崇拜的一个或多个神来体验的,无论是安拉,还是犹太教的上帝,还是基督教上帝,或是至尊主和湿婆"。[③] 在小说中,派利用印度教中的"绝对"这一概念表达了他对希柯所说的这种神性现实的理解。派对于自己所信仰的三个宗教有着独特的理解,体现

[①] Einar Strumse, "The Ecological Self: A Psychological Perspective on Anthropogenic Environmental Change," *European Journal of Science and Theology*, 3.2(2007), p. 14.

[②] John Hick, *An Interpretation of Religion: Human Responses to the Transcendent*, 2nd ed. (New York: Palgrave Macmillan, 2004), p. 10.

[③] William L. Rowe, *Philosophy of Religion: An Introduction* (Belmont: Thompson Higher Education, 2007), p. 185.

了他本人对宗教神性的理解。这意味着,我们不能把派看作不加分别的肤浅、盲目的多宗教信仰者,他的信仰不是三个宗教的简单累加。小说中作为叙述者的派描述了三位教士彼此攻击的情景,讽刺了世俗的宗教观及其对个体自我的限定和束缚。例如,基督教牧师认为,伊斯兰教没有神,更没有神迹来证明它的宗教性,而阿訇却认为,宗教"不是马戏团,随时都有死人从坟墓里跳出来"(第85页),穆斯林信仰的是"生存的奇迹,如飞鸟、雨滴和生长的庄稼"(第85页)。在派看来,宗教的礼仪和仪式不能被当作其本质内容,更不能被当作区分不同宗教信仰体系之间的差异。派对基督教的信仰显然并非为了一睹神迹的显现(epiphany)。宗教性应该通过三个不同宗教的共通性(commonality)和统一性(universality)得以体现,这也是派能够坚持自己多元宗教信仰的基础。这一点同样还可以在派为自己所起的名字中得以体现:π作为一个无限不循环小数是没有终结的,这象征着各种不同宗教信仰之间不存在封合的边界,派对宗教的超越性的联系使得他能够以无穷尽的方式接近不同的宗教。

对三个宗教所共有的"绝对"的信仰是派形成生态自我认知的精神准备,这与他的多元自我认知和多元社会认知一起造就了他的生态自我观。具体而言,印度教中万物皆神的思想使得派把自然和神性看作宗教的神性体现。在他看来,大自然处处是神性的寓所,它无所不在,无所不能。的确,在小说中,大自然与神性的平行描写比比皆是。三个宗教的神性(divinity)也以它们独特的方式借助于自然的某种现象在派的生活中逐次展现,而这些宗教的神性却又是彼此渗透和交叉的。比如,派亲历基督教神显是在他定居加拿大之后的某个明媚的白昼。在一夜的降雪之后圣母玛丽显现了,她身披纯洁的白纱,站在森林中间的空地上,雪花在阳光下晶莹剔透。派看到的一切象征着圣母玛利亚的安详和慈爱,这种泛世的慈爱超越了一切时空、肤色等界限。但是,派感觉自己看到了圣母,她"确实有实实在在的躯体,还有肤色"(第79页)。小说第六十章,派在随波漂荡的小船上看到了平静而广袤的夜空,星光闪烁,月光皎洁,然而这幅本应令人心旷神怡的景色却让派感受到了大自然所透露出来的神的敬畏感,这是一种透过秀丽的自然景色显现出来的庄严而崇高的神性。在"一半感动,一般惶恐"的敬畏中(第223页),派感觉自己就是圣徒马肯德亚,在毗湿奴(即宇宙的保护神)酣睡之际从他口中掉落因此得以一睹宇宙面目。但在"圣徒被这景象吓死之前,毗湿奴醒了过来,又把他放回了口中"(第223页)。这场经历可谓是派的印度教顿悟时刻,因为他悟出了自己的受难是有不寻常意义的,生存的意义就是要"把自己的生命和宇宙的生命相融合"(第223页)。人的生命只不过是一个小小的窥视孔,它通往一个广阔无边的空间,这显然标志着派在精神上的成熟,也意味着他能够将个体的生命和世界相联系,形成了广泛的生态自我观。

在小说第九十二章,派漂流到了一个绿色的海藻岛,这个小岛象征生命的希望和上帝的恩典(grace)。小说中派把这个小岛描绘得美轮美奂,具有超自然的梦幻般的神奇与魔力。小岛全部由绿色的海藻组成,漂浮在太平洋之上,甚至连土壤都没有。然而这个小岛却是一个完美的自然生态系统,有大片的淡水池,各种鱼儿自在地游动。岛上栖息着成千上万的沼狸,它们没有天敌,甚至对闯入小岛的派和孟加拉虎没有丝毫戒备。这块神奇的浮游岛对派来说简直就是天堂,他能够完全无忧无虑地生活在这里。海藻岛的生命力让派想到了安拉。狂喜中的派情不自禁地惊叹"绿色是可爱的颜色,是伊斯兰教的颜色,是我最爱的颜色"(第323页)。尤其值得一提的是,派看到了岛上的一棵闪着微光的斑驳的树。这棵树代表着美丽、"荣光"和"优雅的纯洁"(第328页)。它不仅象征着生命的希望,事实上就是《古兰经》中所提到的生命之树(*tuba*,在阿拉伯语中意为"赐福"),象征着永生。因此,派开始

"在心中赞美安拉"(第328页),感谢安拉让他在这个美妙的地方看到这样一棵"美好的赐福之树"(第327页)。然而,神的恩典是不可以解释的,对派来说就是"脑子里的幻象"(第324页)。派逐渐看到,海藻岛和这棵绿色的生命之树不仅体现了神性的恩典,也同时隐藏着神的令人敬畏和绝对信服的威严。生命之岛一到夜间就会变成死亡之岛,脚下的海藻在夜间会散发出致命的物质,因此岛上的沼狸一到夜间就必须爬到树上栖息。主人公还发现,就连象征荣光和赐福的绿树也都是可怕的食人树。

由此可见,海藻岛在小说中有着关键的象征意义,代表了少年派成长过程中多元宗教的神启时刻。海藻岛成为少年派完成生态自我构建的场所。这个如同虚幻般的绿色漂流岛既给人以生命的希望、精神的愉悦和抚慰,又蕴含着死亡的毁灭力量,它体现了大自然超越生死的力量,也显现了神的力量,使海藻岛的生态意义和宗教意义合而为一。海藻岛完美的自然生态系统将埃德蒙·伯克所说的大自然的秀美和壮美通过一种矛盾的形式展现出其神学意义——它既体现了神的恩典和慈爱,又体现了他的绝对至上的威严。海岛上那些无忧无虑的沼狸在此就是信徒的象征,它们必须虔诚地顺应自然和神的力量,遵循小岛日夜交替的生态循环才能在这充满生机和死亡的天堂般的地方存活。因此,它们就是大自然神性的绝对信徒。和这些动物一样,派在海藻岛上经历了同大自然和神的交互,获得了自我的成熟,使得生态自我和宗教自我完美地融合在一起。

通过派对自然的描述,我们看到,自然具有绝对的中心地位,而人类文明反而从属于自然的生态运作。正是在这个意义上,斯普利特耐克把《漂流》称为一部"生态后现代主义小说"[1],因为它重新定义了人类与外部世界的联系,把人类从以自我为中心的

---

[1] Charlene Spretnak, *States of Grace*: *The Recovery of Meaning in a Postmodern Age* (San Francisco: Harper Collins, 1991), p.21.

世界中驱逐出来,放置到一个"不断地寻求平衡"的大自然环境中(第216页)。这种独特的生态成长小说挑战了传统关于人性和自然的观念,推翻了人的主导位置,使人们认识到自然本身的独立。

四、认识动物性

派的成长不仅是自然的生态成长过程,也是人性中动物性的成长过程。探讨《漂流》中的生态思想,就不得不深入细读小说的第二部分,即少年主人公在海上和名叫理查·帕克的孟加拉虎共同存活的部分。这部分共三十八章,是小说的主体部分。在这一部分,少年主人公在和理查·帕克共同生存的经历中进一步深化了自我与外界关系的认识,形成对动物性自我的认知,标志着派的自我探索和定义的完善。

首先,在大海上,派渐渐远离了人性的文明部分,回归了野性。人类文化元素和构建物对于自然生存来说不再有任何意义,派仿佛穿越了时间隧道,回到了远古荒蛮动物的存在状态。在这里,身体的需求成为生活唯一的考虑。正如派所说:"我之所以能够生存下来,是因为我打定主意要忘记。"(第325页)派忘记的是他的历史存在、社会身份,更是他作为和动物相对立的人的存在或称人的主体性。派认为,他得以存活就是"因为我忘记了时间概念本身",时间对他来说"是一种幻觉,让人恐慌"(第325页)。诸如历史、地理坐标、星座、国籍身份等标志人类文明的概念此刻已经完全陌生。一连好几个月,他一丝不挂,进食和睡觉成为唯一的精神和生理需求,这让他完全回归动物性的存在,"回归到野蛮状态"(第249页)。

关于忘却与人类文明的关系,莱姆指出,人类的成长过程"在本质上就是对人类固有的动物性暴力的压制过程,尤其是对人类的动物性忘却的暴力压制过程"。① 文明的出现②总是以人类忘记自身的动物身份、排除生物和动物性自我为前提。因此,莱姆认为,人类文明的进步就是对动物性的遗忘和对人类体内的动物声音进行压制的过程,只有这样,人类才能变为"理性和道德的存在"。③ 然而,在《漂流》中,派对人类文明的忘却恰恰是对莱姆所说的人性对动物性遗忘的逆转。通过忘却人类文明,回归人类原初的动物性,派唤醒了沉睡在人性中的动物性遥远记忆,重获人性中已然失去的部分从而实现自我的完整。的确,人类对动物性的遗忘造成了不完整的存在,因此,人类应当"令其他形式的思想和生命显现出来,而不是用强力来压制动物生命",只有文化才可以"在动物的梦想、幻觉和激情中恢复生命的圆满"。④ 尼采也在《快乐的科学》中反复强调,人类应该回归到动物的初始,回到动物的梦幻生命。⑤ 人性的完整不应该是对动物性的排斥,而是在人类记忆中留下动物的记忆。正如莱姆所指出的,"人性的未来一个重要的决定元素就是,人类必须能够把自身和动物的梦幻记忆相互联系起来,因为只有具备了作为动物的梦幻记忆,人类才能获得在文明和社会化过程中丢掉的阐释的自由和创造力"。⑥

在《漂流》中,派的成长完全可以被解读为人性与动物性、理

---

① Vanessa Lemm, *Nietzsche's Animal Philosophy: Culture, Politics, and the Animality of the Human Being* (New York: Fordham University Press, 2009), p.68.
② 此处"文明"(一词)采用了莱姆在《尼采的动物哲学》中的定义,即指人类的驯服和开化,而非指人类精神和智力上的启蒙与进步。在莱姆论述尼采的动物哲学的著作中,她提出了文化(culture)和文明(civilization)两个概念,把文化定义为"心智开发和教育",而把文明定义为"驯化与繁殖"(第6页)。
③ 莱姆《尼采的动物哲学》,第17页。
④ 同上,第6页。
⑤ Friedrich Nietzsche, *The Gay Science*, Trans. Josefine Nauckhoff (Cambridge: Cambridge University Press, 2001), p.54.
⑥ Vanessa Lemm, *Nietzsche's Animal Philosophy: Culture, Politics, and the Animality of the Human Being* (New York: Fordham University Press, 2009), p.4.

性与非理性的较量和平衡过程。π作为一个代表自我无限性的象征再一次扩展到了人性与动物性的开放边界之上。在小说中,作者以后现代动物寓言的形式借用人与动物的共存故事阐释了二者的冲突与平衡。通过这个故事,马特尔消解了理性/非理性、人性/动物性之间的二元对立,将它们纳入到统一的自我的载体之中,这也是少年派的成长故事中最为重要的部分。

小说中派对动物性的理解来自于和理查·帕克的患难共处。在很大程度上,这只孟加拉成年虎就是少年主人公的精神伴侣和指导者。小说中派对动物性的理解是多方位的,这对他的自我与世界的理解产生重要的影响。首先,对派的成长最具启示意义的是,他认识到人与动物是平等的伙伴,而不是支配与被支配的主仆关系。也就是说,自我中理性与非理性、人性与动物性是共生共存的关系,这暗示自我的全面发展离不开人性与动物性的生态平衡。在对动物性的认知方面,派和父母截然不同,形成强烈反差。派的父母信仰的是以理智为核心的人类中心主义。他们认为动物永远是非理性的、残酷而野蛮的物种。派却认为,人性与动物性是交融在一起的,人可以具备动物性,而动物也可以具备人性。比如,在小说第一部分,派的父亲给儿子安排了一堂严肃的动物课,却体现出父母与派对人性/动物性理解的巨大差异。对父亲来说,这是他给成长中的派和哥哥拉维进行的第一次正式、严肃的教育,目的就是要让儿子认识到动物世界的残酷和无序。当笼子里的老虎迫不及待地扑到山羊身上,撕断它的脖子那一刹那,两个孩子也扑到了母亲的怀抱,被激怒的母亲甚至责备父亲不应该用这么残酷的场面惊吓孩子(第44—45页)。这个生动的场面是一个绝妙的隐喻时刻:一如既往平静安详的父亲代表了完全的理性,张开双臂把孩子揽入怀中的母亲则是母性慈爱和人类情感的隐喻,而两个六神无主的孩子则代表了人类天然的纯真与无知。随后,父亲又带领派在动物园中一个个认识动物,并当面讲授它们的野性特征和危险之处。在父亲的讲述中,大象、猩猩、阿拉伯骆驼,甚至小鸟,都比人们想象的残酷许多,会置人于死地。通过这堂生动的动物课,父亲想要告诉儿子的是:不要被动物平静、可爱的表面所蒙骗。然而,在派看来,父亲的好意几乎是徒劳的。他这样想道:

> 我必须为我辩护一下。尽管我或许把动物拟人化了,把它们看作会流利使用英语的动物——野鸡用傲慢的英语口音抱怨凉茶不好喝,狒狒用直白而具威胁性的美国英语盘算抢劫银行后的逃离路线——这些幻想都是我有意识的想象。我故意给他们穿上幻想的外衣,让他们看起来温顺驯服。但是,我从来没有对我的玩伴们有过任何不切实际的幻想。我四处乱探的脑袋可不止懂那么一点点。我不明白的是,父亲从哪里产生这样的想法,认为他最小的儿子会心里痒痒,急于踏进一只凶猛的食肉动物的笼子。(第42—43页)

显然,派对动物的认识被父亲所低估。传统成长小说中的教育情节就这样再一次被马特尔的后现代主义小说所解构。教育失去了本应该发挥的启迪作用,而受教育的少年主人公则对这徒劳的教育提出质疑。

在《漂流》中,派和父亲对于动物性有着截然不同的理解。在父亲看来,人是完全理性的存在,对动物有着绝对的控制,这和他作为动物园园主的身份是一致的。父亲还指出,在表面看来,人们把动物视作自己的伙伴,但是,那只是另外一种动物,名叫"人眼中的动物(animalus anthropomorphicus)"(第38页)。这种动物"埋伏在每家玩具店和儿童动物园里"(第38页),和现实中的动物有一层隔离,实质上是人性的投射,并非自然中的无理性动物。人们虽然有时把动物看作"漂亮""友好""可爱""忠诚""善解人意"的代名词,但一旦它们变得"邪恶""嗜血""坏透了",就会成为人们发泄怒气的目标,遭受棍棒交加的惩罚(第38页)。由此可见,无理性动物和"人眼中的动物"是属于截然不同的两个世界的动物,后者只存在于人的道德和情感划定的疆界之内,服从于人的统治。在这个看似宽容、友好的情感界限内,动物随时会越界,并被理性的棍棒驱逐出去,就像疯狗因为会传染狂犬病被处理掉一样。

《漂流》作为一种反传统的成长小说,其显著特征在于,成长中的少年派在世界观和自然观方面事实上远远超越了现实中的指导者或精神导师,使得父亲的动物课显得苍白无力。的确,派给出了和父亲完全相反的一种动物世界观,即与"摹人论(anthropomorphism)相对的摹兽论(zoomorphism),也就是说,动物会把人类或另外一个动物看作是他的同类"(第106页)。这里的摹兽论不可谓不具有颠覆性。摹人论从人类出发,把人类的特征投射到动物身上,使动物仿佛具有人类社会特征(如童话和动物寓言);然而派的摹兽论的一个重要的前提就是:动物具有主体性,它们拥有感情、能动性、思想和理性,会把动物性投射到人类身上,从而把人类作为"他者"。派还举了一个具有说服力的例子。他发现,一个非常普遍的现象就是宠物狗"常常把人类吸纳到狗类中,因而产生和人类交配的欲望,任何一位养狗的主人都不得不承认,他经常不得不把含情脉脉的狗从感到羞辱的客人腿上一把拉下来"(第107页)。对派来说,摹人论是人类"反观自身的一面镜子"(第39页),这种把人类放置到一切中心的做法,"是神学家和动物学家的灾难"(第39页)。

显然,派的动物观对自我的认识具有颠覆性。在传统小说中,成长中的少年通过家庭、学校或者社会教育获取了人生观和人格的成熟。但在对于人与自然的关系上面,派却已经形成了印度教世界观影响下的生态自我认识,和父母亲代表的以人类为中心的理性认识形成鲜明反差,这是他的自我在走向社会化,进入社会约束自我之前和传统自我轨迹的一个重要的途径。因此,在这一点上,《漂流》是一个典型的后现代"反成长小说"。如果把父亲的动物课看作是对人类理性的展示的话,那么派从这堂课中学到的却恰恰相反。当孤独的派在大海上只剩下被父亲称为极其危险的孟加拉虎作伴的时候,他感叹道,"人性及其种种不可靠的方面是无法让人信赖的。"(第252页)

小说中最能体现慕兽论的就是派和理查·帕克同舟生存的经历。在他们共患难的日子里,派在情感、精神和道德审美三个不同的层次理解了动物性与人性的交汇,以独特的方式进入动物世界,构建生态自我。派认识到他和对面的孟加拉虎不是支配与被支配的关系,他们的生命息息相关,离开了任何一方都无法继续存活下去。派发现,"这不是他或者我的问题,而是他和我的问题。无论从现实还象征意义上,我们都在同一条船上。"(第206页)在和理查·帕克共处的二百二十七天里,派学会了照顾这只随时都可以吃掉他的猛虎,同时对它的领地给予充分的尊重。正像它的名字一样,理查·帕克就是一个人的化身,它和派的交互就是人性的交互,是基于情感、精神、道德和义务的交互。派承认:

> 我的一部分根本不想让理查·帕克死掉,因为如果他死掉,我就会孤独地面对绝望,那是比老虎更加可怕的敌人。如果我还有生存的愿望,那得感谢理查·帕克,是他不让我过多地去想念我的家人和我的悲惨境况。是他鼓励我坚持活下去。……我的确感激他。没有理查·帕克,我今天就不可能在这里给你讲述我的故事。这是显而易见的事实。(第207页)

从这段话不难看出派与理查·帕克形成了情感和道德交融。小说中第三十七章,孤独的派使出浑身解数把落水的理查·帕克拖上了船,一直用语言鼓励它并为它成功上船而感到振奋。这种在常人看来极不理智的行为事实上是出自派的同情与道义的救助,因为他已经下意识地把理查·帕克看作自己的同类伙伴。派还发现,恰恰是在一开始就令他惊慌失措的理查·帕克使他平静、镇定下来,甚至给他带来自我的"完整感"(第204页)。让派感到尤其不可思议的是,他听到了理查·帕克的一阵奇特的低吟声(prusten)。这种低吟声不同于咆哮声、吼叫声、呜呜声或咕噜声,是一种表示满足和友好的声音。派的父亲只是从文献中读到过关于这种声音的描述,而他唯一听到这种声音的场合是在动物医院里接受肺炎治疗的一只雌性老虎发出的。(第206页)

诚然,派得以存活缘自他能够用理智和动物学知识训练理查·帕克。但这种训练并不意味着人类对非人类动物的操控,而只是派和理查·帕克保持共生关系的一种方式,也象征着派在自我成长中学习动物性成长的过程。派自己也认识到,他能够生存下来的原因正是因为他需要给理查·帕克喂食。动物和人并不是孤立的存在物种,他们之间有着内在的共生联系。另一方面,体型庞大的理查·帕克也没有吃掉渺小的人类伴侣,因为它已经和派建立起来一种友好的共生关系(symbiosis),并享有派源源不断提供的食物。在某种程度上,我们可以把派看作理查·帕克的仆人,因为要保证自己存活,派必须维持理查·帕克的生命,这对他来说是别无选择的义务和责任。

在小说第四十六章,名叫"橘汁"的母猩猩因为和自己的幼崽失散而显得"无限的伤心和悲痛"(第156页),她甚至把派视作自己的孩子,展现出自己的母爱,勇敢地和鬣狗斗争,并在小船上维护着短暂的正义和力量平衡。小说中这些细节都表明,在派的眼中,动物世界事实上就是人类世界的翻版,也存在情感、理智和道德。在小说第八十六章,一艘油轮经过他们的小船却没能看到他们,此时的派情不自禁地对理查·帕克说出了"我爱你",他发现这三个字"是那么纯洁,毫无羁绊,无边无际,这种感情充满了我的胸怀"(第298页)。理查·帕克和"橘汁"的行为告诉派,在广阔的宇宙中,人类并不是母亲所说的"孤零零地"存在着(第386页),而是和其他形式的主体(subjectivity)一起共存,在多种多样的主体之间有着相互的内在联系,这些联系使得不同的存在形式构成了一个休戚相关的物种间社区。

同样,派的这种对动物性的颠覆性认识部分来自他的印度教信仰。在印度教中,万物万兽无不具有神性,许多神灵也都具有兽身兽形,如象头神(Ganesha)、哈奴曼(Hanuman,猴形)、兽神湿婆(Shiva)等等。印度教还相信,动物会化身(reincarnation)为人类甚至神灵。《漂流》中这种动物与神性的结合也是西方基督教传统背景下的批评家所没能看到的。对父亲来说,兽性代表着野蛮、非理性、本能、邪恶,因此人类要时刻提防。然而,在派看来,这种对"兽性"的理解是神学的灾难。派的看法和法国哲学家鲍德里亚不谋而合。鲍德里亚指出,动物在原始社会实际上是具有神性的高尚动物,它们常常被用来祭祀神灵,连人类都不具备这样的资格。原始的兽性"是恐惧和令人痴迷的对象,从来不是贬义的,而是祭祀、神话、预言式的兽性体现,甚至是我们睡梦和幻想中的一种矛盾的交换目标和隐喻"。[1] 鲍德里亚引用列维-施特劳斯的观点指出,动物事实上也有理性,它们和我们的大脑结构一样,它们同样可以被精神分析归于俄狄浦斯情结(Oedipus,亦即恋母情结)和利比多(libido,亦即性驱动力)。小说中派多次以第三人称的动物视角称人类为它们的"人类兄弟姐妹"(第162页),暗示动物同样具有理智和情感。比如,派观察到,金刺豚鼠和犀牛一样需要伴侣;马戏团的狮子丝毫不会在意领头的只是一个弱小的人,因为凭借它的想象,狮子可以理性地利用人类,为自己提供一个舒适的环境,远离"无政府主义统治"的丛林;就连吞食了老鼠的蝰蛇

---

[1] Jean Baudrillard, *Simulacra and Simulations*, Trans. Sheila Faria Glaser, (Ann Arbor: Michigan University Press,1994), p.89.

也一定会感到后悔(第108页)。这些在人类看来不可理喻的"疯狂的举动"恰恰是动物理性的表现。正如鲍德里亚所说,人类话语把动物埋葬到了沉默的坟墓之下,使它们成为人类的反面显示其"差异",这实际上是一种人类的"理性帝国主义,一种关于差异的新帝国主义"。① 在小说第八章,派挑战了这种理性帝国主义,从动物出发,把人类世界比喻成一个巨大的动物园,这个"动物园里最危险的动物是人类"(第36页)。

　　派对动物性的认知不仅仅局限在动物理性方面,他认为,动物具有独特的社会组织结构,进入动物世界就是进入另一个社会。这种和动物社会广泛的联系也正是派成长过程中构建扩展性自我的重要组成部分。通过海难故事,派消除了以人为中心的理念,把动物性放置到了他的人性和精神信仰的中心。《漂流》不仅解构了自然与文化之间的二元对立,而且暗示二者之间的相类性。派在和动物交往的少年成长时期可以被解读为在"野蛮"和"文明"、"理性"与"非理性"之间的往返穿梭。小说中派作为叙述者故意模糊了人类文化和自然文化两个对立概念的界限。他认为,动物世界和人类社会一样受到群体规则和生存法则的制约,自然在很大程度上也是一个受到不同规则和行为模式或者习性约束和限定的文化形式。例如,在海上随波漂流的派发现平静安宁的大海"就是一座城市"(第221页),到处都是高速公路,林荫大道,曲折的大街小巷,一派繁忙的"海底交通"景象(第221页)。大海中的各色鱼儿就是大街上的车流,它们朝着四面八方行驶,也会时时发生撞车和交通事故。派感觉自己就像坐在高空热气球上观察城市一样,他感叹"东京在高峰时间一定就是这样一副景象"(第222页)。同样,人类世界也是动物社会的翻版。派作为叙述者多次告诉我们,如果"你把东京拿在手上倒过来抖一抖,就会惊奇地发现

---

① 同上,p.90。

会有各种各样的动物抖落下来"(第52页),在城市文明的中心,同样存在着我们未曾注意到的动物社会。正如荷兰著名学者弗朗茨·德·瓦尔指出的,非人类物种不仅具有文化,而且具备审美能力,那种认为只有人类才具有文化的想法是错误的,因此,"把文化与自然相对立是一个错误的认识"。[①]

通过这样的奇特类比,派暗示,人类自我是人性与动物性的统一体,是理性与非理性的结合。派的成长过程不同于传统成长小说的地方就在于,他经历了从个体心理成熟到社会身份构建,再到宗教自我的确立,直至与大自然接触而形成生态的自我历程。个性的发展和完善不能脱离与自然和动物界的接触,纯粹的理性事实上将人类生存碎片化从而变得不完整。正如派在故事一开头就说的,人需要像动物一样生存。例如,他选择研究树懒的原因就是它们"镇定自若、温文尔雅,喜欢时刻自省,能够帮我抚慰自己粉碎的自我"(第3页)。由此可见,派将自我的理解放置在了社会与自然的交集之内,使自我与宇宙及其间生活的各种生物相互融合在一起。人类和动物一样,既是道德的又是无道德的生物,既具有理性,又是无理性的,这种属性进一步挑战了传统上将自然与文化相对立的观念,解构了人类中心主义的二元对立思维模式。

如前所述,派通过自己的漂流成长故事并不是要呼吁人们完全放弃理性,全身心投入动物性的怀抱,而是呼吁人们不要忘记人性中的动物性存在,不要忘记人类其他形式的存在。正如派在故事中所说,生态的存在方式并不排除理性,拥有理性"可以满足人的温饱和衣食住行,是最好的工具箱,但过分讲究理性会让你把宇宙和洗澡水一同倒掉"(第375页)。成长的过程是多元的、动态的,自我处在和一切事物的广泛联系之中,永远在不断地完善。保留动物性的另一种途径就是在理性的空间中预留出想象的位置,

---

[①] Francis de Waal,. *The Ape and the Sushi Master: Cultural Reflections by a Primatologist* (New York: Basic Books, 2001), p.28.

这恐怕是派在自我成长过程中最大的精神启迪。也就是说,人的自我实质上寄寓在大自然之间,同样也在动物性方面得以体现。人类世界过于强调理性而忘却了想象的力量,排除了其他的生存和生活方式,因而排除了更为丰富的信仰和精神世界。想象的贫乏常常把人们局限在有限的生活和精神空间内,忘却了与世界的种种内在的相互联系,因而才有了种族、宗教、物种、地域、国家、文化与自然等疆界和差异。正如斯特拉顿所说,《漂流》对现代社会"重理智轻幻想、重科学轻宗教、重物质轻心灵、重事实轻虚构或故事的理念提出了挑战"。[①] 这种二元对立只能使人类丧失和其他存在形式的相互联系,因而是不完整的人性生存。

结　语

《少年派的奇幻漂流》是一部独特的生态成长小说。少年主人公在成长的过程中不仅经历了个体精神成熟和民族、社会身份的构建,同时也通过自己的亲身探索,获得了与非人类存在以及大自然交往的知识,认识到人性与动物性存在的圆满性,从而完成了生态的自我构建。《漂流》不同于传统成长小说。从传统成长小说的叙事模式来看,主人公往往在精神旅程中遭遇一系列挫折和困惑,在精神导师或建议者的帮助或启迪下调整自己的状态,最终塑造成熟的性格,建立自己的世界观,从而适应特定时代背景和社会环境,通过内在和外在的塑造,找到自己的定位,完成自我构建或融入社会。作为一部反传统的后现代主义成长小说,《漂流》和传统成长小说的不同之处有四:一、传统成长小说的背景一般设在现实的场景中,如家庭、学校或地域,主人公经历了真实的情感创伤或具有教育意义的事件后逐渐走向成熟。而《漂流》的背景却

[①] Florence Stratton, "'Hollow at the core': Deconstructing Yann Martel's *Life of Pi*," *Studies in Canadian Literature* 29.2(2004), p.6.

更像一个想象中的虚幻场景,主人公的经历也如同海市蜃楼一般具有神秘特点,小说结尾部分,叙述者的两个故事版本更加使故事的真实性扑朔迷离。二、少年派在成长的过程中表现出坚强的意志和自主力。传统成长小说要么强调主人公内在的塑造,注重精神、心灵的内化作用,要么偏重于主人公在与社会的碰撞中获得的经验和感悟。主人公往往通过理性的教育、修养和磨炼,完成对自我的塑造。然而,《漂流》扩大和深化了传统成长小说的范围和概念。小说中少年派的自我构建不仅包含了个体内在的精神成熟和外在的社会认同(包括民族身份的构建),还表现为对人的动物性自我和非理性成分的探索。这种独特的叙事颠覆了传统成长小说以理性教育为核心的实质,凸显了人格成熟过程中的非理性成分,强调人性与动物性的共存共生关系,这是21世纪生态哲学观照下的后现代成长小说的根本特色。三、在少年派的成长过程,扮演他的精神导师角色的,除了基督教、伊斯兰教和印度教的信仰导师之外,还有和他同舟共济却不会说话的非人类精神导师,即名叫理查·帕克的孟加拉虎。理查·帕克不仅给少年派提供了精神和情感支持,也是他的患难知己,而在潜在本质上,却又是威胁派生存的野性动物。四、《漂流》的成长主题是反社会常规的,这一点从派的宗教多元信仰和动物关怀中可以看出。在某种程度上,小说中接受教育的不再是主人公自己,而是他的父母、阿訇、神父等人。可以说,《漂流》颠覆了传统成长小说中主人公接受教育的秩序,转而由一个看似懵懂的少年讲述他的奇特经历,分享他的成长经验。在小说结尾,小说读者和故事中两个日本轮船公司的调查者一起成为少年派的听众和学徒,如同聆听童话一般请求派给予不同版本的故事和解读,并从中接受不同世界观的涤荡和洗礼。

总之,《漂流》有别于传统成长小说主题的地方在于,它突破了传统成长小说中围绕自我的内在和外在二元冲突,将自我理解为一个个体、社会以及大自然共同塑造的三层人格结构。《漂流》

讲述的人格塑造包含着反人类中心主义的成分,颠覆了成长教育过程中理性的绝对统治地位,呼吁人们融入与自然和其他生命形式的和谐共处状态。在强调人性伦理的同时提醒人们关注更广泛的动物伦理,这恐怕是《少年派的奇幻漂流》作为一部生态成长小说给我们传达的最重要的信息。